枪与玫瑰系列谍战小说❶

枪与玫瑰之圈套

刘子义 著

金城出版社
GOLD WALL PRESS
·北京·

图书在版编目（CIP）数据

枪与玫瑰之圈套 / 刘子义著 . —北京 ：金城出版社有限公司，2022.6
ISBN 978-7-5155-2301-9

Ⅰ. ①枪… Ⅱ. ①刘… Ⅲ. ①长篇小说－中国－当代 Ⅳ. ① I247.5

中国版本图书馆 CIP 数据核字 (2021) 第 273160 号

枪与玫瑰之圈套

作　　者　刘子义
策　　划　赵　琳
责任编辑　雷燕青
责任校对　郝俊伟
责任印制　李仕杰
开　　本　710 毫米 ×1000 毫米　1/16
印　　张　20
字　　数　300 千字
版　　次　2022 年 6 月第 1 版
印　　次　2022 年 6 月第 1 次印刷
印　　刷　天津旭丰源印刷有限公司
书　　号　ISBN 978-7-5155-2301-9
定　　价　49.90 元

出版发行　**金城出版社有限公司**　北京市朝阳区利泽东二路 3 号　100102
发 行 部　(010) 84254364
编 辑 部　(010) 64210080
总 编 室　(010) 64228516
网　　址　http://www.jccb.com.cn
电子邮箱　jinchengchuban@163.com
法律顾问　北京市安理律师事务所　（电话）18911105819

序

子义要出新书，是件喜事，嘱托我写序，犹豫了半天，才应承下来。我是影视制片人，多年来与编剧、导演、演员打交道多，与作家交往则少。所以作序这样的事，我有些怯场。但子义不仅是小说家，同时还是一位优秀的影视编剧。他左手小说、右手影视的创作经历，令我充满期待与好奇！

与子义相识相交于五年前的深秋，当时他正把一部悬疑谍战类型的40集的电视剧本《雾中人》(后更名为《叱咤之城》)，托朋友送给我，看看是否有机会一起合作。不料，我一拿到手，竟然完全放不下来，剧中人物之鲜活，情节之紧张，故事之曲折，在二战时期波澜壮阔的历史背景下，主人公跌宕起伏的人生传奇、凄美动容的爱情经历、为革命信仰无私无畏的奉献精神……深深地吸引着我。连续一周，我手捧剧本，几近废寝忘食，夜不能寐。时而掩卷深思，时而击掌赞叹。有时为平息自己激动而喜悦的情绪，不得不停下来，点支烟，泡壶茶，让自己平静下来。我自从与石钟山、汪海林、闫刚、麦家、钱林森、海飞合作系列谍战剧《地下地上》《风语》《生死钟声》《向延安》《麻雀》后，已多年未能碰到如此激发起我有创作冲动与激情的电视剧本了。

读完剧本后，我即约子义到上海相聚交流，可谓一见如故，相见恨晚。自此兄弟相称，交往频频，为探讨创作，常常是不分时序，互相交流沟通，成为莫逆之交。

子义为人处世，谦和、语迟、厚道、简单；写书作文，才思敏捷，创意无限且自求品格。对历史背景的考据严谨扎实，对谍报领域的专业探索用心专注，对人物形象的塑造与故事情节的建构力求完美，精益求精，使之其笔下的历史格局恢宏大气，形色人物生动鲜活，故事架构奇伟精彩。

近来，子义心无旁骛，潜心创作，推出民国谍战悬疑世界系列作品，除了6卷本的《叱咤之城》外，还有反映抗战时期我党地下工作者，化身女诗人、女演员、女老板的传奇悬疑作品《枪与玫瑰》系列，以及上海、香港、重庆、南京、天津、哈尔滨、长春、沈阳等以城市为主题的悬疑传奇系列作品。我十分期待子义新作的问世，他将为我们打开一个新鲜传奇、精彩纷呈的创作领域，让我们拭目以待，跟随他的奇思妙想，去他的悬疑世界，领略创意带给我们的惊喜赞叹和无穷魅力。

子义，你杰出的创意才华与坚持不懈的努力，一定会让你到实现自己的梦想。你到达任何创作的高度，都是可能可期的。奔跑吧，子义！趁你最好的年华！

郁康淳

2021年1月9日于文盛堂

郁康淳

中国影视金牌制作人

上海电影艺术学院 教授

上海电影艺术学院亚洲创意产业研究院 执行院长

上海电影艺术学院电影制片厂 厂长

目录 /Contents/

历史的时针指向1938年，处于二战爆发的前夕，全球局势动荡不安，欧洲国家正在密谋“慕尼黑会议”，中国战场上武汉会战打得正酣，日本叫嚣三个月内灭亡中国的企图破灭。

日本改变对华策略，在上海成立土肥原机关，执行“白皮书计划”，拟在占领区组建统一的伪政权，或拉拢民国元老、权贵人物，或暗杀中华志士，用以分化中国内部，迫使国民政府屈服。

重庆做出反击，发出暗杀“黑名单”，在全国展开各种暗杀、策反、锄奸等活动。天津伪联合银行行长程西山在英租界被狙杀，日本趁机封锁天津英租界，要求英国政府改变对日政策，天津事件迅速波及全球，尤其是远东国际情报中心——上海，更是魔都喋血、风声鹤唳……

故事是从一场刺杀开始的。

刺杀目标：满铁天津调查部部长山田寿。

刺杀地点：上海滩沙逊大厦华懋饭店。

刺杀时间：1938年9月25日。

第一日

1938 年 9 月 25 日　星期日

民国二十七年　农历八月初二

戊寅年　辛酉月

第一章　白沙与西湖

~ 001 ~

[上海，法租界，福开森路，梅苑]

这一刺，是违规操作。

作为中共上海情报科的潜伏特工，对一个不明身份的日本人进行刺杀，已经违反了组织规定。

不准收买、暗杀、色诱，这是中共地下工作的原则。

可是，她仍然选择了暗杀。

一个多月了，前往天津刺杀程西山的男朋友毫无音讯，令她寝食难安。程西山死了月余，他早就该回来了。不回来，意味着死亡。这就是做双面间谍的悲哀啊！

镜中的红颜，依旧美丽，只是少了活力，如同干涸了的花朵，虽然色彩耀人，却失去了鲜活。梳妆台前，放着她出版了两年的诗集《太平洋上的钟声》，扉页上有男朋友的手迹，抄录的是泰戈尔的《飞鸟集》："'我相信你的爱'，让这句话作为我的最后的话。"

"我相信你的爱！"

她念着这句诗，顿时泪流满面。她想不到这句诗竟然一语成谶，"最后的话"，这难道真是他留给她的最后的话吗？

扉页下面签着一个名字，一个不俗的名字，许少醒。

许少醒是她的男朋友，中共上海情报科"白沙小组"组长，潜伏身份是上海交通大学教授，更是中共上海情报科"沉沙三杰"之一，代号"白沙"。

这些身份，还构不成许少醒的全部。他还是上海滩令日伪汉奸闻风丧胆的军统暗杀小组之一的“西湖小组”组长。

中共“白沙”、重庆“西湖”，白沙与西湖，多么诗意的名字，却令那些侵略者、卖国贼毛骨悚然。然而，谁都未曾想到，“白沙”和“西湖”不是两个小组，而是一个小组，一班人马。

不错，中共“白沙小组”四名骨干组员，以“西湖小组”的名义，整体潜伏在军统中。

这是许少醒的创举，也是无奈之举。当时，军统还没成立，还叫军警处，即复兴社特务处，只是国民政府军事委员会调查统计局第二处。许少醒是第二处上海站的特工，向戴笠建议筹建“西湖小组”，用以暗杀亲日者。这个小组刚一成立，上海就爆发了“七君子事件”①，蒋介石对上海中共进行了大清洗，所幸“白沙小组”“转变”为“西湖小组”，这才幸免于难。

白沙与西湖，一个前所未有的双面小组就这么诞生了。

作为“白沙小组”的一员，她自然也是双面间谍。

不！她是三面间谍，除却中共、军统的身份外，她还是一个隐藏的“汉奸”，日本外务省情报机构岩井公馆新闻课《新中国报》的校对室主任。

这当然是组织的安排。实际上，组织只是推波助澜了一下，能打入岩井公馆并不是有意为之，而是“借题发挥”，因为是岩井公馆招募了她，她顺势成了一个三面间谍。

岩井公馆招募她，因为她是上海滩的大才女，不仅出版了诸多诗集，而且是上海滩唯一的女性传记作家。她的传记作品，立传的都是上海滩的新女性，四本传记还被编成了歌谣：“西欧阳，东红如，楚门千千柔。”

在这首歌谣里，“西欧阳”指的是愚园路百乐门的舞皇后欧阳夏，“东红如”指的是住在沙逊大厦华懋饭店的电影明星萧红如，“楚门千千柔”指的是两个女人，一个是楚门饭店创始人楚笠君，一个是青帮大亨千金平少柔。后面这两个女人更是不得了，是上海滩“江、平、楚”三大世家的其中两家，除了江家外，平家和楚家都让她写了，这可不是一般人能做到的。

她之所以有此作为，跟她的家世有关，跟她姓梅有关。

---

① 1936年11月23日，国民党政府迫害沈钧儒等七名著名抗日民主人士的事件，称为“七君子事件”。

江南梅家，书香门第。

她的名字就叫梅子青。

“雨轻风色暴，梅子青时节”，这是形容汝瓷的天青釉色，也可以用来形容她。清清淡淡，仿若一位身着天青色长裙的宋代美人，手执书卷，袅袅婷婷走来，正值小雪微霁，美人儿怕冷，却不言语。

江南梅家的梅子青，才华名动上海滩，谁能想到才情绝世的她，却是一个孤绝的人。她的孤绝，在于她是一个孤儿。她的孤绝，属于天外来客。

倒退到十年前，中国大革命前夕，她有一个温暖的家。上海滩的梅苑，一院子的梅树，是沾染着梅家的傲骨长成的。没有梅家的傲骨，上海滩江家二小姐岂会嫁给她的父亲梅晋元？江家是上海滩首富，“江、平、楚”三大世家之一，二小姐更是学法律的，获得过博士学位，还是租界法院院长，这么才情绝佳的女子正是因为看中了梅家的傲骨，才成为梅家一员的。若不是墙上还贴着母亲的照片，她会一不留神忘记了母亲的容颜，母亲的名字在上海滩不存在了，那个叫江秋水的女人在十年前去世了，连带她的一切全都消失了。

母亲去世后，父亲续了弦，取了平家二小姐平寒雨为妻。平寒雨也是离了婚的，看中了梅晋元的才情，非要嫁给他。这有些勉为其难了，一个是书香门第，一个是青帮世家，怎么可能成为一家人呢？

可是，这是一个常常产生奇迹的时代，父亲竟然娶了平寒雨。梅家是知书达理的，梅子青对后妈和亲妈一样亲，后妈也是知冷知热的，所以梅家还是有温度的，她也不算孤独。

谁知，四年后，父亲竟然被杀了，就在平公馆门口，那辆刚驶出来不足千米的轿车被炸弹炸飞了，火焰熊熊，车里的人都成了焦尸。与父亲同时遇难的还有青帮大亨平楚山的妻子，那场惨案被媒体称之为“平家惨案”。

惨案遽然发生，无常从来不打招呼，梅子青突然封闭了自我，只有那深入骨髓的孤寂才能触碰她的灵魂。她不喜欢梅苑有一丝生气，平寒雨心疼她，就搬出了梅苑。

孤独，思考，让梅子青成了非凡的女性，却也深深地刺痛着她。所幸啊，她遇到了许少醒，那个文质彬彬的大学教授，如同她的父亲似的，以他的博学和才情唤醒了那颗孤独的心。所幸啊，她还有一个叔叔，给她提供所需的一切，不至于饿其体肤。她的叔叔也继承了梅家基因，刚至不惑之年，便做了国民政府外交部亚洲司司长。

她的孤，她的痛，流淌在她的笔触间，也流淌在对日伪汉奸的一次次刺杀中。

那些刺杀，有一个代号，叫“黑名单”。

那些刺杀命令，都是从罗家湾 19 号军统总部发出的。

当然，作为中共上海情报科的地下党员，这些刺杀也是组织批准的。中共从事隐蔽战线斗争不允许搞暗杀一类的恐怖袭击，是不能暗杀身份不明者，对于侵略者、卖国贼，人人皆可杀。

每次刺杀，她的任务就是狙杀，她的武器除却那支能唤醒人们灵魂的笔外，还有一支光滑锃亮的狙击步枪。她的孤独，给了她最好的支撑，正因为那长达六年的孤独，才令她成了一名优秀的狙击手。

她的身份，只能允许她躲在暗处狙杀。

配合她完成刺杀行动的是一个不足 20 岁的女孩，她叫平少柔。这位青帮大小姐从小习武，跟她父亲一样，善用一把弓弩。那把弓弩有时比枪还有用，至少听不到枪声。

当然，少不了一个策划者，策划和后援才是刺杀行动的后勤保障，这个人就是副组长董竹。

许少醒、梅子青、平少柔、董竹，中共“白沙小组”的核心骨干组员，也是重庆“西湖小组”的全体组员。在军统名单中，他们分别有一个与西湖有关的代号：“许仙”“白蛇”“青蛇”“法海”。

这次刺杀的是个叫山田寿的日本人，当然还是由董竹做策划和后援，平少柔用弓弩，梅子青还是用那支刻着时光痕迹的狙击步枪……

~ 002 ~

[上海，公共租界，南京路，沙逊大厦]

刺杀山田寿，是“黑名单”行动。

刺杀山田寿，是许少醒的命令。

这道命令不是许少醒亲口下的，但是亲笔。那份情报的确是许少醒的笔迹，是通过一个秘密信箱收到的。这个信箱不是公开的，是许少醒和梅子青秘密联络的信箱，就在交通大学教学楼的通道里。

淞沪会战之后，交通大学迁到了法租界，借用震旦大学的新教学楼上课，大学校门前挂着两块牌子，一块是“私立震旦大学”，一块是“国立交通大学”。

走进震旦大学的校园里，遥看交通大学的教学楼，梅子青的眼泪忽然流了下来。多少年了，她的眼泪似乎流尽了，有多少个夜晚，她想哭想流泪，可就是哭不出来，流不了泪。但自从遇到许少醒后，她复苏了，宛如经历冬天的植物又春暖花开了。她侧头看着花园，眼前浮现出她挎着许少醒的胳膊散步的情形，耳边萦绕着许少醒轻吟“青青子衿，悠悠我心”的诗句，也缭绕着她的回音“但为君故，沉吟至今”。那些日子，那些深情对望，难道如昙花一现吗？

她擦了擦眼泪，走到交通大学教学楼的通道里，一面墙上全是清一色的铁皮箱，上面写着“国立交通大学 001 号信箱”，一直到“060 号”。梅子青站在“021号”信箱前，手里攥着一把钥匙，神情悲戚中又有些紧张和兴奋。她向左右瞧了瞧，看着一群学生走过去，便伸手打开了锁。信箱打开了，里面只有一支钢笔。

那支钢笔，就是她送给许少醒的定情物。

睹物思人，钢笔回来了，人也就回来了。

梅子青的脸上绽放出笑容，急忙取出钢笔，紧紧地攥在手中，生怕它不小心掉在地上。她锁上信箱，后退了两步，盯着满墙的信箱看，眼睛里噙着热泪。

梅子青从钢笔里取出了那份刺杀山田寿的情报，她思虑太多，竟然无法确定是不是许少醒的字迹，便想将钢笔交给董竹辨认。

他们是在上海总会见的面，在那个有着远东第一吧台之称的酒吧前，坐满了形形色色的人。她和董竹私交不错，明面上也有关系。董竹的掩护身份是南京维新政府华中电气通信股份有限公司总经理，喜欢的人正是梅子青的传记人物之一楚笠君。

“的确是少醒的字。”这是董竹给她的答案。

“他还活着？”梅子青太兴奋了，几乎忘乎所以，差一点儿笑出声来。

“山田寿是天津满铁调查部部长，这次以满铁特派员的身份来上海，跟鬼子一项名为‘白皮书’的计划有关。”

“白皮书？”梅子青笑意未尽，听到“白皮书”的字眼时，禁不住又轻笑一声。

“‘白皮书’跟土肥原有关，老家命咱们全力调查。”

梅子青不解地问 :“少醒要咱们除掉山田寿，跟‘白皮书’有关吗?”

“少醒没说，或许有关，也或许无关。你通过岩井公馆调查‘白皮书’。”董竹摇了摇头，端起酒杯，一口饮尽。

董竹又笑了笑说 :“少醒还活着，这下你的心也可安稳了。”

如果许少醒真的还活着的话，她自然心安了。可是，她的心安不了。因为就在刺杀之前，她忽然接到另一份情报，这份情报不是来自白沙小组，而是另一条情报线 :007 号线。

“007 号”情报线是中共上海情报科和江苏省委的联络线。淞沪会战期间，遭到国民党破坏的江苏省委决定重建，然而在废墟上凭空建立，只得依靠直属延安领导的中共上海情报科，所以才建立了“007 号线”，作为中共上海情报科和江苏省委的联络通道。

这条线，只有三个人，一个是中共 007 号，一个是许少醒，另一个就是梅子青。三人党小组属于单线关系，她的上线就是许少醒。然而，这份情报却并非是许少醒传达的，而是刊登在报纸上，要她到沙逊大厦的指定位置取情报。

许少醒若还活着，就不会有这份情报。反过来说，有了这份情报，许少醒就不会活着。

然而，他的钢笔和他的亲笔信，却是实实在在的证物。

然而，她无暇去寻找答案。在刺杀之前，她必须保持平静。唯有平静，才能确保万无一失。

这一刻，她的眼中只有一个目标，那就是刺杀山田寿。

关于是否刺杀山田寿，梅子青、董竹和平少柔也有过一番讨论。由于许少醒是白沙小组与中共上海情报科科长“3 号”的唯一联络人，许少醒不在上海，刺杀山田寿的情报就无法向“3 号”汇报。没有组织的批准，就无法刺杀山田寿。

“我们都是双面人，军统安排的任务，我们必须执行，不执行身份就会暴露。可不经组织批准，暗杀山田寿，有违咱们的纪律。”梅子青左右为难地说。

他们是在华懋饭店 706 室讨论的，这是平少柔常年租赁的套房。董竹本是站在窗前望天，这时转过身说 :“中共不搞暗杀，但有一些人不得不杀，譬如叛徒，譬如汉奸，譬如侵略者！”

“山田寿就是侵略者！”平少柔握紧了拳头，这个青帮大亨的千金，不仅留过洋，而且骨子里还是很有血性的。

董竹恨恨地说："这个山田寿，双手沾满了我中华同胞的鲜血。去年鬼子占领天津，就是他提供的天津攻防图，还有天津粮仓、电网、水网分布图，造成了十几万人受困，数万人致死，此贼不得不杀！"

梅子青不再犹豫，噌地站起身，握紧拳头，说："杀！"

平少柔哼了一声："侵略者、刽子手，该杀！"

刺杀山田寿就这么决定了。

夜幕降临，南京路商业街渐渐热闹起来，灯火璀璨。伸手向前的巴夏礼铜像和低头沉思的赫德铜像，耸立在灯光与夜色的交织中，如同黑夜里的幽灵。沙逊大厦作为外滩的主角，九点一刻俱乐部的热闹自然不亚于上海总会的长酒吧。

梅子青抵达沙逊大厦时，如一道美丽的风景。那风景是风情万种的，大开叉旗袍、精致小坤包、小提琴箱子，周身都是时尚元素，她就那样如风般走进大堂。

哗哗——一个陀螺旋转的声音陡然响起。

大堂服务台一侧的墙上，挂着一幅巨大的外滩素描。大堂除了服务台外，还设有三个贵宾休息处。每一处都有沙发、茶几和餐台，餐台上放着茶壶和茶杯。其中一个休息处，身穿笔挺西服的董竹正看着餐台上的陀螺旋转。一个约莫 50 岁年纪的男子瞥了陀螺一眼，询问服务员云川电影公司怎么走，得到答案后径直向西走廊拐去。

董竹没在意那个男子，看到梅子青走进来，便从兜里掏出一个精致的沙漏，放在了茶几上。沙漏里盛放的白沙，开始刷刷地漏下来。

另一个休息处，一个二十七八岁的男子正在低头看报。报纸遮住了他的脸，听到陀螺转动的声音时，微微垂下报纸偷看。不料恰好看到了梅子青，他急忙举起报纸遮住了自己的脸，露出左手戴着的一枚雕刻着五线谱的戒指。

这个男子之所以紧张，是因为他是梅子青的同事，确切地说是上级。他叫苏立生，是岩井公馆新闻课课长，《新中国报》的主编。他到沙逊大厦是来执行任务的，不想被梅子青撞见，所以等梅子青走进电梯后，他赶紧起身沿着步梯向楼上走去。

这时，陀螺声慢慢停止了，沙漏里的沙粒还在刷刷地漏着。

董竹瞄了一眼苏立生的背影，又拿起陀螺旋转。

梅子青到了 706 室，平少柔已经做好了准备。她身穿一套时尚运动装，又从沙发上拿起一件风衣。风衣下面，放着一把精致的弓弩。她穿上风衣，看不到里面的运动装。二人非常有默契，也没有交流，就直接行动了。

梅子青疾步走到窗前，将小坤包丢在沙发上，打开小提琴箱子，拿出小提琴，下面的隔层是狙击步枪的散部件和一副手套。她戴上手套，然后开始组装狙击步枪。

平少柔从卧室内拿出一捆绳子，将绳子一端系在桌腿上，将另一端系在自己腰间。她从沙发上拿起弓弩，跳到桌上，然后钻出窗外，沿着墙壁向下滑去。

梅子青将狙击步枪放在窗沿上，先俯身看了一眼平少柔，然后躬下身，透过目镜观察滇池路的情景。

这时，两个年轻男子走进滇池路，径直走到一辆轿车前。梅子青看得清楚，那两个男子是岩井公馆行动课的特务，一个叫李三，一个叫张平。

就在他们的车旁，一个幽暗的角落，还停着一辆轿车。此时，董竹就坐在那辆车里，手里握着枪，正盯着李三和张平的一举一动。

平少柔迅速下滑，眨眼工夫就来到了606室外面。她掏出一把小刀，悄悄拨开了窗户，透过窗缝看到书桌前坐着一个四五十岁的日本人，正是刺杀目标——山田寿。

山田寿穿着中山装，没有一丝胡子，留着寸头，正坐在书桌前抽雪茄。在他的脚下，一个木箱子打开着，里面有日式衣服，最上面是两本书，《源氏物语》和《平家物语》，旁边还有一个日记本。另一张桌上还放着一个皮箱。

这时，山田寿伸手拉亮台灯，翻开日记本，从内封皮里滑落一张女人的照片。照片中的女人年龄约莫二十五六岁，赫然是年轻时候的平家二小姐平寒雨，背景是一片盛开的樱花。日记本的扉页上写着“湫漻寂寞，为天下枭”。

山田寿拿起照片，叹了口气 ：“湫漻寂寞，一个字，冷！”

山田寿看着照片，又叹了口气，掏出打火机点着了照片，照片燃烧了一半，忽觉于心不忍，连忙拍灭，但平寒雨的脸已经烧没了。他举起手中雪茄，将日记本上的“为天下枭”四个字烫了个窟窿，只剩下“湫漻寂寞”四个字。

刷的一声，一支弩箭穿透玻璃，直接射进山田寿的太阳穴。平少柔举着弓弩，看见山田寿倒了下去，脸上露出一抹得意的笑容。

这时，那个叫张平的特务突然看到了沙逊大厦外墙上的平少柔，急忙拍了一下正在开车门的李三。

“啪啪”两枪，两颗子弹分别击中李三和张平的眉心。张平摔倒在地上，李三倒在车门旁。正是梅子青开的枪。平少柔听到枪声，转身向后街看了一眼，疾速滑了下去。

梅子青举起狙击步枪，向滇池路扫视。平少柔滑落到地面，迅速向董竹的车子跑去。董竹启动车子，等平少柔上了车，疾速驶离了滇池路。

706 室内，梅子青抽回狙击步枪，拆卸后放进小提琴箱里，盖上暗格。然后走到卫生间，脱掉手套，丢入马桶里冲走。

等一切痕迹抹除干净，梅子青扫视了房间一眼，觉得安全妥帖了，便到 007 号线指定的位置取了情报。

情报放在一个精致的小香包里，她坐在桌前，拉亮台灯，从小香包里掏出一张折叠的白纸。她将白纸铺在桌面上，从小坤包里掏出一瓶指甲油和一个描眉刷。那瓶指甲油其实是显影液，她用描眉刷蘸了蘸显影液，然后在白纸上来回轻刷了几下。片刻之后，白纸上显出几行字——

确认白沙同志牺牲
岩井公馆青花接替白沙
参与 007 号线工作

梅子青拿着显影液的手停顿在半空中，眼泪像瀑布似的流淌下来，身子突然一晃，一头栽倒在书桌旁。

～ 003 ～

[上海，公共租界，南京路，华懋饭店]

老同学、闺蜜就是用来出卖的吗？

六年了，从相识到相知，从陌生人到闺蜜，她确定对老同学的情谊是超越国籍的。可是，在战争面前，国籍就是横亘在她们之间的山丘。她们无法翻越山丘，毕竟侵略与被侵略是一个硬币冰冷的两面。

除却家国之外，她们的感情的确是温暖且深厚的。子非鱼，安知鱼之乐？冷暖自知，喜有所欢，不也是可以慰藉战争带来的困苦与灾厄吗？

可是，她是一个日本特工呀！

可是，她是岩井公馆副机关长助理呀！

这样的侵略者，也遭受到了战争创伤吗？

她叫千叶葵，公开身份是记者，实际上是日本驻沪领事馆的情报机构——岩井公馆的特工。这个岩井公馆是在五个月前成立的，是日本除却特高课以外，在上海成立的第一个情报机构。它是比较隐蔽的，对外宣称是《新中国报》报社，工作人员对外都有其他身份。

她的闺蜜叫陈燕，是意大利驻沪领事馆大使雷纳托的翻译，二十七八岁的年纪，长得硬朗，却非常耐看，是那种冷峻冷艳型的。望着闺蜜走出卧室的背影，往事突然像海啸般冲了出来，涌现在她的眼前，千叶葵打了一个趔趄，差一点儿丢掉手中的无声手枪。

千叶葵舍不得杀死陈燕吗？

"你不是已经出卖了她吗？你不杀她，她也活不了了。"千叶葵流着泪，再次握紧无声手枪，悄悄拉开一条门缝，看到陈燕一只手抱在胸前，另一只手夹着烟，站在华懋饭店602室的窗前眺望着南京路商业街。

千叶葵没有看到，陈燕的眼里流下的泪水，那泪水沿着脸颊肆意流淌，流到了她的嘴边，可是她仍旧一动不动，任凭泪水悬空落下。

她知道，她的闺蜜千叶葵此刻正用枪瞄准着她。

她知道，老同学、闺蜜就是用来出卖的。

噗的一声，一粒子弹射进了她的后背。

陈燕本能地向后望去，却又强自扭过身不往后看。她让自己尽量放松，让自己的身体像鹅毛般倒下去。她希望她的死亡是悄无声息的，不给闺蜜留下任何悲伤……

千叶葵推开卧室的门，将无声手枪丢在地板上，疾步走到陈燕身侧，缓缓地蹲了下去。她抱起陈燕，在她的额头亲了一下。一滴眼泪落在陈燕的脸上，千叶葵喃喃地说："对不起，燕儿，对不起！"

千叶葵的痛苦，只有那么一瞬间，然后她的神情就变得冰冷，立刻开始部署伪装。杀死陈燕的另一个目的，就是测试苏立生。

有人指证，苏立生是共产党。

这个指证，不是一般的指证，因为指证的人不是一般人。至少，在岩井公馆甚至日本上海情报系统内，还不能公开这个人的身份。这个人指证了，岩井公馆就不得不查。

苏立生是潜伏在岩井公馆的共产党吗？一个唯唯诺诺、胆小如鼠的人，怎么看都不像是共产党，可这样的人一旦是个潜伏者，结果是非常可怕的。

“那就让他杀掉陈燕！”岩井公馆副机关长木村苍介说，“共产党情报人员不得暗杀，这是中共最愚蠢的地下工作原则。好嘛，我们就以子之矛攻子之盾。苏立生若不杀陈燕，他就是共产党。”

这的确是一个比较有效的法子。

共产党人永远将组织纪律、工作原则放在首位，甚至超越了生命，那是一种信仰，所以只要苏立生是共产党，他就不会滥杀一个无辜的人。

现场伪装好了，就等苏立生到了。千叶葵看了一下手表，见时间快到了，便躲进卧室内偷窥。

这时，苏立生走到了 602 室的门前。他非常小心，先向左右看了看，见走廊无人，悄悄掏出一把南造手枪上了膛。

令苏立生想不到的是，602 室斜对面的 603 室的房门，微微地开了一条缝，一只长睫毛的眼睛眨了眨，正在盯着苏立生的一举一动。

苏立生将耳朵贴在 602 室的门前听了片刻，感觉里面无人，便将手枪别在腰后，掏出开锁工具开了门。他开门的动作娴熟，那只长睫毛的眼睛眨得更快了。

苏立生推门进去之后反手关上门，第一眼便看到陈燕坐在沙发上，穿着一件新睡衣，一只手撑着半边脸，似乎沉睡的样子。

苏立生忽然感到不对劲儿，警觉地向房内瞧了瞧，举步走到陈燕身前，用枪抵住了陈燕的额头。

陈燕没有动。苏立生也没有开枪。

这时，屋外传来两声枪声。苏立生叹了口气，突然从嘴里吐出一个刀片，伸手划开了陈燕的喉咙。陈燕趴在了沙发上，鲜血瞬间染红了沙发。

苏立生向陈燕的后背望了一眼，看到她的背部有一片小小的血渍，显然是刚渗出来的，嘴角不禁露出一抹冷笑，转身离开了房间。

千叶葵听到枪声，微微一惊，等苏立生走远了，立刻去查看陈燕的尸体。当她看到陈燕背部的血渍时，眉头不由一皱。

千叶葵将陈燕的尸体拖到浴盆里，用化尸液腐蚀了，屋里顿时弥漫起一股恶臭的味道。千叶葵看着陈燕渐渐化去，顿觉心口一痛，不敢再看，急忙转身离开 602 室。但她没有离开华懋饭店，而是去了 901 室。

901 室是个长租客，住的是上海滩的大明星，最近她的名气更加攀升了，只不过是负面的。由于她在《女间谍》中饰演一位间谍，为了获取情报使用色诱手段，竟然赤裸上阵，成了上海滩第一位艳星。此刻，时年 25 岁的萧红如正坐在沙发上，掏烟、点烟、吸烟，一连串地熟练动作之后，优雅地吐出一个大大的烟圈。一旁的书架上摆着《良友》杂志，地面上还堆着一摞，杂志的封面肖像有萧红如、欧阳夏、楚笠君、平少柔和梅子青。封面是梅子青肖像的杂志，主题是《从诗人到传记作家——宁为祖国战斗死，不做民族未亡人》。

“我有什么好处？”萧红如看着对面的千叶葵，漫不经心地笑了笑。

千叶葵也吸着烟，微笑地凝视着萧红如，说：“有我们大日本帝国的支持，萧小姐的事业会如日中天。”

“万无一失吗？”

“萧小姐请放心。”

萧红如轻轻地摇摇头：“如果中国人知道我做了汉奸，我会身败名裂的。”

“绝不会发生这样的事。”

“你保证？”萧红如夸张地伸出纤纤玉指，看着千叶葵妩媚地笑道，“不，你的大日本帝国能保证吗？”

“萧小姐请放心。”

萧红如收回手指，秀眉紧蹙：“意大利间谍会是中国人吗？”

千叶葵笑了笑：“陈燕就是意大利间谍。”

“我看得出来，千叶小姐和陈燕关系非同寻常呀！”

千叶葵难过地叹了口气：“陈燕已经死了。”

萧红如一挑眉毛：“从此刻开始，我就是陈燕了。”

千叶葵如愿地点点头：“从此刻开始，你就是意大利间谍，代号‘红鸽’。”

萧红如的脸色舒缓了些许，轻声地说：“别忘了酬金。”

“麦加利银行，私人保险柜。”千叶葵笑了笑，从兜里掏出一把带着铁牌号码、上面有个“M”标记的钥匙，丢在了茶几上。

“不送。”萧红如将烟掐灭在烟灰缸里，笑着站了起来。

~ 004 ~

[上海，日占区，虹口，岩井公馆]

从外面看，看不出新中国报报社是情报机关的。报社由四栋洋房组成，每栋楼上写着不同编号，大门处悬挂着一块木牌，上面写着“新中国报报社”六个字。

不过，它的名声不太好，大家都知道《新中国报》是日本人办的报社，是为中日亲善鼓与呼的。没人在乎它的名声，它只要能遮掩情报机关的痕迹就行了。从这一点看，它无疑是成功的。新闻界皆知，《新中国报》就是日本驻沪领事馆的口舌。

岩井公馆之所以叫岩井公馆，是因为创始人叫岩井英一。他是日本驻沪领事馆副总领事，虽是机关长，但不在公馆上班。所以，执掌岩井公馆的是副机关长木村苍介。

正值壮年的木村苍介，是日本第二代间谍王坂西利八郎的学生，按照辈分来算，与第三代间谍王土肥原贤二是同辈，所以他总是高高在上，就连岩井英一都瞧不上。

岩井公馆 4 号楼是行动课，一楼设置有审讯室。这时，木村苍介正坐在审讯桌前，看着手下审讯意大利驻沪领事馆大使雷纳托。雷纳托被绑在审讯架上，已经被打得体无完肤，嘴角鲜血直流。

“你们这是什么意思？”雷纳托喘着粗气质问，“德意日三国特使会面，这是高层的安排，你们为何抓我？”

这么无聊的问话，木村苍介懒得回答。他瞥了一眼做记录的书记员，手指在桌上轻轻一弹。

时年二十五六岁的行动课长杉本哲点点头，走到雷纳托面前，哼了一声，问：“日本特使是谁？”

雷纳托费劲地摇了摇头：“我不知道。”

杉本哲阴险地笑了笑：“你怎么可能不知道？”

“我还没见到日德特使。”

“所以，你没有价值了。”

雷纳托惊恐地说：“不，不，我安排了陈燕与德国特使会面。”

杉本哲微微一笑：“陈燕已经死了。”

雷纳托一愣：“死了？”

杉本哲伸手拍了拍雷纳托的脸：“我们不掌握陈燕，岂能抓到你？”

木村苍介见学生的问话无聊极了，手指又在桌上轻轻一弹。

杉本哲听到弹指声，知道老师不耐烦了，便侧转过身，从审讯器材里抽出一把刀，挥手割开了雷纳托的喉咙。雷纳托的面目狰狞，鲜血一下子从喉咙里喷了出来。

哗啦一声，杉本哲将刀丢在地上，转过身向木村苍介微微躬身。

“‘原点计划’务必成功，这是公馆的最高任务。”木村苍介的手指继续在桌上弹动，“‘三月粉碎中国’计划失败，张鼓峰事件兵败，大本营是一团糟，‘北进’的陆军部和‘南进’的海军部各执己见，乱成了一锅粥。”

杉本哲抬起头：“土肥原机关不是成立了吗？”

木村苍介摇摇头，叹了一口气：“土肥原机关集结三部，只是为了执行‘白皮书计划’。”

杉本哲愣了愣：“白皮书计划？”

“三部联合满铁，继续分裂中国。”

“外务省是什么主张？”

“‘北进’！”木村苍介缓缓站起身，瞥了一眼死去的雷纳托，嘴角露出一丝冷笑，“只以苏联为目标。”

～ 005 ～

[上海，公共租界，南京路，沙逊大厦]

滇池路口，一辆轿车戛然停下。一个 30 岁左右的中国男子，神情有些颓废，连打着哈欠下了车，骂了句：“妈的，打个牌都不能尽兴！”

这个中国男子叫陈耕，是公共租界工部局警务处处长。警务处明以警务为名，实则以搜集租界情报为主，直接归工部局总董约翰·霍华德管辖。

陈耕下了车，向李三和张平倒地的方位看了一眼，眼睛飘向地面的玻璃碎片，然后向上望去，盯在了 606 室的窗户上。

一个二十五六岁的警察安江，手里提着一个工具箱，跟在陈耕的身后。另一个二十七八岁的警察谢奎，检查了李三的尸体，回头向陈耕汇报："陆大少的人！"

"他妈的，狗汉奸！"陈耕朝地上啐了一口唾沫，负着双手向南京路走去，"走，到里面查！"

这时，平少柔穿着运动服从外滩拐进南京路，额头满是汗水，一边跑一边擦汗。她跑进沙逊大厦的大堂，看到那个沙漏的沙粒缓缓流尽，便走到茶几旁，伸手拿起了沙漏向电梯走去。

陈耕恰好走进大堂，看到平少柔的举动并没有在意，也跟着上了电梯。到了六楼，陈耕等人下了电梯，径直到 606 室查看。室内保持着原样，山田寿倒在地上，太阳穴上扎着一支箭弩，鲜血流淌了一地。

陈耕点了一根烟，盯着山田寿暴突的眼睛，缓缓地蹲了下来。安江和谢奎各自搜查山田寿的两个箱子。

谢奎从山田寿的箱子里找到一个证件，拿出来翻看，眉头一皱，走到陈耕跟前，将证件递给陈耕，说："处长，是满铁的。"

"满铁？"陈耕接过证件，眉头一皱。

安江也从另一个箱子里搜出一张任命书，递给陈耕："天津满铁调查部部长，上海满铁调查部特派员。"

"什么？特派员？"陈耕伸手从安江手里接起任命书，只见任命书上写着"兹委任天津满铁调查部部长山田寿为上海满铁调查部特派员"，下面落款处盖着"南满洲铁道株式会社"的公章。

安江问："怎么办？"

陈耕看了一眼工具箱："毁尸灭迹。"

谢奎问："要不要支会约翰一声？"

"线路不安全。"陈耕盯着电话摇了摇头，"天津事件闹得很凶，程西山在租界被刺杀，日本人封锁了英租界，此事必须引以为戒。"

安江点点头："山田寿死在租界，日本人搞不好会借机打进来。"

陈耕考虑一下，说："先斩后奏吧，我亲自向约翰汇报。"

安江走到窗前，俯身望去："处长，枪声的问题怎么解决？"

"楼下的尸体可以派上用场。"陈耕走到窗前，向楼下一指，接着向谢奎、安江二人挥了挥手，“老法子，伪装易容，送往火葬场。”

谢奎将山田寿的尸体摊开，安江打开工具箱，箱子里全是易容的工具。二人将山田寿化妆易容成一个白发老者，收拾好工具，架着山田寿的尸体离开。

陈耕清扫室内，将山田寿的物件装进皮箱里，提着两个箱子随后离开。

~ 006 ~

[上海，法租界，霞飞路，楚门饭店]

楚门饭店是霞飞路上的地标。一楼拐角处，挂着一个招牌，上面写着“锦霞蛋糕房”，柜台设在前门处，屋檐前面伸出一个檐廊，上面缀满绿植，屋内不设桌位。已是深夜了，楚笠君还在蛋糕房里做蛋糕。

楚门饭店的创始人就是楚笠君，她本不姓楚，只是嫁到了上海滩三大世家的楚家。实际上她姓许，还有两个弟弟，是一对双胞胎，一个叫少醒，一个叫少醉，估计是听多了西湖的故事取的名字。

楚笠君从小生活在西湖边上，只可惜命运不济，家中遭遇变故，她被卖到了上海，在青楼做卖唱女。那一年，她刚刚 12 岁。这一别，就是 26 年。如今，她已经 38 岁了，家人也团圆了，都有了各自的前程。这一切，都归功于她嫁到了楚家。她丈夫叫楚品弦，曾是上海滩的印刷大亨，六年前忽然死了。后来，楚笠君继承了楚家的家业，又创办了楚门饭店，经营得风生水起，就连当年杜月笙之辈都是楚门饭店的常客。

董竹就住在楚门饭店 1111 室，奢华的三居室套房，长租。他只是一个总经理，按理说支付不起这里高昂的租金，可是他从不担心租金，因为这是免租房——楚笠君免了他的租金。这里面当然有故事了，一个关于“白沙与西湖”的故事。

大约在半年前吧，就在饭店拐角处的蛋糕房，一个私密性非常好的密室里，董竹和许少醒一边吃着楚笠君做的糕点，一边跟楚笠君聊天，也就是在那一天，他们亮明了身份。

楚笠君听了，波澜不惊，笑着说：“阿弟，你是共产党？”

许少醒笑了笑：“不但我是，董竹兄也是。”

董竹点点头："我们是中共上海情报科的一个党小组，少醒是组长，我是副组长，老楚也是我们的人。"他口中的老楚，就是楚公馆的管家，一个老红军。

楚笠君微微一愣："老楚是你们的人？"

许少醒笑了笑说："姐姐亲共，延安不放心，老楚奉命保护姐姐。"

楚笠君不动声色地问："这是什么时候的事？"

许少醒微微一笑："一·二八事变后。"

此时，楚笠君的脸色一变："说吧，你们有什么目的？"

许少醒放下糕点，拉长声音喊道："姐姐——"

董竹含蓄地笑道："笠君是同意了！"

许少醒瞄着二人，呵呵一笑："我还没有董竹兄了解姐姐呢！"

楚笠君白了许少醒一眼，嗔怪道："少醒！"

许少醒不敢再取笑楚笠君，肃容说："我计划在上海建立一个秘密联络网，需要姐姐坐镇。"

楚笠君微微一愣："坐镇？"

许少醒故意激楚笠君，说："姐姐怕了？"

"别用激将法，笠君不吃这套的。"董竹摇了摇头，掰了一瓣橘子递给楚笠君。

许少醒看着楚笠君，缓缓地说："我和董竹兄还另有身份，复兴社的刺杀小组，名叫'西湖'。西湖小组一共有四个组员，除了我和董竹兄以外，还有两个人，姐都认识。一个是梅家的梅子青，一个是平家的平少柔。"

楚笠君皱起眉头，不解地问："你们到底……"

董竹会心一笑："我们姓共，底色是红的。"

楚笠君盯着董竹和许少醒看了半天，才慢慢地自言自语道："西湖、西湖，许家就住在西湖边上，我有 26 年没去过西湖了。"

吃完那瓣橘子，楚笠君长叹一声："那我给自己取个代号叫'许仙'吧，也算认祖归宗了。"

许少醒会意地笑了："用本姓也好！楚家是楚家，许家是许家，不能忘本。"

董竹看着楚笠君："笠君，你不是我们的人，不需要你冒险的。"

楚笠君望着身边两个出色的男人，叹了口气说："你们要好好的！你们好好的，我就不用冒险！"

董竹喜欢楚笠君，所以他不会让她冒险，譬如他今晚心中有疑惑，刚刚完成一个刺杀行动，本来要与楚笠君一起庆贺的，可他故意避开了她，绕到饭店后门上了楼。

1111 室的客厅很宽敞，是欧式布局。董竹将外套搭在衣架上，换了拖鞋，一副心事重重的模样，疾步走到书房。书桌上放着一个相框，相框里是楚笠君的照片。董竹拉开抽屉，掏出梅子青交给他的那支钢笔，拧开笔帽，里面是个空腔。董竹从中取出一张纸条，拉亮台灯，将纸条铺在桌上，看着上面的文字——

25 日晚

华懋饭店 606 室

刺杀山田寿

白沙

董竹看着纸条，眉头一皱，又拉开抽屉，拿出一个放大镜，仔细看了看纸条上的文字，尤其是字迹边沿的毛边，喃喃地说："的确是少醒的字。"

忽然，他似乎有所警觉，拿起笔筒在桌上用力磕了磕，从笔筒里又掉出来一个纸团。

董竹放下笔筒，将纸团展开，纸条上是一行字——

26 日晨 306 书房见

董竹拿起放大镜看了看，仔细观看字迹的毛边，然后放下放大镜，一只手拿起写着"华懋饭店"的纸条，一只手从抽屉里取出一把剪刀，将"华懋饭店"四个字剪下来，然后把剩余纸条全部放在烟灰缸里，掏出打火机点着了。

～ 007 ～

[上海，公共租界，南京路，华懋饭店]

敲门声响了，不能让旁人看出她的心思。

梅子青快速整理指甲油、描眉刷，拿起纸条团成一团。她先走到沙发前，将指甲油、描眉刷放到包里，然后将纸条丢进马桶里冲走。

这样还不行，她迅速走到洗手盆前拧开水龙头，湿了湿手，没有关水龙头便走了出来。

“来了，来了！”梅子青走到房门前拉开门，看着门外的平少柔，勉强挤出一丝笑容。

平少柔边进屋边问：“干吗呢？”

“月事来了。”

“水龙头。”平少柔走进屋里，听到哗哗的流水声。

梅子青哦了一声，假装才察觉，急忙转身，疾步向卫生间走去。

平少柔皱了皱眉，摇摇头，反手关上门，一边脱衣服一边走进卧室。拉开橱柜，里面挂着各式各样的衣服，她选择了一套裙子换上。

卫生间里，梅子青关了水龙头，看着镜中微微红肿的眼睛，瞧见洗手台上的化妆品，给自己补了补妆，觉得满意了才走出卫生间。

“你在掩饰什么？”平少柔站在客厅里盯着梅子青看了看，笑着问。

“你多心了。”梅子青走到沙发前坐下。

“我知道你哭过。你担心许先生嘛！”平少柔摇了摇头，坐在梅子青的对面，“放心吧，许先生没事的！咱们不是拿到了许先生的情报吗？有情报，就说明许先生还活着。”

“那的确是少醒的字。”

“既是许先生的字，表姐还担心什么？”平少柔伸手在梅子青的手上轻轻地拍了拍。

“少醒赶赴天津的任务是刺杀程西山。”梅子青轻轻地叹了口气，“可程西山死了一个多月了，少醒却还没有回来。”

“没事的，表姐。”平少柔忽然意识到什么，“刺杀程西山，不是组织的命令吧？”

梅子青点点头：“军统，戴笠亲自下的命令。”

平少柔心疼地看着梅子青，喃喃道：“这就是双面间谍的悲哀。”

“没有第二处的掩护身份，咱们岂能活到现在？”梅子青渐渐平复了情绪，“民国二十五年，七君子事件时，蒋介石对咱们大清洗，若非咱们化身西湖小组，藏身于第二处，恐怕活不到今天。”

“白沙、西湖，多么诗意的名字，谁知却暗藏着无限杀机。”平少柔感叹着，然后又悄悄地问，“许先生临去天津前，也没见你一面？”

梅子青委屈地摇了摇头：“以前，再大的事，少醒总会见我一面的。”

“许先生不见你，自有他的理由。或许，他是不能见你。”

“看来，少醒不是一个人去的天津。”

平少柔紧紧地握住梅子青的手：“别多想了！要相信董大哥的判断！”

这时，电话突然响了。平少柔急忙起身接听。她只听不答，听了一句话，便挂了电话，望向梅子青，说：“明早书房见，306 室。”见梅子青呆呆地看着电话，平少柔蹙眉问道：“怎么了，表姐？”

梅子青嘴边荡起笑容，喃喃地说：“少醒回来了！”

平少柔不由自由地跟着笑了：“幸福得傻了！”

梅子青回过神来：“明天早上，我要去‘书房’见少醒。”

“上海总会？”

“咱们走吧，晚上做个好梦。”

~ 008 ~

[上海，日占区，黄浦路，苏联驻沪领事馆]

苏联驻沪领事馆就在外白渡桥东边，下了桥再走百余米就到了。过了苏联驻沪领事馆，再向东约百米，就是日本驻沪领事馆。

这时候，一个 50 多岁的中国男子，身穿长袍，正抬头看着苏联领事馆。他的身侧是一个二十四五岁年纪的俄国女人，穿着时尚，挎着中国男子的胳膊，警觉地向四周观望。

中国男子望着苏联领事馆，眼神里仿佛闪烁着光芒，他知道这就是心中的家呀！作为一个共产国际，看到了苏联领事馆，心中自然是暖的。这个中国男子叫顾向焘，不仅是个共产国际，还是从中共长江局调来的中共 007 号，正是“007 号线”的负责人。

顾向焘的心情是激动的，中共 007 号隐藏很深，苏联领事馆自然是不知道的。他的掩护身份就是领事馆的领事，可以说是共产国际，也可以说不是，因为领事馆的工作人员未必都是共产国际，这种模棱两可的身份，更适合他在上海滩活动。

身侧的俄国女人名叫安娜，是百乐门的舞女，身材修长，长得很漂亮，典型的俄国美女。她转过身看着顾向焘说："老顾，我就不进去了。"

顾向焘笑了笑："领事馆就是你的家呀！"

安娜摇了摇头："你办的是大事。"

"好吧！"顾向焘轻轻拍了拍安娜的手，"记住，无为而为，不争是争。百乐门舞皇后，虽然只是个虚名，但它足够闪耀。耀眼的东西，最容易闪花人们的眼睛，迷惑人们的思想，才是大藏。"顾向焘说着，从兜里掏出一张照片，递给安娜。

"我会与欧阳夏争舞皇后这个虚名的。"安娜接过照片，在昏黄的路灯下看到照片里的人竟是梅子青，不禁一愣，"梅子青？"

"盯紧了她。"

"她有问题？"

"不确定。"顾向焘眯着眼睛压低了声音，"不确定的东西，充满变数的事，才是最可怕的。"

安娜踮起脚尖，在顾向焘的脸颊上轻轻吻了一下，然后松开了他的手，拿着照片向外白渡桥走去。

～ 009 ～

[上海，公共租界，河南路，苏宅]

苏宅是一个小宅院，只有一栋两层楼结构的房子。房前是一个院子，入门两侧是小竹林，中间是石板铺成的过道。小竹林到房子的空地上，放着成排的花，种类很多，其中还有五六盆仙人掌。

吱呀一声，大门开了，苏立生平静地走了进来。进门后，苏立生立即反手关上门，紧张地将耳朵贴在门上，倾听外面的声音，听了片刻，察觉无人跟踪，便畅快地转过身，长吁了一口气，脸上露出了神秘的笑容。他伸手晃了晃竹子，听着竹叶哗哗作响，竟然笑出声来。

苏立生一边穿过小竹林，一边掏出手枪开始拆解，将拆散的手枪部件一一插入仙人掌的花盆里。他站在最后一盆仙人掌前，看着手里的弹夹，叹了口气，伸手将弹夹按入花盆里，然后又捏了些土撒在花盆上，掩盖住了枪支散件。

这时，苏立生起身看了一下宅院，觉得很满意，放心地伸展开双臂，掏出钥匙打开房门。房间的灯亮了，他脱掉外套，倒了一杯凉茶，大口喝着，在沙发上坐了下来。

苏立生将茶几前移半尺，下面的木地板有一块是断裂的。他将断裂的木板掀起，里面是一个小洞，洞里是一套俄罗斯套娃。他取出俄罗斯套娃，将茶几挪回原位。套娃共有五个，他一个个地打开，剩下最后一个时，他翻过来看，套娃的肚子里放着一张纸条。

苏立生先将小套娃放在茶几上，点了一根烟，警觉地向四周看了看，一副小心翼翼的模样，然后才拿起小套娃，从里面取出纸条展开，只见上面写着两行字——

明日醉青山接头

一类接头方式

“接头？能接头吗？”苏立生皱着眉头将纸条点燃，扔进烟灰缸里，忽然冷冷一笑，起身走到窗前，拉开了窗帘，抬头看繁星点点的夜空。

～ 010 ～

[上海，法租界，福开森路，梅苑]

福开森路是一条有名的道路。之所以有名，是因为住在这条路上的人有名。江南梅家不必说了，那是过眼烟云了。与梅苑隔着一条街道的宅院，正是原中华民国内阁总理唐邵诣的公馆。有原内阁总理的存在，福开森路自然是一条有名的道路了。

梅子青站在梅苑门前，看着古味盎然的宅院，脸上渐渐柔和起来。梅苑里没有灯光，门上落着锁，显然是她一人独居。梅子青从包里掏出钥匙，打开门锁，推门进院，迎头可见几棵老梅树和一栋四层的主楼，两侧是两层的厢房。院子不大，分割着几个小花圃，种着不同的花，角落里苔藓处处可见。

梅子青径直向东厢房走去，开了锁，推门进去，拉亮了灯。一楼是书房和客厅，屋角处架着一个煤火炉，卧室在二楼。客厅里悬挂着两张照片，是梅子青父母的遗照，一张是父亲44岁时的遗照，一张是母亲36岁时的遗照。遗照前摆着香烛等物什。

梅子青放下小提琴箱子，一抬头看到父母的遗照，呆呆地站了一会，默默走到烛台前，点香，烧纸，磕头，算是祭奠了父母。

等祭奠完父母，她走进书房。书房里有一个大书柜，柜子里放满了书。最中间的位置，摆放着梅子青的作品：《太平洋上的歌声》《生如夏花——百乐门舞皇后欧阳夏传》《红动上海滩——一代影后萧红如传》《霞光万里——楚门饭店创始人楚笠君传》《平地一声雷——上海滩新女性平少柔传》。

书桌上摆着一个小相框，相框里是一张她和许少醒的合照。她走到书桌前，拿起相框轻轻地抚摸着，眼泪不禁流淌下来，滴落在相框上。

"你究竟是死了，还是活着？"梅子青眼前浮现出她看到的情报，喃喃地说，"007号线的情报，一定不会错的，少醒——你一定是牺牲了。"她的眼泪一滴滴地落在相框上，忍不住念起了那首令她心悸的诗句："青青子衿，悠悠我心。但为君故，沉吟至今。"梅子青走到椅子前坐下，轻轻地抱住相框，泪花再次迷蒙了双眼。

"你已经死了，为何还会现身？少醒，你能告诉我，究竟发生了什么事吗？"梅子青缓缓睁开眼睛，将相框放在桌上，轻轻拉开书桌抽屉，里面叠放着几条丝巾。她将丝巾拿出，下面是个隔板，打开隔板，里面是一支设计精巧的小手枪和消音器。她拿出手枪和消音器，一边将消音器拧到手枪上，一边起身走到书柜前，伸手抽出一本线装《史记》，拿到书桌前打开，书里面是镂空的，放着一匣子弹。她取出子弹，一粒粒压入枪膛中……

第二日

1938 年 9 月 26 日　星期一

民国二十七年　农历八月初三

戊寅年　辛酉月

第二章　猎人们

~ 011 ~

[一个月前，天津，英租界，英国驻津领事馆]

这是“黑名单”行动中最凌厉的一次暗杀。暗杀目标是天津伪银行行长程西山。程西山是天津青帮大亨，与上海的青帮大亨平楚山，并称为“南北二山”。自天津沦陷后，他带着青帮投靠了日本人，成了大汉奸。

戴笠怒了，亲自下令西湖小组组长许少醒赶赴天津，刺杀程西山。与此同时，天津军统站也接到了刺杀程西山的命令。

所以，刺杀程西山的当日，是一场混战。

刺杀是在英国驻津领事馆内完成的。当时，程西山的车子刚驶入领事馆大院内，程西山是自己开的车，停好车后，便推开车门下车。就在下车的那一瞬间，两声枪声同时响了，程西山眉心中弹身亡。

当时的英国领事馆乱成了一锅粥，荷枪实弹的英巡捕在领事馆内疾速穿梭。在一片混乱之中，轿车的副驾驶门被推开，显然有人从车里逃走了。

领事馆大门口，值班的英巡捕跑向停车处，顾向焘穿着送菜工人的衣服压低帽檐，从大门口疾步走了出去。

后院内，日本驻津领事馆副总领事疾步向后门走去，周围还没有发现英巡捕。这时，许少醒突然出现。他胸口中了一枪，鲜血渗透了衣服，看到副总领事，脸上一喜。

“你开的枪？！”副总领事看到许少醒，眉头紧皱，疾步迎上。

“交通大学，021 号信箱。”许少醒从兜里掏出一个烟盒和一支钢笔递给他。

“坚持住。”副总领事接过烟盒和钢笔，放入兜里。

“我喜欢子青。”许少醒摇了摇头，“见到子青，告诉她，我爱她。”

“快走！”副总领事疾步走到后门。

许少醒蹒跚跟上，刚走到后门时，突然一头栽倒在地上。

～ 012 ～

[上海，法租界，霞飞路，楚公馆]

晨光穿透法桐的细缝，在地上投下如铜钱孔般大小的光圈，树叶随风摇曳着，那些光圈似波纹般地晃动起来，煞是好看。在那些茂盛的法桐后面，就是楚公馆的花园。楚公馆是一栋主楼带侧楼的高级洋房，主楼是四层，侧楼是两层。院子很大，花园是小桥流水的江南风格。大门处，设有门房，门外的石墙上雕着“楚公馆”三个字。

哗啦一声，大门徐徐打开，一辆轿车驶进了楚公馆。车子绕过花园，停在侧楼处。

50 岁左右的老楚早在侧楼处等候，看着董竹下车，打着招呼：“董先生！”

“查一下时间！”董竹走到老楚身旁，伸手将一块怀表丢给了老楚。

老楚接过怀表：“好嘞！”

董竹看着老楚走进侧楼，转身向主楼走去，看到楚笠君站在门廊前，脚下快了几步。

“事成了？”楚笠君看着董竹走来，表情很平静。

“成了。”

楚笠君好奇地问：“真的没有一点动静？”

董竹微微一笑：“天津事件闹得正凶，英国人可不希望日本人死在租界。”

“少醒确定还活着？”楚笠君见董竹没有回答，意识到不妙，轻轻提醒道，“少醒若出事了，刺杀山田寿就是个阴谋。”

董竹摇了摇头：“现在还不能确定，等老楚的检验结果吧。”

老楚是检验的高手，参加革命前本是一个药剂师。他将侧楼的储藏室改成了暗室，里面摆满了各种检验器材。靠墙有一张摆着各种试剂的桌子，桌上的台灯亮着。放在桌上的怀表已经打开，表盘上面是一张写着“华懋饭店”四个字的小纸片。老楚拿镊子夹起纸片，对着台灯看了一眼，便放在一个精致的白色小碟子里。他一只手拿起盛着药液的小瓶子，一只手拿起吸管，吸了药液滴在纸片上，“华懋饭店”四个字渐渐消隐。

楚笠君抬头向哗哗作响的法桐望了一眼，随口问董竹：“还没吃早饭吧？”

董竹呵呵笑了：“赶这么大早，就是馋你做的饭。”

“走，吃饭。”楚笠君说完转身向屋内走去。

餐桌上，摆着五六个小菜，还有蒸饺、枣糕等点心，非常丰盛。望着精致可口的美食，董竹的心情舒畅，坐下来拿起筷子就吃。楚笠君看着董竹吃得尽兴，心情也舒爽了许多。她手里拿着一个玉牌，玉牌上雕刻着许仙与白娘子断桥相会的场景。

董竹微微抬头，看到老楚疾步走到餐厅，放下筷子，问：“什么结果？”

老楚边走边说：“一个月前写的。”

“一个月前？”董竹陡然起身，望向楚笠君，缓缓地说，“少醒牺牲了。”

楚笠君慢慢地站起身，突然身子微微一晃，哽咽地说道：“我这个弟弟呀——”

老楚顿了顿脚，失声道：“失散了20年，这才相认几年啊，怎么就出事了呢！”

董竹的脸色突然变得铁青：“刺杀山田寿是个陷阱，子青有危险，我得去找她。”

楚笠君缓过神来，急急地说：“如果是个陷阱，子青已经掉进去了，不可莽撞！还是我去找她吧！”

董竹坚决地摇头：“不行！”

“少醒不在了，我这个‘许仙’虽是个凡人，可总要经历那一遭的。”

董竹攥紧双手，仍旧使劲地摇头：“不行！你不是党员！不能让你冒险！”

“是你不想让我冒险吧？”

董竹心疼地看着楚笠君：“‘许仙’当不得真的。”

楚笠君正色道：“‘许仙’本做不得真，可少醒去了，他没完成的事，我必须帮他完成。”

董竹伸手在桌上捶了一下：“我答应过少醒，绝不能让你冒险的。”

老楚也焦急地摆手制止楚笠君：“这是个陷阱，你与子青接触太危险了。”

“《霞光万里》要重印了，我与原作者沟通，合情合理。”楚笠君柔声安慰二人说，“你们不用担心。”

董竹的目光望向门外：“不论是谁，此时贸然去上海总会，都非常危险。”

楚笠君有些着急，追问道：“那现在怎么办？”

老楚负手向门外走去，边走边说：“等！”

董竹赞同老楚的意见，严肃地说：“现在情况不明，等才是最好的选择。”

楚笠君幽幽地说道：“我们有最好的选择吗？”

～ 013 ～

[上海，公共租界，爱多亚路，上海总会]

那一定是个陷阱。007 号线的情报是不可能出错的，断定一个同志的生死，一定要证据确凿。那么，上海总会之约就是个死亡之局。

去不去赴约？这不是一个问题，而是一个答案。

对于梅子青而言，自从接触到共产主义思想之后，那信仰就如同种子般在她体内埋下了，直到“七君子事件”时蓬勃而生。那生长的速度，超出了她的想象，宛如一夜之间，她忽然就成为一个共产主义战士。那些思想闪着光芒，洗涤着她原有的见解，给她展现了一个全新的世界。那个世界才是她应该去讴歌、去描绘的世界；那个世界才是她应该去奋斗、去实现的世界。

有了信仰，有了新世界，答案就没有选择。梅子青面向父母的遗像诀别，带着那把费尽心思才弄来的无声手枪，来到了上海总会。

上海总会是英国俱乐部，管家查理彬彬有礼地为梅子青开了门。查理认识她，因为她是上海总会的常客。这是一个平常的清晨，上海总会正面的玻璃上反射着晨光，一片华丽的光晕投射在梅子青身上。她就带着一身光晕走到了 306 房前。

只要努力向前进／哪怕高山把路挡

朗里格朗里格朗里格朗／遇见了一位好姑娘

亲爱的好姑娘／天真的好姑娘

不用悲不用伤／前途自有风和浪

稳把舵齐鼓桨／哪怕是大海洋

向前进莫彷徨／黑暗尽处有曙光

…… ……

歌声从屋里飘了出来，这是电影《十字街头》的主题曲《春天里》。梅子青对这首歌并不陌生，因为歌词就是她写的。歌声又一次触动了她，恍如许少醒活了过来，因为这是他最喜欢的歌曲。

听了片刻，梅子青的眼睛湿润了。她努力控制住情绪，见走廊上无人，便从包里掏出手枪，轻轻上了膛，对准房门，然后抬手敲了敲门。听到门后传来的脚步声，她双手握紧了手枪。

吱呀一声，门开了。一个头发有些灰白，穿着考究的马甲，年纪约莫 50 岁的男人，微笑地看着梅子青。

梅子青陡然愣住，脱口而出："爸爸！"眼前的这个男人，竟是梅子青"死"去六年的父亲——梅晋元。

梅晋元含笑地看着梅子青，轻轻地说："进来吧！"

梅子青放下手枪，惊愕地看着父亲，恍恍惚惚地走进房内，满腹的疑惑不知如何问起，站在沙发前坐不下去。

"坐！"梅晋元给女儿倒了杯水，放在了茶几上。

梅子青慢吞吞地坐下，结结巴巴地说："您，您……怎么还活着？"

"你不想爸爸活着？"

"我……我……不是这个意思。"

梅晋元指了指收音机："你写的歌词，天真活泼，意气风发，不愧是江南梅家的孩子。"

"都是过去写的。"

"还在翻译吗？高尔基的《海燕》我读了，翻译得不错。"

"不翻译了。"梅子青低下头轻轻地摇了摇，"也不写诗了。"

梅晋元看着梅子青，温柔地问："为什么？"

片刻之后，梅子青抬起头，直视着父亲，说："宁为祖国战斗死，不做民族未亡人。”

梅晋元又笑着端起茶杯递给梅子青：“我知道你有很多问题要问，不过时间有……”

“说重点。”梅子青接过茶杯，没有喝茶。

梅晋元面对梅子青坐下，娓娓道来：“民国二十四年，国民政府成立军事委员会调查统计局，下设三处：一处为党务处，处长是徐恩曾；二处为军警处，即复兴社特务处，处长是戴笠；三处为邮检处，处长是李墨群。民国二十七年，也就是今年四月，军事委员会调查统计局改组，一处为中统，二处为军统，三处撤销，李墨群不满，愤而出走，目前人在上海。”

“说重点。”梅子青将茶杯放在茶几上。

“许少醒，30岁，复兴社特务，在上海秘密组建了一个刺杀小组：‘西湖’，组员有三个人，代号为‘白蛇’、‘青蛇’和‘法海’。”

“您究竟是谁？”梅子青又举起了手中枪。

“复兴社老人，从鸡鹅巷53号出来的。”

梅子青一惊：“您是军统？”

“这是少醒的枪。”梅晋元笑了笑，从身后掏出一把左轮手枪，递给梅子青，“在复兴社，我是少醒的上线。”

“枪怎么在您手里？”梅子青的手一抖，放下手中枪，颤抖地接过那把左轮手枪。

“你想过我为什么在这里吗？英国人为何为我服务？”

“为什么？”

“这才是我的真实身份。”梅晋元从上衣内侧兜里掏出一张名片，递给梅子青。

梅子青接过名片看了一眼，又抬起头：“梅森伯爵？”

“我现在是英国籍，伯爵身份，这些年一直潜伏在日本驻津领事馆。”

“您为英国人工作？”

梅晋元摇了摇头，含蓄地说：“我是代表国民政府，为日本人工作，为英国人做事，明白吗？”

梅子青冷笑道：“您还是中国人吗？”

梅晋元避而不答，隐晦地笑了笑：“我在天津见到了少醒。”

梅子青神色黯然地低下头："我知道，少醒已经牺牲了。"

梅晋元皱着眉头呵斥梅子青："你知道他死了，还来这里，你是不准备活了？"

梅子青抬起头，泪眼蒙眬："少醒是怎么死的？"

"少醒前往英国领事馆刺杀程西山，不幸中弹。"

"谁开的枪？"

梅晋元闭上眼轻轻摇了摇头："不知道。"

梅子青追问道："究竟发生了什么事？"

"具体情况我知道得也不多。我当时在英国领事馆，突然枪声响起，程西山被刺杀，死在了英国领事馆。我怕身份暴露，赶紧从后门撤离。"梅晋元点了一根雪茄，看着女儿悲凄的神情，叹了口气，"少醒，已经好好安葬了。"

梅子青抬头看着父亲："知道我和少醒的关系吧？"

"嗯。"梅晋元从兜里掏出一枚上面刻着五线谱的戒指，低头看了一眼，递给梅子青，"这是在少醒的衣服里找到的，是给你的吧？你拿到的情报是一个月前写的。"

梅子青接过戒指，眼泪刷地流了下来，问："为什么除掉山田寿？"

"一是因为山田寿在调查我，二嘛，这是一次测试。"

"测试？"

"你知道少醒是中共'白沙'吗？"

梅子青假装惊愕道："中共'白沙'？"

梅晋元点了点头："少醒的真实身份是中共上海情报科'沉沙三杰'之一。"

"这跟测试有什么关系？"梅子青望着梅晋元，神情悲凄，默默寻思着："爸爸知道少醒是'白沙'！爸爸知道少醒是共产党！是他杀了少醒吗？"

"西湖小组组长是共党，戴老板要我测试西湖小组，若有一丝亲共嫌疑，全组成员立刻清除。"

"戴笠，这么狠！"

"刺杀山田寿，就是一次测试，中共有明确规定，不准搞暗杀，所以你们过关了。"梅晋元吸了一口雪茄，"从今天开始，'西湖小组'由我负责。"

接着，梅晋元从怀里掏出一张委任状，递给梅子青。梅子青接过一看，只见上面写着"兹委任红梅为西湖小组负责人，全权负责上海诸事"，署名是"军事委员会调查统计局"，问道："什么时候和'法海'见面？"

“不！我不和‘法海’见面。”梅晋元摇了摇头，“从今以后，我只与你单线联系。”

“这有违规矩的。”

“什么叫全权负责？！”梅晋元从梅子青手里取过委任状，掏出打火机点着扔到了烟灰缸里，“我有权改变西湖小组的操作模式。”

梅子青看着委任状烧成灰烬：“‘红梅’？您的代号？”

梅晋元点头笑了笑：“家里那棵老梅还开花吗？”

梅子青的眼睛一酸：“开得很好。”

“老梅未死，爸爸也不能死。”梅晋元委婉地说，“我的故事，以后再慢慢告诉你吧。”

“您——失踪了六年，毫无音讯，为何这时候见我？”

“我需要你的帮助。”

梅子青迷惑地问：“我能帮您做什么？”

梅晋元笑眯眯地说：“你要做我的一只眼睛，岩井公馆的一只眼睛。”

“岩井公馆？”

“我今天上任岩井公馆大总管。”

梅子青一愣：“您就是从天津领事馆调过来的副总领事？”

“我以副总领事的级别，调到岩井公馆工作，是要参与土肥原机关制定的‘白皮书计划’。”

“‘白皮书计划’？”梅子青心里一喜，知道这是渗透土肥原机关的好机会。

“拉拢中国革命元勋，刺杀反日人士，旨在分裂中国。”

“需要我做什么？”

“替我好好盯着岩井公馆。”

梅子青抬手看了看表：“上班时间快到了。”

梅晋元起身：“咱们一起去吧，今天你要惊艳岩井公馆了。”

“我只是新闻课的校对室主任。”

“不，从今天开始，你就是梅森伯爵的女儿，岩井公馆大总管的掌上明珠！”梅晋元微微一笑，问女儿，“有车吗？”

梅子青摇摇头：“用不着。”

“我的女儿需要一辆好车，我让岩井安排。”

“爸爸，需要亮明我们的关系吗？”

“岩井英一知道你是我的女儿。”

梅子青不想引起岩井公馆的注意，可现在已是不可能了。岩井公馆大总管的掌上明珠，那是万众瞩目的对象，这对潜伏是不利的。所幸啊，她只负责行动，不搜集情报资料，若不然就举步维艰了。可是，作为一个潜伏者，光芒越盛，自然越难以隐藏，想到以后困难重重，不由缓缓地闭上了眼睛……

～ 014 ～

[上海，公共租界，河南路；法租界，霞飞路]

他酗酒了。前半夜喝了两瓶洋酒，那个时候就醉得一塌糊涂。后半夜又开了一瓶，拿到了卧室喝。天亮的时候，他已经惨不忍睹了。不知何时上的床，这时像狗熊似的趴在床上，一只手如枯藤一样垂下来，一瓶洋酒撒泼似的撒了一地，酒瓶踉跄地滚到了一边。

那张双人床左右都有床头柜，靠窗的那个柜子上放着一个相框，相框里有张半张相片，是苏立生自己的相片。背景是外滩的夜景，他的一只手伸着，显然是搭在某个人的肩上，另一半照片被撕掉了。

咣当一声，苏立生从床上滚了下来，卡在床与床头柜之间的缝隙里，将床头柜挤到了一侧。他身上吃痛，睁开眼，却看到床头柜下藏着一张照片，正是相框里的另一半，他的手搭在一个穿着学生装的女生肩上。这个女生就是他的女朋友王羽。王羽已经不在了，不知是死了还是失踪了，在淞沪会战期间的某一天突然消失了。

“小羽！”苏立生拿起照片，噌的一声站起来，在身上摸打火机，摸了几下没有找到，便走出卧室，在沙发上找到打火机，立刻点着了相片。这一番操作之后，又累瘫了，他一屁股坐在沙发上，喘了一口气，神情缓和了些，等照片烧得差不多，便丢进了烟灰缸里。

“今天还有会！”苏立生抬起手腕看了看表，脸色一变，“是开会？还是接头？”苏立生伸开双臂，闻了闻衣服，呸了一声：“老子先洗个澡再说！”

洗完澡后，苏立生出了门，本来是要去岩井公馆开会的，可走到外滩听到码头上货船的鸣笛，顿时改变了主意，先去霞飞路上侦察一下情况。

醉青山酒楼就在霞飞路东段，靠近黄浦江。老板是青帮的老头子季云清。杜月笙离开上海后，季云清投靠日本人做了汉奸，在上海滩除了青帮大亨平楚山还能与他叫板外，再无人与他比肩。尤其是，就连76号情报机构创始人李墨群都拜他为师，更让他如日中天，不仅开了这个酒楼，还与原中华民国内阁总理唐邵诣、伪政府外交部部长陈逯、电影大亨陆文泰合办了云川电影公司。

醉青山酒楼虽是青帮的酒楼，但不妨碍人们趋之若鹜，因为季云清请了两个御厨亲自掌勺，粤菜和京菜做得漂亮，与霞飞路中段的楚门饭店的沪菜和川菜、最西端的乐木轩酒楼做的白俄菜，堪称上海滩菜品三绝。

醉青山酒楼斜对面的路口处，是一家叫作“徐清风”的茶楼。由于时间尚早，酒楼和茶楼的门都关着。然而，在茶楼二层，窗户面向醉青山酒楼的茶室内，坐着一个三十五六岁的中国男子，他端着茶杯隔窗向酒楼观望，此人正是76号创始人李墨群。

“进去了。”另一个30岁左右的男子，76号行动队队长苏成一，从望远镜里看到七八个青帮弟子走到醉青山酒楼前开门进去后，扭头向李墨群汇报。

李墨群点点头：“醉青山是青帮的酒楼，青帮进去布局，才不会让人怀疑。”

苏成一嗯了一声，又小声问道：“主任，您见过特高课课长吗？”

李墨群摇摇头：“小原课长本是我的好朋友，可惜他被‘西湖’给狙杀了。这个新上任的课长，还没现过真身。消息是樱木秘书送来的。”

“特高课真是厉害，竟然掌握了军统头号杀手的行踪。”

“照片何时送过来？”

“11点。我去取。”

李墨群有点兴奋：“若抓了王千木，咱们在上海滩就算是立住脚了。”

苏成一脸上也堆起笑容，转头继续观察醉青山酒楼。

这时，苏立生径直走过醉青山酒楼，未曾停步，只是向酒楼内瞟了一眼。

“这个人有点可疑。”苏成一看到了苏立生的背影马上说道。

李墨群站起身走到窗边，向楼下望去，看到苏立生的背影，眉头微微一皱，说：“这个人就是有问题。”

“他只看了酒楼一眼，却没有向其他方向看，非常谨慎，一般人会左顾右看的。”

李墨群冷笑一声：“谨慎也会出卖自己的。通知老赵，查他。”

苏成一转身走到桌前，拿起电话：“老赵，有个二三十岁的男子，穿着风衣，戴着帽子，会经过你那里，查一下。”

“你说，王千木要跟谁接头呢？”李墨群转过身，眉头微微皱起。

“主任的意思是？”苏成一挂了电话，不解地问。

“会是毛老二吗？”

“这个军统代理站长，应该要见他大哥的。”

李墨群兴奋地一拍双手：“这么重要的消息，特高课是怎么搞到的？”

苏成一试探性地回答：“军统高层有人变节了？”

“有这个可能。”李墨群坐下来，点了一根烟，“在上海的军统高层都有谁？”

“除了已死的站长宗寸琦，代理站长毛老二，还有谁？”

李墨群缓缓地晃了晃头：“还有一个人。”

“谁？”

“军统老六。”

“他不可能变节吧？”苏成一哇哦一声，“那可是戴笠的定海神针。”

李墨群冷笑一声：“谁都有变节的可能！”

苏成一回应道：“嗯，按照年龄分析，刚才那个人有可能是军统老六。”

军统老六！当然值得李墨群兴奋了。军统八大金刚中，有名有姓的六位，只有老六和老七身份神秘，查无所查。更重要的是，军统老六是蒋介石的学生，如此一来他就是天子门生，虽是戴笠下属，也可以说是同窗。

抓了军统老六，就能改变武汉战役的走向。抓了军统老六，就足以让日本人另眼相看。

苏立生是军统老六吗？没有人知道。

就算苏立生不是军统老六，但他至少有军统特工的敏锐和应急反应。当76号的老赵带着两个特务跟踪他时，他立刻就捕捉到了危险。

排除危险的法则就是逃跑。苏立生立刻拐进一条巷子，企图摆脱76号的跟踪。可谁知老赵是个跟踪高手，竟然摆脱不掉，反而被他们包抄了。老赵距离苏立生只有十来步的距离，苏立生极力保持平静，脚步稍微放慢了些。

危险从不单独出现，苏立生微微一抬头，便看到苏成一开车从巷子另一端驶了过来。苏立生被包抄了，而且是前后夹击，左右无路，进不得、退不得。当危险逼近之际，他果断地选择了出击。

苏立生突然加速疾步向前，引得老赵也加快速度，然后蓦然转身跃起，一下子撞倒老赵。扑通一声，老赵被摔倒的同时，手枪也甩落在地。

一个76号特务提枪准备射击，却被苏立生劈手夺走手枪，回身一枪先击毙了另一个持枪的76号特务。随即看到老赵翻身爬起、弯腰捡枪，苏立生一抬枪口击中老赵后腰。老赵屁股一撅，向前一扑再次倒地。

被夺走枪的76号特务立刻向苏立生扑去。苏立生猛地将手枪卡在他的脖子上，连续用力。那个76号特务抱着脖子和枪，呼吸越来越困难。

啪啪啪——三声枪响，李墨群举枪透过车窗向苏立生射击。

在枪声还没响起前，苏立生便凭直觉将那个76号特务挡在身前，李墨群的三枪全部打在了特务身上。随即，苏立生丢下特务尸体，拔腿向霞飞路狂奔而去。

苏成一脚下猛踩油门，加速向苏立生追去。李墨群继续向苏立生开枪，中途还换了一次弹夹。

霞飞路路口，一辆公交车出现。苏立生瞧见公交车，跑得更加飞快，眼见公交车擦肩而过，他猛地跃起，撞碎了公交车后窗玻璃，整个人一下子钻了进去。

"快！"李墨群看着公交车拐弯脱离了视线，勃然大怒。

苏成一加速驶到路口，猛地拐弯，戛然停下。那辆公交车就停在路口附近，车窗玻璃碎了一地。车上的乘客纷纷走下来。

苏成一停下车，提枪走到公交车上查看，此时的公交车内已空无一人。

"妈的！"苏成一跳下车，对车下的乘客吼道，"谁看到人了？"

见乘客们没有人回应，苏成一举枪示警："谁看到人了？"

这时，下车查看车况的司机颤颤巍巍地回答："他跑得太快了，都没看清楚人。"

苏成一朝地上啐了一口唾沫，走回轿车前钻了进去，懊恼地骂道："妈的，跑了！"

李墨群沉着脸，闷声说道："此人身手敏捷，一定是军统老六。"

“我安排人收尸。”苏成一恨恨地说。

李墨群马上又吩咐：“绕路走，别惊扰了醉青山。”

霞飞路上，一辆黄包车飞速前行。苏立生坐在车上，正从胳膊上拔出一块玻璃碎片。

黄包车夫一边拉车一边说：“我同你讲，我佩服真英雄。我同你讲，我懂规矩，绝不看你的脸。”

“谢谢。”苏立生忍痛笑了笑，继续拔碎玻璃。

“我同你讲，我最痛恨狗汉奸，他们欺负起中国人来比鬼子还狠！我同你讲，今天你是遇到我了，我……”突然，黄包车夫只觉车子一轻，慢慢停了下来，继续说，“我同你讲，你是不是走了？我同你讲，我可要回头了啊。”

黄包车夫慢慢回过头，只见座位上放着一张钞票，人早就不在了。他伸手拿起钞票，哈哈一笑：“我同你讲，我要回家裱起来！”

不远处，苏立生看着黄包车离远后，又向一条小巷子走去。他边走边脱下风衣，丢给了一个正在睡觉的乞丐。

～ 015 ～

[上海，日占区，虹口，岩井公馆]

木村苍介虽是副机关长，但由于岩井英一不常来，他俨然已是岩井公馆的掌权者。他的办公室就设在 1 号楼，岩井英一办公室的对面。在两个办公室中间的小房间里，放置了一张桌子，是千叶葵的办公室。

副机关长室内，木村苍介坐在沙发上，手里把玩着一个小把件，听着千叶葵的汇报。

“苏立生虽然杀了陈燕，但他看到了陈燕的伤口，我无法确定他是不是共党。”千叶葵的眉宇间存着疑惑，“还盯着苏立生吗？”

“暂且放一放。”木村苍介摇了摇头，“现在有更重要的事情。”

千叶葵轻声回应：“新来的大总管？”

木村苍介点点头：“你现在是他的秘书。”

“我会盯好大总管的。”

“先取得他的信任。”木村苍介摆了摆手，“‘老鸢’还没答应吗？”

千叶葵摇摇头：“‘老鸢’是个老牌特工，防范意识很强。”

“你有什么建议？”

“有一个人可以利用。”

“谁？”

“躲在6号公馆的军统老六。”千叶葵眼睛里闪出一片光。

木村苍介恍然道：“这个人我忽略了。”

千叶葵莞尔一笑：“利用军统老六，一准儿能刺激了‘老鸢’。”

木村苍介站起身，伸手在千叶葵肩膀上一按：“委屈你了。”

千叶葵躬身回答：“我的身子已经献给了天皇。”

“你是个优秀的帝国军人。”

“谢谢！”千叶葵抬头看了一眼墙上的挂钟，“时间快到了。”

木村苍介扫了一眼挂钟，手一挥：“去吧！”

千叶葵面向木村苍介一躬身，转身走出办公室。

木村苍介将小把件丢在沙发上，冷冷一笑：“在我头上安排个大总管，岩井你是不信任我呀！”

~ 016 ~

[上海，日占区，上海邮政总局；霞飞路，楚门饭店]

这栋建筑是苏州河的标志。它的名字叫上海邮政总局，是一栋四层带钟楼和塔楼的英国古典建筑，外观雄伟。塔楼建在钟楼之上，位于大门正上方。邮政总局西侧紧邻L形的河滨大楼，是世界首富沙逊家族建造的，东侧便是百老汇大厦。

时年45岁的邮政局办公室主任朱若愚，穿着笔挺的西服，一手提着包，一手端着茶杯，走进了有“远东第一大厅”之称的邮政大厅。

这位中年丧妻的办公室主任，真实身份是中共上海情报科白沙小组组员。

一个20出头的邮政员郭斌从里往外走，手里拿着一封信，一边好奇地看着，一边低头向前走，一抬头看到了朱若愚，脸上露出坏坏的笑容。

“老朱，你的信！”郭斌将信递给朱若愚。

朱若愚眉头一皱，停下脚步：“我的信！怎么会有我的信？”

“我也纳闷呢！你一个孤家寡人，谁会给你写信呢？”

“滚蛋！你不也是孤家寡人！”朱若愚接过信，将茶杯递给郭斌，“有点眼色成不成，不怕我开了你？”

郭斌嘿嘿笑着接过茶杯，拧开盖子。实际上，他也是白沙小组组员，是朱若愚的亲弟弟。朱若愚本姓郭，潜伏上海时更改了身份。朱若愚撕开信封，抽出信纸，抬头看到郭斌在喝他的茶，眉头一皱。

郭斌一边喝茶一边赞道：“好茶！”

“瞧你那没出息的样儿！”朱若愚瞪了郭斌一眼，“我桌上有盒好茶叶，一会儿去拿！”说着低头看信，只见上面写着“调查顾向焘”五个字，下面点了一堆形似沙子的白色小点，禁不住喃喃自语：“白沙！”

郭斌一愣：“出事了？”

“我出去一趟。”朱若愚点点头，将信纸塞进信封里，转身走出邮政大楼。

这个时候接到“白沙”的来信，朱若愚立刻意识到不妙，第一时间赶到楚门饭店见老楚。这是不约而见，老楚意识到严重性，立刻支走了其他员工，关上门叙话。

“‘白沙’同志来信了！”朱若愚从兜里掏出信封，递给老楚。

“‘白沙’同志？怎么可能？‘白沙’同志一个月前就牺牲了。”老楚一愣，急忙接过信封，抽出信纸看，神情更是惊愕，“‘白沙’同志怎么会给你寄信？”

“一个月前，‘白沙’同志去天津前找过我。”朱若愚眼睛一酸，低头看了信封一眼，“见信，就见不着人，这是‘白沙’同志的遗言。‘白沙’同志牺牲了，这应该是他牺牲前寄给我的信。”

“调查顾向焘——顾向焘是谁？”

“‘白沙’同志说，他是长江局代表，是江苏省委与上海情报科的联络员。”

老楚惊愕道：“什么？咱们自己人？”

朱若愚困惑地摇摇头：“自己人？未必。”

“顾向焘在哪里工作？”

“苏联领事馆。”

“共产国际？”老楚皱了皱眉，“江苏省委去年重建，工作环境非常恶劣。上海情报科直属延安领导，与江苏省委工作平行，不发生工作交叉，这次启动联络员，老家是要掌控上海的情报阵地。”

朱若愚严肃地点点头：“上海是远东情报的窗口，不打开这扇窗，老家就是半个睁眼瞎。”

“顾向焘是长江局代表，又是个共产国际，如果他变节了，两边可都危险了。”老楚掏出打火机点着信纸，放在烟灰缸里烧尽，“你等我的消息。”

老楚不敢怠慢，等朱若愚一走便去了同一层楼的华中电气通信公司，向董竹汇报了此事。

“顾向焘？”董竹也非常吃惊，“长江局有这个同志吗？他怎么会变节？”

老楚为难地摇摇头说：“少醒走得急，没有交代。”

“无论真假，必须通知延安。”

老楚点点头，问道：“怎么汇报？”

“实话实说。”董竹点了一根烟，“转告江苏省委，务必全部蛰伏，等候咱们的调查结果。”

～ 017 ～

[上海，日占区，虹口，岩井公馆]

他被称为“陆大少”，是因为他的叔叔是上海滩电影大亨——陆文泰——云川电影公司的老板，唐邵诣、陈逯、季云清三位大佬在电影方面都唯陆文泰马首是瞻。有了这些人际关系的加持，他自然是上海滩的“陆大少”了。

“陆大少”本名叫陆川，快30岁了，还没有结婚。他之所以成为岩井公馆行动课副课长，是因为季云清的推荐。这份工作，就连他的叔叔陆文泰都不知道。他在岩井公馆还有另外一个身份，就是《新中国报》的插画师。

陆文泰不仅是上海滩的电影大亨，还是位画家。陆川从小在老家学画，虽不是师承叔叔，但继承了陆家的遗传基因，画画的本事在年轻一辈已属佼佼者了。

陆川与梅子青是老同学，都是圣约翰大学毕业的。除了老同学和报社同事外，还有另一层关系：陆文泰在云川电影公司的股份，实际上是青帮大亨平楚山出资。平楚山与季云清不对付，不想出面，便让陆文泰代持。陆文泰与平楚山交往甚厚，是平公馆的常客。陆川与平少柔自然成了好朋友，梅子青与平少柔是表姐妹，时间长了，三人就成了无话不谈的朋友。

梅晋元和梅子青驱车驶到岩井公馆时，陆川早已在停车场等候，看到梅晋元下了车，躬身问候："大总管好！"

梅晋元微微一笑："你是？"

梅子青也下了车，介绍道："陆川，人称'陆大少'。"

陆川看到梅子青和梅晋元共乘一辆车，脸上微微一惊，旋即微笑地回答："鄙人陆川，叔叔是云川电影公司的老板陆文泰。"

梅晋元听后微微一笑，似是对陆文泰不感兴趣，径直向1号楼走去。

陆川压低声音悄悄地问梅子青："你怎么跟大总管在一起？"

梅子青边向前走边故意地说："你猜？"

陆川跟着梅子青往前走："猜什么猜，快告诉我！"

梅子青浅浅一笑，径直向会议室走去。会议室内，岩井英一、木村苍介、杉本哲、千叶葵已经到了。木村苍介看到梅子青走进来，有些不解，手指在桌上轻弹着。

"我来介绍一下，这位是帝国驻津副总领事梅晋元梅先生，特受帝国所托，调沪管理岩井公馆，大家欢迎。"时年40岁的岩井英一一边介绍，一边率先鼓掌，"梅先生调来岩井公馆，真是屈就了。"

梅晋元微微一笑："帝国利益是第一位的。"

岩井英一颔首道："从今天起，梅先生就是岩井公馆大总管，代我管理岩井公馆。另外，大总管身负帝国要务，请诸位务必全力配合。"

梅晋元看了看在座的诸位，平静地说："岩井公馆受对华特别委员会所托，负责提供延安和重庆的资料。所以，公馆以后的工作任务，除了领事馆的安排以外，要更有针对性地搜集延安和重庆的资料。"

木村苍介的眉毛一挑，没有说话，手指停止了弹动。

杉本哲一直注意老师的举动，见老师手指停止弹动，立刻说道："行动课做不来这些的，需要政情课和新闻课来配合。"

岩井英一点点头："政情课由大总管亲自管理。"

木村苍介突然眉头一皱，不悦地说："新闻课课长呢？这么重要的会议为何不参加？"

"人在呢！人在呢！"苏立生边应声边跑进会议室，衣服有些凌乱，额头微微出汗。他顾不得形象，在梅子青一侧坐下来，喘着粗气说，"对不起，来晚了一会儿。"

梅晋元向苏立生望去："苏课长，对吧？"

苏立生立刻站起身，向梅晋元鞠躬："苏立生，浙江绍兴人，我父亲常说，做人要立着讨生活，我是个不孝子。"

杉本哲一脸的嫌弃，鄙视地说："那苏课长是躺着讨生活了咯！"

苏立生转身，面向杉本哲微笑地说："不至于躺着，不过腰是弯了。"

梅晋元哈哈一笑："苏课长为帝国服务是不情不愿了？"

苏立生的脸立刻变了颜色，迅速离开椅子，向前走了两步，90度躬腰，解释说："我不是这个意思，也不敢有这个想法。"

梅子青也没用正眼瞧苏立生，嘴角挂着鄙夷的冷笑。

梅晋元挥了挥手："回去！成何体统！"

苏立生倒退着回到座位上："是！是！哈依！哈依！"

木村苍介的手指又轻轻弹起，对苏立生说："大总管有重要任务，需要新闻课配合。"

苏立生急忙答道："一定配合！一定配合！"

梅晋元面露微笑，向众人扫视一圈："相信除了总领事以外，大家都感到好奇，一个新闻课的校对室主任，为何会出席这个重要会议，对吧？"

苏立生赔笑道："课长来晚了，梅小姐是代我来的。"

梅子青看了看苏立生，欲言又止："苏主编！"

苏立生呵呵一笑："没关系的！没关系的！"

梅晋元轻轻敲了敲桌面，苏立生立刻闭上了嘴，陆川向苏立生摇了摇头。

梅晋元淡淡一笑："告诉大家一个秘密，子青是我的女儿。"除了岩井英一外，在座的众人都表现出了不同程度的惊讶。

木村苍介看了看梅晋元，又看了看梅子青，诧异地问道："梅小姐是大总管的千金？"

岩井英一点点头，接着说："确切地说，大总管拥有中英两国国籍。在岩井公馆，大总管是中国人。但出了岩井公馆，大总管便是英国人，梅森伯爵。”众人的脸上都泛起了惊诧之色。

“规矩大家懂的，泄密者，死！”岩井英一肃容道，“天津事件发生以后，上海日英关系紧张，帝国需要知道英国当局动向，这也是急调大总管来沪的原因之一。”

梅晋元淡淡一笑：“希望我的英国身份，能在上海滩派上用场。”

木村苍介似乎明白了什么，点点头说：“一定会的。”

这时，岩井英一用手指在桌上点了点：“岩井公馆对外是《新中国报》报社，大家要时刻谨记，不可泄露。”

梅晋元看了看苏立生，淡淡地说：“希望苏课长多多关照小女。”

苏立生噌的一声站起来：“一定的！必须的！”

新闻课就在3号楼，楼下有两棵枣树，树上结满了枣子，有些已经变红了。一楼是编辑部，整个通厅摆满了桌椅，坐满了编辑记者，一半是日本人，一半是中国人。两个单间，一个是副主编室，一个是校对室。二楼，是主编室和会议室。

此刻，会议室内，梅子青坐在会议桌前，看着手上那枚五线谱戒指发呆。刚至不惑之龄、有些微秃的副主编东方白，正往自己的茶杯里吹气。

苏立生正在倒茶，偷偷瞥了梅子青一眼，看到她手中的戒指时愣了一下，没注意茶杯已经倒满了，开水溅出来烫着了他。他哎哟一声，急忙停止倒水，先将杯子里的水倒出来一些，然后端到梅子青旁边，说：“梅小姐，请喝茶！”

梅子青礼貌地回道：“谢谢！”

东方白不屑地看着苏立生的举动，问梅子青：“梅小姐是英国籍吗？”

梅子青摇摇头：“我是中国人。”

东方白哈哈一笑：“我、老苏，都是中国人。我问的是国籍。”

梅子青皱着眉头反问：“有什么不一样吗？”

“当然不一样了。”东方白喝了一口茶，“法外治权，外国人有特权。”

梅子青又摇摇头：“我不是英国籍。”

“赶紧办！”东方白伸指在桌面上一点，“大总管是伯爵，你就是伯爵的女儿，有了英国国籍，在上海滩你就高人一等。”

梅子青莞尔一笑：“东方主编很懂的哟！”

东方白摇着头笑道："副，副主编！"

苏立生微微一笑："副主编也是主编嘛。"

"那不一样，好比中国人也是人，但享不到法外治权的特权，对不？"东方白将杯子往办公桌上一顿，"梅小姐要请客的。"

苏立生眼睛一亮："是呀！要请客的！"

梅子青淡淡地笑了笑："好的呀！去哪里？"

东方白哈哈大笑："伯爵的女儿就是不一样。我来选吧，法租界的醉青山酒楼，如何？"

梅子青点头应道："好，就去醉青山。"

东方白站起身，兴奋地说："这就去吧！"

"去，去吧！"苏立生的脸色缓缓阴沉下来。

~ 018 ~

[上海，法租界，霞飞路，醉青山酒楼，徐清风茶楼]

顾向焘是来与"青花"接头的。

中共"007 号线"是一条特殊的情报线，左有上海情报科，右有江苏省委，上有延安，下有长江局，自然是慎之又慎了。譬如，他虽是"007 号线"的负责人，但也只知下线是"白沙"，却不知"白沙"的下线。而"白沙"的下线，才是直接面对江苏省委的。所以，"白沙"牺牲，"007 号线"就处于断线的状态。

"白沙"的下线是谁？顾向焘也很奇怪，这个下线竟连个代号也没有，如同是千万片树叶中的一片，隐匿在芸芸众生之中，根本无法找到。

他之所以瞄向了梅子青，倒不是猜出她就是"白沙"的下线，而是知道她是"白沙"的女朋友。对顾向焘而言，这是一条寻找"白沙"下线的线索。

最好的线索，当然是与"青花"接头了。"青花"替代"白沙"，作为"007 号线"的运转中枢，自然能与"白沙"的下线接头。所以，顾向焘眼下最重要的任务，就是尽快与"青花"接上头。

此刻，顾向焘坐在醉青山酒楼华山厅的窗前。这是二楼的一间雅室，凭窗可一览霞飞路，也可见对面的徐清风茶楼。他将身子隐在窗边的阴影里，一边喝茶，一边向霞飞路上眺望。一顶帽子放在桌上。

吱呀一声，房门开了。顾向焘立刻拿开帽子，疾速拿起帽子下面的手枪，对准房门。

“是我。”安娜从外面走进来，妩媚地笑了。

顾向焘放下枪，说：“你怎么来了？”

“今天你接头，我不放心。”安娜关上门，走到桌前坐下，拿起茶壶和水杯，给自己倒了杯茶，喝了一口。

顾向焘的表情非常严肃：“你坏了规矩。”

安娜放下茶杯：“规矩重要，还是你重要？”

顾向焘轻叹一声：“安娜，莫斯科在搞大清洗[①]，你我在远东，算是躲过此劫，可是现在的局势，容不得我们犯一点儿错误。”

“许少醒死了，你还怀疑他变节了吗？”

“是谁杀的程西山？许少醒吗？如果是，他为什么杀程西山？”

“别乱猜了，老顾。”

“上海情报科出了叛徒，我必须调查清楚。”

“你有这个权限吗？”安娜笑了笑，见顾向焘摇头，伸手在他手上拍了拍，“为何调查梅子青？”

“梅子青是许少醒的女朋友。”

“你怀疑梅子青是延安的？”

“如果她是同志，我必须保护她的安全。”顾向焘拿起帽子戴上，侧身向窗外望去，突然看到了李墨群，眉头微微一皱，寻思：“李墨群？他不是成了日本人的走狗吗？他怎么会在这里？”接着又摘下帽子，给安娜续了杯茶。

“有些事，我不能问，一问就坏了规矩。”安娜端起茶杯子，喝了一口，嘴角一撇，“可是，老顾，我真的担心。”

顾向焘看着安娜，叹了一口气，无奈地说：“问吧。”

“接头的人是谁？”

---

① 苏联“大清洗”运动，是指在20世纪30年代，苏联爆发的一场政治镇压和迫害运动。它包括对苏联共产党内部的清洗以及对无辜人员的迫害，这段时期典型的现象包括无处不在的政治审查、到处都存在的怀疑“间谍破坏”、关押和死刑。

“我只知他的代号叫‘青花’。”

“‘青花’？”

“潜伏在岩井公馆。”

“‘青花’潜伏在岩井公馆！”安娜的眸子里闪烁着光芒，“这就是你保护梅子青的原因？‘青花’，这个代号从没听说过。”

“这个‘青花’可是当年中共特科保护高层人物在沪活动的神秘特工。”

安娜不由一愣：“是个保镖？”

顾向焘点点头：“擅长保卫，从不现真身。戴笠六年前就下令抓捕他，至今连个影子都没找到。尤其是中共特科撤销后，‘青花’就彻底失踪了。”

安娜不解地问：“为什么启用一个保镖？”

“许少醒有些激进，这个‘青花’却过于保守……”顾向焘摇了摇头，“延安真有意思。”

“延安很在意上海情报科呀！”

“一科三组，延安的耳朵。”

“接头方式是一类接头方式？”

顾向焘又点了点头，干脆地说：“也罢，你既然来了，就借用一下你的身份吧。”

安娜莞尔一笑：“我就是来帮你的。”

顾向焘从兜里掏出一份菜单，递给安娜：“按照这份菜单点五个菜，叮嘱服务员，12 点整报菜名。”

安娜接过菜单一看，扑哧一声笑了：“你一个大老爷们吃这些东西，太奇怪了。还好，我来了。”

顾向焘笑了笑：“接头方式嘛，就是要别致些。”

“我去准备。”安娜起身出去点菜。

顾向焘又拿起帽子戴上，缓缓起身向徐清风茶楼望去，悄悄拿起了枪，轻轻上了膛。

此时，李墨群正坐在徐清风茶楼里品茶。茶室的窗户开着，从外面只能看到李墨群的背影，他不着急抓人——没有照片如何抓？

“照片！”苏成一气喘吁吁地走进来，将一张照片递给李墨群。

“这就是王千木？”李墨群接过照片，看到照片里的人赫然是顾向焘。

苏成一边擦汗边点头："新上任的特高课课长神神秘秘的，就连照片也是快到时间了才给我们。"

李墨群看着照片，颇有深意地笑了笑："或许呀，特高课也是才拿到照片，出卖王千木的人很谨慎。"

"有这个可能。"苏成一附和着。

"王千木，军统头号杀手，八大金刚的老大。原来是军统天津站站长，枪杀过张敬尧，后来出事了，消失了一年多，不承想来了上海，成了咱们的一盘菜。"

"之前三处没有王千木的照片吗？"苏成一问。

李墨群用手撑着额头："哪还有什么三处？"

苏成一伸手在嘴上拍了一下："瞧我这张破嘴。"

"军统八大金刚的资料，三处是不敢搜集的。"李墨群长叹一声，起身走到窗前，向醉青山酒楼望去，忽听一声枪响，陡然一愣，"怎么回事？"

"发现王千木了？"苏成一提枪转身就向外走。

"等一等！"

"怎么了？"苏成一转过身，看见李墨群望向醉青山酒楼楼顶，他也抬头望去，却见王千木[①]站在楼顶上，正向茶楼瞧过来。王千木看到李墨群时，摘下头上的帽子，冷笑一声，丢到了楼下。

在醉青山酒楼外设伏的76号特务蜂拥般冲进酒楼。而王千木也返身向后跑去。

苏成一怒道："妈的，我去追！"

"不追了！"李墨群挥手制止，无奈地说，"王千木是军统头号杀手，他要想跑是拦不住的。"

当枪声响起的时候，梅子青、苏立生和东方白已经到了醉青山酒楼，正听到服务生报着奇怪的菜名："二楼华山厅，猪脚姜木瓜炖鲫鱼，冬瓜荷叶煲老鸭，霸王花煲猪骨，鱼腥草炖鸡汤，姜糖月子酒鸡，五个菜齐了。"

"菜名好奇怪，都是月子菜啊。"苏立生脚下一顿，停了下来。

"还是晚了一步。"东方白懊恼地说，"我特别喜欢华山厅，光线好，环境

---

① 即顾向焘，以下行文统一用王千木的名字。

好，意境也好，真扫兴！”

这时，一声枪声陡然响起，从楼上传来，传到耳畔时依旧能刺穿耳膜。

苏立生的身子一抖：“打枪了！”

东方白呸了一声：“打枪就打枪，瞧你那个怂劲儿。”

梅子青抬头向楼上望了一眼，说：“走！快走！”

三人随着慌乱的人群来到酒楼外，东方白走在最后，从兜里掏出一张名片，上面写着他的名字，职衔写着“新中国报副主编”，下面是一行娟秀的小字：“醉青山酒楼　一类接头方式　青花”，上面还有一个红唇印。

东方白低头瞥了一眼红唇印，脸上露出诡秘的笑容，抬头看着身边匆忙的人流，眉头不由皱起，暗暗寻思：“是谁开枪示警？接头人？他怎么发现有埋伏的？”他一边寻思，一边将名片揣入兜里。

三人上了车，梅子青摇开车窗，第一眼看到了安娜。安娜也看到了梅子青，微微一愣，疾步前行。

“那个人是谁？”梅子青扭头看到了李墨群，眉头一皱问道。

“李墨群。”东方白透过车玻璃看去，“我在政情课看过他的资料。李墨群之前是重庆特情三处处长，第三处被裁撤后，心生不满，跑到上海创建了76号。”

梅子青潜意识反问：“76号？”

苏立生接着说：“一群流氓组成的特工机构。”

东方白呵呵地笑了笑：“跟咱们一样，也是跟着日本人混的，上头是特高课。”

这时，苏成一提着枪冲出了茶楼，看到外面混乱不堪，恼羞成怒地朝天开了一枪，场面更加混乱了。

~ 019 ~

[上海，法租界，霞飞路，楚门饭店]

这一天，峰回路转，惊心动魄。间谍的世界里，处处刀光剑影，时时与死神擦肩而过。

远远看到了楚门饭店，梅子青觉得必须见董竹一面，便对开车的苏立生说：“我下午就不去公馆了。车你们开着，前面楚门饭店，我下车。”

东方白看着车的内饰，羡慕地说：“真是好车啊！”

苏立生笑了笑：“这可是副总领事的车。”

东方白呵呵一笑：“不！它姓梅，现在是梅小姐的车。”

梅子青淡淡地笑了笑：“托我爸爸的福。”

“英国籍，真好！”东方白竖起大拇指，向楚门饭店一指，“吃大餐？”

梅子青摇了摇头：“见一下楚董，她的传记要再版了。”

东方白晃着脑袋啧啧称赞：“一本诗集、四本传记，梅小姐是上海滩的大才女啊。”

苏立生也跟着点头：“‘西欧阳，东红如，楚门千千柔’，梅小姐会选题材，上海滩的人都爱看。”

“不说舞皇后欧阳夏、大明星萧红如，就说楚门饭店创始人楚笠君、青帮大小姐平少柔，这上海滩‘江、平、楚’三大世家，除了江家外，平家和楚家都让她写了，这可不是一般人能做到的。”东方白说得头头是道。

苏立生借机对梅子青说：“梅小姐说送我一套书的，什么时候能拜读呀？”

东方白呸了一声：“送？！送什么送？梅小姐的书，自然要花钱买的，我都买了一套。明儿带到办公室，不过你不能看我的，要看得自己买。”

苏立生讪笑道：“买！买！买！”

梅子青嫣然一笑：“好啦，我送给苏主编一套。”

苏立生得意地笑道：“太好了！这送的和买的就不一样，里面透着交情呢。”

说话间，车子缓缓地停在楚门饭店门前，梅子青下了车。

东方白摇下车窗，对梅子青说：“这顿饭，梅小姐还是要请的。”

梅子青莞尔一笑：“一定！”

苏立生轻哼了一声，突然猛踩油门，向前驶去。

东方白猛地向后仰去：“老苏，你干什么！”

“马屁精。”

“咱们虽然一个是主编，一个是副主编，但还是要看大总管千金的脸色的。”

苏立生嗤笑一声：“怎么可能！”

“迂腐！”东方白摇了摇头，不再搭理苏立生。

梅子青看着远去的车子，微微摇了摇头，转身走进楚门饭店。见到董竹，梅子青告诉他，在上海总会见到的人不是许少醒，而是梅晋元。

董竹惊愕地说："梅先生？梅先生不是去世了吗？"

"他还活着。"梅子青的眼睛一酸，"活得很好，现在还是英国伯爵。"

"梅先生怎么跟少醒有关系？"董竹转身从桌上拿起烟盒抽出一根，递给梅子青。

"我爸爸是军统的，少醒的上线，西湖小组现在由他负责。"梅子青接过烟自己点上，低着头哽咽地说，"少醒就死在我爸爸的面前。"

董竹一愣，随即也点着一根烟："白沙，西湖，咱们这个双面谍报小组，面对死亡是迟早的事。"

梅子青吐了一口烟圈，像是在问董竹又像是自言自语："少醒为何设计这个双面小组呢？"

"白色恐怖时期，少醒若不将咱们藏身于第二处，咱们恐怕早就死了。"

"我怀疑是我爸爸杀了少醒。"

"梅先生死而复生，里面肯定有故事，事情确实有些蹊跷。"董竹伸手在梅子青的肩上一按，"一个是你的父亲，一个是你的爱人，无论如何你都要坚强。"

"我爸爸现在是岩井公馆的大总管。"梅子青幽幽地说道，平淡之中却爆出惊天的消息。

"什么？"董竹无比惊愕，将烟蒂掐灭在烟灰缸里，"这可是个千载难逢的好机会。子青，你虽在岩井公馆，但很难触及上层消息，所以我希望……"

"我明白。"

"委屈你了。"

梅子青决绝地说："我一定要查清楚少醒的死因。"

"只有留在梅先生的身边，你才能查清真相。所以，你必须隐藏好自己的情绪。"

梅子青接着说："'红梅'，我爸爸的代号是'红梅'。"

董竹再次惊诧，不敢相信地说："什么？'红梅'？"

"你听说过'红梅'？"

董竹缓缓地点点头，慢慢地陷入回忆："六年前，上海情报界风云激荡，军统的'岁寒三友'，中共的'沉沙三杰'，满铁的'三羽乌'，正是谍海风云的风暴眼。一·二八事变后，这些神秘的特工忽然销声匿迹，纷纷潜伏，不承想梅先生竟是军统‘岁寒三友’中的‘红梅’。”

“我爸爸只让我做联络人。”

“我理解梅先生的意思。从今以后，你做好梅先生的联络人。”董竹又点了一根烟，“还有一件紧急的事，必须尽快查清。”

“什么事？”

“有一个叫顾向焘的，是长江局的代表，在苏联大使馆工作，少醒牺牲前寄了信，要咱们调查顾向焘。”

梅子青困惑地问：“顾向焘有问题吗？”

“不确定。少醒只写了五个字：调查顾向焘。”

梅子青点点头：“我在岩井公馆查查。”

“小心，安全第一。”董竹关心地对梅子青说，“双面小组，时时刻刻都站在刀尖上。”

“如履薄冰。”

“目前最困难的是，少醒牺牲了，组织还没安排新组长，咱们只能以不变应万变。”

“组织会派人来的。”梅子青侧头望向窗外，组织安排“青花”接替“白沙”工作的事情，她不能告诉董竹，在没有见到“青花”之前，她必须保守秘密。

“嗯，新组长没来之前，老楚他们几个会蛰伏，咱们只能以西湖小组的身份行事。”

“该来的总要来的！该杀的总要杀的！”

董竹握紧拳头，一拳砸在桌面上：“叛徒、汉奸、侵略者，必须杀！”

～ 020 ～

[上海，公共租界，河南路，苏宅]

这是一个圈套！谁设的圈套？

不！是谁开枪示警？

俄罗斯套娃传递情报，这是新设的途径，藏在英国人的银行，不可能出问题的。到底出了什么事情？谁破坏了接头？

刺啦一声，火苗腾空而起。

苏立生正在厨房炒鸡蛋，想着事情，不由地分了神，忽见火苗蹿升，猛地回过神来，赶紧继续翻炒。恍惚之间，他又扭头看了一眼博物架上的俄罗斯套娃，一时间又愣了神儿……鸡蛋彻底炒老了。

那套俄罗斯套娃是昨天在麦加利银行“007 号”保险柜里取出来的。“私人贵藏，不问出处”，这是大英皇家银行的规矩。保险柜业务，只针对上海滩贵族开设，层层关卡，而且在地下一层，大门是浑厚的钢制大门，必须持有密码和钥匙才能通过，被称为远东最安全的保险柜。

苏立生关了火，走到博物架前，拿起那套俄罗斯套娃陷入沉思：“上海滩有多少人能租得起麦加利银行的保险柜？今天都有谁去了醉青山？醉青山，醉青山，是个突破口吗？”

苏立生将套娃一个个拿起，拿到第四个时，突然看到套娃底部刻着一行极小的数字——

007×3=

“007？3？”苏立生晃了晃头，再次理了理思绪，“情报绝对没问题，应该是接头人开枪示警！”

苏立生拿着俄罗斯套娃走出房外，分别将套娃塞入不同的花盆里，然后点了一根烟，在院子里来回踱步。

～ 021 ～

[上海，法租界，福开森路，梅苑]

那双推门的手有些颤抖。手早就要抖了，可她一直隐忍着，一直控制着，直到回到家，直到推开厢房门的那一刻，她再也控制不住自己了。

梅子青疾步走进房内，猛地关上门，压抑许久的情绪陡然爆发了，眼泪顿时奔涌而出。她靠在门上，任凭身体缓缓地往下滑，最后一屁股坐在了地上。

梅子青哭了，那是低缓、沉闷、痛苦、撕裂般的哭声。接着就是醉酒，根本不用杯子，就对着酒瓶喝。酒越喝，心越悲。悲怆起来，哭声越来越大，呜呜咽咽的。

不知何时，梅子青迷迷糊糊地上了二楼，进到自己的房间，摸到床上，一只胳膊垂在床边，另一只手里还攥着一个酒瓶。地上还横躺着两三个空酒瓶。

梅子青看着手上的戒指，又抬眼看了看桌上的相框，泪满眼眶，嘟嘟囔囔念着诗词："不思量，自难忘。千里孤坟，无处话凄凉。纵使相逢应不识，尘满面，鬓如霜……"

卧室的孤灯，晕染了一房间的寂寞，也令窗外的人无比的心酸与怜惜。

此时，梅晋元站在街边，看着孤灯不熄，知道女儿肯定在借酒消愁，心里五味杂陈。过了许久，他走到梅苑门前，向四周瞧了瞧，见四下无人，便掏出工具开了锁。

梅晋元轻轻推开门，走到东厢房，伫立廊前，忽听咣当一声，急忙推门进去。

上了二楼，推开卧室的门，看到女儿从床上摔落在地，一动不动，一副不省人事的样子，梅晋元无奈地叹了口气。他走上前，将女儿抱到床上，轻轻给她盖好被子。

久久伫立在床前，梅晋元禁不住伸手抚摸女儿的脸，满脸的慈祥，又给女儿掖了掖被角，才弯腰捡起酒瓶，轻手轻脚地关了灯出去……

第三日

1938 年 9 月 27 日　星期二

民国二十七年　农历八月初四

戊寅年　辛酉月

第三章　隐藏者

～ 022 ～

［ 上海，法租界，福开森路，梅苑 ］

在间谍的世界里，是常态的假面人生，还是忍辱负重的不得已？

在间谍的世界里，生命是与价值捆绑的，价值大小决定着生命的贵贱。

晨光如同母亲温柔的手，抚平了悲伤，她的睫毛微微跳动着，然后微睁开眼睛，感觉一阵温暖。她向晨光眨了眨眼睛，报之以微笑，那是感恩生命的美好。这一刻，她似乎忘却了伤痛，如同一个刚出生的婴儿，感受着生命的美好。

美好的消失，总在那么一瞬间。梅子青在床上翻了个身，侧头向地面望去，见地面空空如也，陡然清醒过来，悄悄下了床。

酒瓶去哪里了？谁来过了？是许少醒吗？

梅子青的思路飞速旋转，走到一幅肖像画前，移开相框，里面是个暗格。她打开暗格，里面放着一把手枪。她取出手枪，轻轻上了膛，走到门口，猛地拉开房门，举枪向客厅扫视，却见父亲站在窗前看着她手中的枪口。

梅晋元疼惜地问道："这就是你过的日子吗？"

梅子青放下枪，向父亲的遗像望去："六年来，您隐姓埋名，过得比我好吗？"

梅晋元也看向自己的遗像："六年了，家里的一草一木，我都清清楚楚地记得呢！"

"您是为了这个国家。"梅子青边说边走下楼梯，"我没有资格责怪您。"

梅晋元望着梅子青，眼神颇为复杂："这世上只有一个人可以责怪我，那就是你。”

梅子青淡然一笑，走到遗像前，伸手去摘遗像。

梅晋元挥手制止：“不能摘。”

梅子青的手顿住，不解地看着父亲，疑惑地问：“为什么？”

“在上海滩，我是个死人。”梅晋元幽幽地说道。

梅子青慢慢地缩回了手：“……您来找我，有事吗？”

“嗯，有一件事需要你去办。”

“什么事？”

“戴笠不放心我，给我安排了一个假情人，她的代号叫‘紫雀’。”

“应该是个漂亮的女人。”

梅晋元无奈地叹了口气，似乎陷入回忆，脸上露出少有的甜蜜的微笑，喃喃地说：“这个世上最漂亮的女人就是你的妈妈。”

梅子青看着梅晋元的模样，冷笑一声：“要我做什么？”

“去接头，测试她。”

梅子青突然愣了一下：“如果……如果接头失败呢？”

“对于国家而言，我比你重要。”梅晋元转身瞧向窗外，看着那株老梅的枝条如铁棍一般直硬，一如他的心肠。

梅子青的眼睛一酸：“对梅家而言呢？”

“没有国，何来家？”梅晋元背对着梅子青，默默地从兜里掏出烟盒，抽出一根。

“没有家，又何来国呢？”梅子青伸手夺过香烟。

梅晋元默默无语，掏出打火机，先给女儿点上，然后自己也点了一根。

烟雾袅袅升起。父女相对无言。

～ 023 ～

[上海，日占区，虹口，岩井公馆]

“哒哒哒——”校对室办公桌上一台稍微磨损的打字机，正在打印一份文稿。梅子青一边打印，一边看了看墙上的钟，打字的速度稍微加快了些。

文稿打印好了，标题是《苏联领事馆还在日租界，日苏关系敌友难辨》，文稿里出现了顾向焘的名字，作者是“苏少白”，部分内容如下——

《新中国报》记者采访苏联领事馆领事顾向焘先生，他称苏联领事馆没有搬迁的打算，虽然苏联在武汉会战中支持中国，但日本似乎不愿得罪苏联，所以日苏关系不冷不热、不咸不淡……

梅子青拿起笔飞快地校对文稿，修改好其中的病句与错别字。修订完，她一手拿着文稿，一手拎起放在脚下的布袋，起身走出校对室。

“梅小姐，今天来得好早呀！”东方白从外面走进来，看到梅子青时，脸上堆满了笑容。

梅子青微微一笑：“早起的鸟儿有虫吃嘛！”

“看，这都是梅小姐的大作，我看了好多遍——”东方白将手里的书举了举，那是一套旧书，大部分书页的角都卷了，“瞧，书都卷页了。”

梅子青莞尔一笑：“谢谢！”

“给老苏拿的书？”东方白看到梅子青手里的布袋，佯装生气，“这个老苏就是抠门儿，梅小姐的书都不掏钱买！”

梅子青笑了笑：“他就是这么一个人。”

“我是替梅小姐生气！”

“不值当！”

“梅小姐上楼吧！”东方白向楼上一指，“中午还能去醉青山吗？”

梅子青点点头：“当然。我问问苏主编有空吗？”

“好嘞！”东方白说着掏出钥匙开门。

楼上主编室内，苏立生坐在一尘不染的桌前，低头吹了吹看不见的尘埃，将洗得干干净净的烟灰缸端到面前，这才拉开抽屉，拿出香烟点上，烟雾袅袅升起。

今天还去接头吗？昨天 76 号围猎，一定是走漏了消息！难道真有叛徒？谁是叛徒？昨天出现在醉青山的都可能是叛徒！

“当当当——”传来的敲门声惊得苏立生微微一慌，烟灰落在了办公桌上。他皱了皱眉，低头吹落烟灰，不耐烦地说：“进来！”

梅子青推门进来，走到办公桌前，将布袋放在桌上，说：“书！”

苏立生赶紧起身，脸上堆起笑容：“梅小姐的传记！谢谢！谢谢！”

梅子青摇头苦笑：“不是梅小姐的传记，是梅小姐写的传记。”

苏立生哈哈一笑：“咬文嚼字。”

“做校对的，职业病。”

苏立生立刻掏出书，念着书名：“《生如夏花》，欧阳夏，生如夏花般璀璨，死如秋叶般静美，泰戈尔的诗，出自《飞鸟集》。”

“苏主编博闻强识。”

苏立生笑了笑，放下《生如夏花》，继续念：“《红动上海滩》，萧红如，不瞒梅小姐，我是萧红如的影迷。”

梅子青微微一笑：“苏主编想认识萧小姐的话，我可以引荐。”

“是吗？那太谢谢啦！《霞光万里》，楚笠君——”苏立生继续念着，突然向门口望了一眼，疾步走到门口关上门，才转过身说，“我听到的消息，陆大少说的，楚笠君有亲共嫌疑。”

梅子青一愣，脱口而出：“有证据吗？”

“有。”

“怎么不抓？”

苏立生挥了挥手，说：“就是给共产党印些小报。”

“楚家原本就是做印刷起家的嘛。”

“幸亏这个小报没太大影响，陆大少跟楚笠君也有些渊源，便给压了下来。”苏立生咳嗽一声，“我说这些呢，没别的意思，就是给梅小姐提个醒，注意点。”

说着放下《霞光万里》，又拿起另一本书，皱了皱眉：“《平地一声雷》，平少柔——我一直想问梅小姐，平少柔太年轻了，不足以立传的，怎么还‘平地一声雷’？”

梅子青笑了笑，解释说：“只有第一章写的是平小姐，算是个引子，实际上写的是平家。”

“青帮大亨，平地一声雷，嘭——”

梅子青鄙夷地看了眼苏立生，强压制住反感，勉强地笑了笑：“平家洗白了，平楚山现在是建筑大亨，租界华董！”

“梅小姐真是大才女，书名起得真不错。”苏立生笑着又向布袋摸去，却摸了个空，“不对呀，还有一本诗集呢！”

“《太平洋上的歌声》，送完了，没了。”

苏立生竖起大拇指：“诗人、作家，还填过歌词，《春天里》是不是？”

梅子青握紧了手，强自微笑：“嗯。”

苏立生瞧见梅子青手里的文稿，才想起来问：“稿子有问题吗？”

“苏少白是苏主编吗？”

苏立生点点头，说：“字少白。”

梅子青将文稿递给苏立生：“这是苏主编写的稿子吗？”

苏立生微微一愣，接过稿子，低头阅读，看着看着，眼皮猛地一跳，大声说：“这是谁写的破文章？”

梅子青轻声说：“不是主编您吗？”

苏立生将稿子摔在桌上：“我？这狗屁不通的文字，怎么会是我写的？”

“署名苏少白。”

“这是冒名。”

“这篇文章写得虽文理不通，但内容惊人。”

苏立生拿起稿子，盯着“顾向焘”三个字，问梅子青：“顾向焘，真是苏联领事馆领事？”

梅子青摇了摇头：“我不清楚。”

“这篇文章内容不错，我重新来写，只是这个顾向焘——我不太熟悉。”

“政情课应该有顾向焘的资料。”

“苏联领事馆是岩井公馆的监视目标，一定有他的资料。”

“苏主编可以去查查。”梅子青转身向门口走去，“我下楼了。”

苏立生顿了顿，忽然说道：“梅小姐留步。”

梅子青停下脚步，转过身问道：“怎么了，苏主编？”

苏立生嘿嘿一笑：“政情课是大总管管辖的，我昨天开会迟到，大总管对我印象不太好，能否麻烦梅小姐跑一趟？”

梅子青不置可否地笑了笑：“我爸爸的脾气很好的。”

苏立生向梅子青作揖：“有劳梅小姐了。”

梅子青又笑了笑，说：“好吧。”

“太感谢了。”苏立生又指着书说，“谢谢梅小姐的书！”

梅子青忽然想起：“哦，对了，东方副主编说，中午有空的话，咱们再去醉青山。”

苏立生愣了愣，说：“好呀！有空！”

梅子青笑着转身拉开门走了出去。苏立生望着梅子青的背影，眼神突然变得犀利起来。

～ 024 ～

[上海，公共租界，南京路，英伦西餐厅]

南京路商业街是上海滩最繁华的所在，从巴夏礼铜像为起点，一直向西延伸，到上海国际饭店结束，这一线的璀璨构成了上海滩的精魂。英伦西餐厅，是这条线上最耀眼的餐厅。这个西餐厅共三层，一楼是散间，二楼和三楼是包间，厨师全是英国人，一派纯正的英伦范儿。

还不到吃饭的时间，西餐厅内只有零星的几位客人。陈耕坐在一楼靠窗的位置，手里拿着一本《西游记》连环画，正饶有滋味地看着“大闹天宫”。桌上放着两杯咖啡。

一支手枪抵在他的后背，枪上盖着一份报纸。

陈耕笑了：“大哥！”

王千木将手枪又往前一抵：“看的是大闹天宫啊，孙猴子厉害呀！”

“孙猴子再厉害，不是还有大哥的吗？”

“牛魔王！”

陈耕嘿嘿一笑：“大哥就是牛魔王！”

王千木走到陈耕对面坐下，将手枪放在椅子上，用报纸盖住，打了个招呼：“毛老二。”

“大哥！”陈耕端起咖啡喝了一口，“大哥何时到的上海？”

“两个多月了。”王千木笑了笑，“我现在化名顾向泰。”

陈耕微微一愣：“苏联领事馆领事？”

王千木点点头：“我从天津消失后去了莫斯科。”

陈耕惊愕地问道："莫斯科？"

"我在天津成功渗透了共产国际，去了莫斯科深造。"王千木拿起勺子，轻轻搅拌着咖啡，然后喝了一小口，"去年冬天，我从莫斯科回到武汉，加入了中共长江局，代号'007'，两个月前奉命到沪，协助中共江苏省委组建新班底，掩护的身份是苏联领事馆领事。"

陈耕竖起大拇指："大哥就是大哥！"

"一个月前，总部查出二处的许少醒是中共。"

陈耕眉毛紧蹙："许少醒？我见过他，没想到他是中共。"

"他还是中共上海情报科的'沉沙三杰'之一，代号'白沙'。"王千木将勺子放在咖啡杯上，"但'白沙'死在了天津。"

"跟刺杀程西山有关？"陈耕端起咖啡，喝了一口。

王千木点点头，说："中共非常狡猾，在上海情报科和江苏省委中间设计了一个'007号线'，这个'007号线'只有三个人，我是领导，许少醒是我的下线，他还有一个下线。"

"许少醒死了，这条线就断了。"

"中共还没有怀疑我的身份。"王千木接着说，"许少醒死后，安排了一个代号为'青花'的特工，接替许少醒的工作。"

陈耕微微一愣："'青花'？谁是'青花'？"

"这也是我要找的答案。"

"'青花'才是'007号线'的关键。"

"这就是中共的狡猾之处。"

陈耕喝了一口咖啡，问道："大哥，接下来要做什么？"

王千木慢条斯理地说："老板让我做上海站站长，说实话，我不想占你的位子，我还有潜伏工作……"

"谢谢大哥！大哥这份心，我记下了。"陈耕放下咖啡杯，微微一笑，"放心吧，大哥，我做站长，就等同于大哥做站长。"

王千木脸皮一热："我不是这个意思。"

"我理解大哥的意思。"

"毛老二，你几个意思？"

"我就一个意思。"

“什么意思？”

“大哥永远是大哥！”陈耕笑了笑，“可位子只有一个。”

“谁来做？”

“大哥是什么意思？”

“听老板的安排。”

“老板几个意思？”

“老板的命令就是老板的意思。”

陈耕嘿嘿一笑：“将在外军令有所不受。”

王千木气呼呼地哼了一声：“我算是听明白了，你是不想让我接管军统站。”

陈耕皮笑肉不笑地回道：“好说，就是这个意思。”

王千木怒道：“你敢违抗老板的命令？”

陈耕摇摇头：“老板的命令，未必是老板的意思。”

“这么说，我是接管不了上海站了？”

“大哥不能这么说，上海滩是一个大江湖，大哥翻手为云覆手为雨，可以再打下一片新天地，重建新的上海站嘛！”

“毛老二！”王千木将咖啡杯在桌上重重一顿。

“王老大！”陈耕也将咖啡杯往桌上重重一顿。

～ 025 ～

[上海，日占区，虹口，岩井公馆]

政情课是岩井公馆的中枢，全称叫政治情报课，所有搜集整理的情报都集中在档案室。档案室是封闭的，位于地下一层，只有一个出口。这个出口，就在秘书处。幽暗的走廊里，梅晋元和千叶葵向楼梯口走去。

“前面有些暗，下楼请当心。”千叶葵头前带路，轻声提示着。

“谢谢千叶小姐。”

“大总管，档案室将每天搜集的信息都会分门别类，然后仔细归纳整理。”

“从今天起，这项工作你来负责，没有我的允许，任何人不得查看翻阅。”

虽然有电灯，但不太亮，楼道里有些幽暗。到了档案室，空间相对宽阔，成排成排的架子上面全是一捆捆的情报资料。每个架子上都贴着标牌，诸如："公共租界""法租界""苏联领事馆""英国领事馆""法国领事馆""德国领事馆"，等等，蔚然成林。

"就在那里。"千叶葵向"苏联领事馆"的架子一指。

"好！你出去吧！"梅晋元吩咐千叶葵，"除了我女儿以外，其他人一律不见。"

千叶葵向梅晋元躬身回应一句"哈依"，转身离开。

梅晋元向贴着"苏联领事馆"的架子走去，看着满架的情报资料，脸上露出了无比喜悦的笑容。他从资料中找出有关顾向焘（王千木）的资料，上面贴有顾向焘（王千木）的照片。他翻看着资料，越看眉头皱得越紧。

最终看完了，梅晋元点了一根雪茄，抽了几口之后，蹲下身将资料放在地上，用打火机点着了。

火势升了起来。

这时，楼梯处传来脚步声，竟是梅子青来了。

"你怎么来了？"梅晋元站了起来。

"明天的报纸有些内容要确定，我来查一下资料。"梅子青一边下楼，一边看着即将烧尽的资料。

"哪方面的资料？"

梅子青走下楼梯："苏联领事馆。"

"就在这里。"梅晋元向身旁的架子一指，"找什么资料，我来帮你。"

"顾向焘的资料。"

梅晋元皱眉问道："顾向焘怎么了？"

"苏主编写了一份采访稿，里面涉及顾向焘的言论，不过有点惊人，需要落实。"梅子青走到父亲身边，"岩井公馆在监视苏联领事馆，我想一定有顾向焘的资料。"

"你来晚了一步。"梅晋元意味深长地笑了笑，向地上烧尽的资料一指。

"这就是顾向焘的资料？"梅子青一愣，"您为何烧他的资料？"

梅晋元低头看着燃成灰烬的资料，说："戴笠亲自下达的任务。"

梅子青困惑地问："顾向焘跟重庆有关？"

"他是中共，代号'007'。"

"'007'？"梅子青既震惊又心酸，震惊的是中共"007"被重庆掌握了，心酸的是她和许少醒都是"007号线"成员，如今许少醒牺牲了，"007"也暴露了，她岂不是孤军奋战？

"顾向焘是中共长江局的代表，你通知西湖小组，盯好了顾向焘。"

梅子青不动声色地回答："好，那我走了！"

梅晋元轻咳了一声："别忘了晚上的接头。"

梅子青没有说话，转身向楼梯口走去。梅晋元看着女儿的背影，低头又看了一眼地上的灰烬，脸上毫无表情，只是重重地吸了一口雪茄。

~ 026 ~

[上海，极司菲尔路，76 号]

李墨群是那个时代的缩影，他心中藏着一团迷雾，看不清时局，所以他选择成为汉奸。这只不过是一次选择而已，汉奸也是一种职业。正如他加入C.C.[①]的目的，自然不是为了拱卫三民主义，而是一次职业选择。（作者按：详见拙作民国谍战系列小说《叱咤之城》）

时代给了他机遇，作为一个报社记者，他自然有相当不错的文笔，所以成了国民政府军事委员会统计调查局第三处邮检处处长。只可惜，他的机遇夭折了，第三处裁撤了，一下子把他打回了原形，如同过山车似的命运，令他接受不了。这时候，日本特高课伸出了橄榄枝，他自然就一跃而起接受了。先是在大西路67号成立了特务机构，后来一步步做大，最后搬到了极司菲尔路76号。

办公室是新装修的，还有一股子石灰的味道。所以，他弄来十几盆花，还有一盆盆景。此刻，他正弓着腰，专心致志地修剪那盆盆景。盆景旁，是一尊钟馗的塑像。

---

① C.C.名称的来历，缘于1927年9月在上海成立的"中央俱乐部"（Central Club的简称）。C.C.系是一个政治派系，以陈果夫、陈立夫兄弟为首，与蒋介石的力行社并行的秘密组织，主要分布在国民党中央党务部门，尤其是组织部、中统局以及地方各级党部和教育系统。

“昨天真他妈窝囊！”苏成一在他身后骂道。

李墨群直起腰，向苏成一微微一笑：“特高课的消息，王千木化名顾向焘，掩护身份是苏联领事馆领事，抓住他未必是好事。”

“嗯嗯，抓了王千木，日本人未必敢接这个烫手山芋。”

李墨群放下剪刀，走到沙发前坐下：“日英正在掐架，这时候引起外交纠纷，惹恼了苏联，苏联会趁火打劫的。再说了，王千木是一个重要猎物，且不说难以抓住，就算咱们侥幸把他抓住了，他还有什么分量？”

苏成一赶紧说道：“那他就是一个屁了。”

“就是一个屁！”李墨群哈哈一笑，“一头猎物，怎么能引起一个狼群的兴趣？所以，我还得豢养另一头猎物。”

“主任，还有什么宝贝？”

“中统上海站还有一只鸟。”

苏成一困惑地重复：“鸟？”

李墨群嘿嘿一笑：“‘黑鸟’！”

“潜伏特工？”

李墨群得意地点点头：“‘黑鸟’是中统上海站的副站长，一直在潜伏，所以我没有他的资料。但是，我知道他就潜伏在租界。”

苏成一牛气哄哄地说：“踏平租界，也要把他找出来。”

“没那么容易。”李墨群平静地说，“王千木也会藏身租界的。从目前时局来看，日本人是不会轻易动租界的。咱们要在租界里找出‘黑鸟’、抓住王千木，必须得弄点动静出来。天津事件愈演愈烈，武汉会战接近尾声，这里面藏着时局。”

“什么时局？”

“英国从绥靖到强势。”

苏成一微微一愣：“英国？主任的意思是，日英会在上海角逐？”

李墨群点点头，接着说道：“日本人想打疼老蒋，然后再安抚招降，可苏英一个提供武器一个提供金钱，所以武汉会战打得很惨。现在，日本人不想再这么打下去了。怎么办？围魏救赵！在租界对付苏英！这就是天津事件爆发的原因。日英的矛盾在于一个字：钱。”

“钱！”苏成一点头笑了，“钱，真他妈是个好东西。”

“钱也是个坏东西。”

“怎么讲？”

李墨群诡谲地笑了笑：“法币！伪钞！”

“法币贬值，摧毁租界经济体系。”

李墨群摇摇头，信誓旦旦地说：“不，是整个上海滩。”

苏成一马上鼓掌迎合道：“还是主任高明。”

“想破了头，真累啊。”李墨群笑了笑，“等新课长现身了，我找他好好聊聊。”

这时，苏成一从兜里掏出一张电影票：“萧红如主演的《女间谍》，主任去看看吧，也解解乏。”

“看了好多遍了，但可以再去看一遍。”

“主任是喜欢萧红如的演技，还是喜欢她的裸体？”

“灵与肉岂可分离？”李墨群哈哈大笑，苏成一也跟着淫笑起来。

～ 027 ～

[上海，日占区，虹口，岩井公馆]

2 号楼，大总管的房间装修豪华，一派欧式风格，真皮沙发座椅，还设有套间，套间内设有休息处，桌子上摆着一部醒目的红色电话，这是日本领事馆的专线电话。

“往后你就是我的一双眼睛，盯死这里。”梅晋元站在办公桌后，手里拿着一张照片，看着面前的陆川。

陆川点点头，应道：“您放心，我会盯死这里的。”

梅晋元将照片放在桌上，那是一张朱若愚送许少醒离开邮政总局的照片。他向照片里的许少醒一点，说：“他就是‘白沙’！”

陆川异常惊愕：“他就是‘白沙’？！”

“可惜，死在了天津。”梅晋元又点了点照片里的朱若愚，“他是个软肋，最容易扎刀子。”

“行动队的两个人，前晚死在了外滩。”

“你怀疑跟朱若愚有关？”

“杉本哲在监视他。”

梅晋元哦了一声：“杉本哲行动了，你就等着截和吧！”

陆川应道：“是。”

“调查一下这个人。”梅晋元又从西服内兜里掏出一个信封，递给陆川。

“在岩井公馆？”陆川接过信封，装入兜里，见梅晋元点头嗯了一声，“我马上就去办。”

梅晋元点点头：“去吧！”

陆川虽是新闻课的插画师，但办公室不在3号楼，而在4号楼。他的办公室就是一个画室，一面墙上贴着上海中法大药房、双美人化妆品、哈德门、仙女牌香烟、花露精香皂等广告海报，除了双美人化妆品的广告主角是萧红如和欧阳夏外，其他海报中的女主角都是同一个人——萧红如。一个画架上还有一张半成品，是一则瑞士手表的素描画，主角是萧红如和欧阳夏两个人，上面还有一句朗朗上口的广告语：“绝代双骄，瑞士手表！”

陆川坐在办公桌后，两条腿翘在桌上，一只手掏出信封看，隐约中可见“东方白”三个字。展开信纸，他的眉头微微皱起，掏出烟盒和打火机，点了一根烟，手里转动着打火机，若有所思地在想什么事。

嘭的一声，办公室的门被推开，杉本哲突然闯了进来。

陆川一惊，第一个反应是咔吧一声打着打火机，伸手点着信纸，然后才把腿放下来，诧异地看着杉本哲。

“烧什么呢？”杉本哲好奇地看着陆川的举动。

“大总管的密函。”陆川神秘地笑了笑，将信纸迎风抖了抖，信纸烧得更快了，直到烧成灰烬，他才丢进烟灰缸里。

“梅大总管？”杉本哲皱了皱眉，郁闷地问，“你投靠了大总管？”

陆川半推脱半应付地说：“岩井公馆一个屁大点的地方，杉本君上面有副机关长，我呢，不依靠大总管，难道要受杉本君的欺负吗？”

杉本哲脸色一寒：“陆大少，我欺负你了吗？”

陆川诡异地笑了：“朱若愚！”

杉本哲的眉毛一挑，不解地问：“你知道朱若愚？”

“行动队这么重要的行动，你不告诉我，不是欺负我吗？”

“你是怎么知道朱若愚的？”

陆川神秘兮兮地向门外瞟了一眼，压低声音说：“大总管。”

杉本哲一愣：“大总管刚到公馆，就知道此事了？”

“烧的就是这个。”陆川向烟灰缸里的灰烬一指，又靠近杉本哲，“大总管是有备而来，所以杉本君诸事小心吧。我呢，这也不叫投靠，是识时务者为俊杰。大总管原是天津副总领事，平调到岩井公馆，也比副机关长高一级，是不是？大总管是中国人，你是副机关长的学生，大总管不会亲近你的，所以我只有贴上去了，懂吗？以后，咱们要互通消息，知道吗？”

杉本哲向陆川微微鞠躬：“谢谢。”

“杉本君，找我何事？”

“朱若愚。”

陆川伸手在杉本哲肩上轻轻一拍：“对不起，错怪你了。”

杉本哲郁闷地摇了摇头：“岩井公馆建立不足半年，信任不是一句话的事。”

陆川郑重地点点头：“从今天起，我陆川就是杉本君的死党。”

~ 028 ~

[上海，法租界，霞飞路，醉青山酒楼]

岩井公馆内谁是“青花”？

“007 号线”只有三人，顾向焘是“007”，少醒牺牲，“青花”替补，只有找到“青花”，才能恢复“007 号线”，才能查清顾向焘。

“‘青花’是我的上线，知道我的存在，为何不联系我？”梅子青的车子停在醉青山酒楼前。她没有下车，而是点了根烟，坐在车里分析着错综复杂的人际关系，眼前闪烁着东方白、苏立生、陆川、杉本哲、千叶葵等人的面容。见烟灰多了，她便摇下车窗弹烟灰，却看到了东方白的大笑脸。

“早到了？”东方白弯腰看着梅子青。

“半支烟！”梅子青莞尔一笑，心中陡然一惊，暗暗寻思：“东方白，他是‘青花’吗？”

东方白礼貌地为梅子青拉开车门。

“谢谢。”梅子青下了车，向醉青山酒楼望去，看到苏立生站在大门前。

三人走进酒楼，来到华山厅门前，苏立生突然侧头问东方白："华山厅真有这么好吗？"

东方白笑了笑："华山厅，一个字：雅！梅小姐，也是一个字：Beautiful！"

梅子青掩口偷笑："东方主编的嘴上抹了蜜吧。"

东方白哈哈一笑："可惜呀，我不是蜜蜂，不采蜜。我呢，只是山上的一朵小青花。"

"哪里有叫'青花'的花？"苏立生嫌弃地扫了东方白一眼，伸手推开华山厅的门，一眼望去，果然装修雅致，接着看向梅子青，微微一笑，"不过，的确有一朵，梅小姐就是朵青花呀！"

梅子青心头一跳，随口应道："苏主编这不是挺幽默的吗？"

东方白哈哈一笑："我口误了，我说的不是小青花，是小黄花。"

苏立生摇头苦笑："是我口误了。"

梅子青轻轻走进华山厅，回眸一笑："你们这是做什么？我又没有生气。其实，我挺喜欢青花瓷的。"

苏立生马上接道："我家里有尊青花瓷，如果梅小姐喜欢，就送给梅小姐，当是感谢梅小姐赠书。"

梅子青淡淡地说："不夺君子所爱。"

东方白指着华山厅的装饰："瞧瞧，我没说错吧，这里雅吧？"

苏立生附和道："的确雅！"

梅子青环顾四周，略带赞许地说："考究！"

"还是有些瑕疵。"东方白指着一幅《无土兰花》下面的小桌台，"这里就差一尊青花，否则呀，就不是一个雅字了？"

苏立生一愣："那是什么？"

东方白耸了耸肩："古雅！"

"我去催下菜。"苏立生不屑地冷笑一声，转身走出华山厅。

东方白望着苏立生的背影，轻蔑笑了笑，转过脸看向梅子青时，脸上又堆起腻歪的笑容，说："苏主编的青花瓷，梅小姐可以收下的，放在他手里就糟蹋了。"

"东方主编也喜欢青花吗？"

东方白哈哈一笑："我同朋友讲，我虽然长得寒碜，但常自誉为青花，清纯脱俗。”梅子青扑哧一声笑出声来……

苏立生下了楼，走到大厅前台处，向侍应生招招手，问："昨天酒楼出事，本来跟朋友约好的，结果一乱走散了。朋友是多年未见的，我想看看他留下什么口信没有？"

侍应生说："您的朋友是个老先生吗？"

苏立生有些犹豫："嗯？！"

"他留了一张名片，香港干货供应商谢力夫，地址是上海国际饭店 1465 室。"侍应生拉开抽屉，从里面拿出一张名片递给苏立生，随即侍应生忽又摇了摇头，"老先生弄错了吧，上海国际饭店没有 1465 房间的。"

苏立生将名片还给侍应生："这不是我的朋友，我的朋友不姓谢。"

"不好意思，帮不了先生啦。"

"谢谢！"苏立生转身向楼梯走去，走到二楼时，没有回华山厅，反而向三楼走去。

这时，东方白走到二楼楼梯口，正看到苏立生的背影一闪。他皱了皱眉，走下二楼，对前台的侍应生耸了耸肩，说："昨天真扫兴。"

"昨天真是对不住。"

"有人留话了吗？"

"有人留了这张名片。"侍应生瞄了一眼楼梯，拉开抽屉又拿出那张名片。

东方白接过名片："这是留给我的，太感谢了。"

"不客气！先生，祝您用餐愉快！"

东方白扬了扬名片："有了它，心情就好，今天的饭会很香的。"

此时，华山厅就剩下梅子青一个人，她正在检查华山厅的装饰物、花盆等，耳旁响起昨天侍应生报菜名的声音，暗自寻思："没有孕妇这么吃的，这一定是个暗号，这个暗号是说给谁听的呢？东方白、苏立生，接连两天到醉青山，一定有什么事情，难道他们二人之中有一个是'青花'？如果昨天'青花'来了醉青山，那个开枪示警的人一定就是'青花'的上线'007'！"

梅子青审视着那幅《无土兰花》，那是临摹宋代画家郑思肖的作品。奇怪的是，这幅《无土兰花》下方有一片土黄色的水墨。她看了片刻，忽然心思一动，从包里掏出指甲油和描眉刷。她用描眉刷沾了显影液，在那片土黄色的水墨上刷了刷，突然显出四个数字——

1465

梅子青愣了愣，看着显影液渐渐变干，数字正在渐渐消失。

吱呀一声，门开了，苏立生出现在门口。梅子青急忙转过身，用身子遮挡住还没有完全消失的数字，用描眉刷涂指甲。

苏立生看到梅子青的举动，含蓄地笑了笑："女为悦己者容啊！"

东方白也走了进来，呵呵一笑："我和老苏，哪一个是梅小姐的知己呀？"

梅子青不理会二人，低头说道："待会我不回公馆了，要见一个人。"

东方白酸溜溜地说："真是可惜，梅小姐有心上人了。"

苏立生问："是咱们认识的吗？"

梅子青笑眯眯地说："陆大少。"

"他倒是会讨女孩子欢心。"东方白说。

苏立生岔开话题："马上就上菜，咱们就座吧。"

东方白走到桌前，伸手拎起水壶倒茶，边倒茶边向梅子青瞧去。

苏立生背对着梅子青，向东方白走去，正好遮挡住东方白看梅子青的视线。

梅子青侧身去看《无土兰花》，见数字完全消失，放下心来，将指甲油和描眉刷放进包里，笑了笑说："我和陆大少是同学，两位别多想了。"

东方白哈哈一笑："是梅小姐多想了吧？"

苏立生摇头笑道："东方兄，少言！"

梅子青抿嘴微笑，眨眼间嘴角扬起一抹冷笑。

~ 029 ~

[上海，法租界，霞飞路，公董局家属院]

浓荫之处，一片阴凉。这一片西式洋房区，大门小门都有巡捕把守，正是法租界公董局家属院。12 号洋房住着一个中国人，年纪约莫 30 岁，头发抹了发胶，油光铮亮的。昨晚上喝多了酒，这时才醒来，一个人不想做饭，便打算出去吃。这时接到一个电话，竟是公共租界工部局警务处处长打来的。

这只是一个寻常的电话。作为法租界公董局警务处处长，他们之间的往来太自然不过了。挂了电话，他抿嘴笑了，这笑里含着讥讽。上海滩的日伪们，还有租界的巡捕们，都没有发觉他的真实身份。

他叫毛玠，军统上海站副站长，军统八大金刚的老二，掩护身份是法租界公董局警务处处长。自上海站站长宗寸琦被公共租界日董香川口开枪打死之后，他就是代理站长了，俨然成了上海滩的军统领袖。当然，他的掩护身份自然也是新名字，就是把“玠”字拆开了，取名王介。

换了衣服，一套崭新的法式警服，衬得他硬朗帅气。出了门，穿行在院子里，一个中国巡捕和他打招呼“王处长好”，他彬彬有礼地回应“你也好呀”，这些礼貌用语是家常便饭，顺口就来的。走到大门口时，看到陈耕坐在车里等着，便上了车。陈耕疾速开车驶离。

毛玠坐在副驾驶座位上，侧头问陈耕：“见着王老大了？”

陈耕点点头，哈哈一笑：“过瘾！”

“你过瘾了，我还得兜着。”

“替你见王老大，这可是你的主意呀！”

毛玠笑呵呵地说：“不，不是替，从今天开始，你就是毛玠。”

陈耕大笑道：“我是他娘的毛玠，你是谁？”

毛玠嘿嘿一笑：“我在上海滩是有名有姓的，姓王名介。”

“好，从今天开始，我就是上海站代理站长了，撬了你的位子，你别心疼呀！”陈耕见前面街口出现拥挤，便放缓了车速，“你没见过王老大？”

“咱们的规矩，只许纵向领导，不许横向联系，‘八大金刚’只是个排位，可不像咱哥俩是歃过血的，所以除了个别共过事的，大部分都不认识。”

“明白了。”车外人群拥挤，陈耕按着喇叭，提醒人群。

毛玠点着一根烟抽了一口：“昨晚上被杀的是山田寿吗？”

“是他。”

毛玠慢慢地说道：“英国佬开窍了。”

陈耕不答反问：“这么急找我，出什么事了？”

“大事。”

“二哥这里还有大事吗？”

毛玠哈哈大笑：“少他妈拍我马屁！”

陈耕耸了耸肩：“不喜欢呀，以后就不拍了。”

“该拍的时候还是要拍的，舒服！”毛玠哈哈一笑，忽然压低声音，“我准备成立一个刺杀小组，绝不能让王老大染指。”

“算我一个。”

“必须的。”

“还有谁？”

“万墨翰。”

“太好了。”

“还有‘紫雀’。”

陈耕皱了皱眉：“启用‘紫雀’了？”

毛玠抽了一口烟，说：“该启用了。”

陈耕嘿嘿一笑：“最好还有个女的。”

“妈的！”毛玠呸了一声，“从天津来了一个女的。”

陈耕哈哈一笑：“还真让我说着了。”

“通知万墨翰，让他准备接人。”

“我可以去呀！”

“你？算了吧！”毛玠猛抽了一口烟，将烟蒂丢到车窗外，“老板为什么安排王老大做上海站站长？我一时半会儿想不明白，也猜不透。”

“我也纳闷。”陈耕侧头看了毛玠一眼，“是谁杀了山田寿？”

“这个事，以后不要问，也不能问。今天我告诉你，是咱们的人干的。”毛玠一边将车窗摇上，一边放倒车座，舒服地躺了下去。

第四章　青花

～ 030 ～

［ 上海，愚园路，平公馆；南京路，英伦西餐厅 ］

“上海滩江、平、楚”，指的是上海滩的三大世家。

平家，是最奇特的一家。

平家，是青帮世家。

自上海滩开埠以来，平家就从江苏镇江迁到上海，在此扎根了。上辈混迹租界，靠的就是一双手和一身胆。平家第一代组建了青帮，算是小有成就。到了第二代平千嶂手里，就大放异彩了。平家青帮的实力，巅峰时期足以与黄金荣、张啸林分庭抗礼，杜月笙算是小字辈了。平千嶂不愿做青帮混混，毕生心愿就是洗白平家，所以在杜月笙崛起时，平千嶂就带着青帮混混创立了平安建筑公司。

过了几年，平千嶂被人暗杀，平家青帮由他的儿子平楚山接掌。平楚山继承父志，不仅将平安建筑打造成上海滩最大的建筑公司，而且进军娱乐业，创建了百乐门，由陆文泰代持股份投资了云川电影公司。六年前，因为“平家惨案”而金盆洗手，不久成为公共租界工部局华董。

平千嶂喜读诗书，给孩子取名字时，引用的是王昌龄的《芙蓉楼送辛渐》：“寒雨连江夜入吴，平明送客楚山孤。”他自己的名字，也是后来改的，改名时正逢平少柔出生，所以他就用了王安石的《渔家傲》：“平岸小桥千嶂抱，柔蓝一水萦花草。”

平公馆坐落在愚园路上，是由一栋四层主楼、两个三层侧楼组成的公馆洋房，楼体上分别刻着“A、B、C”三个字母，三栋楼围成的片区是个大花园，大门口的石壁上刻着“平公馆”三个字。

花园里，时年42岁的平楚山叼着一根雪茄，站在一座小木桥上，背着双手欣赏旭日东升。

“大哥！”一个美妇从一侧走过来，她穿着一身得体的旗袍，消瘦的脸如同刀锋般冷艳，正是平家二小姐、梅晋元的第二任妻子平寒雨。

平楚山转过身问：“小柔还在睡觉？”

“还在睡。”

平楚山微微皱眉：“怎么还不叫醒她？”

平寒雨笑笑说：“昨晚跳舞累着了，让她多睡会儿。”

平楚山无奈地说：“这几年你可是把她惯坏了！”

“十几岁的小姑娘没了妈，你不疼，还不让我这个做姑姑的疼呀！”

“你……你们是相互取暖吧！”平楚山叹了口气，“晋元兄死了六年，你也一天天变老，该踅摸个下家了。”

平寒雨苦笑着说：“平家外表光鲜，可里子太脏了，谁会娶流氓的女儿。”

平楚山的眉头一皱，训斥道：“小雨！”

平寒雨一点也不怕平楚山，笑着说：“难道不是吗？”

平楚山哼了一声：“晋元兄不是娶了你吗？”

平寒雨轻轻地叹了一口气，幽幽地说：“我现在可是个寡妇！你不也是六年未续弦吗？”

平楚山伸手在平寒雨的肩上拍了拍：“好了，去喊小柔起床吧！”

平寒雨点了点头，向花园另一侧的C号楼走去。

平楚山看着平寒雨的背影，很心疼这个妹妹，但也没有什么办法能帮她，无奈地将雪茄丢到了桥下。

C号楼装修奢华，二楼卧室内更是一派欧式贵族风范，房间内到处都是随手丢放的唱片。平少柔伸展着双臂，从床上慢腾腾地爬起来，向站在一旁的平寒雨撒娇。

“姑姑的皮肤真好，是睡觉睡出来的吧？”

平寒雨宠溺地一笑：“你就会说好听的。”

平少柔跳下床，伸手抱住平寒雨：“你看，咱俩哪里是两代人，简直就是姐妹花。”

平寒雨掰开平少柔的胳膊：“快起来，你爸爸又要训人了。”

平少柔松开平寒雨，偷偷一笑：“我爸爸已经训过人了吧！不然，姑姑怎么舍得喊醒我？”

平寒雨嗔笑道：“你爸爸是恨铁不成钢。”

“我做得差吗？”平少柔撅着小嘴，“我爷爷是大流氓，我爸爸是流氓二代，再看看我，我可是知书达理、学贯中西的大小姐。”

平寒雨哼了一声：“好了，我的大小姐，在日本留学三年，好好的医学不学，却学什么拍电影。”

“电影时尚呀，我不是也想着改变平家的基因嘛！”平少柔挎着平寒雨的胳膊，走出卧室。

“平家的基因怎么了？这么瞧不上呀！”

平少柔吐了吐舌头：“我哪敢！”

平寒雨肃容道：“‘家国同构，国比家大’，这才是平家精神。”

“少些温柔，多些刚强，报效祖国，我爸爸常说的戏码，怎么姑姑也唱起来了？”

平寒雨伸指在平少柔的额头上一点：“你呀！”

“我饿了！”平少柔笑道，“陆川约了我吃西餐，姑姑就别管我了。”

吃西餐，自然去英伦西餐厅，最好是二楼凭窗，有光照，太阳却不太毒，室内明亮，吃饭也有好心情。

“怎么想起约我吃饭了？”平少柔瞥了一眼窗外的商业街，似乎是随口问道。

“今天我歇班，老陆不在家，懒得做。”

平少柔阴阳怪气地说：“萧大明星不给你做饭呀？”

陆川耸耸肩：“老陆还没搞定萧小姐呢！”

“真是笨蛋。”

“我们爷俩在这方面都是笨蛋。”

平少柔扑哧一声笑了：“你呀，嘴里没个实话。”

陆川不满地说：“我嘴里怎么没实话了？”

平少柔拿起刀叉切牛排：“你心里有我表姐，却装着不在乎。你想讨好我表姐，却来曲线讨好我，有什么用呢？”

陆川讪笑："我和子青只是老同学。"

平少柔哼了一声："我才不信呢！表姐去《新中国报》做校对师，你屁颠屁颠地跟着去做插画师，这还不是喜欢我表姐？"

陆川直直地盯着平少柔，说："小柔，我是真心喜欢你。"

"好啦，我又不是小女孩了，你骗不了我的。"

"你知道的，子青喜欢许先生。我就是喜欢子青，也是没有机会的。"

平少柔冷冷一笑："看吧，你的小心思露馅了吧？"

陆川摇头苦笑着："我就是那个喊'狼来了'的孩子，说多了'喜欢你'，再说你都不信了。"

平少柔低头吃了一口牛排，抬头向陆川望去："我告诉你一件事，我表姐和许先生分手了，你有机会了。"

陆川眼里放出光芒："是吗？真的？"

平少柔心里一酸："你高兴了吧？"

"我有什么可高兴的。"陆川摇了摇头，"你答应跟我交往，那才值得高兴呢！"

"不吃了，没胃口！"平少柔瞪了陆川一眼，将刀叉丢在盘子里，噌的一声站起身。

～ 031 ～

[上海，日占区，虹口，重光堂]

"重光堂"有一个大院子，院子里有棵参天老树，枝丫旁出，树叶都探到了二层西式洋房的窗前。这是一座私宅，主人是土肥原贤二，日本第三代间谍王，一手策划了伪满洲国。洋房是焕然一新的日式风格，时年 54 岁的土肥原贤二，站在窗前伸手摘了一片树叶，眼角眉梢间都有了笑意。

这个焕然一新的重光堂，也许会是改变中日时局的策源地。

名为"对华特别委员会"，实际是一个情报机构。这个情报机构不同于特高课，也不同于岩井公馆，它是由日本陆军部、海军部、外务省三个部门共同成立的间谍机关，受日本五相会议领导，负责人由三个部门派出，分别是陆军参谋本部的土肥原贤二中将、海军军令部的金田芝中将和外务省的坂西利八郎顾问。这个“对华特别委员会”情报机构又被称为“土肥原机关”。

土肥原机关的使命就是配合日军侵华，实施“以华制华”战略，分化中国内部，迫使国民政府屈服。这个计划就是“白皮书计划”，由五相会议出具代表国策的白皮书，交由土肥原机关有效实施。

土肥原贤二下了楼，负手站在门廊前，看着上海满铁调查部部长宫崎翼、岩井公馆大总管梅晋元先后下了车，向他们打了声招呼。

那个宫崎翼约莫 50 岁，下车便向梅晋元鞠躬，说：“大总管，我是满铁的宫崎翼。”

梅晋元也微微鞠躬回礼：“宫崎部长好！”

土肥原贤二一抬手，做了个请的姿势：“二位请进吧！”

三人走进屋内。客厅中央是会议室，东侧是茶室，西侧是接待室。会议桌上摆着瓜果茶水，正中间的位置空着，上方是裕仁天皇的标准像。土肥原贤二坐在左侧，另一个位子空着。梅晋元和宫崎翼坐在了右侧。

土肥原贤二微微一笑：“帝国是辆战车，每一颗螺丝钉都有它的用途。”

宫崎翼一本正经地说：“我们都是帝国的螺丝钉。”

梅晋元微笑着说：“军部、外务省、满铁，虽各有分工，但主心骨在于将军。”

“军部的确有些好战分子，也曾口出狂言——三个月灭亡中国。”土肥原贤二轻叹一声，“这怎么可能！我把东北变成满洲国用了多长时间？整整十年！”

宫崎翼附和道：“三个月灭亡中国，那是他们太不了解中国呀！”

土肥原贤二接着说：“武汉会战，看似是中国败了，实则是帝国败了。从此，帝国陷入了战争的泥淖，万里战线，敌我对峙，长此以往，败的是谁？”

梅晋元很干脆地回答：“日本。”

土肥原贤二点了点头：“所以，我向大本营建议，由‘中国通’来组建‘对华特别委员会’，在帝国占领区建立统一的政权，由中国人来统治中国人。”

梅晋元竖起大拇指赞道：“第二个满洲国。”

“只有这样，帝国才能最终打赢这场圣战。”土肥原贤二踌躇满志地说。

宫崎翼提出了自己的意见：“人选很重要。”

梅晋元忧心忡忡地说：“与重庆政府分庭抗礼，此人要有举国威望，不能与蒋介石差得太多。”

宫崎翼皱了皱眉头：“中国还有这样的人选吗？”

土肥原贤二应道：“寥寥无几。”

梅晋元微微一笑：“人选越少，越能聚焦，‘白皮书计划’越能成功。”

土肥原贤二点头赞许：“梅先生一语中的。”

“‘白皮书计划’三人组成员，满铁的人选好像是山田寿吧？”梅晋元向宫崎翼望去，“山田寿呢？”

宫崎翼沉着脸说：“失踪了！”

梅晋元非常吃惊：“什么？”

宫崎翼无奈地说：“山田寿抵沪已有三日，却没有来满铁调查部报到。他是个守时的人，失约意味着死亡。”

梅晋元困惑地问：“死亡？”

土肥原贤二对宫崎翼说：“山田寿是满铁代表，看来中国特工盯上了‘白皮书计划’。”

宫崎翼小心翼翼地说：“‘白皮书计划’是帝国的绝密计划，怎么可能泄露呢？”

土肥原贤二不置可否：“只要有人的地方，就会泄密。这没什么奇怪的。”

梅晋元呵呵一笑：“这么说，我能活着上任是个奇迹喽！”

土肥原贤二哈哈大笑：“或许呀，你我二人已在中国特工的刺杀名单上了。”

“军统的‘黑名单’。”宫崎翼点点头，“刺杀对象是帝国高管、新政府要员。”

梅晋元慢慢地应道：“看来上海滩是风声鹤唳呀！”

土肥原贤二看着梅晋元，笑眯眯地问道：“梅先生怕了吗？”

梅晋元点了点头：“有那么一点儿。”

宫崎翼笑了笑，问：“第一期名单定了吗？”

土肥原贤二点点头：“唐邵诣。”

梅晋元补充说道：“原中华民国内阁总理。”

宫崎翼也点头赞许：“唐邵诣有资格成为新中国的领袖。”

土肥原贤二接着说：“关键的是，唐邵诣一直对蒋介石不满，由他振臂高呼，对重庆政府的打击很大。”

“与唐邵诣接触了吗？”梅晋元问。

“香川口正在接触。”土肥原贤二应道。

宫崎翼问：“天香香皂的香川口？”

土肥原贤二回道：“嗯，他是陆军部的人。”

梅晋元赞许地点点头：“香川君的身份合适，明面上只是个商人。”

土肥原贤二轻轻地摇了摇头：“香川口已被军统盯上了。”

梅晋元试探地问道：“跟‘黑名单’有关？”

“这个香川什么都好，就是有个大毛病，好色。他喜欢百乐门的舞皇后欧阳夏。”土肥原贤二的眼神里有些愠怒，“两个月前，军统上海站站长宗寸琦与香川口同时看上了欧阳夏，结果大打出手，香川在百乐门直接做掉了宗寸琦。”

梅晋元气愤地一拍桌子：“荒唐！”

宫崎翼哼了一声：“做了宗寸琦，还不成军统的枪靶子？！”

随后，梅晋元不解地问：“那陆军部怎么还让香川来策反唐邵诣？”

土肥原贤二呵呵一笑：“第一期名单上还有一个对象，上海平家，平楚山。”

梅晋元低声重复了一句：“平楚山。”

宫崎翼看了梅晋元一眼，说：“平家与梅家可是世交啊。”

“我是平家的女婿。”梅晋元嘿嘿一笑，“不过，是个已经去世六年的女婿。”

土肥原贤二顿了顿，接着说：“大本营的意思是，希望平楚山出任新政府联合银行行长。”

“‘南北二山，各占一边’，北边的程西山在天津也是联合银行行长，南边的平楚山自然也有这个资格。”梅晋元的手指在桌上轻轻一弹，“不会还是香川君来策反吧？”

土肥原贤二哈哈大笑：“香川君跟唐邵诣打打麻将还行。平楚山，他不是对手。”

梅晋元笑了：“这我就放心了。”

宫崎翼问道：“谁来策反平楚山？”

土肥原贤二神秘地一笑：“‘老鸢’。”

宫崎翼微微一惊：“‘老鸢’？！”

土肥原贤二点点头：“山田寿亲自推荐的人选。”

宫崎翼应道："'老鸢'可是上海满铁三大神秘特工之一，自我到上海任职后，还从未见过'老鸢'呢！由他来策反平楚山，要比香川君胜算大多了。"

梅晋元淡淡地说："'老鸢'，这个代号听起来有戾气。"

土肥原贤二呵呵一笑："'老鸢'这个人可没什么戾气。"

梅晋元竖起大拇指："这才是厉害的潜伏特工。"

~ 032 ~

[上海，公共租界，工部局，会议室]

工部局是上海公共租界内的最高行政机构，位于江西路、福州路、汉口路和河南路四条路之间，是典型的西式建筑。工部局总董约翰·霍华德，是英国贵族霍华德家族成员，约莫 48 岁，身兼上海总会的总董、麦加利银行的大班，骨子里是一副贵族做派。每次开会的时候，他就坐在那张长长的会议桌端头，一手夹着雪茄，一手端着咖啡，一副坐看云起时的模样，其实骨子里算计着利害得失。

这副模样，最令香川口厌恶。香川口，大约 40 出头，留着寸头，一副精明干练的样子。他坐在会议桌的左侧，与坐在对面的平楚山对视了一眼，然后看着约翰·霍华德，说："宫崎翼说，山田寿来了租界，向我们要人呢。"

"山田寿若在公共租界，自然由我们来负责，关键是山田寿在不在公共租界？"平楚山穿着锦衣长袍，手里拿着一块奢华的怀表。他不等约翰·霍华德回答，便说出了自己的观点。

约翰·霍华德哼了一声："天津事件，日本还没给个英国一个交代，现在又向我们要人，得寸进尺了吧！"

平楚山放下怀表，从桌上拿起雪茄，掏出打火机烤了烤，说："香川君，你是公共租界的日董，代表的可是租界利益。"

香川口看向平楚山："平先生，你是什么意思？说我向着日——"

平楚山直接打断香川口："日什么日？再日——你也是日本人。"

香川口伸手在桌上猛拍了一下，怒道："平楚山！"

约翰·霍华德不理会香川口，微笑着说："工部局五位核心董事，美董李德尔陪着华董江仲阁去了美国。临行前，江仲阁拿了50万美金，用以修复租界教堂和难民食物供给，这才是为了租界好。”

“‘上海滩，江、平、楚’，江家是首富，钱多，平家自然比不上。”平楚山从兜里掏出一张支票，放在桌上，推给约翰·霍华德，“我呢，只能拿出20万美金，用以修复被鬼子炮弹炸毁的建筑吧。另外，我有人，可以免费做建筑义工。”

约翰·霍华德拿起支票看了看，呵呵笑了：“平先生也是大手笔。”

平楚山轻蔑地看了看香川口：“作为公共租界的董事，香川君总要放血的吧？”

香川口看着平楚山，趾高气扬地说：“苏州河以北，也是公共租界，对吧？”

约翰·霍华德反问：“现在还是吗？”

香川口气呼呼地说：“租界就是租界，不过是由帝国管理罢了。”

约翰·霍华德哼了一声：“帝国？哪个帝国？”

香川口傲慢地说道：“看来天津事件影响了咱们的交情。

平楚山嘿嘿一笑：“香川君有转移话题之嫌。我出了20万，香川君出多少？”

香川口的手指在桌上敲了敲：“诸位也是在转移话题吧？不谈谈山田寿吗？”

这时，约翰·霍华德才慢吞吞地说：“我会命令巡捕房，全力搜寻山田寿。”

香川口又问：“前晚沙逊大厦的枪声，是否跟山田寿有关？”

约翰·霍华德摇摇头：“不，死了两个中国人。”

香川口不屑地说：“两个中国人有什么好查的！”

平楚山点着雪茄，吐了一口烟雾，冷笑道：“日本人是人，中国人就不是人了吗？”

香川口哼了一声：“平先生，山田寿是满铁的。”

平楚山哼了一声：“满铁又是个什么东西！”

香川口噌的一声站起身：“平先生说话太粗鲁了吧？”

平楚山哈哈大笑：“粗鲁？我平家世代流氓，不粗鲁我他妈还是平楚山吗？”

“两位，我们在开会。”约翰·霍华德将咖啡杯顿在桌子上，“警务处负责调查山——山什么？”

香川口缓缓坐下：“山田寿！”

~ 033 ~

[上海，法租界，圣母院路，公共电话亭]

1465，不是房间号。

1465，是电话号码。

这是接头人留下的联络号码吗?

在醉青山酒楼吃过饭，苏立生就寻个借口独自离开了。他先去了一个小酒吧，喝了一杯酒，然后穿过几条巷子，来到了圣母院路上的公共电话亭前。

他站在电话亭旁，嘴里叼着烟卷，向四周观望，见圣母院路上只有三三两两的行人，便丢了烟蒂跨进电话亭，摘下话筒拨 1465 的号码，很快电话接通了。

“喂?”接电话的是一个男声，声音有些怪异，显然是变了声。

为什么变声?变声就意味着是陷阱。对付这个陷阱的唯一办法就是不说话。

“这里是干货店!”

苏立生拿着话筒，屏住呼吸，一直不说话，等着寻找对方的破绽。

“喂?请讲话?”那人似乎失去了耐性，声音中有些不耐烦了。

苏立生知道时机来了。只有在对方挂电话的那一瞬间，才可能恢复原声。除非，对方有高度的警觉。果然，他听到电话那头的那人恢复了原声，说了句“没人”，显然这句话是说给另一个人听的。

“没人!”这短短两个字的声音，在苏立生听来，犹如醍醐灌顶，犹如雷霆震耳。

因为那个声音来自一个熟人：东方白!布置陷阱者，竟是东方白。

苏立生脸色陡变，伸手挂了电话。电话果然是个陷阱!

梅子青!

苏立生冲出电话亭，跑出了五六步，突然停下，又返身跑回电话亭，急匆匆地拨打梅苑的电话。

电话占线!苏立生的眉头紧皱，忍不住一拳捶在电话机上。

他知道，梅子青暴露了。

~ 034 ~

[上海，公共租界，北京西路，静安寺杂货店]

1465，不仅是一个电话号码，还是一个地址。

北京西路上，静安寺杂货店的外墙前钉着一个小木牌，小木牌上就写着“1465 号”。

东方白站在杂货店前，伸指在名片上一弹，脸上露出诡秘的笑容。

“电话是对方打来的！”安娜脸上带着诱惑的媚笑，“没人说话是不是被‘青花’察觉了？”

“‘青花’也许是试探。”东方白向柜台上一部红色电话机望去，“‘青花’还会打来的，耐心等着吧！”

“嘀嘀嘀——”电话铃又响了。

“‘青花’！”安娜灿烂地笑了。

东方白再次走到电话机前，手指在柜台上轻轻一弹，伸手摘下了话筒，刻意改变了声音说：“喂？”

“打错电话了！”这是一个女人的声音。这是梅子青的声音。

东方白的脸上绽放出光芒，向安娜眨了眨眼睛，继续说：“这是香港干货行，地址是北京西路 1465 号！”

电话里的梅子青并无察觉，接着说：“卖干货的呀！”

“小姐想要干货的话，可以来店里看看。”东方白的眉毛一挑，“不过，我们这里要预约的。”

“后天下午五点，如何？”

“好的！”东方白挂了电话，极其兴奋，望着安娜开心地说，“我知道‘青花’是谁了！”

“谁？”

“梅子青，我听出她的声音了。”

安娜的眼睛一亮：“梅子青？果然是她。”

东方白疑惑地问：“你猜到是她了？”

“顾向焘怀疑梅子青是‘青花’，让我盯着。”安娜轻扭着腰肢，“顾向焘的肚子里还真藏着宝贝！‘青花’潜伏岩井公馆，这可是中共的机密。”

“是呀！”东方白兴奋之余略带遗憾，“两天前，咱们可以直接抓梅子青。不过，现在不行了。”

“为什么？”

“她是梅大总管的女儿，就凭咱们这个构不成直接证据的布局，没办法抓她。”

“你想怎么做？”

东方白思索片刻，看了安娜一眼：“明天，你以共产国际的身份会会她，再布一个局，拿到确切的证据。”

“等我的消息吧。”安娜点点头，“不过，顾向夯说的话，不能全信。‘青花’的情报还有待落实。”

“嗯！没落实之前，只限于咱俩知晓，先不要上报。”东方白长吁了一口气，“顾向夯没有怀疑你吧？”

安娜摇摇头：“没有。”

“将军非常挂念你。”

“‘老鸢’，代我向老师问好。”安娜莞尔一笑，转身走出杂货店。

静安寺杂货店对面，有一家面馆，老板姓董，店招上写着“老董面馆”。此刻，面馆靠窗的位子上，王千木正在大口吃面，吃到兴处，抬头向窗外望去，正看到安娜从杂货店里走出来。

王千木放下筷子，大口嚼着面，嘴角却露出一丝冷笑，暗暗寻思：“安娜，你以为你是个‘白俄医生’就能治我的病了。土肥原贤二的学生，在我的眼里就是一个屁。”

过了一会儿，王千木又得意地笑了笑，拿起筷子大口大口吃起面：“谢谢啊，土肥原，知道老子寂寞，特意安排了个美娇娘给我，味美、香鲜！”

～ 035 ～

[上海，法租界，福开森路，梅苑]

梅子青挂了电话，只觉一片茫然，双臂抱在胸前，凝眉思索，直觉电话里有玄机，出神地盯着电话。

“嘀嘀嘀——”电话铃陡然响起。梅子青似被惊着了，犹豫着接还是不接，刚伸出手又缩了回去。最终，还是接起了电话。电话竟是苏立生打来的。

苏立生直截了当地问 ：“1465，这个电话你打了吗？”

梅子青一愣 ：“你……”

“那是个陷阱，接电话的是东方白。”苏立生加快语速，“你现在什么都不要做，在家里等我。”

“你……你究竟是谁？“

“我就是‘青花’。”

梅子青顿时愣住，只听得咔吧一声，苏立生已经挂断电话。她拿着话筒，一时之间更加茫然，慌乱地挂上电话，身子一抖跌坐在沙发上，喃喃地说 ：“苏立生，东方白，‘青花’？”

这是一个不该犯的错误。为什么会犯这个错误呢？

显然是为情所困，显然是心绪不宁，显然是对敌经验不足。

这也是一个陷阱吗？苏立生自称是“青花”，这样仓促的接头——不！“青花”不需要和她接头的，他只需来见自己就可以，应该不会是陷阱。

可若是陷阱呢？梅子青的心一下子乱了，她脑子里闪出一个“死”字，自己犯的错就要自己承担，绝不能牵连组织，只要自己死了，无论是不是陷阱，就都到此为止了。

梅子青从书房取出枪，这次她没有安装消音器，那么贵重稀有的东西，更是一个线索。消音器放到哪里呢？她想来想去，只能先丢了再说。她提着手枪，拿着消音器，走到庭院里，将消音器隔着墙头丢到了后面的平房院子里。她知道那院子空着，无人居住，不会有人搜查的。

准备妥当之后，梅子青就在院子里来回踱步，不时地望向门口。忽然，门外传来一阵急促的敲门声。

梅子青走到门口，将枪口抵在门上，轻声问 ：“谁？”

“陆川。”

梅子青的眉头微皱，将手枪塞入门口的一盆绿植中，然后开了门。

迎面是一束鲜艳的玫瑰花，然后露出了陆川的半张笑脸。

梅子青蹙眉问道 ：“陆大少，你这是做什么？”

梅苑外不远处，一辆轿车缓缓地停了下来。开车的正是平少柔，她双手紧握方向盘，直勾勾地盯着陆川。

陆川笑了笑：“我的意思还不明显吗？”

“你的意思，我早明白。”这时候有个熟人聊聊天，梅子青觉得情绪安稳了许多，“只是，我们太熟了，没有感觉。”

“还是这么直接。”陆川嘿嘿一笑，“你和许先生分手了？”

梅子青皱了皱眉，问道：“你怎么知道？小柔告诉你的？”

“小柔可是一直认为我喜欢你。”

“你真喜欢我吗？”

“反正小柔是这么认为的。”

梅子青微微一愣：“什么意思？”

“你和许先生分手了，我若不趁机而入，怎么证明我喜欢你呢？”

梅子青呸了一声：“你这是什么混蛋逻辑？”

陆川傻呵呵地笑着：“一句话，你要是没有男朋友，我就得屁颠屁颠地追你，否则呀，小柔会怀疑我的身份的。”

梅子青明白陆川的意思，他们对外的身份都是新中国报社的员工，报纸虽是亲日报纸，但还算不上是“汉奸”。如果被平少柔知道陆川是为日本情报机关工作，以平少柔疾恶如仇的脾气，绝不会喜欢戴着一顶汉奸帽子的陆川。他宁愿让平少柔误会他进新中国报社是追求梅子青的，也不愿意平少柔瞧不起他。

梅子青心中讥笑，陆川的掩饰早不起作用了，平少柔岂能不知新中国报社是岩井公馆的掩护？

梅子青不想点破，顺着他的话问：“你是真喜欢小柔？！”

陆川耸了耸肩：“大家都看出来了，就是当事人看不出来。”

梅子青扑哧一声笑了：“当事人在看着？”

陆川点了点头：“傻姑娘一直盯着呢！”

“好吧，我成全你。”梅子青叹了一口气，“知道我为什么跟许先生分手吗？”

“这还用问，一定是许先生负了你。”陆川讨好地说，“你这么好的一个女人，许先生怎么舍得跟你分手？”

梅子青摇了摇头：“阿川，不是许先生负了我，是我负了许先生。”

“我才不信呢！”

“你转过身去。”

陆川好奇地转过身，看到了想替梅子青解围却不知怎么办的苏立生，此刻正手足无措地站在门口。

梅子青看着苏立生，平静地说："我和苏立生好上了。"

苏立生微微一愣："啊？"

陆川诧异地问苏立生："你和子青好了？"

"我们已经同居了。"梅子青走上前，绕过陆川，伸手挎住苏立生的胳膊，"许先生已经离开上海了。"

"老苏，你真行！"陆川向苏立生竖起大拇指，接着又叹了一口气，"我还得演戏！喜欢一个女人，真他妈的累！"说着将玫瑰花摔在地上，用脚踩了几下，一副崩溃的模样，假装狂躁地向院内指了指，转身向平少柔的反方向跑去。

平少柔没有追上去，反而开车调头走了。

"这是何苦呢？"苏立生看着陆川跑远的背影，幽幽地说道。

梅子青松开了苏立生的胳膊："这叫成人之美。"

"我这又是何苦呢！"

"谁让你赶上了呢！"梅子青冷笑一声，"你真是'青花'吗？"

"进去说！"

梅子青领着苏立生走进东厢房，苏立生坐在沙发上，向梅子青讨一杯茶喝，谁知没看到茶水，反而看到了一支冰冷的枪口。

苏立生哑然笑道："会走火的！"

"那就活该你倒霉。"梅子青拉过一张椅子，坐在苏立生对面，仍旧用枪指着苏立生。

"戒指！"苏立生向梅子青的右手一指，"我也有跟你一样的戒指。"说着伸出左手，中指上果然戴着一枚同样的戒指，"你说得很对，你我是恋人，只不过那个同居，太……太快了！"

梅子青看了看自己手上的戒指和苏立生手上的戒指，见两枚戒指形状相同，猛地一顿，用命令的口吻说道："摘下来！"

"或许，你没有注意，你的戒指内侧刻着'021'三个数字。"苏立生不介意地笑了笑，伸手摘下戒指，轻轻放在茶几上，"我的戒指内侧刻着'007×3='这几个数字符号，这就是'021 号线'的联络方式。"

“‘021号线’？”梅子青伸手拿起苏立生的戒指，见到戒指内侧刻着“007×3=”的数字符号，缓缓地放下枪，又摘下自己的戒指，见戒指内侧果然刻着“021”三个数字。

苏立生谨慎地盯着梅子青手中的枪口，说：“‘007号线’作废，新建‘021号线’，协助江苏省委尽快恢复工作。”

梅子青攥紧两枚戒指，不解地问：“为什么作废‘007号线’？”

苏立生淡淡一笑：“这是我向老家提出的要求。”

梅子青晃了晃手枪：“为什么？”

“‘白沙’同志是中共‘沉沙三杰’之一，当年‘白沙’‘黑沙’‘红沙’搅乱上海滩一池谍水，是中共传奇人物。”苏立生伸出右手食指，轻轻点在枪口上，向一侧移动半分，错过自己的胸口位置，“‘白沙’同志突然牺牲，我怀疑是被自己人出卖了。”

梅子青神情一凛：“你怀疑谁？”

“顾向忝、董竹，还有你——”苏立生耸耸肩，“你们仨都有可能。”

“董竹？”梅子青秀眉一挑，“为什么怀疑董竹？”

苏立生笑了笑：“我的任务是领导白沙小组，自然知道董竹就是‘法海’。”

梅子青冷笑了一下：“所以，刺杀山田寿那晚你出现在沙逊大厦，是在监视我们？”

“你看到我了？”苏立生点了点头，随即又摇了摇头，解释道，“也对，也不对。第一，我是在监视你，不是董竹，我当时不知道白沙小组有行动。第二，那晚木村苍介安排我刺杀一个意大利间谍。第三，我给你传递了‘白沙’同志牺牲的情报。”

“你对我们不放心？”梅子青哼了一声，“我们都是有坚定信仰的共产主义者。”

“组织之所以安排我领导白沙小组，就是看中我这多疑谨慎的性格。”苏立生对梅子青的责问不以为意，“局势太复杂，不得不小心。两年前，德意日签署了共同防共的协议，上海滩的敌人不仅仅是日本人。这么多年，重庆的蒋介石，从未放弃对我们的暗杀，安排了很多间谍渗透进组织，一不小心的话，别说革命了，连命都会没了。”

梅子青冷笑：“我和董竹是叛徒吗？”

苏立生淡笑：“目前还不能确定。”

梅子青怒道：“你……”

苏立生无奈道：“若不是你今天暴露了，我不会来见你。”

“今天是怎么回事？”

“这还得从‘007 号线’说起。007×3 的意思是，‘007 号线’只有三个人，顾向焘，‘白沙’，还有你。从‘007 号线’上来讲，‘白沙’同志牺牲，你和顾向焘是叛徒的可能性都比较大。”苏立生伸手按了按太阳穴，苦笑一声，“按照‘007 号线’设定的原则，我必须先与顾向焘接头，才能联系你。但我更怀疑顾向焘，又怕因为我的多疑造成不必要的损失，所以先通知你，‘青花’在岩井公馆。”

“醉青山酒楼，是你和顾向焘的接头地点吧？”梅子青看着苏立生，语气缓和了许多，“开枪示警的人是顾向焘，对吧？这么看来，顾向焘也不像是叛徒。”

苏立生微微一笑：“他若不是叛徒，叛徒最大的嫌疑人就是你了。”

“那你可以代表人民审判我了。”梅子青伸手拿起手枪，冷笑一声，将手枪丢给了苏立生。

“我多疑，但讲证据。没有证据，我不会杀你。”苏立生伸手接了枪，“顾向焘开枪示警，不代表他不是叛徒。他开枪示警，或许就是个陷阱，目的是取得我的信任，再通过我找到你，然后把我们全部消灭掉。”

“你的多疑真可怕。”

“我的多疑也让我们多些安全。”

“你还怀疑董竹吗？”

苏立生摇摇头：“白沙小组刺杀山田寿，令我大开眼界。”

梅子青不解地问：“日本人为何刺杀意大利间谍？”

“小鬼子想玩狸猫换太子。”苏立生呵呵一笑，“那晚，我办完事后没有直接离开，而是机缘巧合地去了九楼，结果看到千叶葵去了 901 室，我跟上去偷听。结果你猜怎么着？萧红如，大明星，成了汉奸，假冒意大利间谍。”

梅子青蹙眉道：“日本人为何这么做？”

苏立生摇了摇头：“我也没想明白。有机会，你可以查一查。”

梅子青点头应道：“我会查的。”

苏立生将手枪丢给梅子青，说：“有一件事情，你需要证明。”

梅子青接了手枪，突然对准了苏立生，说："你先证明，你就是'青花'！"

"戒指还不够吗？"

梅子青边摇头边不信任地说："我不知道接头程序，所以你的一家之言，我难以相信。"

"我要是不证明呢？"

梅子青握紧了手枪："我会开枪的！"

"这能证明吗？"苏立生举起手，晃了晃手中的弹夹，嘿嘿一笑，丢在了茶几上。

"不能。"梅子青无奈地将手枪也丢在茶几上，摇了摇头。

"好吧！那我就证明一下。"苏立生向院子里一指，"可以到院子里说吗？"

梅子青瞪着苏立生说："你别想耍花样！"

苏立生耸肩淡笑，说："我喜欢在院子里说机密。"

～ 036 ～

[上海，法租界，福开森路，梅苑后平房]

同居！

"青花"！

这是什么状况？

梅晋元听到"同居"二字，眉头拧成了"川"字，伸手在桌上重重一拍，怒道："苏立生，'青花'，该死！"

此时的梅晋元，一只手里拿着耳麦，身前桌上放着一套监听设备，显然是在监听。

房间有些幽暗，没有开灯。梅晋元放下耳麦，缓缓站起身，隔窗望着前方的梅苑，吸了一口雪茄，手指不停地在桌上弹跳。

他在监听梅苑！

第五章　盲点

～ 037 ～

[上海，法租界，福开森路，梅苑]

“青花”现身了，是在危局中现身的。

但令梅子青失望的是，这个“青花”不但多疑，而且软弱，与她期待的大相径庭。她期待的是什么样子呢？

想到这个问题，梅子青的眼前立刻浮现出许少醒的模样。那个儒雅中透着果断、温柔中透着干练的男人，那个引导她走向共产主义道路的男人，那个立誓要赶走侵略者、除尽叛国贼的男人，才是她心目中理想的共产党员。

“白沙小组四个核心骨干，是重庆特情第二处的西湖小组……”苏立生站在一株老梅旁，先向四周扫视一圈，然后盯着梅子青的眼睛，“我还要继续说吗？”

“有一个人，是西湖小组的编外，她是谁？”

苏立生笑了笑：“梅小姐也是个多疑的人。”

梅子青毫无表情地说：“这不是多疑，这是原则。”

苏立生点点头：“楚笠君。”

梅子青缓缓地嘘了口气：“你真的是‘青花’！”

苏立生轻笑一声：“梅大小姐终于相信了。”

梅子青哼了一声，向屋里走去。苏立生看着梅子青的背影，摇了摇头，跟着进屋。

苏立生走进屋，又对梅子青说：“我不能是‘青花’。”

梅子青转身看着苏立生，疑惑地问：“为什么？”

苏立生凝视着梅子青："东方白已经盯上你了，他一定怀疑你是'青花'。"

梅子青摇摇头："就算我被东方白盯上了，他也不可能知道'青花'的！"

苏立生急躁地摆摆手："不！他一定是知道了'青花'，所以才设的这个局！或许，他也知道'青花'潜伏在岩井公馆，这只能说明一个问题。"

梅子青怔了怔："什么问题？"

苏立生忧心忡忡地说："咱们中有人叛变了！"

梅子青惊愕地问："'007号线'出了叛徒？"

"这个叛徒知道'青花'，一定是'白沙'同志的上线——'007号'顾向焘！'青花'替代'白沙'，'青花'潜伏在岩井公馆，这个情报是用暗码刊登在《申报》上的，是同时发给我和顾向焘的！"苏立生负手踱步，"还好，'007号'不知道你是'白沙'的下线，否则你早出事了。"

梅子青喃喃地说："这只是你的怀疑？"

"怀疑？任何疑点都不会是空穴来风。我去醉青山酒楼，就是与顾向焘接头的！"苏立生眉头一皱，忽然呵呵一笑，"东方白也在岩井公馆呀！他设局试探咱们，咱们就反过来栽赃东方白是'青花'！如果成功，咱们就安全了。"

"这倒是一个脱身之计。"梅子青喃喃地说，"接电话的真是东方白？"

苏立生严肃地说："是的。在你打电话之前，我先打的电话，我听出了他的声音，醉青山酒楼就是一个局。"

"顾向焘是布局者，还是局中人？"

"都有可能。"

"最后一个问题，'021号线'的领导人是谁？"

苏立生耸了耸肩，说："当然是'021号'同志。"

梅子青瞪了苏立生一眼："'021号'同志是谁？"

"我不知道。"苏立生摇了摇头，"按照设定程序，我只能等着'021号'同志联系我。不过，我知道'021号'就是'沉沙三杰'之一的'黑沙'。"

梅子青微微一愣："'黑沙'？！"

苏立生叹了口气，说："现在可以和我说明一件事了吧？"

梅子青走到沙发前坐下："什么事？"

苏立生坐在梅子青对面的椅子上，问："为何刺杀山田寿？这是谁的命令？"

"这是我爸爸的命令，山田寿在调查我爸爸。"

苏立生皱了一下眉，问："梅大总管是咱们的人？"

"不，他是军统的，代号'红梅'。"

苏立生惊愕地说："他就是那个心狠手辣的'红梅'！"

"他不仅心狠手辣，还薄情寡义。"梅子青冷笑一声，"今晚，我要代他与军统'紫雀'接头。"

苏立生摇头苦笑着说："说起谨慎，我跟梅大总管相比真是小巫见大巫啊。"

梅子青戏谑地笑了："今晚，你陪我去接头。"

苏立生无奈地回道："你拉我下水呀！"

"我和你的事儿，总要做到明处，这样小柔才安心。"

"你的心挺温暖的。我呢，还白捡了一个女朋友。"

梅子青不敢看苏立生，低头说："只是做做样子。"

苏立生摇着头说："不，只有事实才不会骗人。"

"你要做什么？"梅子青瞪着苏立生，气呼呼地问道。

"既然同居了，我可以给你做顿饭。"苏立生哈哈一笑，站起身，"咱们边吃边商量怎么把东方白变成'青花'。"

～ 038 ～

[上海，愚园路，平公馆]

从陆公馆走到平公馆，约莫一盏茶的工夫。这两个公馆都在愚园路上，都是平家的产业。陆文泰 15 年前从欧洲来到上海，结识了平楚山。二人一见如故，成为莫逆知己。平楚山便把紧邻平公馆的一处宅院腾出来，送给了陆文泰。这几年来，只要没有大事，晚饭后的功课——打麻将，几乎没有间歇过。四个麻将搭子，除了平楚山、平寒雨、陆文泰外，还有一个平家的功臣，人称"平老头"，真名叫什么，没人记起了。

这个平老头，50 多岁的年纪，虽是个看门人，但在平家地位却甚高。可以这么说，平千嶂一半的天下，都是平老头打下来的，那个"平家一声雷"的"雷"说的就是平老头。

哗啦声响起，照例又打起麻将。平公馆 A 号楼客厅里，陆文泰穿着白色西服，平老头则穿着长袍，二人对面坐着，新派与老旧，显得格格不入。

“今天我可是狠狠地骂了香川口一顿。”平楚山打了一张牌，兴奋地说。

平寒雨瞥了兄长一眼：“这么大岁数了，脾气还不改改。”

平老头哈哈一笑：“一日是流氓，一辈子是流氓。”

陆文泰起牌：“天津事件，对平老大有影响吗？”

“你说的是程西山？”平楚山整理着自己的牌，“没什么影响。”

平老头波澜不惊地说：“怎么可能没影响？程西山为什么被杀？”

平寒雨接着说：“‘南北二山，各占一边’，你们俩都是青帮大亨，程西山成了伪联合银行行长，大哥能躲得过去吗？日本人没盯上大哥？”

陆文泰也跟着说：“我可是听到消息，日本人有意让平老大出任新政府联合银行行长。”

平楚山顺手打出一张牌：“替日本人卖命，祖宗不答应。”

平老头嘘了一声：“楚山，这话少说。”

平楚山哼了一声：“青帮三大亨，都有归途，是非对错不谈，都是个选择。我平楚山虽说也是个‘亨’，但谈不上个‘大’字，日本人让我做什么新政府联合银行行长？季云清不是投靠日本人了吗？让他做银行行长不就好了吗？”

陆文泰呵呵一笑：“季云清还是个流氓。你，不一样！六年前金盆洗手，说白了，你已经洗白，现在是建筑大亨、百乐门老板，还是租界华董，这身份就不一样了。”

平老头随口说：“底子还不是青帮。”

陆文泰笑道：“这个日本人不管。”

平寒雨望着陆文泰：“老陆怎么这么操心？”

陆文泰拿起一张牌，向平寒雨亮了亮，用目光询问她是否吃牌，见她摇头微笑，便换了一张牌打出去，说：“平老大可是云川电影公司的大股东，平老大若做了汉奸，我不也成了汉奸吗？所以呀，这事得问清楚。”

平寒雨自信地说：“大哥不会做汉奸的。”

平楚山哈哈一笑：“做新政府联合银行行长，我可没那个命呦！”

陆文泰嘿嘿笑道：“那我就放心啦。”

这时，平老头担心地说：“这可不是说不做就不做的，被日本人盯上了，就是个灾！”

平楚山毫不在意地笑了："是灾躲不过！咱们呢，好好打牌。"

打牌就是种情致，平常时候，四人打牌，平少柔就在客厅里看杂志。今天有些奇怪，平少柔竟然没来凑热闹。平寒雨打了几圈，觉得不对劲儿。平少柔的事儿，自然是大事，就连陆文泰都提议不打麻将了，劝平寒雨赶紧去看看。众人撤了牌局，各自散了，平寒雨前往C号楼去找平少柔。

C号楼里，客厅最显著的位置放着一个博物架，上面放的全是唱片。平少柔魂不守舍地拿起一张唱片，又顺手丢掉，攥紧小拳头捶在博物架上，嘟囔着："阿川，你这个傻瓜，你该多伤心呀！呸！还不是你自己惹的祸嘛！哼！活该，受辱也是自找的，谁让你去找表姐的。"

"这是谁惹着大小姐了？"平寒雨推开没有关严的房门。

"谁也没惹我，咬着自己的腮帮子了。"平少柔转过身，看着平寒雨走进来，气呼呼地坐在沙发上。

平寒雨疼惜地瞥了平少柔一眼："你就是煮熟的鸭子嘴。"

平少柔撅起了小嘴："姑姑！我伤心！"

平寒雨笑着在沙发上坐下来："是为陆川伤心吧！"

平少柔仰起脸问："陆川会喜欢我吗？"

平寒雨握着平少柔的手，笑眯眯地说："我家小柔多可爱呀，上海滩哪个俊后生不喜欢呢！"

平少柔的脸上一红："姑姑！"

"你呢，无论喜欢谁，姑姑都支持你。"平寒雨在平少柔的手上轻轻一拍，"不过，感情的事儿，你要想好了，一旦陷进去想出来就难了。"

平少柔眼睛一眨，忽然笑了："姑姑，说说你和姑父的奇遇呗？"

平寒雨笑了笑，说："哪有什么奇遇。"

"一定有的。"平少柔抱住平寒雨的胳膊摇晃。

"真的没什么奇遇。"平寒雨轻轻拍了拍平少柔的手，"我和晋元都是二婚，偶然间遇上了，就在一起了，平淡无奇，没什么太多的故事。"

"我才不相信呢！梅家是书香门第，平家是流氓世家，怎么能走到一起呢？"

平寒雨苦笑着说："我是和晋元好了以后，才离婚的。"

平少柔诧异地瞪大眼睛："姑姑，是你勾引人家的？"

平寒雨瞪了平少柔一眼："口无遮拦！"

平少柔用手轻轻在嘴上一拍，贼兮兮地说："姑姑，我说错话了。"

平寒雨慢慢地打开了话匣子："姑姑的第一任丈夫，就是当年人称'上海滩新闻界老虎'的严渭渔。"

平少柔愣了愣："就是那个痛骂老蒋的严渭渔？"

平寒雨点点头："我们的性格不合，其实早就分居了。后来就协议离婚了。"

"严渭渔去哪里了？"

"老蒋把他赶出了上海滩，听说去了日本。不过呀，日本人打进上海，渭渔还是会回来的。"

"你们还会复合吗？"

平寒雨蹙眉嗔骂："瞎胡说，我是晋元的妻子，这身份变不得。"

平少柔的眼圈一红："真希望六年前的事情没有发生过。"

"花无百日红，人无再少年。"平寒雨握住平少柔的手，"趁现在这个年龄，能爱就好好爱。即使错了，还有时间重来的，不是吗？"

"谢谢姑姑。"平少柔将头靠在平寒雨的肩膀上。

～ 039 ～

[上海，愚园路，百乐门]

百乐门是上海西区繁华的制高点，它与近在咫尺的静安寺，构成了不同寻常的景致。一闹一静，入世出世，一个是夜晚的精灵，一个是白天的梵音。当警世的钟声湮灭的时候，蛊惑人心的闹场就开始了，黑白交替间，编织了别致的上海景色。

夜晚的百乐门是最热闹的，站在路边便可听到《夜上海》的歌声，就像烟雾从门缝里涌出来似的，还夹杂着一股脂粉气。

毛玠穿着风衣，抬头看着百乐门的招牌。就在一个月前，军统上海站站长宗寸琦也像他一样，站在这里看百乐门的招牌。宗寸琦没想到半个时辰之后，会被一个日本商人杀了。一个立下赫赫战功的军人，竟然猝不及防地挨了一枪，令人惋惜的是，那一枪是致命的一枪，一下就要了他的命。或许，那一天，宗寸琦就不该找欧阳夏跳舞，百乐门的舞皇后自然是灾祸的源头。

自古红颜多祸水，千古亦然。这个道理，宗寸琦懂，毛玠也懂。

可是，他们都不得不去招惹欧阳夏。因为，她就是军统潜伏特工“紫雀”。

15 分钟后，毛玠就和欧阳夏在舞池里共舞了。舞台的中央，安娜和舞女正在跳俄罗斯舞，有种悬浮的虚幻，竟有一派日本浮世绘的意味。

“二哥。”欧阳夏将手搭在毛玠的肩上，随着舞曲舞动着。

毛玠笑了笑：“‘紫雀’可以飞了。”

“是吗？”欧阳夏灿烂一笑，“我的任务是什么？”

“这些年来，你一直在蛰伏，把自己包装得很好。”毛玠瞥了一眼舞台，“百乐门舞皇后，非常好的掩护身份。”

欧阳夏顺着毛玠的眼神扫了一眼舞台，随着音乐扭动着柔弱无骨的腰肢，撇了撇嘴：“那个叫安娜的，正跟我争舞皇后呢。”

毛玠呵呵一笑：“都是虚名。”

“女人的战争，没有一个是虚的。”

“宗寸琦差一点暴露你，该死！”

欧阳夏的眼圈一红：“二哥，他也是为了我死的！”

毛玠哼了一声：“最后一道门，他算是守住了，否则……”

欧阳夏沉默片刻，说：“人死为大，忘了吧。”

毛玠点了点头：“有机会，我会劈了香川口。”

欧阳夏莞尔一笑，转移了话题：“说说我的任务吧？”

“还记得‘岁寒三友’吧？”毛玠也嘿嘿笑了，“‘红梅’在上海。”

“我的任务跟‘红梅’有关？”

“做他的女人。”

欧阳夏皱了皱眉：“什么？”

“假的。”毛玠揽住欧阳夏的腰，手上一用力，飞快地旋转着舞步。

～ 040 ～

[德国，柏林，盖世太保总部]

这个时候，柏林还是白天，柏林与上海的时差是 7 个小时。

盖世太保总部是一栋三层的小楼，看上去并不起眼，然而以小楼为圆心，以三公里为半径的核心区域内，到处都是秘密巢穴。这个小楼，俨然成了风暴眼，从这里出去的每一道命令，不出一天便可通达全国，并得到强有力的高效实施。

盖世太保的掌权者，是一个 30 岁出头的年轻人，名字叫海德里希。他虽然年轻，却深得德国元首希特勒和党卫队首领希姆莱的信任，成为党卫队副总指挥，盖世太保总监。

海德里希的办公室并不奢华，而是古朴雅致，他手上戴着一枚骷髅标志的戒指，正在签署一份文件。办公桌前，时年 36 岁的巴赫·米勒刚升任盖世太保远东区区长，手拿一份文件，正看着海德里希签字。

海德里希签完文件，抬头问："'黑鹰'在上海还好吧？"

"嗯。'黑鹰'已经打进日本情报部门。"巴赫·米勒应道，"关东军有意'北进'苏联，缔结三国军事同盟后就会采取军事行动。"

"要快！"海德里希合上文件，"'黑鹰'在天津部署刺杀了程西山，造成日英冲突。英国若处理不好，就会丧失在远东的影响力。"

"远东一乱，英国本土会毒火攻心的，他们的首相张伯伦就坐不住了。"

"还有三天，就是德军武装进入捷克斯洛伐克的最后期限。"海德里希站起身，"扰乱英国视线，这是元首下达的最高任务。"

"这就是中国人常说的'围魏救赵'吗？"

海德里希摇了摇头："中国文化我不懂，你是个中国通，肢解捷克斯洛伐克后立刻去上海。"

巴赫·米勒点头应道："帝国特使已安全撤离上海。"

"第一，启用潜伏在上海的'白虎'作为特使代表。"海德里希向窗前走去，"第二，我需要知道那个地点。"

"关东军正在商议，这几天就会发过来。"

"远东谍情波澜诡谲，上海是远东情报中心，你此番前去，一定要谨慎为上。"海德里希站在窗前向远处眺望，随即又转过身，"元首下个目标是波兰，我们最可怕的对手不是英法，而是苏联。所以，日苏发动战争是关键。"

巴赫·米勒赞许地说："元首不费一枪一弹，吞并了奥地利，那些签署《凡尔赛条约》的祸首们，竟被元首的气魄吓怕了，没有敢吭声的。"

海德里希点点头："这次肢解捷克斯洛伐克，元首认为，只要张伯伦慌了、怕了，英法就不会再保护捷克斯洛伐克。"

"确定无疑，英国间谍'盲点'隶属于军情六处远东局。"

海德里希微微一笑："该释放'和平鸽'了。"

巴赫·米勒将文件放在桌上："这是筛选的结果，'盲点'就在其中。"

"说说筛选结果。"海德里希低头看着桌上文件，顺手翻了一份，看到一张中国人的脸，赫然是许少醒的照片。

"筛选对象主要是总部的亚裔特工。"巴赫·米勒指着那张照片，"许少醉，中国人，30岁，毕业于慕尼黑军校，毕业后没有回国，一年前加入盖世太保，现任情报处一级情报员。"

"他的中国老家是哪里？"

"上海！"

海德里希眉头一皱："上海？"

"档案上是这么写的。"巴赫·米勒接着翻开第二份文件，"青木未央，日本人，31岁，毕业于慕尼黑军校。巧的是，青木未央和许少醉是同班同学，都是情报处一级情报员。"

海德里希低头看着青木未央的照片，说："注意日本满铁的动向。"

"满铁德国调查部设在日本领事馆，不方便调查。"

海德里希哼了一声："没有盖世太保不能去的地方。"

巴赫·米勒拿起最后一份文件："这个特工不是亚裔特工。"

海德里希接过文件："第三帝国的人？"

巴赫·米勒点点头："沃纳·海森堡，行动处副处长，36岁，是青木未央和许少醉的学长，三个人关系非常亲近。"

海德里希哦了一声："你有什么想法？"

"我怀疑许少醉是'盲点'，英国军情六处在上海招募了许多中国人。"

"青木和沃纳呢？"

"如果许少醉是'盲点'，他很可能在策反青木和沃纳。"

海德里希将文件丢在桌上："两天后，四国元首在慕尼黑举行会议，能不能让元首满意，顺便揪出'盲点'，就看'和平鸽'了。"

"张伯伦就是一个商人，他会妥协的。"巴赫·米勒点头笑了，"日本也会向德国妥协的。”

“所以，‘白虎’的价值在于死亡。”海德里希点点头，接着说，“在上海，有‘黑鹰’帮你，‘白虎’就是一张虎皮。”

“虎皮的价值在于让人观瞻。”巴赫·米勒会意地笑了。

～ 041 ～

[上海，公共租界，外滩，上海总会]

代号为“盲点”的间谍，的确是英国军情六处远东局的特工。只可惜，“盲点”并不在柏林，而是在上海。

更奇怪的是，这个被称为“盲点”的特工，竟然根本不知道他就是“盲点”，虽然“盲点”这个代号已经使用一年了。

这个代号为“盲点”的军情六处特工，就是梅晋元。他也是第一次听到“盲点”这个代号的。

英国军情六处远东局的秘密基地，就设在上海总会的地下一层。表面上看，那是一个英式滚球场，草地上放着几十个颜色不一的滚球。最里面是两间大屋子，一间是更衣室，一间是储藏室。储藏室内，堆着很多红酒箱子。一堆红酒箱子后面，有一个暗门。暗门后面，就是英国军情六处远东局的秘密基地。

梅晋元穿过滚球场，走到储藏室暗门前，敲了敲门，两长一短一长。

吱呀一声，门开了，开门的竟是约翰·霍华德。他的真实身份是军情六处远东局负责人。约翰·霍华德示意梅晋元进来，顺手关上了门。秘密基地里应有尽有，一张椭圆形的桌上放着山田寿的日记本和一盒特制的雪茄。圆桌对面的墙上挂着一幅世界地图。地图上插着很多图标，图标处皆是英国的殖民地。

“程西山被杀的时候，梅森伯爵也在现场？”约翰·霍华德向圆桌上的雪茄一指，示意梅晋元抽雪茄。

“嗯。”梅晋元走到圆桌前坐下来，拿起一根雪茄。

“是谁杀的程西山？”

“一团迷雾，凶手难觅。”

“日本人怀疑你的身份了吗？”

梅晋元摇摇头，谨慎地说：“我只知道，山田寿怀疑我是‘盲点’。”

“你看看这个。”约翰·霍华德将那本日记本推到梅晋元的面前。

梅晋元点着雪茄，吸了一口，然后翻开日记本，先看到那张烧了一半的照片，眉头微微一皱。

约翰·霍华德解释说：“这是山田寿自己烧的。”

“能分辨出是谁吗？”梅晋元问道。

约翰·霍华德为难地摇摇头：“很难。不过，可以看出她是一个亚洲女人。”

梅晋元将照片放回桌上，看到扉页上的烟窟窿，眉头又是一皱，奇怪地问道：“湫漻寂寞？什么意思？山田寿太寂寞了吗？”

约翰·霍华德吐了一口烟圈：“这个日本人很奇怪。”

“空白？”梅晋元拿起日记本翻看，里面全是空白。

“所有显影技术都用过了，确定是空白。”

“有点意思啊！”梅晋元将日记本翻到最后，看到后封皮上印着一只蝴蝶的剪影像，“这是只蝴蝶。”

“是蝴蝶，你想到了什么？”

“满铁副总裁宫本正仁，他的家徽就是一只蝴蝶。”

“他在期待着化茧成蝶。”

梅晋元合上日记本：“一个大清王爷，竟然娶了日本公主，成为满铁副总裁，难道不是已经成蝶了吗？”

“山田寿是宫本正仁的人，他会向宫本报告吗？”

梅晋元担心地摇摇头：“这才是我最大的危机。”

“你有应对之策吗？”

“我要在满铁策反一个人，万一有风吹草动，我也能提早化解。”

“可有对象？”

“中山功。”

“上海满铁调查部特别调查室主任。”

梅晋元特意点明：“关键是他在满铁总部工作过。”

“太好了。”约翰·霍华兴奋地说，“可他是日本人，如何策反？”

梅晋元胸有成竹地笑了笑：“我可是岩井公馆的大总管。”

约翰·霍华德哈哈一笑："梅森伯爵，我再次邀请你加入军情六处，希望你能答应。"

梅晋元为难地摇摇头："我是军统，没有戴老板点头，我可不敢答应。"

"看看这个。"约翰·霍华德笑了笑，从兜里掏出一个信封，递给梅晋元。

梅晋元接过信封，抽出信纸看，皱着的眉头渐渐舒展开，说："戴老板答应了，约翰伯爵下了不少功夫呀！"

约翰·霍华德哈哈一笑："自从你在天津搜集日本情报开始，我就有意招募你，你的'伯爵'称呼，就是承袭我们霍华德家族。"

梅晋元笑了笑："梅森·霍华德。"

约翰·霍华德微微一笑："你的代号是'盲点'，一年前便隶属于军情六处了。"

梅晋元马上低头看了看信纸："民国二十六年，这封信是一年前写的？"

"在你的戴老板眼中，你早已是军情六处的特工了。"

梅晋元抬起头："你这是绑架我啊！"

约翰·霍华德哈哈一笑："我这是求贤若渴。"

"'盲点'，挺形象的！"梅晋元苦笑着说，"一年了，我都不知道自己是英国间谍，我就是个盲点。"

～ 042 ～

[上海，愚园路，陆公馆]

陆公馆是一栋法式别墅，别墅在院子中央，四周皆是花园。大门一侧的墙上，是一个松木烤漆的木牌，上面烙印着"陆公馆"三个字，木牌的形状是经过创意设计的。

一楼客厅里，平少柔站在卧室门口，看着陆川画画，眼泪禁不住流了下来。

"进来吧，我知道你在门口。"陆川正在画画，他画的是一团乱麻，全是线条。

平少柔藏起眼泪，笑了笑："你画的是什么呀？"

"我的脑神经。"

“你真是神经病。”

“可不，我就是个神经病。”陆川哈哈大笑，拿起小刀，伸手划开了画布，站起身来。

“好啦，不就是失恋嘛，至于吗？”

“不是失恋，是自寻其辱。”

平少柔走到陆川身前：“对不起，都怪我。我是故意……”

陆川伸手摸了摸平少柔的脸颊：“我知道，我不怪你。”

平少柔握住陆川的手：“吻我！”

陆川愣了愣，惊异地看着平少柔：“老陆说咱们太熟了，熟得就像是兄妹。”

“我从来没把你当成哥哥！”平少柔心中激荡着，“吻我！”

陆川看着平少柔漂亮的脸蛋、炽热的眼神，心神不由一荡，低下头轻轻地吻住了平少柔。平少柔闭上眼睛，享受着陆川温柔的亲吻，身子微微有些发抖。

“你们在做什么！”陆文泰突然走了进来，厉声喝问。

陆川和平少柔刷地一下分开。平少柔的脸一下子红透了，尴尬地站在那里不知如何是好。陆川一挺身站在平少柔向前，颇有男子气概地对陆文泰说：“老陆，我有选择爱人的权力。”

陆文泰的脸色铁青：“我说过了，你们俩不合适。”

陆川脸色也变得非常难看：“老陆，你喜欢萧小姐，我没反对过吧？”

陆文泰对平少柔吼道：“回家去！”

平少柔哼了一声，含情脉脉地望着陆川。陆文泰狠狠地瞪了平少柔一眼。平少柔虽然心中不忿，但面对长辈，最终还是咬咬牙转身离开了。

陆川更是气不过，大声地说：“老陆，你不能这么对待小柔的。”

陆文泰满脸怒容：“你长大了，我说的话，不顶用了！”

陆川不解地望着陆文泰：“叔叔，为什么呢？就因为我们太熟，我就要把她当作妹妹吗？”

陆文泰绷紧的脸上升起了悲哀，微叹道：“叔叔在上海的一切，都是平家给的，我看起来是个电影大亨，其实呢，金玉其外败絮其中，我不过是平楚山的一张门帘。说透了，他是主，我是仆。人贵有自知之明，平家给我们脸，我们也得知道自己的身份。平家大小姐，咱们配不上，懂吗？”

陆川缓缓低下头："老陆，是我不对，我没把持住。"

陆文泰伸手在陆川肩膀上轻轻一拍："阿川，小柔是个好姑娘，如果因为你，小柔出了点什么事儿，那可就对不起平家了！阿川，门不当户不对的，你不要招惹她，懂吗？"

"我懂。"

陆文泰又郑重其事地说："无论以后发生什么事，记住小柔就是你的妹妹，你要保护好她。"

陆川缓缓地点了点头。

～ 043 ～

[上海，愚园路，百乐门]

你站在桥上看风景
看风景的人在楼上看你
明月装饰了你的窗子
你装饰了别人的梦

这首小诗如春梦似的浮现出来，苏立生望着那美丽的身影，直觉她就是诗中的人。

刻意打扮的梅子青，站在百乐门前看着闪烁的霓虹灯。苏立生就站在她的背后，默默看着她的背影。那一瞬间，他被迷住了，梅子青装饰了他的梦，那是许久都没有过的悸动，那就是丢失许久的爱情啊！那一刻，他如痴如醉，月光笼罩在梅子青的周身，宛若不真实的存在，宛如一个梦，一个如诗如幻的梦。

梦，总是容易醒的。一声汽笛在耳边响起，一辆轿车停在梅子青身边。平楚山从车里下来，看到梅子青时，脸色微微一沉。

苏立生立刻清醒过来，悄悄走到梅子青身边。

"舅舅！"梅子青向平楚山打招呼。

平楚山上下打量着梅子青，说："很少见你这么打扮，很漂亮。"

梅子青莞尔一笑："谢谢舅舅。"

平楚山瞥了苏立生一眼："一定是交男朋友了……你，你不是有……"

梅子青挎住苏立生的胳膊："这就是我的男朋友，他叫苏立生，《新中国报》主编。"

苏立生躬身恭敬地说道："平先生好！"

平楚山哼了一声："《新中国报》，《新中国报》，日本人真打算帮咱们建立新中国呀？"

苏立生笑道："两耳不闻窗外事，一心只读圣贤书。"

平楚山摇头苦笑地看着梅子青身边的文弱书生："这是个书呆子呀！"

梅子青羞涩地说："舅舅，以后他就是咱们家的人了。"

"你爸不在了，我得替你把把关。"平楚山向苏立生勾了勾手，"陪舅舅喝两杯。"

"我酒量不行。"苏立生伸出两根手指比画着，"只能喝一丢丢儿。"

平楚山不怒自威："走吧！"

梅子青松开苏立生，说："陪舅舅喝两杯吧！"

"南北二山，各站一边。"天津的程西山，上海的平楚山，这二人之所以齐名，不仅都是青帮大亨，而且都开了饭店、舞厅，更重要的是酒量皆是海量。与平楚山喝酒，自然是件头大的事。

平楚山他们在二楼贵宾席开喝，那是个半包间，后面有门，前面可以看到一楼舞台中央唱歌的欧阳夏。酒品如人品，平楚山喝酒爽快，仰头就是一杯。

苏立生吓傻了，连忙摆手："我不敢这样喝的。"

梅子青看着苏立生，掩嘴偷笑："喝吧！醉了就睡在这儿，不用你花钱的。"

平楚山对梅子青说："子青，你去安排一下，给苏先生开个房间，今晚他是走不了啦。"

苏立生忙摆手推辞："别！别！别！"

"安心陪舅舅喝酒，我去安排房间。"梅子青说着转身离开了。

平楚山指着苏立生的酒杯，大声地说："干了！"

苏立生赶紧端起酒杯，表情痛苦地仰头干了。

平楚山看到梅子青走远了，指着演唱完走下舞台的欧阳夏，问苏立生："她和子青谁漂亮？"

“漂亮是有层次之分的，欧阳小姐的漂亮是浅层次，子青的知性美是深层次。”

“还是苏先生会说话。”平楚山越喝越兴奋，哈哈大笑，“咱们做个交易吧？”

“交易……什么交易？”苏立生越喝越萎靡，摆手说不喝，却一仰头干了。

“我来安排，让欧阳小姐做你的女朋友，你和子青分手。”

苏立生急忙又摇头又摆手：“不行的，不行的，我和子青已经同居了。”

平楚山突然紧皱眉头：“同居？”

苏立生连忙倒酒：“我自罚三杯。”

百乐门三楼是客房，走廊长且宽。梅子青一边查询着“308”房牌号，一边将一只耳坠戴在耳垂上。百乐门308室，是与“紫雀”的接头地点。那只耳坠就是接头信物，她和“紫雀”一人一只。而且，她也得到了授权，如果“紫雀”有疑，可以立刻除掉。

当然，这个授权是梅晋元的授权。父亲总是这么心狠手辣吗？

梅子青有些心神不宁，走到308室门前时，向左右看了看，却见欧阳夏从楼梯走上来，忽然瞥见她的耳垂上戴着一只一模一样的耳坠，眉头不禁一蹙，说：“看来，《生如夏花》要改版了。”

“这么巧！”欧阳夏也看到了梅子青耳垂上的耳坠，“屋里说吧。”

二人进了屋，欧阳夏摘下耳坠，递给梅子青，说：“这是你掉的，我捡到了，看着喜欢就戴了。”

梅子青也摘下耳坠：“错了，是你掉的，我捡的。”

“谁掉的无所谓啦，关键是咱们都喜欢。”

“这样吧，每个人戴一个月。”

“第三个月呢？”

“丢进黄浦江。”

“我是‘紫雀’。”欧阳夏笑了笑，“你不是‘红梅’，他是个男的。”

“‘红梅’是我的父亲。”

欧阳夏的脸色略沉：“‘红梅’不放心我呀！”

梅子青微微一笑：“要做我后妈的女人，总要先过我这一关吧。”

欧阳夏会意地笑了：“怎么样？我可以做你的后妈吗？”

“当然。”

“我什么时候能见‘红梅’？”

“等我通知。”梅子青安全接了头，没有父亲授权，她不能再往下谈了，便告辞出去。回到二楼贵宾席，却见平楚山已经喝大了，苏立生的眼睛还是明亮的。

梅子青疑惑地问道：“你不是不会喝酒吗？”

平楚山哈哈一笑：“谁说他不会喝酒？这小子藏得够深，我这一关过了。”

苏立生立即笑呵呵地回道：“谢谢舅舅！”

梅子青不悦地盯着苏立生：“你叫他什么？”

平楚山挥着手说：“早晚不也得喊吗？以后就喊舅舅！”

苏立生得了便宜赶紧卖乖：“是，舅舅。”

梅子青不耐烦地说：“走啦！”

苏立生立刻起身向平楚山告辞：“舅舅，我得走了。”

平楚山大手一挥：“走！走吧！”

梅子青和苏立生离开百乐门，苏立生不仅没有醉意，反而更精神了，非要抢着开车。梅子青不与他争辩，便将钥匙递给他。二人上了车，苏立生开车沿着霞飞路方向驶去。过了一会儿，苏立生悄悄看了眼坐在副驾驶发呆的梅子青，轻轻地问：“今晚，我睡在哪里？”

“嗯？”梅子青没有听清。

“我睡哪里？”苏立生的声音提高了些。

梅子青回过神，突然喝道：“下车！”

“什么？”

“下车！”

苏立生一愣，急忙踩住刹车，拉起手刹，下了车。梅子青没有下车，直接从副驾驶位子挪了过去。苏立生看着梅子青的举动，看到她的旗袍叉开，急忙抬起头。梅子青冷笑一声，伸手关上车门，开车扬长而去。

“哎！哎——”苏立生疾步去追，追了几步，又停下来，看着远去的汽车卷起的尘土，不满地摇了摇头，忽然又扑哧一声笑了，“同居？是不是该让梅大总管知道呢？”

第四日

1938 年 9 月 28 日　星期三

民国二十七年　农历八月初五

戊寅年　辛酉月

第六章　圈套

～ 044 ～

［上海，日占区，虹口，岩井公馆］

“熟悉的陌生人。”

这是句自嘲的话，也是她要写的新诗的起首句。可是，开了篇，却不知如何写下去。为什么要写呢？自然是心思所至。她不知道“平家惨案”给父亲带来了什么样的痛苦，但死而复生的父亲，已经不是原来的样子了。

原来的父亲是什么样子呢？

江南梅家，书香门第，天生傲骨的梅晋元，虽说有些傲气，但不至于冷酷无情。何况，被诗书浸润的梅家大少爷，自然是儒雅风流，温情脉脉。在梅子青的记忆里，太多的画面是父母的你侬我侬，虽然一个是诗人，一个是法官，但那些如诗如画的场景……猝不及防，母亲的离世突然阻隔了那些诗情画意，一下子就改变了父亲。

改变父亲的，远远不止母亲突然离世这么简单，还有母亲在上海生活的痕迹被江仲阁斥巨资抹去了。这些对父亲的打击太大了，若不然他岂会娶一个青帮女子为妻？

熟悉的父亲，已然成了陌生人。一个令她恐惧、捉摸不定的陌生人。

在父亲的办公室里，虽然没有外人，可她还是浑身不自在，仿佛梅晋元真的是一个陌生人。她几乎不敢抬眼瞧父亲，只得四下打量，左顾右盼。

“木村还不敢监听我。”梅晋元将一杯热水递给女儿，眉宇间都是笑意，“有惊无险吧？”

“还活着。”梅子青接过水，心更往下沉了，父亲已经不知道她在想些什么了。

梅晋元笑眯眯地说：“当年我救过戴笠一命，所以我知道此次接头不会有危险的。”

“忽冷忽热的，您这是做什么？”梅子青心里一惊，她何尝不是无法走进父亲的心里了。

“我自有我的用意。”

“什么用意？”

“等时机成熟了，我自会告诉你。”

“欧阳夏是‘紫雀’。”梅子青将水杯放在办公桌上。

梅晋元的眉头一皱：“一个舞女？”

梅子青瞥了父亲一眼：“您刚回来，就知道欧阳夏了？”

梅晋元摇摇头：“不，我在重光堂听到过这个名字。”

梅子青的神情一凛：“她暴露了？”

“没有！”梅晋元凝眉思索片刻，又问梅子青，“宗寸琦死在了百乐门？”

“宗寸琦是个皮货商，也是欧阳夏的靠山。”

“宗寸琦是军统上海站站长。”

梅子青一愣：“他是军统？”

“看来，宗寸琦是在保护欧阳夏。”梅晋元点了点头，“那个香川口，你认识吗？”

梅子青点点头：“我给欧阳夏写传记时，常去百乐门，偶然见过他。他是租界日董，天香香皂公司董事长，好色，下手狠！听说，他一枪就干掉了宗寸琦。”

“不！他是日谍，土肥原的人。”梅晋元拿起放在烟灰缸上的雪茄吸了一口，“他的任务是拉拢唐邵诣做新政府的领袖，一旦唐邵诣答应，以他的声望，足可以整合全国大大小小的伪政权，这对重庆来说，是致命的打击。”

梅子青微微蹙眉：“日本人要拉拢老总理？”

梅晋元缓缓点头：“这就是日本五相会议制定的‘白皮书计划’！”

“‘白皮书计划’！”梅子青的一颗心猛地跳动起来，生怕被父亲看出她的在意，便端起水杯咕嘟喝了一口，“拉拢唐邵诣就是‘白皮书计划’？”

“唐邵诣只是‘白皮书’上的一个名字！”梅晋元将烟灰弹落在烟灰缸里，“至于‘白皮书’上还有多少个名字，我就不得而知了。”

“这是日本人分裂中国的毒计！”梅子青抬眼望着父亲，一脸严肃地说，“咱们得想办法破坏‘白皮书计划’！”

梅晋元直截了当地说：“香川口就是西湖小组的下一个刺杀目标。”

“您刚回到上海，这么快就下达刺杀任务？”

梅晋元的回答毋庸置疑：“救国，动作必须快！”

梅子青肃容道：“我马上去安排。”

“通知‘紫雀’，晚上八点到上海总会。”

梅子青点头应着，好奇地看着父亲，眼神里有了些暖色，心里悸动着。是的，她在审视这个男人，对父亲也有了改观。至少，父亲的冷酷是在救国，这岂非与许少醒的义无反顾是一样的？这样的男人岂非是自己所喜所爱的？忽然，她捕捉到了另一句诗——

“陌生的熟悉人。”

～ 045 ～

[上海，公共租界，南京路，沙逊大厦]

上海滩第一艳星！确切地说，这里的第一，是第一个的意思。第一个敢吃螃蟹的人，总会受到非议。况且，这里的“艳”，不是美艳，而是“脱”，是“裸”。

她是上海滩第一个裸体出镜的女明星。在《女间谍》的电影中，她饰演一个美艳的日本女间谍。那是东乡平八郎统治日本皇家海军的时代，这位舰队司令决定偷袭俄国亚瑟港太平洋舰队，便安排一个女间谍去色诱俄舰队司令，故事之离奇、画面之香艳，可谓尺度空前。她所饰演的女间谍，有一出床戏，剧本上没有要求全裸，她也没有拍全裸戏，甚至连半裸都没有。可电影出来后，一切都变了样子。那出床戏居然是全裸。

这里的全裸是种想象，镜头是从背后拍的，只能看到背部及臀部，看不到演员的脸，但是这已经不得了啦，太有伤风化啦。

一个裸体镜头，令她成为千夫所指。

那个全裸的演员自然不是她，而是一个替身。可观众却不这么认为，《女间谍》票房空前高涨，好色之徒看了不止一遍，她也因此成为家喻户晓、街巷议论的“上海滩第一艳星”。

这是一个演员最可悲之处。她的男人也因此离开了她，她不得不成为操纵者的情妇。她叫萧红如，她的男人就是公共租界工部局警务处处长陈耕，她的情夫就是上海滩电影大亨陆文泰。

烟雾袅袅升起。萧红如穿着睡衣，慵懒地趴在沙发上，一只手拿着两张照片，另一只手拿着打火机。地上，放着一个烟灰缸。第一张照片是她和陈耕的合影，二人紧紧拥抱，笑得非常甜蜜。她看着看着，一滴眼泪滴落在照片上。她的手一动，第一张照片掉落下来，露出了第二张照片。那是一张《女间谍》的电影海报，海报里是萧红如的个人裸照。

“上海滩第一艳星！上海滩第一艳星！”萧红如喃喃自语着，眼泪也滴落在这张照片上。她举起打火机，咔吧一声，点着了第二张照片。

火苗顿时升起。

卧室的门开了，陆文泰站在门口，看着萧红如的举动，眉头微微皱起。照片烧了一半，萧红如将照片丢进烟灰缸里，又去捡第一张照片。萧红如看着照片，情不自禁地亲了照片一下。

“烧它做什么，留个念想不是挺好嘛。”陆文泰走到沙发前，柔声说。

萧红如愣了一下，缓缓起身，拿着照片向陆文泰晃了晃，神情有些悲凄，说：“三年前，我和阿耕闯荡上海滩，他视我为掌中宝，可自从拍了《女间谍》，他便弃我如敝屣。”

“你是我的掌中宝。”陆文泰马上接道。

萧红如无奈地晃了晃脑袋：“我心里忘不掉阿耕。”

“忘不掉就忘不掉吧，谁心里没个柔软的地方。”

“你为何要骗我呢？如果不是你承诺，只拍远景的腰肢部分，会挂轻纱，我岂会……岂会……”萧红如抽抽噎噎，神色更加哀凄，“《女间谍》上映时，不仅没有隔着轻纱，而且还用特写，这下你满意了，我成了‘上海滩第一艳星’，成了上海滩的笑话。”

陆文泰心疼地将萧红如揽入怀中：“我是知情人，所以我会陪你一起成为上海滩的‘笑话’。”

萧红如泪眼婆娑地抬起头：“你……什么意思？”

陆文泰微微一笑：“我是向你求婚呢！”

萧红如轻轻地推开陆文泰：“让我好好想想。”

“不着急，你慢慢想。”陆文泰从萧红如手里取过照片，低头看了看，然后抬起头，“陈耕若是真的懂你，他就会明白你的苦楚。陈耕若是真的爱你，他也不会舍你而去，更不会常常敲诈你。”

萧红如的眼圈一红，眼泪再次噼里啪啦地落下来：“是我欠他的。”

“还没还够吗？”陆文泰叹了口气，“为了他，你竟要满足约翰的无礼要求？为了他，你牺牲了多少？”

萧红如抬起头，满脸的泪痕：“我的身子全上海滩都看了，约翰想看就看吧！”

“阿如，你是上海滩的明星，已经冉冉升起，绝不能自暴自弃。”陆文泰伸手再次将萧红如揽入怀里，“好了，都过去了。陈耕不是做了处长吗？我也摆平了约翰，他不会再提无礼的要求。”

“我欠你的越来越多了。”

“傻瓜，说什么呢！我爱你，为了你，我愿意。”陆文泰柔情似水地望着萧红如，“阿如，人们会选择遗忘的！新剧已经筹备好了，名字是《女贵族》，我要用这部片子成功给你洗白，花再多的钱我都愿意。”

陆文泰当然要为萧红如洗白，而且早在拍摄《女间谍》之前就想好的。萧红如永远不会明白，启用裸体替身本就是他的主意，他就是让萧红如成为千夫所指，只有这样他才能拥有她，才能赶走陈耕，才能迎娶美娇娘。

一个要成为他妻子的人，他怎么舍得让她全裸出镜呢？

陆文泰走在沙逊大厦三楼的走廊上，想到他的计谋得逞时忍不住笑了。三楼一整层都是云川电影公司，走廊两侧张贴着各式各样的电影海报，一部分是好莱坞作品，一部分是本土作品。

他的办公室在最东端，宽阔奢华，欧式范儿。时年 61 岁的伪中华民国维新政府外交部部长陈逯正在边等他边吸着雪茄眺望黄浦江。二人寒暄几句，聊起了《女间谍》的成功，陈逯向陆文泰竖起了大拇指。

“陆先生，你这一招厉害，既捞了一大笔钱，又抱得女人归。”

“上海滩的心，是充满欲望的。”陆文泰微微一笑，手指在沙发上轻轻摩挲，“玉体横陈，香艳动人，能不轰动上海滩嘛！”

“陆先生的高明在于用替身。”

“我的女人，岂能让大家观瞻？！”

陈逯哈哈大笑：“萧小姐的心，是交给你了。”

陆文泰点了一根雪茄：“《女间谍》若无色情，若不香艳，卖不了这么好的价钱。这次电影赚得盆满钵满，唐总理、陈部长都还满意吧？”

陈逯笑眯眯地说：“满意，相当满意。唐总理还一直询问，为何不乘势追击，再出《女间谍 2》？”

陆文泰笑了笑：“阿如是我的女人，岂可一而再地裸体出镜？”

“也对，萧小姐也不会同意的。”

“票房奇迹还会再次出现的。”陆文泰吸了一口雪茄，嘿嘿一笑，“裸体，谁没见过？只不过，没有在大荧幕上见过而已。所以，裸体营销，只是满足了大家的猎奇心理。奇妙的是，一旦看过了明星的裸体，就会产生一种强加的记忆。这种强加，就如同水不塞不流一样，越是看不到，越会去想象。所以，这次的电影营销，我们将反其道而行之，不但不裸，而且包裹严密，一丝不露。”

陈逯点头称赞道：“不露才是露。越不露，越想象，越想去看。”

“就是这个道理。”

陈逯又一次竖起大拇指：“陆先生的营销术的确是高呀！”

“这次我们拍摄《女贵族》，”陆文泰信心满满地笑了，“请转告唐总理，肯定会让你们赚得更多。”

“上海滩的女贵族，好！”陈逯举起雪茄，哈哈大笑起来。

～ 046 ～

[上海，日占区，虹口，岩井公馆]

千叶葵站在窗前，神色有些萎靡。杉本哲端坐在沙发上，一动不动。二人听到木村苍介的脚步声时，千叶葵只是缓缓转过身，杉本哲则是噌地一下站了起来。

“朱若愚一定是共党。”杉本哲疾步走到桌前，拿起一张照片递给木村苍介。

木村苍介接过许少醒和朱若愚的合影，看了看点点头说：“已经确定，许少醒是共党。”

杉本哲惊愕地问道：“谁确定的？”

木村苍介轻笑一声：“这有什么好惊奇的，帝国有极其强大的谍报网！谍网恢恢，疏而不漏，查出一个共党有什么难的！”

杉本哲点点头：“下一步怎么做？”

“别遮遮掩掩了，错过时机，再抓就难了。”千叶葵建议说。

“日英领事馆有协议，邮政大楼目前还是由日英共同管理。天津事件闹得正凶，岩井先生特意交代，不可拿邮政大楼做文章，不可再弄出一个天津事件来。”木村苍介随即看了看杉本哲，“杉本君，你亲自调查朱若愚。记住，天津事件还没有结论，帝国态度尚不明晰，暂且不要惹事，找出证据再抓。”

杉本哲双腿并拢：“哈依！”

木村苍介点了点头：“你先去吧！”

千叶葵看着杉本哲离去，关上房门，又走回窗前，低声说：“一条重要的情报。”

“他说的？”木村苍介看到千叶葵点点头，继续问，“他喜欢你吗？”

千叶葵的眼睛微微一闭：“至少，他喜欢我的身体。”

“那就好。”

“他真的这么重要吗？”

“我需要满铁的情报资料。”

千叶葵微微低头，轻轻地说道：“我喜欢上他了。”

木村苍介走到千叶葵身边，在她肩上轻轻一拍，说：“千叶，放心去爱吧，其他的事，老师替你担着。”

千叶葵向木村苍介鞠躬：“谢谢老师。”

木村苍介还礼：“老师也要谢谢你。”

“他说，英国军情六处远东局有个特工，代号叫‘盲点’。”

木村苍介皱眉：“‘盲点’？他有怀疑对象吗？”

“梅晋元。”

木村苍介的眉毛简直要拧在一起：“梅大总管，英国伯爵，的确像是‘盲点’，可这么明显的逻辑会成立吗？”

千叶葵疑惑地问：“梅晋元不是‘盲点’？”

木村苍介摇了摇头：“至少，我现在还不怀疑他。”

“查不查？”

“查！”

“我有种顾虑，如果大面积调查‘盲点’，消息来源恐怕会泄露。”

“你的顾虑是对的。从今天开始，你一个人调查‘盲点’。先不要针对梅晋元，一旦行差踏错，梅晋元会杀了你的。”木村苍介忧心忡忡，担心地看着千叶葵，“还得让他调查，记住要利用满铁资源。还有，那只红色的鸽子该放出来了。”

“德国特使露面了吗？”

“没有。我的目标不是德国特使，而是帝国特使。”

“真猜不到是陆军部的哪位高管？”

“或许这位帝国特使不是什么高管，而是一个帝国特工。”

“这么说，德意日三国还没到完全信任的地步。”

木村苍介意味深长地笑了笑：“三国军事同盟，不是简单的一句话。”

~ 047 ~

[上海，法租界，霞飞路，楚门饭店]

楚笠君的办公室也是西湖小组的据点之一，许少醒在上海滩布置安全房时，大部分选在闹市，一部分选在名流俱乐部或办公室，这样的场所最不适宜跟踪或监听。

刺杀香川口是件大事，梅子青立刻以修改《霞光万里》的名义到了楚门饭店。楚笠君早在办公室等她，并通知了董竹。二人得知要刺杀香川口，心情都非常激动。

“香川口早该死了！”楚笠君兴奋地说，“他名义上做香皂，实际上在租界贩卖烟土。”

梅子青向董竹望去："顾向森的身份我查出来了——"

董竹立刻挥手制止梅子青说下去，向楚笠君笑了笑，说："我们要开个党小组会议，你——"

楚笠君会意地笑了笑："我明白，保密原则，我出去。"

梅子青摇摇头："党小组会议必须三人以上，楚董一直资助延安，她就是入党积极分子，可以参加党小组会议的。"

楚笠君望着董竹："我代表少醒参加！少醒是你们党小组的组长，我是他姐姐，又知道你们的身份，就允许我充个数吧？"

董竹凝视着楚笠君，过了片刻，又向梅子青望去，见梅子青点头应允，便叹了口气说："那就破例一次！不过，你只是一个旁听者，没有表决权。"

楚笠君淡淡一笑："我明白。"

梅子青得到苏立生的许可，可以把废除的"007号"情报线告诉董竹，她又担心这是苏立生的测试，所以破例邀请楚笠君一同参加党小组会议。

梅子青向二人扫视一眼，说："顾向森是中共'007号'！"

"顾向森就是长江局的'007'？"董竹惊讶地看了梅子青一眼，"没搞错吧？"

"还有一件事，我和少醒从来没说过。"梅子青抬头向董竹望去，"你听说过'007号线'吗？"

"我听少醒说过，'007号线'是咱们与江苏省委的联络专线。"董竹忽然醒悟，"顾向森，'007'，他就是'007号线'负责人？"

梅子青握紧了拳头："我和少醒都属于'007号线'。"

董竹的神色有点令人捉摸不透："你们都是？"

梅子青点点头："'007号线'总共三个人，顾向森、少醒和我，我是少醒的下线，不知道顾向森的身份。"

董竹坐了下来："我有几个疑问。第一个疑问：这是岩井公馆调查出来的，还是重庆调查出来的？"

梅子青顿了顿："这个我忽略了……我只看到我爸爸烧了顾向森的资料。"

"我们分析一下。"董竹飞快地整理着思路，"假如是岩井公馆调查出来的，岩井公馆为何不抓顾向森？"

楚笠君说："很显然，不是岩井公馆调查出来的。"

梅子青说："不是岩井公馆，就是重庆。"

董竹接着说："第二个疑问：假如是重庆调查出来的，那么重庆是如何调查出来的？"

梅子青和楚笠君都愣住了，谁也无法回答这个问题。

董竹笑了笑，又说："好！这个疑问目前我们没有答案，暂时搁置。第三个疑问：梅先生为何烧掉顾向焘的资料？"

梅子青恍然大悟："资料里还有秘密。"

"这个秘密，一定大于顾向焘是'007'的秘密，对吧？"董竹摇头苦笑，"什么秘密能大于这个秘密？'007'在长江局的级别不低呀！"

楚笠君问："难道顾向焘还另有身份？"

梅子青迟疑地说："难道这就是我爸爸烧掉顾向焘资料的原因？"

董竹接着说："可是，顾向焘除了是共产党外，还有什么身份呢？"

梅子青猜测："重庆特工？日本间谍？"

董竹说："梅先生让我们盯着顾向焘，他还会是重庆特工吗？"

梅子青的情绪有点激动："我爸爸连我的生死都不顾，他还会顾及他人吗？"

楚笠君从老板椅上站起来，走到梅子青面前，轻轻握住她的手说："子青。"

梅子青略微平静了一下，又说："顾向焘也可能是日谍。"

董竹打断了大家的猜测："梅先生的动机，暂时看不出来。咱们呢，服从命令，盯着顾向焘。"

楚笠君说："那也得能找到他呀！"

梅子青严肃地说："香川口要尽快除掉，他一旦攻破了唐邵诣，日本人的'白皮书计划'就会得逞。"

董竹点点头："这是当务之急的大事！"

楚笠君说："我认识香川口，这次刺杀行动我要参加。"

董竹坚决地摇头："不行！"

梅子青说："这次刺杀，关乎祖国存亡，关乎咱们生死，多一个人多一份胜算。"

楚笠君昂头说："我虽不是共产党，但也是中国人！"

董竹担心地说："太危险了。"

楚笠君向董竹投以微笑，说："我是'许仙'，少醒未竟的事业，我必须替他完成。"

梅子青也向董竹望去，说："部署周密的话，楚董不会有危险的。"

董竹微叹了一口气，说："子青，你有所不知，这个香川口早就觊觎笠君的美色……"

梅子青抿嘴一笑："董大哥是吃醋了吧？"

董竹苦笑着说："好吧！不过，一切要听我安排。"

梅子青告辞，示意董竹送她。二人下了电梯，从后门离开。饭店后院里有一片竹林，正被风吹得哗哗作响。走到竹林旁边，梅子青将1465的险情告诉了董竹。

董竹有些惊讶："你找到了'青花'？"

"他还不愿意露面。"

"'青花'够谨慎的。"

"我不能告诉你他是谁。"梅子青笑了笑，"毕竟他是组长，他的命令我得听。"

"我理解，纪律就是纪律。"董竹点了一根烟，"你听说过'青花'的故事吗？"

"难不成他还是个名人？"

"你应该听说过'特科保镖'的传奇吧？"

"那个特科保镖就是'青花'？！"梅子青一惊，"怎么可能？"

董竹笑着点了点头，又说："东方白的事，我来配合。"

"你要小心。"梅子青眼前浮现出苏立生懦弱的模样，禁不住暗笑。

"我这个伪政府企业的总经理，还是有些用处的。"董竹见梅子青笑了，也跟着笑了，"这样多好，再悲伤的事，我们总要笑脸相迎的。"

梅子青的笑容渐渐消失："感情的车轮可以停下来，革命的车轮不能停。"

"革命可以让我们重生。"

～ 048 ～

[上海，日占区，虹口，重光堂]

重光堂的大门开了，一辆轿车驶进大院，在洋房门口停下，一个二十四五岁的女人从车里下来，径直走进洋房。

这位叫源千雪的日本女人，正是新上任的日本宪兵队特高课课长。

她之所以年纪轻轻就身居特高课课长之要职，乃因她是土肥原贤二的学生。土肥原贤二身为日本第三代间谍王，几乎控制了整个特高课。他要在上海实施“白皮书计划”，自然将学生安排在要位上，以便部署安排工作。

源千雪见土肥原贤二在茶室里泡茶，便走进茶室，在他对面坐下，恭敬地说：“老师，都部署好了。”

“王千木，我志在必得。”土肥原贤二喝了一口茶，接着说，“‘白皮书计划’第一期启动了。”

“拉拢对象是谁？”

“南唐北吴。”

“上海的唐邵诣，北平的吴佩孚。”

土肥原贤二点点头：“一个是中华民国的内阁总理，一个是北洋军阀的首领，都有资格做中国新政府的领袖。”

“香川君一直在接触唐邵诣。”

“名单上还有一个人，他的名字叫平楚山。”土肥原贤二倒了一杯茶，放到源千雪面前，“平楚山的父亲平千嶂，曾是上海滩的流氓大亨，一手创立了平安建筑公司。平楚山子承父业，六年前金盆洗手，成了工部局华董，最适合做新政府联合银行行长。”

源千雪端起茶杯喝了一口茶，说：“我去见平楚山。”

土肥原贤二摇头：“不！满铁的‘老鸢’已经渗透了。”

源千雪微微一愣：“上海满铁三大神秘特工之一的‘老鸢’？”

“对，‘老鸢’‘老汤’‘老枭’，上海满铁的‘三羽乌’，潜伏上海滩十余年，从不现身，就连宫崎翼也不知这三个人的真实身份。”

源千雪有点惊诧：“宫本正仁竟然动用了‘老鸢’。”

土肥原贤二笑了：“宫本不仅是个间谍，更是个政客，他知道该什么时候出手。”

源千雪将茶杯放在桌上：“平楚山如果不愿意呢？”

土肥原贤二冷笑一声：“不是帝国的朋友，就是帝国的敌人！”

“除掉他？”

“平楚山要么是个好朋友，要么是个重量级的对手，这是‘老鸢’的原话。”土肥原贤二给自己续上茶，“平楚山不同意的话，‘老鸢’会亲手除掉他。”

源千雪若有所思地说：“‘老鸢’在平楚山的身边？”

土肥原贤二淡淡一笑：“最难防的是身边人。”

源千雪抬头凝视：“老师，我想亲自找出西湖小组。”

土肥原贤二摇了摇头：“千雪，我需要你在暗处，所以你还不能走到台前。”

源千雪继续劝说：“西湖小组在上海，就是帝国的一根刺，不除去如鲠在喉。”

土肥原贤二脸色一沉：“千雪，‘以华制华’的核心在于利用中国人对付中国人。”

源千雪端起茶杯喝了一口茶：“老师的意思是利用 76 号？”

土肥原贤二点点头：“特高课扶持 76 号的目的，就是要磨一把锋利的刀，用这把刀斩断租界的命脉。”

“我懂了。”

“李墨群曾是重庆特情第三处处长，他的底子是中统。”

源千雪点头应道：“上海滩的中统，除了跟随李墨群的，其余都已被清理。”

“所以，中国人杀中国人从来都不会手软，这就是中国人的本性。”土肥原贤二放肆地大笑，“通知李墨群全力协助‘医生’，清除上海滩反日力量。”

源千雪垂首：“哈依！老师，天津事件可以在上海滩重演吗？”

“天津卫是天津卫，上海滩是上海滩，不可相提并论。”

“他本在天津卫，为何要来上海滩？”源千雪转动着茶杯，轻声说，“他在天津卫叱咤风云，一来上海便搞得风声鹤唳，李墨群都把他堵在了醉青山酒楼，结果还是被他跑了。他果然厉害，76 号困不住他。”

土肥原贤二微微一笑：“军统头号杀手，资质比戴笠还高，小小的 76 号怎么能困得住蛟龙？”

“但他逃不出老师设下的圈套。”

“你可知为什么？”

“不知。”

“这个圈套里有一样可怕的东西。”土肥原贤二的眸子里猛地放出一道精光，“只有这样东西，才能困住这个军统头号杀手。”

“是什么？”

“亲情。”

源千雪一愣："亲情？"

土肥原贤二点点头："只有亲情，才能困住王千木。"

源千雪端起茶杯，抿了一口，没有接话。

土肥原贤二继续说："王千木在天津消失后，竟然加入了共产国际，被派遣到莫斯科，然后成了长江局上海代表，你说这是巧合，还是他有本事？"

"人生哪有那么多巧合，一切都是他努力的结果。"

"你明白这个道理就好。"土肥原贤二微微一笑，"千雪，你是帝国的人，请记住。"

"请老师信任我。"

"我当然信任你。"土肥原贤二望着源千雪，"千雪，感情的圈套才是最危险的圈套，所以你要搞清楚一个事实：你真的喜欢军统老六吗？你真的相信他吗？"

源千雪冷笑："我是不会输给千叶葵的。"

土肥原贤二哼了一声："好呀！这个老六真不一般，两朵帝国之花都为他献了身。"

"他有缺点，才好为帝国所用。"

"为了你，他供出了王千木，那可是他的大哥呀！"

"军统八大金刚，不过是浪得虚名罢了。"

"虚名也是名，中国人讲这个。"

源千雪不解地问："老师的意思是？"

土肥原贤二沉声说："利用你的资本，牢牢掌控他。"

源千雪缓缓地点点头："外务省安排千叶葵，也是这个意思。"

"必要的时候，可以除掉千叶葵。"土肥原贤二脸色变得冷峻，向源千雪微微点头，"你准备准备，去见王千木吧。"

～ 049 ～

[重庆，罗家湾 19 号，军统总部]

应该说，这是军统的新总部。

由于南京失守，陪都新立，军统总部便从南京鸡鹅巷 53 号的"甲室"、洪公祠的“乙地”，搬迁到重庆罗家湾19号。军统物资甚多，搬迁不易，这么多天了还有物资陆陆续续运到。最隐秘的一栋小洋楼，是戴笠的办公室，此刻他正站在窗前，看着窗外一片忙碌，吸了一口雪茄，侧身看了一眼刚赶到重庆的沈醒。

“局座！”沈醒挺得笔直，向戴笠行了军礼。这个沈醒刚刚24岁，却已跻身军统八大金刚，任职军统天津站副站长。

戴笠挥手示意：“天津的事，办得不错。”

“谢局座夸奖。”

“稳妥？”

“稳妥。”

戴笠向桌上一指：“老二来电，建议在上海成立一个刺杀小组，我取了个名字，叫顽石，你觉得如何？”

“顽石，最坚硬的石头！”沈醒边琢磨边竖起大拇指，“好，好名字！”

戴笠哈哈一笑：“就叫顽石小组。”

沈醒微微一笑：“上海站有西湖、顽石两个刺杀小组，二哥这是要玩大的啊。”

戴笠的脸色一沉：“这两个刺杀小组，不能全由毛老二掌握。”

沈醒点头附和：“以二哥的性子，一旦掌了权，就会飞扬跋扈，这对二哥不好。”

“西湖小组既然由‘红梅’带着，顽石小组就由‘青松’带着吧。”

“这样最好，‘红梅’和‘青松’资格老，二哥总会有所顾忌的。”

“就这么办吧。”戴笠示意沈醒坐下来说话。

“我通知二哥。”沈醒走到沙发前坐下。

“你既然从天津回来了，就留在我身边吧。”戴笠坐在沈醒对面，“上个月总务处处长贪污，被我给毙了，你就走马上任吧！”

沈醒噌的一声站起身：“总务处处长一职，局里太多人盯着，我年轻不足以服众，怕给局座添麻烦。”

“总务处，是我的内务府，必须干净，用你我放心。”戴笠挥挥手，示意沈醒坐下。

沈醒坐下来：“是，局座。”

“记住，贪字头上一把刀！”戴笠抽了一口雪茄说。

沈醒郑重地点点头，又说：“局座，六哥放出‘盲点’的消息，我怎么觉得有点玄乎。”

“你怀疑老六的动机？”

“不是怀疑，而是觉得没有必要。”

“老六太过聪明，不是好事。”

“八大金刚中，唯六哥是智者。”

“老六策划的‘狸猫计划’，是一盘大棋，涉及中、英、苏、德、日、意六国。”戴笠的眼睛微微一缩，射出一道犀利的光芒，“这样的棋局，超乎我的想象，所以究竟有无必要，我也无法预知。”

“是局座信任六哥。”

“‘盲点’这步棋，是老六的意思。”戴笠微微一笑，“安排‘红梅’协助英国人做事，也是老六的意思。”

沈醒诧异地问道：“一年前就布下了？”

“嗯，老六的野心，在于租界。他跟老头子保证了，此生立志收复租界。这样的野心，不，雄心，老头子甚是喜欢。”戴笠意得志满地笑了笑，“所以，老头子下令，除了我之外，任何人不能联系老六。”

沈醒颔首道：“六哥才是上海的定海神针。”

戴笠点点头：“所以，王老大和毛老二之争，我才睁一只眼闭一只眼，上海有老六，乱不了。”

“‘盲点’——”沈醒的右眼一跳，似被针刺了一下，“这个代号怎么怪怪的？”

“越怪，越有意思。”戴笠哈哈大笑。

～ 050 ～

[上海，法租界，福开森路，唐公馆]

虽一路之隔，却是两重天。梅苑有多清净，唐公馆就有多热闹。

作为第三批留美的幼童，唐邵诣从小就被这个国家寄予了厚望，哥伦比亚大学毕业后归国，仕途坦荡，一度成为中华民国第一任内阁总理，后与孙中山政见分歧，政治消沉，这些年更是蛰伏上海，做起了寓公。唐邵诣家族显赫，虽然他目前只是上海滩一寓公，年纪也 70 多岁了，但依然门庭若市，旧日的影响力仍在。

唐公馆一楼长形的餐桌旁，坐着五个上海滩有名望的人。餐桌正位坐着唐邵诣，左排坐着楚笠君、平楚山，右排坐着陆文泰、原百泰。那个叫原百泰的，时年 55 岁，正是上海滩的百货王。

众人碰了一杯酒，均是一饮而尽。

楚笠君看着原百泰，首先恭贺道：“明天是千千百货十周年庆，先祝百泰兄生意兴隆。”

平楚山接着说：“明天，大上海，我们都会到场的。”

唐邵诣笑了笑：“明天，我亲自为上海滩的百货王做司仪。”

原百泰哈哈笑道：“有总理站台，一切妥了。”

楚笠君莞尔一笑：“总理偏爱百泰兄呢！”

原百泰又笑着说：“说到偏爱，总理最疼的就是笠君。”

唐邵诣看着楚笠君，一副长辈关爱小辈的眼神：“上海滩的女企业家，只有笠君一人，巾帼英雄，谁不疼惜？”

楚笠君举起酒杯，向唐邵诣敬酒：“谢谢总理。”

陆文泰向原百泰望去：“百泰兄，我策划的活动还满意吧？”

原百泰兴奋地说：“你的泰是文，我的泰是武，我这武只有你这文的衬托，才显得文武双全。”

陆文泰摆摆手，说道：“百泰兄满意就好。”

平楚山哈哈一笑：“上海滩首届时装模特表演赛，新鲜、香艳，整个上海滩都躁动了。”

原百泰望向众人：“我的千千百货，第一个聘用女售货员，十年前轰动上海滩。这次，文泰老弟的策划更胜一筹。”

陆文泰笑着附和：“锦上添花而已。”

唐邵诣意味深长地说道：“上海滩也该热闹热闹了。”

平楚山望向唐邵诣：“总理，日本人说了，让我做新政府联合银行行长呢！”

原百泰一拍桌子：“去他妈的银行行长！”

平楚山问：“日本人也找百泰兄了？”

原百泰一挥手：“我给拒了。”

平楚山问：“谁找的你？”

原百泰答："香川口。"

楚笠君正在切牛排，听到这里也停了下来。

平楚山对原百泰说："你是法租界的华董，他是公共租界的日董，他凭什么代表日本人？"

原百泰呸了一声："这个香川口是他妈的日本间谍，竟然知道我在淞沪会战期时捐了 2000 支枪，拿这个来威胁我！"

平楚山冷笑："他是找错人了。"

楚笠君说道："眼下这个时局，最好不要得罪日本人。"

原百泰气呼呼地说道："人活着要有气节！"

唐邵诣平静地说："百泰呀，听听笠君的想法。"

原百泰看着楚笠君，直截了当地说："笠君的意思，我懂。不过，我愿做文天祥。"

楚笠君看着义愤填膺的原百泰笑道："救国，首先要活着。"

平楚山一拍桌子："人生自古谁无死，留取丹心照汗青。百泰兄，我懂你。不瞒诸位，我也拒了日本人。说实话，我讨厌老蒋，可他说的一句话，我赞同。"

原百泰肃容道："如果战端一开，那就是地无分南北，年无分老幼，无论何人，皆有守土抗战之责任，皆应抱定牺牲一切之决心。"

平楚山点点头："家国同构，国比家大！我们就要有这样的气节！"

唐邵诣看着义愤难平的几个人，摇摇头："你们呀，不懂政治。"

平楚山眉头一皱："难道日本人也找总理了吗？"

唐邵诣叹了口气："那个策划伪满洲国的土肥原，托人捎了话，日本人要在占领区组建新政府，让我做领袖呢！"

平楚山恨恨地说："一日做汉奸，终身是汉奸！就像我平家，出身青帮，代代是青帮，想洗白都难。"

唐邵诣接着说："你们有没有考虑过一个问题，如果我不做，还会有人做。我来做，可以与日本人虚与委蛇、阳奉阴违，因为我做过内阁总理，我懂政治，我还能陪日本人玩玩。"

原百泰急忙劝阻说："这样一来，总理的名声……"

唐邵诣挥手制止了原百泰："这些天，我就在琢磨这个问题。老话讲，雁过留声，人过留名。要名声，得有文天祥的气节，得有谭嗣同的气节。可从另一面来讲，若我能凭老骥之力，保护占领区的百姓安全，这是否也是功德无量？”

原百泰不苟同唐邵诣的做法，却无法从口舌上做更好的辩护，一脸肃然道：“我自横刀向天笑，去留肝胆两昆仑。”

楚笠君问道：“来找总理之人，是否也是香川口？”

唐邵诣点点头：“嗯。”

平楚山哼了一声：“我倒是小瞧了他！”

楚笠君淡淡一笑：“文武之道，一张一弛。刚才百泰兄还在讲文武双全，我觉得眼下与日本人这根弦不能绷得太紧了，缓一缓，或许既能救国，又无须横刀，岂不更好？”

原百泰看了一眼楚笠君，幽幽叹息道：“这就是隐忍。”

唐邵诣意味深长地说：“别小瞧了隐忍二字，关键的时候能安身立命。”

原百泰又向楚笠君望去：“笠君，你有何主意？”

楚笠君微微一笑：“笠君有一个建议，明天时装模特表演赛，我邀请香川口参加，你们也缓和缓和气氛。”

陆文泰嗯了一声：“香川口是个老色鬼，他肯定会去看表演的。”

“好！”原百泰沉默片刻，猛地在桌上一拍，又向唐邵诣望去，“总理，你可得想好了。”

唐邵诣眯着眼睛笑道：“且得仔细琢磨呢！”

～ 051 ～

[上海，公共租界，华懋饭店；爱多亚路，海德公园]

陈耕站在901室门前，背对着房门吸烟，脸上毫无表情，忽听哗啦一声电梯开了，便看到萧红如和陆文泰走出了电梯。

“哎哟，上海滩第一艳星，还有人要你呀！”陈耕脸上露出无赖的笑容。

陆文泰怒道：“说话放尊重点。”

陈耕呸了一声：“陆文泰，在租界你就是个屁！”

萧红如的眼圈一红：“阿耕！”

陆文泰搂紧了萧红如：“我就是喜欢阿如！”

陈耕冷笑一声："一个破烂货，你真拿她当宝呀！"

萧红如毫无表情地走到陈耕面前，伸手在他脸上扇了一记耳光，说："你怎么可以这么说老陆？"

"老陆，你叫得挺亲热啊。"陈耕哈哈笑了，挑衅似的望着陆文泰，"你的损招能骗得了阿如，却骗不了我。你真想让上海滩看阿如裸体的话，我有一沓照片呢，要不要见个报呀！"

陆文泰皱着眉，警告性地拖长了声音："陈处长——"

听到陈耕的话，萧红如的眼泪吧嗒吧嗒地掉下来。陆文泰赶紧掏出手帕，递给萧红如。萧红如伸手去接。陈耕上前揪过手帕，一把丢在了地上，用脚使劲地踩了踩。萧红如默默地用手拭去眼泪。

"说吧，这次想要什么？"陆文泰鄙夷地看着陈耕的举动。

陈耕仰起头来，一副无赖的面孔："手头紧了。"

"要钱就明说！"陆文泰冷笑一声，取出一沓钞票递给陈耕，"够不够？"

陈耕甩开陆文泰的手，大大咧咧地说："我只要我女人的钱！"

"我欠你的！"萧红如拉回陆文泰的手，打开自己的包，从里面拿出一沓美金，递给陈耕，"希望你省着点花。"

"你是欠我的！"陈耕接过美金，耀武扬威似的挥了挥，"省不了，你跟别人睡，我也得找别人睡，无论我跟谁睡，我都把她当作你。"

萧红如气得嘴唇发抖："滚！"

陈耕将美金放进兜里："我这就滚！不打扰二位睡觉了，我也去找别人睡觉了。"说完，吹着口哨一步三晃地向电梯走去。

陆文泰死死地盯着陈耕的背影，目光如刀，冷哼一声说："本来可以一劳永逸的。"

萧红如猛地摇头："不！我欠他的！我得还！否则，我一辈子都不会安心的。"

陆文泰侧过头，心疼地看着萧红如，柔声说："好了，我尊重你的选择，我会陪着你一起度过的。"

陈耕拿了钞票，并没有去花天酒地，而是前往爱多亚路上的海德公园。

这是一个英式风格社区，对着大门的是一个大花园，中央是一座仿制的威灵顿拱门。靠近花园的一栋洋房上挂着铁制楼栋号，上面写着"27号楼"。

二楼书房内亮着灯，桌上摆着一张由两张美钞粘在一起的美钞，正是萧红如给他的美钞。从美钞中间分开，里面夹着一张锡箔纸。陈耕小心翼翼地取出锡箔纸，轻轻展开，平铺在桌面上，拿起刷子蘸了显影液，在锡箔纸上刷了刷，显出几行字来——

千叶葵杀了意大利间谍陈燕
岩井公馆有大行动，猜测跟三国计划有关
我已咬钩，等待钓鱼人

“钓鱼人？谁在钓鱼？有意思。”陈耕看着字迹，眉头渐渐皱起。

~ 052 ~

[上海，公共租界，河南路，中华书局]

她穿上学生装，活脱脱就是一个中国人。

实际上，她本来就是中国人。确切地说，源千雪是一个中日混血。源，是她母亲的姓氏。她的父亲就是军统头号杀手王千木，她还有一个中国名字，叫王羽。

自然，她也是一名军统特工。然而，她的底色是什么？

源千雪浑身上下都是个谜，炮制这个谜的人有她父亲王千木，也有她老师土肥原贤二，更有一个比她还成谜的人——军统老六。在军统序列中，她是军统老六的下线，是王千木亲自安排的，目的不言而喻。

夜幕下的河南路，昏黄昏黄的。源千雪站在已经关门的中华书局门口，抬头望向三楼窗户。但见窗户透着光亮，上面挂着一把桃木剑，她知道这是周围安全的讯号，便走到门前拍了拍门。

“睡了，明天再来吧！”书店销售员老史也是一名军统特工。

“明天学校考试，”源千雪恳求说，“我还没复习呢，求求您了。”

吱呀一声，老史开了门，向源千雪微微点了点头。源千雪走进书局。老史向外探头看了看，然后关上了门。

房内非常简朴，一张床，一张桌，两把椅子，桌上悬着一盏明灯。灯下，王千木坐在桌前，手里端着一杯茶，看着源千雪走进来。

“爸爸！”

“坐。”王千木看着女儿坐在椅子上，“说，为什么去天津？为什么杀许少醒？”

“您为什么也在领事馆？”源千雪从兜里掏出烟和打火机，抽出一根点上，“我只开了一枪，那一枪打的是许少醒。”

“我是奉命刺杀程西山的。”王千木盯着源千雪问，“你也是奉命刺杀许少醒吗？”

源千雪点点头：“六哥的命令。”

王千木眉头一皱：“见到老六了？”

源千雪失落地摇摇头：“见不到他的人。”

王千木将杯子轻轻往桌上一顿：“三年了，你竟然连老六的面都没见到！”

源千雪昂起头：“爸爸，六哥的能耐您是了解的。”

王千木叹了口气，语气缓了下来：“好了！也不是你的错！”

源千雪咄咄逼人地问：“程西山是爸爸杀的吗？”

王千木不满女儿的态度，哼了一声：“不是。”

源千雪继续追问：“那是谁杀了程西山？”

“你不该用这个态度跟爸爸讲话的！”王千木凝视着女儿，拿起杯子喝了一口茶，“我离得远，没看清楚，是许少醒吗？”

源千雪摇了摇头：“不是许少醒，我先开的枪，打中了他。”

王千木回忆着当时的情景，猜测着：“凶手应该在车里。”

“凶手在车里？”源千雪不解地问，“程西山的车里还有人？爸爸看到了吗？”

“我没有看到。”王千木将杯子放在桌上，“天津的事到此为止，咱们父女不要为这个争执了。”

“嗯嗯！爸爸怎么来上海了？”

“戴笠让我接管军统上海站。”王千木一拍桌子，“可是毛老二不愿让位！”

“爸爸见到毛老二了？”

“见到了。”

“他是谁？”

“规矩忘了吗？”王千木的表情变得很严肃，见女儿满脸委屈，语气又轻柔下来，“老六有多少人？”

“20个。”

“你都认识吗？”

“这些人由我代管，六哥不露面的。”

“太好了。”王千木兴奋地笑了，“毛老二说了，我要做站长，就得另立山头。老六的人，我先用用。”

“这样一来，六哥就知道我的身份了。”

“老六早就知道你的身份。”王千木淡淡地说，“他知会过我。”

源千雪恍然大悟：“怪不得六哥说，爸爸要用人，需要纳个投名状。”

王千木的脸色一沉：“杀谁？”

“原百泰。”

“上海滩的百货王？为什么？”

“他投靠了日本人，要做新政府联合银行行长。”

王千木一拍桌子：“狗汉奸！”

“明天上午十点，大上海大戏院，千千百货十年店庆，六哥说要血祭。”

“上海滩需要血祭！”王千木的眼里闪烁出亮光。

～ 053 ～

[上海，公共租界，外滩，上海总会]

上海总会大门打开的一瞬间，喧嚣声便像流水似的溢出来。一楼内播放着英国爵士乐，远东最长的酒吧坐满了人，异常热闹。

欧阳夏穿着明艳的时装，穿过吧台，沿着旋转楼梯向二楼走去。梅子青的父亲，儒雅风流的江南梅家的梅晋元，最难逃的就是销魂美人关。这一点，她很自信。所以，在敲门前，她就摆好了姿势，等着惊艳梅晋元。

梅晋元的确被欧阳夏惊艳到了，请她进了屋，轻声问道：“你就是‘紫雀’？”

“怎么，我不能是‘紫雀’吗？”欧阳夏笑得很妩媚，“‘红梅’先生！”

梅晋元笑了笑：“‘红梅’，‘紫雀’，紫雀立于红梅枝头，般配。”

“梅先生够谨慎的呀！”

“不谨慎，早死了。”

“梅先生已经死了。”欧阳夏优雅地在沙发上坐下来。

梅晋元微微一笑：“我现在是梅森伯爵。”

“我何时能有个英国籍？”

“你跟了我，就是英国籍。”

“一个舞女，一个伯爵——”欧阳夏翘起了长腿，用慵懒的眼神看着梅晋元，“《茶花女》的故事吗？”

梅晋元嘿嘿一笑：“那就要看你够不够纯洁，我够不够高尚了？”

欧阳夏很妖娆地笑了：“做间谍的，谈什么纯洁，谈什么高尚！”

“说穿了，你是来监视我的。”梅晋元在欧阳夏对面坐下来。

欧阳夏摇了摇头：“不，我是来配合你行动的。”

梅晋元笑了笑：“怎么配合？”

欧阳夏坐直身子：“上海站新组建了一个刺杀小组：‘顽石’，我负责与他们联络。”

梅晋元皱着眉头重复着：“顽石小组，西湖小组……”

欧阳夏咯咯地笑道：“看出老板的用意了吗？”

“制衡，竞争！”梅晋元耸了耸肩，“老板这是要给我戴上金箍呀！”

欧阳夏扑哧一下笑出了声：“梅先生是孙猴子吗？”

“铃铃铃——”电话响了。梅晋元笑着接听电话，是梅子青打来的，通知他明天上午十点大上海上香。上香，就是刺杀香川口。

“看到麻雀，别惊讶！”梅晋元看着欧阳夏，叮嘱梅子青一声，笑着挂了电话。这句话是他们父女间的暗语，他口中的“麻雀”自然就是代号“紫雀”的欧阳夏，暗示欧阳夏会去大上海大戏院。

欧阳夏的眉头蹙起：“西湖小组有行动？”

“嗯。”梅晋元从桌上拿起雪茄，向欧阳夏一举，示意她介不介意。欧阳夏摇了摇头。梅晋元点上雪茄，吸了一口。

欧阳夏严肃地说：“行动必须上报。”

梅晋元笑着耸耸肩：“我要是不报呢？”

欧阳夏毫不犹豫地说：“我会告诉老板的。”

梅晋元又吸了一口雪茄：“晚了，刺杀行动已经开始了。”

“立刻停止。”欧阳夏顾不得优雅，噌的一声站了起来。

“香川口我是杀定了！”梅晋元从背后拔出一把手枪，递给欧阳夏，“你要么赶紧去上报，要么就把我给崩了。”

欧阳夏接过手枪，问道：“你要刺杀香川口？”

“我讨厌这个家伙。”

“你觉得我会怎么做？”欧阳夏看了眼手枪，忽然上膛对准了梅晋元。

“崩我？你不敢的。”梅晋元冷冷一笑，“去上报吧！”

欧阳夏突然咯咯地笑起来：“我早想杀了香川口，明天的行动我要参加。”

梅晋元凝视着欧阳夏，沉思片刻才缓缓说道：“好！”

“我今晚还走吗？”欧阳夏把手枪退了膛，又将手枪丢给了梅晋元。

梅晋元接过手枪，微微一笑：“既然是我的情人，走了算是怎么回事？”

“那就不走了。困了，我要睡觉。”欧阳夏假装困意袭来，伸了伸胳膊，向卧室走去。

梅晋元望着欧阳夏的背影，轻轻地笑了一声。

欧阳夏走进卧室，反手关上门上了锁，紧绷的弦才一下子松懈下来，靠在门后大口喘着气。片刻，她平静下来，看见衣橱微开，里面似有女人的衣服，好奇地走上前去查看，但见衣橱里有一半是女式衣服，都是崭新的，连睡衣都有，不禁莞尔一笑。

欧阳夏是个舞女，自然要有舞女的样子，不能太局促了。所以，她先洗了个澡。放水的声音故意开到最大，试探梅晋元会不会进来。见梅晋元没有反应，欧阳夏反倒有些失落。洗完澡，打开门，欧阳夏斜靠在门框上，任凭暧昧的灯光洒满了全身。

“舞皇后的男人，可是一个箭靶子。”她咬着嘴唇，继续勾引梅晋元。

“没想到，你还有脱尘出俗的美。”梅晋元回头看着欧阳夏的素颜，微微一愣，“插满了箭，就看不到人了，这才是最好的伪装。”

“你会爱上我吗？”

“会。”

欧阳夏一愣：“你的回答倒干脆。”

梅晋元微微一笑：“我是个正常的男人，面对你这样的女人，我会抛家弃子的。”

“一个死了六年的人，早就抛家弃子了。”

梅晋元摇了摇头："不，我不是梅晋元，我是梅森伯爵，你是伯爵夫人。"

"伯爵夫人，新鲜。"欧阳夏颇有意味地笑了笑。

~ 054 ~

[德国，柏林，慕尼黑啤酒屋，盖世太保安全屋]

"和平鸽"行动开始了。

慕尼黑会议还有两天就要召开，盖世太保总部组建了一个特别小组实施"和平鸽计划"，目的是迷惑英国首相张伯伦。

盖世太保要把一只"和平鸽"送进英国领事馆，释放希特勒不打算以武力解决捷克斯洛伐克问题的假消息。实际上，希特勒已经失去了耐心，决定在月底武力攻占捷克斯洛伐克，这则假消息会令英国、法国、意大利等国元首做出战略误判。

从盖世太保总部飞出的鸽子，如何让英国人相信，这是一个难题。

幸运的是，天津事件发生了。

天津事件的好处，给了一个向英国人告密的理由。所以，作为特别小组中唯一的中国人，许少醉不得不成为那只"和平鸽"。

"和平鸽"的人选定了，如何将鸽子赶进英国领事馆呢？这就要沃纳·海森堡去抓许少醉，因为他怀疑一个代号为"和平鸽"的英国间谍潜伏在盖世太保，这个英国间谍就是许少醉。被诬陷为英国间谍，许少醉向英国领事馆求助就算顺理成章。

有人抓，就得有人救。否则，"和平鸽"就是只死鸽子。

救"和平鸽"的任务，就落在了青木未央的肩上。盖世太保给他准备了充足的理由，把他伪装成了日本满铁间谍。青木未央要从许少醉身上获取一份情报，这份情报就是元首放弃进攻捷克斯洛伐克的备忘录。动机又回到了天津事件上，日本满铁需要这份备忘录，作为日英谈判的政治筹码！

无疑，这是一个完美的闭环计划。行动地点就在柏林大街上的慕尼黑啤酒屋。

此刻，啤酒屋前后埋伏着多名盖世太保。沃纳·海森堡正冷眼盯着啤酒屋的招牌。啤酒屋对面是一家名为“水晶灯”的犹太人服装店。这时，两名盖世太保手提铁棍，砸了服装店的窗玻璃，然后弃棍逃跑。

许少醉和青木未央熟视无睹地看着服装店被砸，一前一后走进了啤酒屋。啤酒屋里乱糟糟的，一对德国男女当众接吻，众人起哄叫好。二人走到楼上包间，推门进去，看到桌上放着自制啤酒和杯子。

许少醉的眉头一皱：“有些不对劲。”

“‘和平鸽计划’有问题。”青木未央倒了两杯啤酒，递给许少醉一杯，自己一杯。

许少醉直截了当地说：“巴赫话里有话。”

青木未央反问道：“满铁？”

许少醉端起酒杯喝了一口：“我怀疑他知道你是满铁间谍了。”

青木未央摇着头：“怎么可能？我很小心的。”

“看来，我们的行动要加速了。”

“我尽快安排你去满铁。”

许少醉举起酒杯：“为了‘黑王子’，干杯。”

青木未央与许少醉碰了碰酒杯：“敬‘黑王子’！”

许少醉喝了一口，放下酒杯，说：“如果我们暴露了，必须止损。”

青木未央点点头：“放心吧，我是极好的守门员。”

许少醉一饮而尽：“好好利用一下‘和平鸽计划’。”

青木未央点头应道：“行动吧！”

一切都按照计划上演。许少醉用酒杯砸晕了青木未央，夺门而出的时候，被沃纳·海森堡逮捕。然后，许少醉被送上了一辆军卡。军卡向盖世太保总部驶去，途中被青木未央开车追上。接着，发生了枪战，军卡被手雷炸翻，死了几个盖世太保。

但是，计划有时候会发生猝不及防的变化。

当许少醉从军卡里爬出来，看着青木未央与沃纳·海森堡举枪对峙，他却没有帮助青木未央打晕沃纳·海森堡，而是用手铐砸晕了青木未央，并夺下了他的手枪，举枪对着沃纳·海森堡。

此举令沃纳·海森堡一惊，举枪与许少醉对峙，猜测地问道：“你……你真是英国间谍？！”

“无论是与不是，你都不能开枪，我死了，和平鸽就死了。”许少醉嘿嘿一笑，举枪向后退去，一直退到青木未央的车前，启动车子驶离。

沃纳·海森堡没有开枪，看了一眼驶远的车子，又看了一眼倒地的青木未央，嘴角现出一抹冷笑。他将青木未央弄醒，二人急忙赶往一处安全屋，给巴赫·米勒打电话汇报。

这个意外，令巴赫·米勒非常吃惊，和海德里希一起赶到了安全屋。青木未央头上缠着纱布，伤口已经做了简单处理。沃纳·海森堡伤势不重，衣服多处破烂。

海德里希气势汹汹地责问：“怎么回事？”

巴赫·米勒也问：“为何没按照原计划进行？”

青木未央怒道：“许少醉有问题。”

海德里希看向沃纳·海森堡：“你说？”

沃纳·海森堡猜测道：“或许，他真是英国间谍。”

青木未央又愤愤地说：“或许，他是日本间谍。”

巴赫·米勒问青木未央：“你有什么发现？”

青木未央说：“我截获了一份情报，日本满铁一个代号为‘老鸾’的特工正在招募许少醉。”

海德里希的眉头一皱：“你怎么确定是招募许少醉？情报中不可能提及姓名的。”

青木未央不置可否：“情报中提到一个代号：‘盲点’。”

巴赫·米勒皱着眉头问道：“‘盲点’，你怎么确定许少醉是‘盲点’？”

青木未央说：“我和许少醉是同学，他在大学时给自己取的绰号就是‘盲点’。”

“妈的！”海德里希一脚踹倒了桌子，“全城通缉许少醉。”

～ 055 ～

[德国，柏林，英国领事馆]

驻柏林的英国领事馆，其实就是军情六处柏林站的基地。总领事杰森·霍华德时年 50 岁，是霍华德家族的掌门人，不仅与国王乔治六世亦师亦友，而且还是军情六处的副处长，是情报机构的实权派人物。由于德国一直是欧洲的风暴眼，所以他奉国王之命，以外交部副部长的身份兼任英国驻柏林领事馆总领事。

英国军情六处柏林站站长米歇尔·格林，与杰森·霍华德同岁，是他的得力干将。这位在军情六处服役多年的老牌特工，有着敏锐的判断力和对情报的捕捉力。他们二人虽是上下级关系，却也是老朋友。

“还有两天。”杰森·霍华德站在假山旁喃喃自语，眉头微微皱起。

“杰森。”米歇尔·格林穿过花园大步流星地走过来。

“米歇尔。”

“盖世太保总部传来消息，一只鸽子要飞进来了。”米歇尔·格林边走边说，“海德里希搞了一个‘和平鸽计划’，企图掩盖希特勒武力进攻捷克斯洛伐克的真相。”

杰森·霍华德点点头：“希特勒的和平就是个幌子。”

“这个幌子也只有首相相信。”

“首相的日子不好过。”杰森·霍华德重重叹息一声，“国内对于首相的绥靖政策不满，首相的压力很大。”

“英国总有强硬的一天！”米歇尔·格林与杰森·霍华德并肩站在假山旁，“软弱不是帝国的本性！”

“大英帝国只剩下威严的盾牌了，希特勒的激进，如同一把锐利的长矛，会刺穿盾牌的。”杰森·霍华德见米歇尔·格林要说话，挥手制止，“我知道你说的是中国的‘矛和盾’的故事，可是大英帝国的盾牌已经长满了苔藓，你明白我的意思吗？”

“明白。”

“我这就给首相发电报。”

“还是等鸽子进来吧，我要调查清楚。”

“距离慕尼黑会议不足两天时间，我只能给你 24 小时。”

“24 小时，足够了。”米歇尔·格林转身疾步而去。

第五日

1938年9月29日　星期四

民国二十七年　农历八月初六

戊寅年　辛酉月

第七章　血祭

～ 056 ～

［ 上海，公共租界，西藏中路，大上海大戏院 ］

刺杀香川口，血祭上海滩。充斥着奴性的上海滩，需要一场英雄锄奸的血祭。这就是西湖小组的暗杀行动。

女人本身就具有多面性，譬如性感与知性，一个女人同时拥有 A 面和 B 面。A 面性感，变幻莫测撩人心；B 面知性，成熟优雅识大体。这两面大相径庭，能集于一身者凤毛麟角。

行动时 A 面，生活时 B 面，这就是梅子青的伪装。

梅子青进入大上海大戏院时，穿着一身黑色风衣，能看到里面是件杏黄色的旗袍，被风衣裹着，杏黄色与黑色搭配出一种知性美。当她混入那群时装表演的模特之中，脱掉风衣之后，那件杏黄色的旗袍上绣着一枝盛开的红梅，衬着黑色的丝袜，再将长发披散下来，忽然就从知性变得性感了，瞬间融入了模特中。

在梅子青还没有进入大戏院之前，平少柔已提早来到，她要将狙击步枪藏在模特的更衣室内，以方便梅子青取枪。

平少柔提着小提琴箱子刚到大戏院门口，就看到陆川从里面出来，想起昨天的甜蜜之吻，脸上还隐隐地发烧，她轻声问道："昨晚，老陆骂你了吗？"

"没有！"陆川看一眼箱子问，"有小提琴伴奏？"

"有呀！没有我拿它干吗，这么沉！"平少柔绕开话题，"你怎么来了？"

"老陆搞的活动，我不来行吗？"

“老陆同意咱俩交往了？”

“没时间了，赶紧进去吧。”陆川抬起手腕看看时间，笑了笑，又转身向大戏院走去。

平少柔的脸色一沉，狠狠地朝地上跺了两脚，才跟着走进大戏院。整个大赛是陆文泰设计的，陆川负责美工。舞台设计已经完工，陆川正在做最后的检查。二楼原是储物间，临时改作模特更衣室。平少柔走进更衣室内，将箱子放进007号储物柜里。锁上柜子后，她走出更衣室，俯瞰舞台，正巧看到陆川也在仰头看她。陆川不敢与平少柔对视，连忙扭过头去。

平少柔喃喃自语：“你就是个胆小鬼！”

九点三刻，大戏院门口已经挤满了各大报社的记者，四个千千百货的女售货员正在检票。原百泰和唐邵诣在门口迎接来宾。陆文泰和萧红如携手走来。

原百泰笑着迎上去：“哎哟，萧小姐驾到，这次表演赛才实至名归。”

萧红如莞尔一笑：“我身体不好，就不走台了。”

原百泰呵呵一笑：“萧小姐走什么台呀！再说，文泰老弟舍得让你走台吗？”

陆文泰挽着萧红如，微微一笑：“我们先进去了。”

走到唐邵诣面前，萧红如恭敬地鞠躬：“唐总理好！”

唐邵诣点头示意，意有所指地说：“天下雾了，令人窒息。可这世上，散得最快的也是雾。有些事情，转瞬即逝，千万别往心里钻。”

萧红如的眼睛一酸，再次鞠躬：“谢谢！”

“总理，我们先进去了。”陆文泰握住萧红如的手，也向唐邵诣鞠了一躬。

唐邵诣点点头：“进去吧！”

“陆先生！陆先生！”一个三十六七岁的德国人卢卡斯——《女间谍》的导演，从拥挤的人群中跑出来，向陆文泰招手。

陆文泰回头一看：“卢卡斯先生。”

萧红如也挥手致意：“卢卡斯导演！”

卢卡斯肩膀一耸，双手一摊：“没人给我票，我进不去。”

陆文泰笑了：“你在名单之列呀，一定是他们弄错了。走吧，跟我们一起进去。”

卢卡斯笑着说：“谢谢啦。”

这时，一辆轿车缓缓停了下来，楚笠君和香川口一同下了车。香川口穿着日式服装，走到原百泰身边，先向唐邵诣鞠躬。唐邵诣微微还礼。

楚笠君走上前问候唐邵诣：“总理风采不减当年！”

唐邵诣哈哈一笑：“笠君之言，暖人心呢！”

楚笠君向原百泰和香川口各看一眼：“听说你们二人有些误会，看在我和总理的面子上，今日就握手言和吧！”

香川口向原百泰伸出手：“祝贺！”

原百泰强挤出笑容，握住香川口的手：“谢谢捧场！”

香川口点头说道：“事情可以慢慢谈，随时都会出现转机的。”

“香川君，今天是来捧场的，不谈公务。”楚笠君笑了笑，做了个手势，“香川君，请吧！”

香川口挺胸向前走去。楚笠君走到原百泰身边，轻轻在他胳膊上一按，淡然一笑。

原百泰还想要说什么，抬头看见平楚山和平寒雨刚刚下了车，示意楚笠君先进去。

平楚山疾步向前，向原百泰拱手道：“抱歉抱歉，没来晚吧！”

平寒雨莞尔一笑：“看着表呢，还有两分钟。”

原百泰呵呵一笑：“不急，不急，楚山老弟不到，表演赛绝不开演。”

唐邵诣也笑着接道：“楚山啊，你在百泰心中，可是兄与弟的关系。”

“快进去吧！”平寒雨望着平楚山，陡然看见欧阳夏挎着梅晋元的胳膊走来，登时愣住了。平楚山看到平寒雨吃惊的模样，顺着她的目光望去，看到梅晋元时也是一脸惊愕。

“唐总理，这位是梅森伯爵。”欧阳夏走到唐邵诣面前，灿烂地笑着，“我的未婚夫。”

唐邵诣好奇地打量着梅晋元：“梅森伯爵？我听说上海总会来了一位梅森伯爵，没想到是中国人。”

梅晋元点头笑道：“英国籍，梅森·霍华德。”

平寒雨的心跳加速，直勾勾地盯着梅晋元：“晋元？晋元，是你吗？”

梅晋元似乎没有听见，边向原百泰拱手边说：“不请自来，还望海涵。”

原百泰微微一笑：“来的都是客，请吧。”

平楚山紧皱着眉头问道：“你是晋元兄吗？”

这时，梅晋元才向平楚山和平寒雨望去，摇摇头说道：“我在英国长大，霍华德家族，你们认错人了吧？”

唐邵诣也皱着眉头疑惑地问道：“公共租界总董约翰·霍华德……”

梅晋元点点头：“我是他的兄长。”

平寒雨不敢置信地摇着头：“不，你就是晋元！”

欧阳夏淡淡地看着平寒雨：“平二小姐，你真的认错人了。”

原百泰赶紧解围：“演出快开始了，各位先请吧。”

梅晋元带着欧阳夏走向大戏院。平寒雨依旧魂不守舍地盯着梅晋元的背影。平楚山沉着地伸出手，挽住平寒雨的胳膊，带着她向前走去。

～ 057 ～

[上海，日占区，虹口，春日里]

春日里全是西式洋房，是日本人的居住区。17 号院内，东方白穿着日式睡衣，从房间里走出来，看见千叶葵已经做好了早餐。早餐是日式的，千叶葵正在摆放碗筷，神情还有些萎靡，一副打不起精神的样子。

东方白走到餐桌前坐下，关切地问道：“你怎么了？”

“没什么。”千叶葵回过神，勉强挤出一丝笑容。

东方白怒道：“木村那个混蛋，是不是又给你安排……”

千叶葵面无表情，机械地回复：“我是个军人。”

东方白一拍桌子：“帝国军人是有尊严的。”

“我受的训练就是色诱。”千叶葵抬起头，向窗外望去，“不做这个，我还能做什么？”

“你跟了我，就是我的女人。”东方白起身走到电话机前，给木村苍介拨通电话，几近呵斥地告诫木村：“从今天起，千叶葵只能是我的女人，否则，咱们的合作立即终止。当然，我会全力为你办事的。”

千叶葵看着东方白，眼泪瞬间流淌下来，悄悄走到东方白身后，抱住了他。东方白挂了电话，转过身回抱住千叶葵。千叶葵抬起头，笑颜如花，踮起脚尖亲吻着东方白。

“谢谢你。”千叶葵轻轻地松开东方白，拉着他的手走到餐桌旁坐下。

“我是一个又老又秃的中年人，你是一个貌美如花的姑娘，跟着我的唯一理由，就是我能替你解决问题。”东方白拿起一块面包边吃边说，“否则，我还有什么用？”

“不，我喜欢的是你的智慧和勇气。”千叶葵握住了东方白的手，“满铁的‘老鸢’，潜伏上海滩十余年，这份智慧令我着迷。”

东方白在千叶葵的手上温柔地拍了拍：“我很好奇，木村那个混蛋要你陪谁？”

“军统老六。”

东方白一愣：“军统老六？”

“如果你想知道他的身份，我就去完成任务。”

东方白挥手制止：“不，我已是不惑之龄，我知道我要的是什么！军统老六，我不稀罕。我稀罕的是你。”

千叶葵灿烂地笑了：“你怎么知道梅晋元是‘盲点’？”

“山田寿。”

“你认识山田寿？”

“另一只‘老鸢’。”东方白诡秘地一笑，“‘老鸢’不是一个人，而是四个人。”

“满铁真是人才济济。”

“满铁创建至今有32年，员工三四十万人，遍布全球，掌握百十家关联企业的股权，那可是三四个方面军、十几个师团呢！”东方白冷笑一声，“四个‘老鸢’算什么？”

“我听木村说，就连宫崎翼都没有权限联系你？”

东方白点点头，得意地笑了：“听说过‘八咫乌’吗？”

千叶葵微微惊愕：“帝国最古老的秘密结社？！”

东方白开始慢慢地讲解：“‘八咫乌’组织，流传千年之久，它才是满铁的运转中枢，设有金融、情报等八个部门，其中第七课是情报课，建立了‘八咫乌机关’，构架取自‘八咫乌——三足乌鸦’，八名特工，三个代号。”

千叶葵愣了愣：“八名特工，三个代号？”

“一个‘老雕’，三个‘老枭’，四个‘老鸢’。”

“这八名特工在哪里？”

“世界各地，没有人知道，只有满铁副总裁宫本正仁知道。”

千叶葵又微微一愣：“天皇外戚？”

东方白缓缓地点了点头：“古老，皇室，秘密结社，所以它足够神秘。”

“山田寿和梅晋元同在天津，他一直在调查梅晋元吗？”

“山田寿一到上海，我们就见面了。他来上海的目的就是为了抓英国间谍‘盲点’，他怀疑是‘盲点’杀了程西山，怀疑梅晋元就是‘盲点’。”东方白对千叶葵悉数道来，眼神中现出一丝疑惑，“当时，我吃了一惊。梅晋元怎么可能还活着？六年前，可是我亲手杀了他呀！”

“六年前？”千叶葵蹙起眉头，“平家惨案是你做的？”

“我奉命除掉平楚山的妻子易冷梅，知道那天她要外出，所以在平公馆门口的窨井盖下放置了炸弹。谁知，梅晋元竟然也在车上。车子被炸，他们二人都被烧焦了。”

千叶葵吃惊地说：“一个被烧焦的人，怎么还会活着？”

“我也不清楚。”东方白叹了口气，“山田寿说，如果他没有按时到满铁报到，就说明他死了，梅晋元就是凶手，就是‘盲点’。”

“山田寿可以这么说，我们却不能这么做。”千叶葵谨慎地说，“梅晋元现在是岩井公馆大总管，官衔还在木村之上，没有证据，木村也不敢抓他的。”

东方白点点头，说：“我会找到证据的。”

千叶葵紧紧地握住东方白的手：“我希望你是我的归宿。”

“告诉木村，我先安排他与宫崎翼见面。”东方白嘿嘿一笑，“岩井公馆成立不足半年，政情课的那些情报资料没有太大用处，木村要有作为，必须依靠满铁的情报资料。”

千叶葵点点头，又深情地说：“我爱你！”

东方白伸手在千叶葵的脸上抚摸着：“宁可花下死，做鬼也风流！”

一番亲热之后，二人分头去了岩井公馆。东方白是满铁的“老鸢”，在岩井公馆任职明显是在躲藏，他到底在害怕什么呢？是六年前的平家惨案吗？

六年了，时间平复了一切，或许连平楚山都忘了平家青帮还有一个老三的存在。白老三，平家青帮小探花，这是东方白六年前的掩护身份。平家惨案发生之后，平楚山查出了凶手是平家青帮的霍老四。当然，霍老四只是个替死鬼，这一点他心如明镜。令他恐惧的是，平楚山竟让他杀了霍老四。直觉告诉他，这里面一定有陷阱。不掉进陷阱的最好办法就是消失，所以他逃跑了。他是一个日本间谍，岂能陷入青帮的厮杀中，自然是三十六计走为上计。

这一走就是六年。这一躲也是六年。六年，不会改变一个人的容貌，所以梅晋元自然知道他是谁。可是，梅晋元为何选择沉默？沉默更令人恐惧。

东方白知道，岩井公馆对他来说已经是个炸药库了，随时都会把他炸得粉身碎骨。可是，身为帝国间谍，在任务没有完成之前，他不能被炸死，甚至不能引火烧身。

东方白的任务是利用白老三的身份，拉拢平楚山，实施“白皮书计划”。所以，在梅晋元揭发他之前，他必须完成这个任务。为了以防万一，他必须留有后手。他的后手，就是梅子青。

梅子青是“青花”。

“青花”潜伏在岩井公馆，在安娜还没有从王千木身上获取情报之前，这条消息就通过一条秘密渠道传给了他，令他咂舌不已。

这是中共的绝密，为何能这么顺畅地传递过来呢？那条秘密渠道，到底牵连多少个情报系统？

实际上，他早就怀疑梅子青了，这个被岩井公馆招募并给予特权的大才女，甘愿背负汉奸之名，目的不会太单纯，可没想到她居然是中共潜伏者。确定梅子青是“青花”，不仅可以制衡梅晋元，而且还会打得他猝不及防。所以他一到岩井公馆，就去找梅子青。

在他这样的老牌间谍面前，梅子青的行为举止肯定会透露很多消息的。可是，梅子青根本就没来上班。这令东方白非常恼火，只得对一个40多岁的方编辑发火，说：“这都快十点了，马上要定版了，梅小姐不签字，不敢上机的。”

这时，苏立生站在二楼栏杆处喊道：“东方主编，上来一下。”

“不签字定不了版，算谁的问题？”东方白走到主编室门口，伸手向校对室一指，“大总管千金，还是大总管？”

苏立生讥讽道：“当着梅小姐的面，你可不是这态度啊。”

东方白嘿嘿笑道：“做事，先学会做人嘛！”

“那就不要在背后说人是非。”

东方白奇怪地看着苏立生：“呦，这么护着梅小姐，莫不是喜欢上了梅小姐？”

苏立生故意靠近东方白，悄悄地在他耳边低语：“我只告诉你一个人呀，我和子青同居了。”

“什么？”东方白一愣，“你和梅小姐同居了，什么时候的事？”

“最近的事，当然在大总管没来之前。”

东方白竖起大拇指：“你这是当上状元郎啦！”

“子青身体不舒服，上午歇着呢。我替她签字。”

“醉青山啊！”

“一定，一定。”苏立生憨笑回应，“保密，保密啊。”

东方白哈哈一笑：“那就看苏主编如何封我的口啦！”

~ 058 ~

[上海，公共租界，西藏中路，大上海大戏院]

所谓的模特，其实都是舞女，是从百乐门、仙乐斯、大都会、丽都四大舞厅遴选出来的，组成了上海滩第一支模特时装队。此刻，那些舞女已经开始走秀，安娜也在其中，白俄舞女在上海滩非常引人注目。

舞台上方的二楼，两侧用帆布拦着，防止行人从中间穿行；舞台正面有一个展架，上面的大展板喷着“千千百货 十年庆典”八个大字，配有陆文泰画的图，还有他的印章。

舞台下方，座无虚席。大戏院内，到处挂着“千千百货 十年庆典”的条幅。二楼设有七八个包间。当中主包间内，坐着原百泰和唐邵诣。左侧包间里，楚笠君和香川口正在闲聊。右侧包间里，陆文泰和萧红如正边看边聊。靠近走廊边上，最里面的包间，梅晋元和欧阳夏刚刚坐下来。

更衣室内，一群模特正在叽叽喳喳地换衣服。007号柜前，穿着杏黄色旗袍的梅子青从柜子里拿出小提琴箱子，趁着模特们不注意走出了更衣室。走廊上没有人，只有平少柔站在楼梯口把风。梅子青径直走到帆布前，从高跟鞋鞋底拔出一个刀片，割开帆布钻了进去。

梅子青走到展板后面，用刀片在油布上割开一个小口子，通过小口子可以看到香川口。

梅子青轻轻打开箱子，快速组装好狙击步枪，一只脚踏在展架上，一只手抵在腿上，将枪口从割开的小口子缓缓伸出去。然后，她托着狙击步枪，十字星瞄准了香川口的眉心。

梅子青稍微移动了一下狙击步枪，在目镜里看到了梅晋元和欧阳夏，眉头微微一皱，又将枪口再次瞄准了香川口。

音乐陡然间激昂起来，梅子青屏住呼吸，扣动了扳机。

啪的一声枪响，一粒子弹穿透香川口的眉心。香川口身子向后一仰，倒在了沙发上。

楚笠君盯着舞台上的走秀，笑容在脸上荡开。她似乎没有发现香川口倒下，仍旧嗑着瓜子，兴致勃勃地欣赏着模特走秀。

二楼展板处，枪口已经悄悄地缩了回去。

主包间内，原百泰正兴奋地看着表演，突然笑容僵硬，扑通一声趴在桌上，后脑勺被一粒子弹击中。

主包间门口，王千木用礼帽遮住脸，握着一把无声手枪，刚才一枪打中原百泰的后脑勺，然后又对准唐邵诣身侧的空地开了一枪。

子弹打在地上，唐邵诣猛地一惊，陡然看到原百泰中枪倒地，立刻拔出枪，猛地回头连开几枪。此时，唐邵诣的身后早已空无一人。

唐邵诣的枪声回响在大戏院上空，陡然间，舞台上、观众席中乱成一片，人群惊慌失措地向大戏院外面冲去。

展板后面，梅子青已经拆卸好狙击步枪。当她重新提着小提琴箱子穿过帆布，看到平少柔拿着一件风衣迎上来，便将箱子丢给了平少柔，接过风衣穿上，沿着楼梯走到一楼。

平少柔提着小提琴箱子走进更衣室，疾步走到窗前，拉开窗户。窗户外有铁栏杆，铁栏杆上系着一根绳子。平少柔用绳子绑住箱子，将箱子顺着绳子滑到楼下。大戏院楼下，董竹看着箱子滑落，伸手接住，丢进身旁的车里，直接开车就走。

平少柔满面笑容地看着车驶远，将绳子收了起来，一回身看到陆川，吓了一跳，说："吓死我了，你怎么来了？"

“我担心你啊。”陆川指着绳子问，“你拿绳子干吗？”

平少柔哼了一声：“这是公司的绳子，不拿丢掉，太浪费了，你呀，就是个败家子。”

陆川既生气又好笑地看着平少柔：“你看我像个败家子吗？”

平少柔上前挽住陆川的胳膊：“你不是败家子，好了吧。咱们走吧！”刚走出更衣室，便看到平寒雨急匆匆地走进斜对面的包间里，二人没有停留，径直下了楼梯。

“平二小姐，你不要再纠缠了。”欧阳夏看到平寒雨进来，伸手拦住她，“他不是梅晋元，他是梅森·霍华德。”

平寒雨疯狂地摇头：“同床三载，我岂会认错？”

梅晋元叹了口气，说：“平二小姐是吧？刚才一个叫梅子青的小姐，在包间里喋喋不休，我跟她讲了好久，自模特表演开始，我就跟她讲，我不是她的父亲。讲了这么久，口干舌燥的，还没讲清楚，这下倒好，又来了一个认丈夫的。”

“又认丈夫，又认女儿的，谁这么好运气呀！”公共租界巡捕房总探长万墨翰走了进来，看到梅晋元时立刻敬礼，“梅森伯爵！”

这个刚30出头的总探长，在鱼龙混杂的上海滩已经混了十年有余了，为人不算耿直，却也算不上圆滑，办事有自己的原则和底线，有时候懦弱，有时候也很血性，有时候卑躬屈膝，有时候也为小人物说话，总之算得上是号人物。实际上，他的身份是军统，毛玠创建的顽石小组成员之一。后来，毛玠离开上海滩后，他成了军统锄奸队队长，一直潜伏在上海滩，直到日本谍科三巨头实施“光计划”，为了粉碎在上海构建的类似美国黑室的情报机关“炼狱”，率领半个连的军统血袭“炼狱”而壮烈牺牲。（作者按：详见拙作民国谍战系列小说《叱咤之城》）

梅晋元向万墨翰一拱手道：“万探长，跟他们好好讲讲。”

万墨翰对平寒雨说道：“平二小姐认错人了，散了吧，散了吧，要查案呢！”

“走吧！”这时，平楚山来到平寒雨身边，看了梅晋元一眼，拉着平寒雨的手离开。

万墨翰向梅晋元一拱手道：“梅森伯爵，我正在办差。欧阳小姐……”

欧阳夏笑了笑："伯爵夫人。"

梅晋元也笑着指了指欧阳夏说："我的未婚妻。"

万墨翰连忙再次拱手："恭喜二位。"

"办差吧！"梅晋元牵着欧阳夏的手离开了包间。

万墨翰吩咐巡捕继续搜证，然后来到了主包间。唐邵诣正垂头看着原百泰的尸体，瞧见万墨翰带着巡捕来了，说："凶手是一个男子，四五十岁的年纪，身手敏捷。"

万墨翰点了点头，恭敬地说："总理受惊了！"

唐邵诣严肃地说道："公共租界的治安实在堪忧！"

万墨翰苦笑了一下，突然看到墙边竖着一个高高窄窄的立柜，一人高处是半尺左右的木格子。他心下好奇，便走到立柜前面，晃动了一下木格子，透过木格子的空隙可以看到里面空空如也。

万墨翰嗅了嗅，皱起眉头："香水味，难道里面藏了女人？这是用来金屋藏娇的吗？谁想的点子？"

"你问我呢？！"唐邵诣哼了一声，拂袖而去。

万墨翰摇头苦笑一声，吩咐巡捕取证，接着走进了楚笠君的包间。

"万探长，香川君死的时候，正在表演，音乐声太大了，我没有听到枪声，也没有看到香川君中弹。"楚笠君站在门口，向万墨翰解释着。

万墨翰看了看包间现场，说："楚董，您先请回吧！"

"需要我的地方，尽管找我。"楚笠君点点头，离开了包间。

万墨翰走到香川口的尸体旁，俯身查看眉心的伤口，说了声"好枪法"，一抬头看到舞台上方的展板，心里一动，急忙走过去查看。

果然有线索，展板背面上用口红写着五个字母"blood"。

"探长，这什么意思？"巡捕小田从帆布割开处钻了进来，抬头看到字母，微微一愣。

万墨翰冷笑一声："blood，血祭！"

"杀鬼子汉奸！"

万墨翰点了根烟："原百泰是汉奸吗？"

"反正香川是小鬼子！"

轰隆一声，大戏院后面传来爆炸声。

“手雷？”万墨翰的手一抖，烟掉落在地，“他妈的，无法无天了！”

～ 059 ～

［上海，公共租界，静安寺路，千岛湖咖啡店］

那枚丢到日特身体的手雷，瞬时爆炸了。丢手雷的是安娜，手雷是日特身上的。

安娜丢手雷，不仅为了毁尸灭迹，更重要的是掩藏梅子青的行踪。不错，那些日特是跟踪梅子青的，只是安排跟踪的人就是安娜。在确定梅子青是“青花”之前，安娜决定先试探一下，以期从梅子青身上获取更多的情报。

六个日特将梅子青围堵在了一条短街巷里。在这生死当口，梅子青自然顾不得许多。她的身手虽然敏捷，但以一抵六还是吃亏的。“幸亏”，安娜及时出现，她穿着一身紧身衣，身手利落，暗藏利器，手段毒辣，瞬间就捅死了四名日特。

有了安娜的出手相助，梅子青也打晕了另外两名日特。

“安娜？”这时，梅子青才看清帮她的人竟然是安娜。

安娜抿嘴一笑：“共产党。”

梅子青微微一愣：“你是共产党？”

“这里不是说话的地方。”安娜从一个日特兜里摸出一枚手雷，拔了销子，投掷到那些日特尸体中间。只听“轰隆”一声，火势腾空升起。

二人迅速离开短街巷，来到了静安寺路上，看到千岛湖咖啡店时，不约而同地向店里走去。这样的心有灵犀，令二人相视一笑。

这一笑，拉近了距离，也放大了危险。

“那些鬼子为何跟踪你？”靠窗的包间里，安娜望着侍应生离开的背影，问梅子青。

“你怎么知道是鬼子？”梅子青淡淡一笑，伸手端起咖啡，轻轻抿了一口。

安娜意味深长地笑了笑：“不是鬼子，为何要杀你？”

梅子青不动声色地回答：“鬼子为何要杀我？”

安娜微微一笑：“梅小姐不够坦诚！”

梅子青摇摇头："知道我的工作吗？"

"诗人、作家。"

"我是《新中国报》的编辑。"

安娜假装猛地一愣："你为鬼子工作？你是个汉奸？"

"我只是个编辑而已。"梅子青摇头轻笑了一声，"所以，日本人没有理由杀我。"

"那些是什么人？"

"可能是青帮的人。"

"你得罪了青帮？"

"我给平家写了本传记。"

"《平地一声雷》。"安娜的眼神里都是笑意。

梅子青点了点头："歌颂了平家，自然得罪了平家的对头。"

"有道理。"安娜端起咖啡，喝了一口，"你也练过？"

"平家是我娘舅家，平二小姐是我后妈。"

"怪不得。"安娜放下咖啡，"你会举报我吗？"

"举报救命恩人？"梅子青淡淡一笑，"我做不来的。"

"你会报恩吗？"

"滴水之恩，当以涌泉相报。"梅子青望着安娜，"说吧。"

"给我写本传记。"

"写共产主义？"

安娜掩嘴偷笑："你写的不是传记，是墓志铭。"

"懂了。"

"我要做百乐门下一届舞皇后，要超过欧阳夏的《生如夏花》。"

梅子青放下咖啡："那个超级女杀手太惊艳！这书名如何？"

"把'女杀手'改成'舞者'如何？"

"那个超级舞者太惊艳？"

安娜笑了笑："不错哦！"

梅子青略微琢磨了下，又说："书名叫《娜么惊艳》吧？"

安娜轻轻鼓掌："大才女就是大才女！"

"我知道安娜小姐住在西园大厦，以安娜小姐的收入，应该供不起租金吧？"

安娜得意地笑了笑：“哪个舞女、影星背后是没有靠山的？”

“嗯，也对，萧红如的靠山是陆文泰，欧阳夏的靠山是宗寸琦，可惜死了。”

“所以，我背后也有这么一个靠山。”

“我能知道这个男人的名字吗？”

“当然，艳遇也是惊艳的一种嘛！”

“那个幸运的男人是谁？”

“陈逯。”

“陈部长？”梅子青微微一愣，“是南京的陈部长吗？”

“比陆文泰和宗寸琦都强吧？”安娜开心地笑了，“所以，下一届舞皇后一定是我！”

“《娜么惊艳》，这书名真是名副其实。”梅子青转动着咖啡杯，“传记不能太虚构，我还要了解一下安娜小姐的生平。”

“《娜么惊艳》，只是书名，我个人觉得最好直接写我是如何惊艳上海滩的！”

“可以，不过简单的生平还是要有的。”

“你问，我答。”

“你是白俄，还是红俄？”

安娜看着梅子青，淡定地说：“红俄。”

梅子青不动声色地微微一笑：“我猜也是红俄，白俄是反苏的。”

安娜眨了眨眼睛：“你也关心政治？”

“写传记，不关心政治，是写不透彻的。”梅子青平静地凝视着安娜，“你出生在苏联吗？”

安娜摇了摇头：“我出生在哈尔滨，所以我的中国话很好。”

一杯咖啡喝完，梅子青上班去了，留下安娜一人。安娜又续了一杯咖啡，喝到中途，王千木推门进来，在安娜对面坐下，问道：“如何？”

安娜略带失落地说：“梅子青的口风很严。”

“她没有反应？”

“我亮明了身份，她的反应很淡然。”

“要么，她不是共产党；要么，她就是一个极其厉害的对手。”

“我怀疑，就是她杀了香川口。”

王千木缓缓地点点头，陷入沉思。

~ 060 ~

[上海，公共租界，工部局；豫园，汤面馆]

工部局会议室内，约翰·霍华德大口地抽着烟，瞪着陈耕和万墨翰，将一沓照片摔在桌上。照片在桌上滑出去好远，陈耕和万墨翰赶紧伸手按住。

约翰·霍华德气急败坏地爆粗口："山田寿的事还没处理好，又他妈来了一个香川口！"

万墨翰小心翼翼地汇报："更离奇的是，嘭的一声，死了五——六——七——也搞不清楚多少人，反正是碎尸遍地。"

约翰·霍华德追问道："搞清楚是什么人了吗？"

万墨翰摇摇头："是日本人，还是中国人，很难讲。不过，我倾向是日本人。"

"这好像是一个连环套。"陈耕皱了皱眉，"我觉得，这是日本人想在上海制造第二个天津事件！"

万墨翰一拍桌子，骂道："这里是上海滩，不是他娘的天津卫！"

约翰·霍华德伸手也想拍桌子，却被万墨翰抢先拍了，一只手放下也不是，收回也不是，干脆凌空一指，怒道："大英帝国的脸面决不能丢！"

陈耕问道："关键是怎么处理香川口的事？"

约翰·霍华德又从西服内兜里掏出一张照片，丢给二人。陈耕先拿起来看，只见照片中是香川口在百乐门枪杀宗寸琦，不禁微微一愣，然后将照片转递给万墨翰。

万墨翰接过照片一看，轻轻咳嗽一声，困惑地说："宗寸琦、香川口？"

约翰·霍华德看了万墨翰一眼："万探长认识宗寸琦？"

万墨翰说："一个皮货商，我查过他的货。"

约翰·霍华德摇了摇头："不，他是军统上海站站长。"

陈耕惊讶地说："香川口杀了军统上海站站长？"

约翰·霍华德点点头："所以，香川口应该是死于仇杀，凶手是军统。"

万墨翰又从桌上的一堆照片中，拿起王千木击毙原百泰的照片，说："此人是军统吗？"

陈耕嘿嘿一笑："他必须是军统。"

约翰·霍华德点点头："这才是解决问题的关键。"

陈耕问道："如何跟日本人交涉？"

"这样，明天陈处长去一趟日本领事馆，把此事交代清楚。"约翰·霍华德站起身，也不打招呼，径直离去。

万墨翰起身关上门，将照片摔在会议桌上："去他妈的大英帝国，就这么推卸责任。"

陈耕呵呵笑着："听说欧洲乱起来了，那个希特勒吞并了奥地利，正在肢解捷克斯洛伐克，英国是人家的靠山，这个时候得顶上去。"

"张伯伦也想不到，这时候日本人会在远东挠他的胳肢窝。"万墨翰长叹一声，"宗站长死了死了，还给英国人挡了一刀。"

"吩咐兄弟们藏好，小鬼子会向咱们开刀的。"陈耕掏出烟，点上一根，"老板同意了，还给咱们取了名字，叫顽石。"

万墨翰笑了笑："顽石？老板挺有雅兴的。"

"顽石小组，军统锄奸队四人组。"

"二哥参加吗？"

"怎么能少了他？他非要做组长。"

万墨翰呵呵笑了："好呀！"

"不过，老板给顽石小组弄了个负责人。"

"谁？"

"'青松'！"

万墨翰一惊："鸡鹅巷 53 号出来的？"

陈耕点点头："'岁寒三友'之一的'青松'。"

"娘希匹！"万墨翰朝地上吐了一口唾沫，"四人组还差一个，是谁？"

"一个女的。"陈耕从兜里掏出一张照片，递给万墨翰。

"漂亮吗？"万墨翰伸手接过来，见照片里是一个年轻貌美的女子，眉头微微一皱，"他妈的是一个雏儿。"

"她叫杨毓香，从天津来的。"

"到上海了吗？"

"刚从天津出发，走津浦线到南京，再转上海。瞧这局势，路上恐有耽搁，估计得一周。"陈耕向会议室门口瞧了一眼，"这是'青松'钦点的。"

万墨翰低声嘟囔着："'青松'钦点？"

陈耕嘿嘿笑了："有意思吧？"

"二哥是什么意思？"

"二哥的意思，你好好检验检验，如果她是'青松'的人，就……"陈耕说着用手比画了一下割喉的动作。

"二哥不懂怜香惜玉呀！"

陈耕指着照片说："漂亮的女人，红颜祸水啊！"

"你的事，我听说了。"万墨翰伸手在陈耕的肩上一按，"你配不上人家，早晚会飞的。"

"放屁！"陈耕伸手打掉万墨翰的手，起身朝他屁股上踹了一脚，吐了一口唾沫，转身走了。

陈耕离开工部局后，便打电话给毛玠，约他在豫园旁的汤面馆见面。二人各自吃了一碗面，陈耕将一沓照片丢在桌上。

毛玠盯着照片问："这是什么？"

陈耕指着照片说："杀原百泰的，是王老大！"

"怎么弄到的照片？"毛玠一惊，赶紧放下筷子看照片。照片里，王千木一边用礼帽遮住脸，一边举枪射击原百泰。

"工部局警务处收到的照片。"陈耕低头喝了一口汤，"奇怪吧？"

"这是他妈谁拍的？"

"关键是送到了警务处！"

"你怀疑是日本人干的？"

陈耕点点头："原百泰死了，香川口也死了，日本人会趁机跨过苏州河吗？"

"我倒不关心这事。"毛玠将照片揣进兜里，"我关心的是王老大杀了原百泰。"

陈耕接着说："淞沪会战期间，原百泰向87师捐了2000支枪，此事还惊动了委员长。委员长亲笔题写了'精忠报国'四个字，通过军统上海站赏给了原百泰。"

毛玠嘿嘿一笑："还是宗站长亲自送过去的。"

"委员长要是知道军统杀了原百泰，一定会发雷霆之怒的。"

毛玠噌的一声站起身："我得赶紧给老板发报。"

～ 061 ～

[德国，柏林，日本领事馆，郊外]

在德国，没有盖世太保找不到的人。

十个小时后，许少醉的行踪便被锁定了。奇怪的是，抓捕许少醉的并不只是盖世太保，还有军情六处。

许少醉毕业于慕尼黑军校，跟踪、逃离、反跟踪都是出类拔萃的。所以，一番街头追逐后，只有米歇尔·格林和沃纳·海森堡追赶上了许少醉。

许少醉一边驾车躲避二人的射击，一边向日本领事馆直冲过去。日本领事馆的大门处设有岗哨，两个执勤日军察觉到不妙，急忙举枪对准疾驶而来的三辆轿车。

许少醉稳住方向盘，将座椅靠背放倒，忽然仰躺下去，车子疾速撞向日本领事馆大门。两个执勤日军慌忙开枪，车子的前挡风玻璃都被打碎了。

后面追来的米歇尔·格林和沃纳·海森堡只得猛打方向盘，沿着长街驶离。

咣当一声，许少醉的轿车撞开了日本领事馆大门，冲到了院里。领事馆里的日军举枪逼停了轿车。

"我要见山田总领事！"许少醉推开车门，举起双手主动下了车。

米歇尔·格林和沃纳·海森堡开车驶离日本领事馆后，径直驶到郊外的小树林里。二人下了车，紧紧地抱在一起。原来，沃纳·海森堡才是英国间谍。

"盖世太保不是放鸽子进英国领事馆吗？"米歇尔·格林点了一根烟，皱着眉头问，"怎么进了日本领事馆？"

沃纳·海森堡摇摇头，郁闷地说："这事非常奇怪，'和平鸽计划'刚一执行，就全乱套了。"

"这是海德里希的圈套吗？"

"不确定。"

"德军进攻捷克斯洛伐克的概率有多大？"

"希特勒疯了，21个加强团、7个机械化师组成了突袭进攻队，已经抵达边境。"沃纳·海森堡伸手在车上捶了一下，"希特勒扬言要在10月1日拿下苏台德地区！"

米歇尔·格林吃惊地说 :“慕尼黑会议对首相至关重要。这样，许少醉的事不要管了，你务必时刻留意德军动向。”

“好！”沃纳·海森堡将烟蒂丢在地上踩灭。

“注意安全。”米歇尔·格林拉开车门，钻进车里。

沃纳·海森堡点点头 :“你先走。”

米歇尔·格林开车走了。沃纳·海森堡看着车影远离，又点了一根烟，回身去拉车门。

突然，一辆轿车驶来，从车里伸出一支无声手枪，噗的一声，击中沃纳·海森堡的眉心。沃纳·海森堡倒在了车上，沿着车体滑下来。

那辆轿车停在沃纳·海森堡尸体前，海德里希推开车门下来，手里拿着一支无声手枪。巴赫·米勒、青木未央和司机也跟着都下了车。

海德里希走到沃纳·海森堡尸体前踢了踢，啐了一口唾沫，伸手将无声手枪丢给了巴赫·米勒。

“你他妈才是那只‘和平鸽’！”巴赫·米勒走到沃纳·海森堡面前，又对着他的胸口开了一枪。

海德里希掏出雪茄点上，看向青木未央，说 :“青木，你立了头功。”

巴赫·米勒称赞道 :“青木君是英国间谍的克星呀！”

青木未央摇头微笑 :“巧合而已。”

“从今天起，青木，你升为情报处副处长。”海德里希伸手在青木未央的肩膀上一按，“两件事 :第一，以日本人的身份，潜入日本领事馆，做掉‘盲点’。第二，找出苏共第五局[1]潜伏在柏林的‘黑王子’小组。”

青木未央点点头：“这两件事，都要到满铁找答案。”

“聪明。”海德里希又向沃纳·海森堡的尸体望去，“埋了！”

青木未央拖着沃纳·海森堡的尸体向树林里走去。司机从后备厢里取出一把铁锹跟上。海德里希吸了一口雪茄，朝天空吐出一个烟圈。

---

① 苏共第五局，是苏联内务人民委员会第五局的简称。苏联内务人民委员会后来演变为“世界四大情报机构”的克格勃，第五局是海外情报局。

~ 062 ~

[上海，日占区，虹口，岩井公馆]

由于天津事件还在甚嚣尘上，香川口又在公共租界被杀，立刻引起了公共租界工部局和日本外务省的高度重视。作为外务省的情报机构，岩井公馆立刻忙碌起来。岩井英一亲自召开会议，核心人员全部参加。会议桌一端放着一个移动书写板，用一块黑布盖着。梅晋元坐在书写板前，面前放着一堆资料。梅子青和东方白分别坐在苏立生两侧。

岩井英一严肃地说道："那个香川口虽死在了租界，但香川口是陆军部的人，所以外务省的态度是克制。由此引发的问题，必须一一解决。下面会议，由大总管主持。"

梅晋元环顾众人说："这是我第一次主持公馆的会议，直接步入正题。天津事件已酿成国际事件，陆军部是得了便宜，可外务省呢，在干什么？给陆军部擦屁股！哼，外务省连个皮条客都不如，皮条客至少拿到了钱。"

梅晋元停顿了片刻，又扫视了一圈在座的核心人员："我有如下问题，需要诸位给我答案。第一个问题，共产国际是不是公馆的目标？苏联领事馆是我们的目标吗？"说着从资料中拿出一沓丢给了苏立生。

苏立生伸出食指，在资料上轻轻一按，然后用双手小心翼翼地捧起资料翻开，只看了一眼，便啪的一声摔在桌上，翻开的正是梅子青冒"苏少白"之名杜撰的文稿。众人齐刷刷地向苏立生望去。

"对不住！对不住！我是……"苏立生指着资料慌忙解释，"这不是我写的，我虽然是字少白，但从未用过，报社用'白'字的只有一个人。"

此时，东方白的眉头微微一皱，将资料拉到面前，大致看了一眼，连忙站起来，说："苏主编说得没错，他从未用过'少白'，报社里只有我一个人用'白'，可……这绝不是我写的。"

"坐下！"梅晋元瞪了东方白一眼，手指轻轻在桌面上一扣，"文稿没有见报，这事到此为止。下不为例！"

苏立生奴性十足地说："是！是！"

梅晋元接着说："公馆的目标是重庆，只有重庆。"

陆川接话道："还有延安。"

梅晋元瞪了陆川一眼：“延安不是重庆的吗？中国只有一个政府，那就是重庆国民政府。”

陆川讪笑着：“对！对！”

“公馆搜集情报，目的是协助外务省做好外交工作，这就是公馆的‘皮’。中国有句古话：‘皮之不存，毛将焉附。’公馆的‘皮’不在了，再多的‘毛’有什么用？”梅晋元又拿起两份资料，伸手递给岩井英一和木村苍介，“不过，有一小撮毛还是要查查的。”

两份资料内容一样，上面是雷纳托的相片和身份介绍。

“此人叫雷纳托，意大利特使，在上海滩失踪了，意大利领事馆希望我们帮忙寻找。”

岩井英一将资料丢在桌上：“这个时候想到了我们。”

梅晋元笑了笑：“陆军部惹事，外务省擦屁股。”

“这次不是为陆军部擦屁股了。雷纳托已经死了，就死在公馆，我亲手毙的。”木村苍介也将资料往桌上一丢，抬头看了看岩井英一，继续说，“‘原点计划’。”

梅晋元又向桌面轻轻一扣：“今天会议内容，不做备忘录，不得外传，谁传出去，就地枪决，此乃公馆家法。”

“大总管知道‘原点计划’？”木村苍介的脸上堆起笑容。

岩井英一摇摇头：“我还没告诉他。”

梅晋元笑了笑：“‘北进’‘南进’，对吧？”

木村苍介点点头，向梅晋元竖起大拇指：“大总管就是大总管。”

“接下来，我要揭幕一件事，此事才是公馆的头等大事。”梅晋元突然站起身，走到书写板前，猛地扯掉黑布，书写板上画着两枚刻有五线谱的戒指，下面写着“007×3=”和“021”的数字。

梅子青脸色陡变，暗自寻思：“戒指是爸爸交给我的，他要做什么？他当真要对我动手吗？”

苏立生一直保持笑容，缓缓地从手指上褪掉戒指，然后在桌下踢了梅子青一下，示意她摘掉戒指给他。梅子青无暇思考，立刻在桌下摘掉戒指悄悄地递给了苏立生。

梅晋元的目光掠过梅子青疑惑的眼神，伸手在黑板上点了点戒指，说：

“大家很好奇吧？两枚戒指，显然是一对，007×3显然等于021，这里面藏着什么秘密？”

木村苍介眉头一皱：“007？难道是中共‘007号线’？”

梅晋元点点头：“消息来源我就不说了，这两枚戒指是中共‘007号线’的接头信物。”

东方白猜测道：“‘×3’的意思是小组有三个人吗？”

梅晋元对东方白一笑：“你做编辑真是大材小用了。”

东方白赶紧说道：“大总管过奖。”

梅晋元继续说：“不错，这个小组只有三人，一个是‘007’，一个是‘白沙’，最后一个不知道。”

苏立生看向梅子青，见她脸色不佳，便从兜里掏出一盒烟，抽出一根递给梅子青。梅子青微微一愣，下意识地接过了烟。苏立生给梅子青点上，梅子青抽了一口烟，总算稳住了心神。

“‘白沙’？”木村苍介问道，“‘007号线’跟中共上海情报科有关吗？”

梅晋元摇摇头：“它是一条独立的情报线，主要任务是协助中共江苏省委工作。有一点值得我们关注，‘007’的官职比‘白沙’还高，这是一条大鱼。”

陆川哈哈一笑：“这条鱼好吃！”

梅晋元笑了笑：“恐怕会扎着喉咙。”

岩井英一问：“大总管知道是谁？”

梅晋元突然指向苏立生。正在点烟的苏立生登时愣住，一时间忘了点烟，噌的一声站起来说：“我不是‘007’！”

梅晋元哭笑不得：“中共‘007’岂会是你这个样子？！”

苏立生慢吞吞地坐下，拍了拍胸口说：“吓死我了！”

东方白低声对苏立生说：“大总管看不中你呀！革命尚未成功，吾辈仍需努力！”

梅晋元环顾众人一眼，提高声音说道：“中共‘007’就是苏联大使馆的领事——顾向焘。”

木村苍介微微一惊：“是他？”

梅晋元郑重地点点头：“就是他！”

岩井英一边说边思索："抓他，要讲究艺术。"

梅晋元继续说："接下来，我要说的事，对于公馆来说就是一枚炸弹。"

岩井英一的眉毛一挑："比这个'007'还可怕？"

"在'007号线'中，真正的中枢是'白沙'，他不仅承上启下，还负责指挥白沙小组行动。可惜，'白沙'已经死了，他就是刺杀程西山的凶手。"

木村苍介的手指在桌上轻轻一弹。

杉本哲追问道："'白沙'死在了天津？"

木村苍介微微侧头，望向梅子青。只见梅子青紧抱双臂，自顾自地吸着烟。

梅晋元点点头，接着说："我要说的是，'白沙'的继任者。"

这时，东方白突然接话道："'021'？"

"你的智商忽高忽低呀，怪不得木村先生不要你。"梅晋元摇头苦笑，"我获得消息，'白沙'死后，中共启用一个代号为'青花'的特工，接替'白沙'工作。最为关键的是，这个'青花'就潜伏在公馆内。"

咔吧一声，苏立生又点了一根烟，面无表情地看着书写板。

岩井英一惊愕道："什么？"

木村苍介也吃了一惊："公馆有中共卧底？"

梅晋元再次点头确认："是的。"

片刻之后，陆川举起手："查卧底，我来。"

梅晋元看着陆川笑了笑："自动请缨，勇气可嘉。好！这个任务就交给你了。"

陆川点头向梅晋元致谢："谢谢大总管。"

梅晋元继续说道："最后我要说下'021'。这个'021'是中共一条新的情报线：'021号线'，目的是取代'007号线'，负责人的代号就是'021'。"

杉本哲接着说道："中共不信任顾向泰了，他已是一枚废子。"

木村苍介高深莫测地说："没有一个人是废子。"

梅晋元不理会二人，继续说道："这个'021'才是一条真正的大鱼，而且他熟悉上海滩，就是六年前赫赫有名的中共'黑沙'！"

梅子青拿起烟盒，又抽出一根烟点上，她的手指已经微微发抖。苏立生却异常冷静，淡定地抽着烟。

木村苍介惊愕道："'黑沙'回上海了？"

"木村先生喜欢吧？"梅晋元微微一笑，"抓捕顾向焘，挖出'青花'，找到'黑沙'，这是公馆的三大任务，我希望诸位精诚团结，一举成功，绝不能让特高课抢了头功。"

第八章　白俄医生

～ 063 ～

［ 德国，柏林，日本领事馆 ］

一间密室内，只有一张铁桌子，上面悬着一盏灯，四面没有窗户。许少醉坐在桌前，手指轻扣着桌面。

“你要见我？”时年50岁的山田泽总领事推门走了进来。

许少醉指了指密室：“安全吗？”

山田泽转身关上门，说：“这里是日本的领土，当然安全。”

许少醉开门见山：“我就是‘盲点’。”

山田泽坐下来，疑惑地问：“‘盲点’？”

“‘守门员’没有告诉你吗？”

“‘守门员’说过，‘盲点’属于军情六处远东局，而不是柏林情报站。”

许少醉笑了笑：“‘守门员’说，您就是满铁的‘老鸢’。”

山田泽笑了笑：“我就是‘老鸢’。”

“‘守门员’说，只要我说出您的身份，就能证明我的身份。”

山田泽叹了口气：“可惜呀，你无法再回盖世太保了。”

许少醉一拍桌子：“你们不能背信弃义，不是为了加入满铁，我也不会暴露。”

“别生气。”山田泽淡淡一笑。

许少醉的情绪更加激动：“是的，我暴露了，一个间谍身份暴露，便一文不值。我现在是个弃子了。”

山田泽摇摇头：“在大日本帝国眼里，每个人都不会是弃子。”

许少醉戏谑地说："我还有用吗？"

山田泽笑了笑："你如何证明你就是'盲点'？"

"做间谍的，有多少人可以自己证明自己？"

"有道理。"

"除了军情六处以外，再也没有地方可以证明我的身份。"

山田泽咧嘴一笑："不一定的。"

许少醉好奇地说："'老鸢'可以？"

山田泽点点头："军情六处远东局，魔都上海，那是大日本帝国的天下，查询有没有'盲点'，应该不是难事吧？"

许少醉的眉头微微皱起："不难。"

山田泽起身："我会去求证。"

许少醉也起身："给我换个舒服的地方。"

"当然。"山田泽拉开门，门口站着两个日军警卫。他吩咐警卫将许少醉带到指定的宿舍休息，然后点着烟斗来到情报室，走到最里面的一部电台前。他从桌上拿起一张纸片，写了一句话，递给报务员。

"D 频率？"报务员询问山田泽，低头见纸片上写着一句话"军情六处远东局有无盲点"。

山田泽点点头，重复道："D 频率。"

报务员放下纸片，旋转频率，开始发报。等发报完毕，山田泽伸手拿起纸片，揉了揉，塞进烟斗里吸着，然后说："老规矩，等回电。"

~ 064 ~

[上海，公共租界，北京西路，静安寺干货行]

干货行是个陷阱，设宴的、赴宴的、看热闹的都知道，所以这就是一场心理战。保持冷静是首位，却不是第一法则。"知己知彼"，才是心理战的奥义。除了许少醒、董竹、梅子青和平少柔外，白沙小组其他组员本就潜伏在邮电系统，很快便查明了"1465"电话号码的登记详情。

干货行只是第一处陷阱。

干货行斜对面的海天照相馆才是日特的情报据点。这时，我们的视线可以穿过照相馆的店招，落到窗户前一架落地相机上。东方白正站在相机前，蒙着头拍照。墙角处，安娜正在监听。

这些陷阱，都逃不掉王千木的眼睛。照例，王千木在老董面馆吃了面，吃饱了就在位子上打盹。店伙计看了有些不耐烦，想忍没忍住，便走到桌前敲了敲桌子。王千木头也不抬，伸手举起一张大额美钞。店伙计顿时心花怒放，接过美钞啥也没说转身离开了。王千木仍旧趴在桌上打着盹。

这时，一辆军卡缓缓停在干货行门前，董竹、梅子青和司机从驾驶室两侧下车。司机走到车尾，拉开车厢，七八个男子跳下车。

董竹指着店招说：“奇怪，还真有家干货行？”

梅子青笑了笑：“我说有的，没骗你吧？”

董竹哈哈一笑，看到一个日特出来，问：“什么时候开业的？”

日特回答：“刚开业，没几天。”

梅子青说：“我昨天打过电话，这家店可有背景呢。”

日特尴尬一笑：“一个小店，有什么背景？”

董竹向梅子青耸了耸肩：“有什么背景？”

梅子青向电话一指：“电话号码和地址，都是1465，这在上海滩是很少见的。”

董竹向电话走去：“是吗？”

日特走上前，挡在电话前面：“先生，要买点什么？”

董竹指着电话说：“电话。”

日特摇摇头：“电话不卖。”

突然，董竹一巴掌扇在日特的脸上，说：“知道买主是谁吗？”

日特虽然挨了打，却依然平静地问：“请问您是谁？”

董竹哼了一声，从兜里掏出一张名片递给日特。日特接过名片，见名片上写着“华中电气通信股份有限公司总经理　董竹”，急忙向董竹鞠躬，连声说：“对不起，对不起。”

董竹冷笑道：“我能买电话吗？”

日特赔着笑脸说：“上海滩的电话，都归您管，是不是？这个电话嘛，不能卖。”

董竹深吸了一口气："怎么这么轴！"

日特深深地鞠了一躬："对不起！"

董竹嘿嘿一笑："你若不卖，我就只能抢了。"

日特一愣："这里是租界！"

董竹突然掏出手枪，抵在日特的头上："租界天天死人，不多你一个。"

这时，另一个日特走上前解围，又递烟又赔笑："董先生要电话，给！当然给！"

董竹收了枪，对刚刚解围的日特说："还是你懂事儿。"

"我收拾电话，给您放在车上。"

董竹哈哈一笑："我要你的电话做什么，我要的是你们的干货，给员工发福利。"

"谢谢董先生。您要多少？"

董竹向电话一指："除了电话，全要！半价！"

不卖电话的那个日特猛地一愣："半价！"

一愣神的工夫，那个出来解围的日特立刻应道："半价就半价！"回身招呼店里的其余伙计"打包"。

伙计们开始打包，车上下来的七八个男子走到屋里搬货。不一会儿，小店里的货物已经全部打包搬上了军卡。董竹从兜里拿出支票递给日特。那个家伙接过支票一看，金额高出许多，不禁又是一愣。

董竹哈哈一笑："多了就算赏你的。"

日特赶紧鞠躬说："谢谢，谢谢董先生。"

这时，梅子青说道："董大哥，我先回了。"

董竹一指卡车："再捎你回去。"

"不啦，我想喝杯咖啡。"

董竹又指了指干货行："谢谢你的介绍。"

"改天请我吃饭啦。"梅子青笑了笑，向静安寺方向走去。

东方白站在窗前，看着开走的军卡和梅子青远逝的背影，重重地叹了口气，转身问安娜："你怎么看？"

安娜摘下耳麦："一定是被她识破了。"

"问题是，她是怎么识破的？"

安娜站起身，揣测着："是呀，一个电话，她怎么识破的呢？"

东方白忽然一个激灵："不对，另外一个电话有问题。"

"那个接通但没人说话的电话？"

东方白重重地点点头："那个人应该才是我们要找的'青花'。"

安娜皱了皱眉："梅子青不是'青花'？可她的身手很好。"

东方白边思考边自语："梅晋元的女儿，自然好身手。"

"就这么简单？"

东方白诡秘地笑了笑："梅晋元若复杂，她就不简单。"

安娜也若有所思地笑了："或许，苏立生才是'青花'！"

"苏立生就是'青花'！"东方白的脸上露出一丝诡异的笑容，猛吸了一口烟之后，将烟蒂丢到脚下踩灭。

~ 065 ~

[上海，法租界，福开森路，唐公馆]

清风晚照下，唐公馆笼罩着一层暮色，空空的院落显得无限落寞。一缕夕阳射进公馆不远处的一辆车中，照在源千雪的脸上，暮色却消失了，顿时如春光般明媚。这暮色，究竟是人的暮色，还是时局的暮色？

"'白俄医生'拍照的时候，刺客刺杀了香川口，她无法顾及。"源千雪向坐在身旁的土肥原贤二汇报，并伸手拉上了车帘，车内顿时暗了下来。

"一个香川，死就死了吧。"土肥原贤二低头看着照片，"照片拍得不错。"

"'白俄医生'说，刺客是个女人。"

土肥原贤二放下照片："哦，为什么？"

"刺客在大戏院二楼开的枪，二楼是工作区，进进出出的都是模特。"

"刺客混在模特中？'白俄医生'应该可以弄到模特名单，让她查查。"土肥原贤二侧身向窗外瞥了一眼。

源千雪撩起车帘，瞥向唐公馆，说："这个时候，他一定着急等着老师去呢！"

土肥原贤二哈哈一笑："不急！"

夕阳洒满院落，大树下的光影里，忽明忽暗，闪花了唐邵诣的眼睛。管家老周在一旁等着吩咐，默不作声。

“老周，我有种不好的预感。”唐邵诣背着双手来回踱着步，时不时地抬头仰望天空。

“杜先生拍了电报，请您去香港呢，要不去香港散散心吧。”

“香港，上海，有什么分别？”

“上海被日本人占了，香港……”

唐邵诣挥手制止老周：“早晚的事儿。香港是东南亚的门户，日本人觊觎已久了。就算我答应了杜先生，恐怕前脚刚到，日本人后脚就跟着来了。”

“那还是躲在法租界安全些。”

唐邵诣摇摇头：“如今之中国，哪里还有安全的地方？看来，只有亲自营造一片伊甸园了。”

老周微微皱眉，似乎没有听懂，杵着没有接话。唐邵诣长叹一声，又向门外望了一眼。忽听一阵爽朗的笑声传来，知道陈逯到了，便挺起身子，向门口迎去。敲门声响起时，唐邵诣已走到门前，伸手拉开门，见陈逯和土肥原贤二站在门口，神情一滞。

唐邵诣请土肥原贤二和陈逯走到客厅坐下，老周送上了茶水。唐邵诣吩咐老周退下。

陈逯哈哈一笑：“总理，今天受惊了！”

唐邵诣摇头苦笑：“总算不负使命。”

土肥原贤二端起茶杯：“以茶代酒，感谢总理相助。”

“我没做什么，只是替人打个掩护而已。”唐邵诣摆了摆手，“没想到安娜是将军的人，她叫什么来着，‘白俄医生’，这位医生可以治病，也可以杀人呀！”原来，那个立柜里的确躲了人，唐邵诣不但知道，而且是帮凶。那张王千木枪杀原百泰的照片，就是在唐邵诣的掩护下，安娜偷拍的。唐邵诣看透了，让他做帮凶是假，做看客才是真，原百泰今天的下场就是他唐邵诣明天的下场。

“安娜的舞跳得很好，可以给总理单独跳一支。”土肥原贤二呵呵一笑，“少川兄，你和陈部长合开的云川电影公司，我个人非常欣赏。”

陈逯低声向唐邵诣解释：“土肥原将军入了股，由我代持。”

唐邵诣有些魂不守舍："谢谢将军。"

土肥原贤二接着说："少川兄，中国需要一个崭新的民主的政府，只有新政府才能建设新中国。"

陈逯喝了一口茶，也看向唐邵诣，说："总理，组建统一的新政府是趋势，挡不住的。"

土肥原贤二继续捧杀："新政府需要一个真正的领袖，一个区别于蒋介石独裁的领袖，这个人非少川兄莫属呀！"

唐邵诣为难地摇摇头："人家会说，我是个伪领袖。"

土肥原贤二微微一笑："看来，少川兄还是有意出山的。"

唐邵诣连忙摆手："我不是这个意思。"

土肥原贤二说："帝国会动用一切资源和力量，让新政府成为中国唯一的合法政府。"

唐邵诣的脸色一沉："如此一来，中国不是更加生灵涂炭了吗？"

陈逯不耐烦地说："总理，忙都帮了，你还犹豫什么？"

唐邵诣的面色一寒："要挟我？"

土肥原贤二哈哈一笑："少川兄误会了，陈部长不是这个意思。"

陈逯立刻赔笑道："总理，我哪敢有那个意思？"

唐邵诣沉声说道："我帮将军的忙，是因为将军求我，我这个人就怕别人求。"

此时，土肥原贤二双手一拱，接道："我再求少川兄出山，做新政府的领袖。"

唐邵诣有些尴尬："我……容我再考虑考虑。"

陈逯见土肥原贤二的脸色有些难看，转头对唐邵诣说道："知道为什么杀原百泰吗？"

唐邵诣一愣："因为他不愿做联合银行行长。"

土肥原贤二皮笑肉不笑地说道："不是朋友，便是敌人！"

唐邵诣冷笑一声："这明明就是赤裸裸的威胁。"

土肥原贤二起身："少川兄好好想想，今天我就先告辞了。"

"没有实力，哪有谈判的资格？"陈逯走到唐邵诣身前，轻轻在他的胳膊上一按，叹了口气，"我是从了，你看，我过得不是挺好嘛。"

唐邵诣起身送客：“容我再好好想想。”

土肥原贤二不阴不阳地说道：“希望能与少川兄共同为新政府出一份力。”

陈逯中间打着圆场：“好啦，走了。”

说完，土肥原贤二和陈逯走了出去。唐邵诣本不想送客，犹豫了一下，还是跟着送了出去。

～ 066 ～

[上海，法租界，福开森路，梅苑]

梅子青坐在地上，靠在床尾，一手拿着洋酒，一手拿着她和许少醒的合照，眼泪一滴滴地落在相框上。

梅子青放下洋酒瓶，从地上摸起烟盒和打火机，点了一根烟，吸了两口，突然将相框摔在地上。她的手有些微颤，捡起照片，咔吧一声打着了火，看着燃烧的照片，神情更加哀伤了。

“嘀嘀嘀——”大门口的门铃响了。那门铃声似是惊蛰时的虫蛇，一下子喧闹了空寂的庭院。这些天，梅苑太落寞了，许少醒不来了，那门铃也似乎哑了，尤其是在静静的夜晚，这是许久以来的第一声响。

梅子青从地上爬起来，欢喜雀跃地去开门，想看到出现在门口的奇迹，是不是她心爱的男人归来了。

按门铃的的确是一个男人，却不是许少醒，而是她看不上眼的苏立生。

“青花瓷！送给你的！”苏立生扬了扬手中的青花瓷，走进院里，“这青花瓷是一对，我和大哥各一个，祖传的。”

“你还有大哥？”梅子青关上门，向东厢房走去。

苏立生跟上：“嗯，还有一个三妹呢！”

梅子青摇了摇头：“祖传的青花瓷，我可不敢要的。”

“咱俩的关系，你怎么能不要呢？”

“咱俩什么关系？”梅子青停下脚步，转过身瞪着苏立生。

苏立生嘿嘿一笑：“同志关系。”

梅子青的眼睛一酸：“我和少醒的关系，你知道吗？”

“知道。”

“知道就好。”

“人死不能复生。”

梅子青冷笑一声：“你的意思是说，我总要有第二次感情的，最好是你，因为咱们是同志。”

苏立生急忙摆手说：“我不是这个意思。”

“我知道你不是这个意思。”梅子青走进了东厢房。苏立生不知如何回答，无奈地耸了耸肩，跟着走进去。

在梅晋元的“遗像”后面，一个窃听器的灯正在闪烁。

“怎么还不摘掉？”苏立生将青花瓷放在桌上，抬头看了一眼梅晋元的“遗像”。

“他活了吗？”梅子青冷冷地说，“你怎么来了？”

“我来告诉你，戒指我放在了春日里。”

“春日里，虹口区？”

“东方白住在 17 号院。”

梅子青微微一愣：“东方白不是住在租界吗？”

“不知道吧？东方白是个日本人！”苏立生嘿嘿笑了，“我监视他好久了，千叶葵是他的情妇。”

梅子青吃惊地问道：“怎么可能？东方白和千叶葵？‘青花’和他的下线，单凭戒指不足以证明呀！”

“我也担心丢了夫人又折兵。”

“让董大哥买货，算你聪明，这一关算是过了，咱们还是从长计议吧。”梅子青叹了口气，“戒指能取回来吗？”

苏立生摇了摇头：“不能再冒险了。”

梅子青问：“你放在哪里了？”

苏立生嘿嘿一笑：“东方白是不会觉察的。他养了只白狗，脖子上有个铃铛，我放到了铃铛里。”

梅子青哑然失笑：“什么，你把戒指放在狗铃铛里了？”

苏立生点点头，又说：“子青同志，有一件事，我说了你别生气。”

“说吧。”

“大总管，太可怕，太危险了。”

“他的可怕，我早就知道。”梅子青向母亲遗像望去，“知道我妈妈是谁吗？她可是姓江。”

“上海滩江家？”

“嗯，我妈妈是江仲阁的亲妹妹。”

“怎么没听说过？”

“十年前，我妈妈就去世了。江家责怨梅家，大闹了一场。我祖父一病不起，我爸爸意志消沉。后来，江家花钱销毁了所有新闻，我妈妈就跟从来没有活过一样，所有跟她有关的事，突然就从上海滩消失了。”

“江家够狠的呀？！”

“江家死了女儿，能怪江家吗？”梅子青示意苏立生坐下说话，“事过境迁，是非对错，也没有那么重要了。可从那以后，我爸爸就变得可怕了。他什么事都做得出来，甚至牺牲我。”

“子青同志，你这么说是不对的。”苏立生坐下，手掌在沙发上用力一按，“自古以来，虎毒尚不食子，何况人乎？”

梅子青恢复了冷静，瞥了苏立生一眼，眼里露起不屑的神情，说：“下一个任务，刺杀顾向焘。”

苏立生摇头说道：“我不同意。”

“好吧，苏立生同志，你去跟我爸爸商量吧。”

苏立生耸了耸肩：“我又不是军统，我怎么跟他商量？”

“对哦，你是白沙小组组长，却不是西湖小组组长。”梅子青从茶几下拿出一盒烟，抽出一根点上，“你说，以后我该不该听你的命令呢？”

苏立生哼了一声：“子青同志，你这是什么态度？”

梅子青将烟盒丢在茶几上：“你能像个爷们吗？”

苏立生讪笑：“是个爷们，也不能到军统面前说自己是共产党呀！”

梅子青哼了一声：“你还真不是个爷们！”

“子青同志，‘白沙’是爷们……”苏立生忽见梅子青眼圈一红，泪眼婆娑，立刻降低了声音，“对不起，我不是故意的。”

梅子青低声怒喝：“滚！”

～ 067 ～

[上海，日占区，春日里，17 号院]

那只狗忽然成了焦点。这是一个老牌间谍特有的敏感。

当一个间谍能从狗的身上看出危险时，这个间谍就成圣人了。只可惜，东方白离圣人还有不小的差距。不过，那只白狗已然引起了他的注意。

平日里欢快的白狗，忽然变得慢慢腾腾的，宛如一下子变得老态龙钟似的，在院子里慢悠悠地兜圈儿，他觉得有些不对劲儿。

“今天狗的状态不对呀！”东方白站在门前盯着白狗看着一阵子，回头对坐在沙发上看报的千叶葵说。

千叶葵只顾低头看报：“怎么了？”

“不欢实啊。”东方白摇了摇头，“许是累了吧。现在几点了？”

千叶葵抬起手腕看了看表：“九点。”

“九点了！”东方白猛地转身向书房走去。

千叶葵慢慢放下报纸，看着东方白的背影，听到咔吧一声，脸上流露出一种不满的神情。

那声音，是东方白拧上了锁门键，这不是下意识的行为，而是间谍的标准操作。他走到书柜前，打开底部的门，从保险柜里取出一部小电台，放到桌上架好，戴上耳麦后熟练地调到一个频率，绿灯立刻闪烁。

东方白拿起笔抄写电码，接收完毕开始破译，片刻之后，译了出来——

军情六处远东局有无盲点

东方白看着电文，眉头一皱，手指在桌面上轻轻一敲，然后启动电台，按了四下键。电报发送完毕后，他弄乱了频率，拆卸了电台，放回保险柜里。一切收拾妥当，又扫视一圈后，才开门出去。

千叶葵仍在垂头看报，对东方白的举动视而不见。

东方白微微一笑：“报纸有什么好看的？”

“不看报纸，去看你接收电文吗？”

“该你知道的，一定会让你知道的。”东方白讪笑，“柏林那边问，军情六

处远东局有无盲点。“

“柏林那边也在调查‘盲点’？”千叶葵放下报纸，“梅晋元就算是‘盲点’，我们也没法调查呀！”

东方白呵呵一笑：“查间谍、抓内鬼这样的事，急不来，也不用急，只要留心，早晚有一天会露出马脚的，到时咱们一击必中！”

“狗不欢，人呢？”千叶葵笑了，起身搂住东方白的脖子。

“人欢着呢！”东方白抱起千叶葵向卧室走去。

~ 068 ~

[上海，公共租界，圣三一教堂]

他的代号是“红沙”。

中共“沉沙三杰”之一，却不是昔日中共上海三大传奇特工。

他的年纪不过二十七八岁，“沉沙三杰”搅乱上海滩谍水的时候，他还在大连，是日本满铁总部的工作人员，一个小小的助理。这个“小”，是职位小，可权力并不小，因为他是满铁总部总裁松岗洋右的助理。

他是日本人，名字叫中山功。

淞沪会战期间，他从东京调到上海，供职于“支那派遣军特务部”，并在满铁上海调查部成立特别调查室，同时成为中共上海情报科“红沙小组”组长。

“白沙”“黑沙”“红沙”，一科三组，各自独立。

夜幕之下，中山功戴着帽子，走进了圣三一教堂。教堂里还亮着灯，在巨大的黑幕中宛如一点烛火。教堂里，一个管事点着了蜡烛，看到中山功进来，便默默退了出去。

中山功穿过数排长凳，走到告解室前，拉开左侧门走进去。右侧门里，传来一声咳嗽。

中山功坐下来：“‘黑沙’同志。”

“黑沙”的声音有些嘶哑：“‘红沙’同志。”

“不碍事吧？”

“不碍事，吃了辣椒。”

“‘白沙’牺牲的事，有眉目了吗？”

“我刚回上海，还没有头绪。”

“我调查清楚了，八咫乌机关的确存在，负责人是满铁副总裁宫本正仁，共有8个特工，一个‘老雕’，三个‘老枭’，四个‘老鸢’。”

“山田寿是一只‘老鸢’？”

“是的。”

“程西山被杀，不只是杀汉奸这么简单，我怀疑跟‘武田先生’有关。”

中山功微微一惊：“关东军和满铁会有动作？”

“黑沙”接着说：“半年前，关东军和满铁在天津执行‘雪崩计划’，意图控制天津股市，摧毁金融体系，若非‘武田先生’赶赴天津粉碎‘雪崩计划’，天津金融早已塌陷，绝非今日的天津事件局面。”

“程西山这个伪联合银行行长，正是‘雪崩计划’的执行人，我猜测杀他的应该是重庆。”

“重庆的人的确在场，可无法确认是谁。整个现场，不止一个重庆杀手。”

中山功眼皮子一跳：“会不会是日本人？”

“黑沙”微微叹息：“这才是我所担心的。”

中山功伸手在小窗上弹了一下：“‘武田先生’成功阻止天津金融体系雪崩，程西山一败涂地，成了一枚无用的弃子。”

“黑沙”谨慎地压了压帽檐：“死亡，是他最后的一点价值。”

中山功沉默片刻说：“看来，我要去一趟哈尔滨了。”

“能粉碎‘雪崩计划’的人不多，宫本不会忽略‘武田先生’的。”

“是呀！”中山功握紧了拳头，“日本人执行‘雪崩计划’时，‘武田先生’出现在天津，这就是个大漏洞。”

“我们的故事必须做到天衣无缝。”

中山功点点头：“我似乎已经看到哈尔滨上空飘着一团杀气。”

“一定要确保‘武田先生’的安全。”

“我明白。”

“见到‘武田先生’，代我问好。”

中山功微微一笑：“你和‘武田先生’到底是什么关系？”

"黑沙"沉默片刻，回答："假夫妻。"

中山功摇摇头："你们是真夫妻。"

"没有爱情的夫妻，哪里还是真夫妻？""黑沙"幽幽地叹了口气，"去哈尔滨之前，帮我做两件事。"

~ 069 ~

[上海，法租界，针脚裁缝铺；公共租界，上海总会]

针脚裁缝铺亮着灯，隔着窗纱，可以看到一个女子正在缝纫。老周向那女子的身影望了一眼，满脸的不悦，轻提长袍，穿过街道走到裁缝铺门前。毛玠推开了门，示意老周进来。老周走进店铺，毛玠轻轻带上了门。套间里，裁缝机的声音还在响着。

老周微微皱眉："还有人在？"

"我的人。"

"警务处的？"

"说吧。"毛玠有些不耐烦，从兜里掏出两沓厚厚的法币丢给了老周。

老周接过法币，脸上有了笑容，说："我家老爷不去香港，土肥原今晚来唐公馆了。"

毛玠问道："唐邵诣要做汉奸？"

"老爷说，他要自建一片伊甸园。"

毛玠冷笑一声："伊甸园？去他妈的伊甸园。"

"其他的，我就不知道了。"

"想要吗？"毛玠又从兜里掏出两根金条，在老周面前一晃。

"想！"老周的眼里放出了光芒。

"回去，盯好了。"毛玠将金条丢给了老周。

"是。"老周伸手接住金条，向里屋望了一眼，转身拉开店门走了。

"唐邵诣要做汉奸？"欧阳夏从套间内出来，穿着得体的旗袍，打扮素雅，与舞台上的舞皇后截然不同，"中国领袖，对谁都是一个诱惑，尤其是对下野许久的老内阁总理。"

毛玠呸了一声："他是个屁总理！"

"咱们怎么办？"

"让老板定夺吧！"

欧阳夏淡淡一笑："老板的习惯忘了吗？"

"好吧，给老板一个建议，什么建议呢？你有什么建议？"

"宁可信其有，不可信其无。"

毛玠点点头："是啊！万一他做了伪政府的头子，我怎么向老板交代！老板怎么向委员长交代！好，上海站建议除掉唐邵诣，请老板定夺。"

"我去发报。"欧阳夏转身走进套间。发完电报，欧阳夏先回了百乐门，换上一身明艳的时装，然后才去上海总会。

欧阳夏认识演奏萨克斯的欧洲乐队，穿过吧台时跟乐队主唱打了声招呼，随即向旋转楼梯走去。

旋转楼梯中央，梅晋元正微笑地看着欧阳夏走来。欧阳夏走到梅晋元身边，挎住梅晋元的胳膊。梅晋元揽着欧阳夏的纤腰，沿着楼梯向上走去。

刚进 306 室，欧阳夏用脚后跟关上门，立刻抽出手。

梅晋元呵呵地笑了："我会吃了你吗？"

欧阳夏莞尔一笑："你会，你说的。"

"我去了百乐门，你不在。"

"我去见毛二哥了。"

"有任务？"

"老板命令，顽石小组除掉唐邵诣，西湖小组除掉顾向焘。"

梅晋元不悦地说："确认唐邵诣叛国了吗？"

"基本确认。"

梅晋元哼了一声："基本确认，就要杀人？"

"这是老板的命令。"

"我真是同情'青松'。"

"'青松'还没露面，执行任务的是毛二哥。"欧阳夏摇了摇头，"原百泰是顾向焘杀的。"

梅晋元惊愕道："什么？"

欧阳夏神秘地一笑："你可知顾向焘的真实身份？"

"刚刚查明，他就是中共'007'。"

"那是他的假身份。"

梅晋元疑惑地问："他究竟是谁？"

欧阳夏向茶几上的苹果看了一眼："我想吃苹果。"

梅晋元苦笑一声，走到茶几前，拿起苹果递给欧阳夏。

欧阳夏没有接，俏皮地说："我只吃削了皮的苹果。"

梅晋元无奈着拿起盘子里的小刀开始削皮。

"他是个军统。"

"什么？"梅晋元的手一抖，小刀差一点削到了手指。

欧阳夏笑着说："一个军统杀手。"

"军统杀手太多了。"梅晋元将削好皮的苹果递给欧阳夏。

欧阳夏还是没有接，只是微微低下头，在苹果上咬了一口，清脆地笑道："这是本小姐赏给你的。"

梅晋元笑了笑，咬了一大口苹果，说："谢谢。"

"他是军统八大金刚的老大。"欧阳夏伸手夺走苹果，边咬着苹果边说。

梅晋元再次惊愕："王千木？！"

～ 070 ～

[上海，愚园路，平公馆]

一面是春暖花开，一面是寒风刺骨。

这一刻，向来只有一面的平寒雨，忽然也有了自己的AB面。那如沐春风的一面啊，是她的惊喜发现——死去六年的丈夫突然复活了，她感觉春暖花开了。可是，那寒风刺骨的一面，裹着无数把刀刺痛了她的全身……他为什么不认她呢？

是因为他有了新欢忘了旧爱吗？不可能，江南梅家的人怎么可能见异思迁？

然而，眼前的一切又令她陷入混乱之中。难道他不是梅晋元？这更不可能。她之所以如此笃定，不仅是因为那张熟悉的脸，更是那股熟悉的味道。那是多年夫妻瞬间就能捕捉的味道呀！那种味道骗不了她，他一定是梅晋元。

时光回到了六年前，她清楚地记得，那天是正月十五。梅苑张灯结彩，他们夫妻刚亲热过，梅晋元应邀去了平公馆，她泡了个热水澡。刚沐浴完，她就接到了一个电话，告诫她不要去平公馆。她愣住了，这句话的潜台词是平公馆要出事。她立刻往平公馆打电话，可惜晚了两分钟，他们夫妻就天人相隔了。如果早两分钟接到电话，她就不会错过救他的机会。可是，生活里没有如果的，错过了就是错过了，错过了就什么都没有了。

“你就是晋元，我不可能认错的！”平公馆B号楼里，卧室的门开着，平寒雨坐在床上，手里拿着她和梅晋元的结婚照，眼泪一滴滴落下，“怎么可能呢？你怎么可能还活着？那三具尸体……”

“小雨！”平楚山出现在门前，伸手敲了敲门。

“大哥！”平寒雨连忙擦了擦眼泪，勉强挤出一丝笑容。

平楚山走到平寒雨身前，安慰地说：“我也希望那个人是晋元，晋元没死，阿梅就还活着，是不是？”

平寒雨的眼泪又滚落下来：“大哥！”

“可是，理由呢？原因呢？为什么呢？”平楚山叹了口气，“六年前，我大闹上海滩，霍老四认了，是他收了人家的钱。”

平寒雨哽咽地说：“可他交代不出是谁雇的他？”

“杀人的事，雇主是不会露面的。”平楚山冷笑一声，“知道我为何不杀霍老四吗？霍老四就是一个活证据，我不能杀了证据！”

“他在哪里？”

“提篮桥监狱。”

平寒雨低声重复着：“提篮桥监狱？”

“你们都认为我把他囚禁了，是吧？监狱才是囚禁人的好地方。”平楚山的脸色忽然一变，冷冷一笑，“只要我活着，他就只能在监狱里待着！”

平寒雨又低头看了看照片：“他真的不是晋元吗？”

“我会调查清楚的。”

平寒雨叮嘱道：“不可动粗。”

“英国伯爵——”平楚山嘿嘿一笑，“我就是想动粗，也动不了的。”

～ 071 ～

[上海，公共租界，北京东路，114 号院]

114 号院，本是一栋普通的两层楼房。房子四周栽种着竹子，看起来青翠欲滴，房子和院子鲜活雅致极了。

作为邮政总局办公室主任，朱若愚是住得起这样的楼房的。夜幕之中，竹子遮挡住了月光，楼房四周顿时暗了下来。灯没有亮，显然家中无人。这时，影影绰绰间，五六个日特摸进了院子，除了领头的陆川外，其余的人都提着个箱子。

“要快！”陆川吩咐日特，“目标快回来了。”

日特打亮手电筒，快速进屋安装窃听器。陆川一手夹着烟，一手拿着手电筒，走进书房随意照了一下，将吸了半截的烟随手丢在地上踩灭。

一个日特疾步走到陆川身前，弯腰捡起了烟头。

陆川赶紧说道：“哎哟，对不住。”

那个日特笑了笑，将烟头放进兜里，向书桌走去。书桌上有部电话，电话旁有个相框，里面是朱若愚的单人照。那个日特拿起话筒，在话筒里安装监听器。

陆川走到桌前，看了一眼相框，又掏出烟盒，低头见烟盒里只剩下两根烟，其中一根烟还嗡湿了，脸上顿生厌恶之色，掏出干净的一根烟点上，顺手将烟盒扔在桌上。那个日特已将监听器安装完毕，二人便一同离开书房。那个烟盒留在了书桌上。

日特们悄悄撤出了 114 号院，藏在对面一栋四层楼房里。那栋楼房是座危房，已经无人居住了。众人上了四楼，杉本哲正在命令日特检测监听装备。

陆川走到杉本哲身前，嘿嘿一笑：“我很好奇，许少醒和朱若愚的照片是谁拍的？”

“我也很好奇。”

“你不知道吗？”

杉本哲摇了摇头：“我只负责执行。”

陆川有点失望地说：“不管怎样，中共上海情报科终于浮出水面了。”

杉本哲走到窗户边：“我听到消息，大本营中国课课长影佐圭吾不日来沪，陆军部很可能要设立特务机关。”

陆川也跟着走到窗前：“这不是个好消息。”

“是呀，陆军部有了特务机关，咱们的权力就会被削弱。”杉本哲压低了声音，“这个影佐是土肥原将军的学生。”

陆川嘿嘿一笑：“看来真是挡不住呀！”

杉本哲点点头：“所以，岩井公馆必须破获中共上海情报科。”

“明白。”陆川向114号院望去，正看到朱若愚推门进去。不远的街口处，停着一辆轿车，车内两个日特正盯着朱若愚。

朱若愚进了屋，拉亮了灯，将公文包丢在沙发上，看起来有些疲惫。他走到桌前，倒了杯水，喝得有些急促。

“铃铃铃——”电话响了。

朱若愚放下水杯，走进书房接听电话，听到郭斌问他是否睡了。他一屁股坐在桌上，正要说话，一扭头看到了烟盒，眉头不由一皱，说：“小郭呀，我刚到家，你的升职申请表我看了，不行呀，填得乱七八糟。”

郭斌立刻会意地回答：“哥，你知道的，我就是小学水平……”

“这样吧，明天上班后，我帮你填吧。”朱若愚又瞥了一眼烟盒，“准备两盒好烟呀！”

“哥，你啥时候学会抽烟啦？”

“我不抽烟，可奥利佛抽！没有他的点头，你升个屁职！”

“明白了，哥！”

朱若愚挂了电话，伸手拿起烟盒，见里面只有一根烟，便掏了出来，顺手拉亮台灯，将香烟放在台灯下观察，见香烟上划着点横，正是摩斯密码——

已暴露，被监听

朱若愚愣了片刻，跳下桌子，从抽屉里找出一个打火机，点着烟抽了一口。他不会吸烟，立刻被呛住了，忍不住咳嗽了两声。他拿着烟走到客厅，打开了留声机，京剧《斩马谡》的唱腔响起——

只恨不听王平话，

失落街亭犯王法。

将身跪在宝帐下，

且候丞相把令发。

…… ……

陆川听着京剧声传来，摇头晃脑地跟着唱了两句，然后问杉本哲："小郭是谁？"

"一个邮递员。"

"一个白痴。"

"奥利佛是邮政总局副局长，英国人，朱若愚的顶头上司。"

"监视奥利佛吗？"

杉本哲摇摇头："这个时候监视英国人会出麻烦。"

"明白了。"陆川放下耳麦，"他妈的，共党倒是会享受。"

～ 072 ～

[上海，愚园路，西园大厦]

当尘埃飘起时，我们常常感到惊叹，却绝不嫉妒尘埃。

今晚是主唱，一连唱了几首歌，嗓子有些痒，安娜便向经理告了假，回了愚园路上的西园大厦。这是她的家，一个白俄姑娘能住得起这么高档的房子，已经令人羡慕了。可是，大家绝不嫉妒白俄舞女。国家都不在了，白俄舞女就如同尘埃般可怜，有时候连上海滩的小瘪三都不如。她们能在上海滩扎根，除了老天的赏赐外，还有自身的努力。

卧室内，安娜坐在梳妆台前，正在翻看一份模特演出名单。这时，客厅里传来一丝微弱的声音。安娜眉头一皱，悄悄站起身，从枕头下摸起一把手枪，从床上翻过去，对准了房门。

"我！"王千木的声音从门后传来，接着门开了，他背着手走进了卧室。

"你怎么来了？"安娜松了一口气，将手枪放在床头柜上。

王千木冷笑着：“要你的命来了。”

安娜一惊，伸手去拿手枪。

王千木早已举起手枪：“别动！”

“为什么？”

“白俄医生，对吧？”

安娜一愣：“你早知我的身份？”

“你是白俄，不是红俄，你是反苏的，日本间谍，对吧？”王千木嘿嘿一笑，“你还是土肥原的学生吧？”

安娜冷笑一声：“既然你什么都知道了，那我就无话可说了。”

王千木呸了一声：“东方白又老又秃，你怎么会看上他？”

“你吃醋了！”安娜忽然笑了，扭着腰肢向王千木走去。

“我吃醋了！”王千木握紧了手枪，“但我不会怜香惜玉的。”

“你中了将军的圈套！”

王千木笑了：“我早已看到陷阱，怎么还会入圈套？”

安娜也笑了：“因为你根本不知道，引你入圈套的正是你的女儿。”

王千木微微一愣：“什么？”

安娜平静地说道：“王羽，早随了她母亲的姓氏——源。”

王千木惊愕道：“新任特高课课长？”

安娜慢慢地点点头：“就是令千金。”

王千木的眉头蹙起：“枪杀原百泰是个圈套？”

安娜指了指床上的小包：“包里有照片，你看了就明白了！”

“把包拿来！”

安娜走到床前，拿起小包，从里面取出一张照片，向王千木一亮，正是他枪杀原百泰的照片，说：“这张照片，早给了工部局警务处。”

王千木一惊：“陈耕也看到了照片？”

安娜冷笑着：“你的戴老板已经知道是你杀了原百泰。”

第六日

1938年9月30日　星期五

民国二十七年　农历八月初七

戊寅年　辛酉月

第九章　转变

～ 073 ～

［ 上海，公共租界，外滩，黄浦江畔 ］

天刚蒙蒙亮，远处还看不清人。虽然还是秋老虎的天气，但上海的早晨还是有秋风般的微凉。梅子青站在江畔，穿着一件旗袍，外加一件薄风衣。

“这破天，早晨还是有些凉的。”梅晋元从一旁跑来，穿着一件薄薄的运动衫。

梅子青瞥了父亲一眼：“上海早晚温差大，您不是不知道吧？”

“你像你妈，怕冷。”梅晋元在女儿身前停下，见她脸色难看，笑了笑说，“不想说你妈呀！”

梅子青望着江面：“有什么好说的，都死了十年了。”

“戒指的事，你不责问我吗？”

“你早知道我是共产党？”梅子青转头看着梅晋元，“为何不抓我？”

“你是我的女儿。”

梅子青冷冷一笑：“保护我？”

梅晋元微微一笑：“我一直在保护你。”

“所以，你杀了少醒。”梅子青突然从兜里掏出手枪对准梅晋元。

梅晋元哼了一声：“许少醒是该死！他让我的女儿立于危墙之下。”

“你杀了我的男朋友，你杀了我的同志，我必须……必须为他报仇。”梅子青的眼泪刷刷地掉下来，握枪的手有些发抖。

“开枪吧！”梅晋元望着女儿手中的枪口。

梅子青的手抖得更厉害了。

梅晋元伸手夺下手枪，冷静地说："国共两党合作，许少醒就算是共党，咱们江南梅家是书香门第，是讲道理的，岂会在背后捅刀子？何况他是你的男朋友！"

梅子青疑惑地看着父亲："您真没杀少醒？"

"许少醒虽是共党，但是我蛮欣赏他的。我也在调查他的死因。"梅晋元轻声地说，"戒指的事，忘了吧！"

"那是少醒给我的婚戒！"

梅晋元看着梅子青，语重心长地说："你是一个双面间谍，如果工作和爱情分不清的话，早晚会出事的。那枚戒指，不是婚戒，是共党的接头信物，现在就是炸弹。"

"您不要那枚戒指？"

"我之所以公示，就是告诉你和'青花'，戒指必须销毁。"

"您真的在保护我？"

"你是我的女儿，我当然要保护你。"

梅子青痛苦地摇了摇头："您说的话，我不知哪一句该信，哪一句不该信。"

"我安排你去见欧阳夏，真实的目的就是告诉军统，你是我最信任的人！"梅晋元的声音变得非常温柔。

梅子青看着眼前这个熟悉的陌生人，感受到久违的温暖，眼圈一红，眼泪情不自禁地流了下来，忙扭过脸去。

梅晋元向江面望去，低声说："我查清楚了，顾向焘根本不是共党，他的真名叫王千木。"

"王千木？！"梅子青顿时惊呆了，片刻之后才回过神来，"他是军统头号杀手，少醒是他杀的吗？"

"这个头号杀手潜伏在中共长江局，很有可能查出了少醒的真实身份。"梅晋元伸手轻轻地在女儿的肩上一按，"从此以后，不可再谈你和少醒的事，所有的痕迹都必须抹去。"

梅子青缓缓地点了点头："我知道，您没有上报我和少醒的事，否则戴笠不会留我的。"

“杀死原百泰的凶手就是王千木。”梅晋元从兜里掏出一张照片，递给梅子青。

梅子青接过来一看，一下子愣住了：“王千木为什么刺杀原百泰？”

梅晋元摇摇头：“具体情况我也不清楚，不过戴笠指定的‘黑名单’，西湖小组要除掉王千木。”

梅子青的手指紧紧地捏着照片，泪眼蒙眬地望着黄浦江中鸣笛的货船。

~ 074 ~

[上海，日占区，虹口，名古屋饭屋]

名古屋饭屋是一家纯日式餐馆，屋前房后都有高大的树木，非常幽静雅致，尤其是在清晨的时候，清脆的夏虫声在低矮的草丛间起了喧哗，幽静中便有了鲜活的生气。

平常的时候，饭屋里全是客人，多是慕名而来的食客。今天不同往常，别说食客了，就连老板都没有来。整个饭屋空荡荡的，只有宫崎翼站在门口，似乎是在等什么人。

这时，两辆轿车驶到大树前停下，东方白和木村苍介各自从车里下来。

宫崎翼还是站在门口不动。木村苍介快走两步，向宫崎翼行礼。宫崎翼这才略微躬了下身，请二人进屋谈话。屋内中间的雅座上，摆满了日式早餐，三人坐下来边吃边聊。

宫崎翼凝视着木村苍介，沉声说：“‘老鸢’‘老枭’‘老汤’，满铁上海‘三羽乌’，不瞒机关长，我也是头次见到‘老鸢’。”

木村苍介向东方白望去：“东方先生隐藏得好，若非先生自曝身份，谁能查得到？”

东方白笑了笑：“规矩就是规矩。”

宫崎翼一边低头看着饭菜，一边不动声色地问：“不知何时能见到‘老枭’和‘老汤’？”

东方白拿起筷子夹了一块糕点，说：“宫崎部长可知青木太是如何死的？”

宫崎翼抬起头说：“死于刺客枪下。”

东方白摇摇头：“不，是被‘老鸢’的监察官所杀。”

宫崎翼有些吃惊：“什么？”

东方白说：“青木太是上海满铁前任部长，因为调查‘老鸢’，被八咫乌秘密处决。”

宫崎翼低低重复了一声：“‘八咫乌’！”

木村苍介皱了皱眉，问：“‘八咫乌’是什么？”

东方白向木村苍介摇了摇头，示意不可问不可说。

木村苍介笑了笑：“明白了。”

“不过，‘老汤’不是八咫乌特工，他只是青木太的密探，是可以调查的。我这里有线索。”东方白看了看宫崎翼，接着说，“‘黑密室’。”

宫崎翼眼神里掠过一丝惊讶的目光，小心翼翼地问：“‘黑密室’？”

东方白点点头：“‘黑密室’里藏有青木太调查的结果。”

宫崎翼紧锁眉头问：“青木太找到你们了？”

东方白缓缓点了点头：“所以，青木太才被杀。”

宫崎翼似乎有些兴奋：“太好了！”

东方白嘿嘿一笑：“宫崎部长要想好了，‘黑密室’可是一个炸药库。”

“宫崎部长见过我们的大总管了吧？”木村苍介见宫崎翼有点尴尬，便转换了话题，“如何？”

“深不可测。”宫崎翼说道。

木村苍介不由得长叹一声：“岩井公馆忽然多了一个大总管，我这个副机关长快成摆设了，所以才拜托东方先生，向宫崎部长求救啊！”

宫崎翼轻轻端起酒杯问：“我能帮机关长做什么？”

木村苍介急忙举杯与宫崎翼碰杯，说：“我需要更精准的情报。”

宫崎翼举杯一饮而尽：“我能得到什么？”

木村苍介也一饮而尽：“梅晋元的日常活动。”

宫崎翼笑了笑：“和机关长合作就是愉快。”

木村苍介淡淡一笑：“我知道，宫崎部长最关心的是‘白皮书’。”

宫崎翼不动声色地说：“知己知彼，才能百战不殆。”

东方白哈哈一笑：“互帮互助，才能生生不息。”

～ 075 ～

[上海，法租界，圣母院路，紫光印刷厂]

“工厂”，也是“白沙”设置的安全屋。

“工厂”之所以安全，是因为“工厂”就是紫光印刷厂，是楚家的产业，只不过已经废弃了。为了设置安全屋，楚笠君并没有登记撤销，在公董局物业档案里，紫光印刷厂还在运营，一直在上交税款。

紫光印刷厂在圣母院路上，占地有十几亩，大大小小的仓库有五六座。中间一座仓库，前面百十米是操场，视野非常开阔，正对着仓库大门的是一座高耸的水塔。

这座仓库，才是“工厂”安全屋。它之所以安全，就因为有水塔。每次聚会的时候，有一人在水塔望风防卫，俯瞰四周情况尽收眼底，可谓万无一失。

梅子青来到“工厂”时，董竹已经早到了。仓库非常宽大，里面放着几排长书柜，每个书柜都有许多个小柜子，小柜子上面贴着日期，里面叠放着报纸。柜子前方，一张长条桌上放着一幅上海地图。

“少柔还没来？”梅子青向仓库里扫视一眼。

“还没来。”董竹说着话从书柜里翻出一个放大镜。

“我先说其他事吧！”梅子青向董竹走去，“有个人需要查一查，确认她是不是苏共第五局的。”

董竹转过身问：“谁？”

“安娜。”

董竹怔了怔：“百乐门的安娜？”

梅子青点点头：“她向我表露身份，说她是共产党，我觉得这里面有阴谋。”

董竹拿着放大镜边看地图边说：“苏共第五局在上海的确有个情报小组，自共产国际远东局撤销后，这个情报小组为莫斯科弄到不少情报。”

“事关苏共第五局，必须万分小心。”

“顾向焘和安娜都跟苏共第五局上海组有关，此事必须向老家汇报。”

“组长已经汇报了。”

董竹轻笑了下 ：“是吗？他倒是很谨慎。”

梅子青也笑了笑 ：“他就是个谨慎的人。”

“董大哥，表姐。”平少柔打着招呼走进来。

董竹站在桌前，对梅子青说 ：“说正事吧。”

“顾向焘是内鬼！”梅子青在椅子上坐下，“顾向焘，真名王千木，军统头号杀手，‘八大金刚’的老大。”

董竹将放大镜丢在桌上 ：“顾向焘，王千木，这个内鬼！”

平少柔气呼呼地说 ：“内鬼必除！”

梅子青接着说 ：“原百泰就是他杀的！”

董竹伸手重重地拍在桌子上 ：“必须除掉王千木！”

梅子青点点头 ：“戴笠也下了必杀令。”

平少柔兴奋地说 ：“太好了。”

董竹向梅子青望去 ：“请示组织。”

梅子青点了点头 ：“嗯。”

平少柔说 ：“麻烦的是，咱们根本找不到王千木。”

董竹问道 ：“他会去苏联领事馆吗？”

梅子青摇摇头 ：“他杀了原百泰，一定会躲起来，应该不会去苏联领事馆。”

董竹捶了下桌子，说 ：“这就难办了。”

梅子青说 ：“我倒有一个不是办法的办法。”

董竹的眉毛一挑 ：“说说看，死马当活马医。”

梅子青望向平少柔 ：“还记得那个法国杀手吗？”

平少柔的眼睛一亮 ：“露易斯！”

董竹皱了一下眉 ：“那个刺杀青木太失败的法国人？”

梅子青点点头 ：“淞沪会战期间，青木太去华懋饭店见一个线人，被露易丝盯上了。露易丝在饭店刺杀青木太，却不料那是青木太设的局，目的就是抓露易丝的。当时，我开着小柔的车也来了饭店，露易丝真好本事，竟然神不知鬼不觉地藏进了后备厢。机缘巧合，我算是捎了她一程，否则她就被青木太抓了。后来，我们见过一面，那次小柔也在。”

平少柔偷偷地笑了笑 ：“她是梅叔叔的情人。”

董竹诧异地问 ：“梅晋黾，国民政府外交部亚洲司司长？”

梅子青说："嗯，我二叔。后来我才知道，露易斯为法国政府工作，还是个少尉。"

董竹问："她是法国间谍？"

梅子青笑了笑："应该说是杀手更恰当。"

董竹问："她能找到王千木？"

梅子青说："可以试着利用法租界警务处查出王千木的行踪。"

董竹点点头："这是个法子。"

平少柔笑了："终于想到办法了。"

～ 076 ～

[上海，日占区，虹口，满铁上海调查部]

满铁上海调查部看上去并不起眼，三四栋洋房和一个平房院落围成一个大院子，若非门口挂着调查部的牌子，很难想象它是个扎根上海滩 20 多年、组织严密、纪律严谨的情报机构。大院算得上曲径通幽，处处透着精致，沿着车行道有一排参天大树，给整个院子带来了清凉，随风抖动的树叶哗哗作响。

平房院落里也是清幽雅致。小院门前挂着一个木牌，上面写着“特别调查室”，是专门负责收集情报的科室。

小院里，日特们抱着资料进进出出，中山功手拿烟斗在散步，不时望向那栋三层的洋房。洋房上挂着一个铁牌，上面用日文写着“资料室”的字样。

中山功深吸了一口气，向资料室走去。资料室内到处都是大大小小的柜子，铁制的，木制的，各式各样，所有的柜子里都堆满了资料。

守门的是个严肃的日本老者，一个聋哑人，满脸的褶子。他拿出一个登记册，示意中山功登记。

中山功掏出笔，在登记册上写下“查看平家案件资料”并签名。那守门的老者从身上摘下钥匙，示意中山功跟上，向楼上走去。二人走到三楼，来到一间写着“密室”的小屋前。

守门老者开了门，没有进去，就站在门口盯着。中山功走进“密室”，但见里面是三排考究的书柜，所有资料都用黑色的铁盒子装着，每个黑盒子上贴着一个日期标签，整个屋里清一色的黑。

中山功按照时间顺序查找，最终停在一个写着“19320220”编号的黑盒子前。他打开黑盒子，里面只有一张纸条，上面写着几行日文——

目录：梅晋元、易冷梅之死详因

时间：昭和 7 年（1932）2 月 20 日

内容：满铁怀疑易冷梅乃是中国特工“岁寒三友”之一的“缘竹”

安排“老鸢”于中国农历正月十五除掉易冷梅

梅晋元属于误杀

执行人：东方白

中山功看到“东方白”的名字时，眉头微微一皱，又将纸条放进黑盒子里盖好，向守门老者微微一笑，摇了摇头说：“找错了。”

守门老者毫无表情地看着他，仍旧站在门前一动不动。

中山功转过身去，走到一个写着“19371111”的黑盒子前，手指在黑盒子上轻轻一点，向守门老者望去。

守门老者默然不语。中山功伸手拿起黑盒子打开，里面也是一张纸条，写着几行字——

目录：青木太被杀

时间：昭和 12 年（1937）11 月 11 日

内容：不详

疑点：青木太的情人雅娜下落不明

备注：雅娜的资料被青木太全部销毁

唯一线索是土肥原贤二介入

中山功再次将纸条放进黑盒子盖好，转身向门口走去。

守门老者锁上门，和中山功一起下楼，看着中山功离去的背影，从桌上拿起钢笔，在中山功登记的后面补充了一句话：“同时查看 19371111 号黑盒子。”

中山功查到资料后，便拿着准备好的文件去了日本领事馆。他要将资料传递给“黑沙”，最安全的途径就是利用岩井英一那部红色的电话专线。

这并不难办。中山功提交的那份文件，会触动岩井英一，他会立刻向总领事汇报。趁着办公室无人之际，中山功用那部红色电话通知了“黑沙”。

岩井英一从外面走进来时，很兴奋，没有注意到中山功刚放下话筒，一只手还按在红色电话上。岩井英一激动地对中山功说：“中山主任的资料太及时了，帮了我很大的忙，我都不知道该怎么感谢你呀！”

中山功转过身，微微一笑：“我只是据实相告，不敢贪功。第一，香川口在策反原百泰，这是陆军部的安排。第二，我也在拉拢原百泰为满铁做事。第三，我知道军统要杀香川口，截获的情报就在上海满铁，但是满铁不便介入外务省与陆军部之争，所以我只能向岩井领事口述，而不能做笔录。”

“足够了。”

“陆军部会攻打租界吗？”

“不会。”

中山功疑惑地问：“香川口可是日本人呢！程西山，一个中国人被杀，陆军部还封锁了天津英租界。死了一个日本人，为何不打过去？”

岩井英一耸了耸肩：“刚刚工部局警务处来人提交了一份证据，证明香川口是被军统刺杀的。”说着，将手中的文件夹递给中山功。

中山功接过文件夹翻开一看，正是陈耕提交的照片，伸手拿起一张照片说：“这两个人，一个是宗寸琦，一个是香川口。”

“宗寸琦是军统上海站站长，被香川口所杀。”

“军统是在报复？”

“我会拟成文件，递交给陆军部。”

中山功将文件夹还给岩井英一，呵呵一笑：“看来我是多此一举了。”

“不，支那人的证据算什么证据？”岩井英一微笑着看向中山功，“满铁的资料才有说服力。”

~ 077 ~

[上海，日占区，北苏州路，邮政总局大楼]

邮政局办公室在三楼，一进入办公室大门，是一个宽阔的大厅，大厅中央放置一张会议桌，上面堆着一些信件、报纸。大厅两侧各有一个套间，一间是主任室，另一间是职员室。主任室的门关着，窗帘也拉着。朱若愚正将整理好的资料装进一个包裹里。

“出了什么事？”郭斌看着朱若愚的举动，紧张地问。

“我暴露了。”朱若愚面不改色地说。

郭斌惊愕地问：“怎么回事？”

“有人给我留信，说我家被监控了。早上来时，我做过侦察，情报属实。”

“是咱们的人留的吗？”

朱若愚摇摇头：“应该不是。”

“不是白沙小组，难道是黑沙小组？”

朱若愚抬头看了郭斌一眼：“不要乱猜了。”

郭斌显得有些焦急：“怎么办？”

“从今天起，你我保持距离。如果我出事了，你联系老楚。”

“老楚？”

“我的上线。”

“哪个老楚？”

“‘上海滩，江、平、楚’——楚家的老楚。”朱若愚从兜里掏出一个加盖封印的信封，“你将这封信交给老楚，就说你是老楚的远房侄子，本姓楚，四年前来的上海滩。”

郭斌接过信封：“哥，无论发生什么事，你都要告诉我呀！”

朱若愚坦然地笑了笑：“一个人死，好过两个人死。”

郭斌的眼睛一酸：“哥！”

“只有活下来，才能抗日。”朱若愚起身走到郭斌身前，在他肩膀上拍了拍，然后从桌上拿起烟抽出一根递给郭斌，“我的暴露有些蹊跷，我要调查清楚。”

郭斌点上烟：“我来调查。”

“不行，邮电这条情报线建立不易，无论如何都要保全它。”朱若愚凝视着郭斌，“同志们绝不能白白牺牲。”

“哥，撤吧！”

“撤？还有脸回延安吗？”朱若愚的脸色一寒，“郭斌，你我都是战士。”

郭斌伸手在自己脸上扇了一巴掌：“我说错话了。”

“说错话不打紧，做错事可不成。”朱若愚走到包裹前，提起包裹，交给郭斌，“把包裹沉江。”

郭斌接过包裹，眼中带着泪光说：“哥，一定要活着。”

朱若愚叹了一口气，说：“‘白沙’同志牺牲了，我见过‘白沙’同志，被鬼子盯上了，这说明什么？说明‘白沙’同志是被出卖的。”

郭斌一惊：“被谁出卖的？”

朱若愚苦笑了下：“我要是知道，还查它干吗？”

“哥，你要是有什么事，我怎么跟嫂子交代？”郭斌提起包裹，向门口走去，走到门前又转身回来。

朱若愚的眼圈一红：“我要是出事了，就告诉你嫂子，你哥没丢老郭家的人。”

郭斌的嘴角动了动什么也没说，眼圈一红，急忙拉门出去。朱若愚望着郭斌的背影，猛吸了一口烟，手指在桌面上轻轻地弹动。

～ 078 ～

［上海，日占区，虹口，岩井公馆］

梅晋元怒了。怒，是因为他发现了平家惨案的真凶。

白老三，青帮小探花，潜藏在岩井公馆的东方白，竟然是平家惨案的主凶，这怎么不令他恼怒？

第一天到岩井公馆时，他就认出了东方白，不过他没有做任何反应，毕竟他是死去六年的人。他一有反应，东方白就会通知平楚山，那么他所经营的一切便会顷刻毁于一旦。

可谁知道，东方白才是杀“死”他的凶手，这个仇一定得报，而且出手必须快、准、狠。最重要的一点，他不能亲自出手。

谁能成为他的代理人呢？他将目光瞄向了“陆大少”。

梅晋元约见了陆川，为了不泄露秘密，他们在地下一层资料室会面。一切要做得不显山不露水，一切要做得顺其自然，所以他像往常一样站在两排书架中间查阅资料。

“妥了。”陆川沿着楼梯走了下来。

“只是个示警。”梅晋元看到陆川，微微摇了摇头。

陆川走到梅晋元身前：“接下来呢？”

梅晋元将资料递给陆川：“他是‘青花’。”

陆川接过资料翻开，看到东方白的照片，不由抬起头，满脸的疑惑，说：“他怎么可能是‘青花’？”

“他必须是‘青花’！”梅晋元压了压心中的怒火，“六年前杀我的就是他。”

“什么？有证据吗？不是霍老四吗？”陆川惊愕不已，忙低头看文件，只见那页文件下面写着东方白曾是青帮平家老三，眉头不由蹙起，“平家老三？白老三？”

梅晋元笑了笑：“木村苍介还算下了点功夫，竟然查到了东方白的家底。”

“我觉得，不是木村苍介下了功夫，而是东方白根本就没有隐瞒。日本人才不关心一个老青帮的背景，然而白老三可是一个很好的掩饰身份。毕竟，白老三曾是个地地道道的‘中国人’！东方白需要这个‘真实’的身份！”陆川猜测道，“白老三、霍老四，都跟六年前的事有关，霍老四认了罪，被平楚山囚禁了。”

梅晋元淡淡地说：“霍老四在提篮桥监狱。”

“霍老四一直在监狱里？”陆川皱了皱眉，“平楚山够贼的！”

梅晋元嘿嘿一笑：“‘南北二山，各占一边’！平楚山和程西山都是青帮出身，都是聪明的主儿。”

“霍老四被囚禁后，白老三就失踪了，不承想成了报社的副主编。”

梅晋元伸手在陆川肩膀上一按：“东方白喜欢改名字，那就再改改，把他弄成‘青花’。再有，你抓紧时间去趟提篮桥监狱，秘审霍老四。”

就在梅晋元和陆川在地下一层资料室会面的时候，千叶葵正拿着一则电文去见木村苍介。这则电文与“原点计划”有关。

一个月前，日本驻沪领事馆获得消息，三国盟会的日本帝国代表竟是关东军安排的特使，这令总领事三浦义秋大为恼火。

三国特使在上海会盟，帝国特使是关东军的人，这算是什么事？

岩井公馆制定的“原点计划”，就是找出这个关东军特使秘密处决，让三国盟会回到原点，改派中国派遣军做特使参与盟会，是为“原点”。

电文是德国盖世太保“白虎”发来的。由于意大利特使被杀，德国特使已经回国。为了三国盟会的安全，“白虎”要先行约见“红鸽”。

“帝国方面呢？”这是木村苍介看电文后的第一反应。

千叶葵摇摇头：“没动静。”

“帝国特使倒是能沉住气。”

“‘红鸽’见不见‘白虎’？”

“见！”木村苍介将电文递给千叶葵。

“地点谁定？”

木村苍介微微一笑：“轴心国是墨索里尼提出的，意大利特工就要硬气点，假‘红鸽’是你负责的，地点你来定。”

千叶葵不能多待，领命后便离开了。木村苍介站在窗前，看着千叶葵走进2号楼里，转身走到电话旁，拨通了一个号码，命令——

“‘朱砂’，监控萧红如和陆文泰。”

～ 079 ～

[上海，法租界，霞飞路，楚门饭店]

五楼的一套三居室，也是一个长租户，租客是个法国女人，约莫二十三四岁，继承了法国血统里的妖娆妩媚。她的名字叫露易斯·格林，在法国军营里待了一年后做了刺客。

视线抵达卧室时，露易斯·格林就穿着一件吊带内衣，青春的肌肤散发着活力、热情与性感。此刻，她一只脚踏在椅子上，正在穿黑丝袜，举手投足之间令人迷醉。

床上放着一把手枪。穿好丝袜，露易斯·格林走到电话前，拨通一个电话号码，媚笑着撒娇道：“晋黾，我陪你一起去东京吧！”

露易斯·格林口中的“晋黾”，就是梅子青的二叔梅晋黾，国民政府外交部亚洲司司长。

梅晋黾在电话里说：“这次是秘密出访。我绕道上海，就是为了见你一面。但我这个国民政府外交部亚洲司司长，还不够资格带家眷的。”

露易斯·格林的声音有些忧伤：“我是你的家眷吗？”

“当然。”

“你要去多久？”

“此次去东京，我不是代表蒋先生去的，所以不会去太久。”

“我想你。”

“才分开半个小时。”

“谁让你撩拨的是法国女人？”

“我也很想你，我会很快回来的。”梅晋黾在电话里笑得更暧昧，“只要说服影佐，说不定半个来月就回来了。等我，亲你。”电话里传来亲吻话筒的声音。

露易斯·格林也亲了亲话筒：“等你回来。”

“出去好好玩玩吧。”接着，电话里传来挂断的声音。

露易斯·格林也挂掉电话，本来忧伤的脸上顿时灿烂起来，愉悦地脱掉吊带内衣，换上明艳的时装，嘟起涂着香奈儿的红唇，拿起 LV 包包，在镜前轻扭腰肢孤芳自赏。

很快，她就穿梭在霞飞路的树荫里，自然引起了不少人的关注。只是，她很讨厌那些淫秽的目光，却又无法不眷恋。就这样边讨厌边欢喜地走着，欣赏街道上的景致。

这时，一辆轿车缓缓驶到她的身边，车窗慢慢摇了下来，露出梅子青的笑脸。

露易斯·格林走到车前，拉开车门上车，打了个招呼：“子青！”

梅子青边开车向前驶去边问道：“二叔最近好吗？”

露易斯·格林将车窗摇了上去，说：“你二叔人在重庆，我不知道他的近况。”

“帮我办件事吧？”

“我都是有偿服务。”

梅子青边开车边拿出一个信封，里面全是法币，丢在露易斯·格林的腿上。

露易斯·格林拿起信封一看：“真给呀，咱们可是一家人。”

梅子青莞尔一笑：“一个杀手，会讲亲情吗？”

露易斯·格林笑了笑，将信封放进包里：“说吧，什么事？”

“找一个人。”

“就这么简单？”

“没那么简单！”梅子青又拿出王千木的照片，递给露易斯。

露易斯·格林接过照片，问：“这是谁？”

“军统头号杀手，王千木。”

“的确没那么简单。”露易斯·格林将照片放进包里，“为什么要找他？”

梅子青瞥了露易丝·格林一眼：“你需要理由吗？”

露易斯·格林咯咯地笑了：“不需要。”

～ 080 ～

[上海，日占区，岩井公馆；公共租界，英伦西餐厅]

苏立生是“青花”，这是东方白的推断。

只有推断，他无法奈何苏立生的，从某种程度上来讲，他也是一个潜伏者。外务省和满铁，一个是政府，一个是企业，不同的情报机构，代表不同的利益。

所以，他要在苏立生身上找到“青花”的证据或线索，只要有一丝线索，他就可以洞穿苏立生的防线。

东方白算准了时间，苏立生已忙了两三个小时，正是疲累的时候，便端着茶杯来到了主编室，拉了张椅子坐在苏立生对面盯着他。

“有情绪啊，怎么了？”苏立生正在审阅版面，抬头看了一眼东方白。

“老苏，梅小姐又迟到了。”

“她有这个特权呀！”苏立生笑了笑，“我不是说她是大总管千金。我说的是，报社挖子青过来时，就答应给她时间自由的，要不上海滩的大才女会在咱们报社工作？”

“自由也要有个度呀，该签版的时候总要来签版的吧。”

苏立生指了指正在审阅的报纸版面："我这不是替她校对呢嘛！"

"这是梅小姐做你女朋友的一个条件？"

苏立生放下报纸，瞟了东方白一眼："我是用我的魅力征服她的。"

东方白扑哧一声笑了："谁信呢？"

苏立生指了指桌上的烟盒："抽烟！"

东方白拿起烟盒，抽出一根点上，将那张写着"1465 室"的名片放在桌上，吐了一口烟圈，说："这就是一傻货。"

苏立生拿起名片："怎么了？哦，这张名片我见过，醉青山，是吧？"

"是。"

"一个楼层要是有六七十间房，国际饭店早发大财了。"苏立生丢下名片，嘿嘿一笑，"看来，校对是一门很有用的手艺。"

"我觉得这张名片有鬼！"

苏立生望着东方白："哦，有什么鬼？"

"或许是个电话。"

"是吗？"苏立生说着摘下话筒，开始拨号。

东方白一愣："做什么？"

"打个电话试试。"

东方白起身按住电话："鲁莽！"

"既然有鬼，不妨问问。"

"你这么个问法，鬼都被你吓跑了。"

苏立生呵呵一笑："百无一用是书生呢！"

"什么百无一用是书生？"梅子青站在门前，望着苏立生和东方白，伸手敲了敲门。

东方白回身微笑着打招呼："梅小姐好！"

"聊什么呢？"梅子青走进来，看到桌上的名片，轻轻拿起来扫了一眼，"1465？这么巧，这个电话出现的频率这么高？"

苏立生马上接道："真的是电话？"

梅子青轻描淡写地说："不仅是电话，还是店址，我昨天去过了，真是一家干货行。"

东方白笑着问道："香港干货行？"

梅子青摇摇头："那倒不是，在北京西路上，静安寺干货行。"

苏立生嘿嘿一笑："这么巧！"

东方白伸指敲了敲桌子："一张破名片，诸多巧合事。"

"一切巧合的背后，都是有阴谋的。"苏立生指着名片说，"这张名片有阴谋，回头查一下醉青山。"

东方白挥了挥手："别！醉青山是青帮的产业，季云清是日本人的座上宾，万一查出什么事，你我可就吃不了兜着走了。"

苏立生看着梅子青："不查了？"

梅子青微微一笑："听东方主编的，不查了。"

苏立生谄媚地笑了："听你的，你说不查就不查。"

东方白哈哈一笑："老苏真听梅小姐的话。你们的事，我知道了。"

梅子青瞪了苏立生一眼，将名片摔在桌子上，扭头走了。

"梅小姐好像生气了，怪我多嘴呀！"东方白看着梅子青的背影说道。

"脸皮薄！脸皮薄！"苏立生伸手挠了挠头皮，站起身，"我去哄哄她！"

东方白嘿嘿一笑："不是梅小姐脸皮薄，而是梅小姐根本没把你放在眼里！"

二人一起下了楼，在校对室找到梅子青，苏立生称在英伦西餐厅定了包间向她赔罪，梅子青半推半就地答应了，并邀请东方白一起去。东方白笑着说不愿做电灯泡，劝他们赶紧去。

梅子青和苏立生去了英伦西餐厅，自然没定什么包间，幸运的是还剩一间空包，苏立生兴奋地说就连老天都帮他。二人进了包间，等红酒醒好，西餐上齐了，才开始谈正事。

苏立生向梅子青解释："真是对不住，昨天你刺杀香川口时，东方白非要你签版，不得已我才说的。"

梅子青莞尔一笑："我想到了。"

苏立生连连点头："那就好，那就好。"

梅子青抿了一口红酒："好在东方白不怀疑我了。"

苏立生轻叹了口气："他已经怀疑我了。"

梅子青微微皱眉："刚才他在试探你？"

"嗯。"

"过关了吗？"

“不好说。”苏立生不紧不慢地切牛排，“我的反应有些过度了，唉，太谨慎也不好。”

“东方白不好对付。”

“我本想着要见董竹的，还是不见了。”苏立生吃了一小口牛排，“我和白沙小组不能有交集。”

梅子青又喝了一口红酒：“怎么，做了牺牲的打算？”

“随时做好最坏的打算。”

“你暴露了，我怎么办？”

“我不会让鬼子抓到的。”

梅子青莞尔一笑：“这句话还像个爷们！”

苏立生放下叉子，佯怒道：“我本来就是个爷们！”

“你不能出事。”梅子青拿起刀叉切牛排，“你出事了，‘021 号线’也就断了，江苏省委重建是大事。”

苏立生晃了晃红酒杯：“栽赃东方白，证据不够呀！”

“东方白只是怀疑你，他也没有证据！”

“是呀！他也没有证据，我真是杯弓蛇影了。”苏立生兴奋起来，喝了一小口红酒，“对了，你不是说有事情向我汇报吗？”

梅子青吃了一块牛排：“你说的，现在不能和白沙小组有交集。”

“白沙小组的事？”苏立生皱了皱眉，“子青同志，我是白沙小组组长。”

“现在不怕连累白沙小组了？”

“伶牙俐齿，说不过你。”苏立生哈哈笑了，喝了一口红酒，“说吧！”

“我爸爸查清楚了，顾向焘就是王千木，军统八大金刚的老大。”

“他就是内鬼！”苏立生气愤地说，“前段时间，我眼皮子直跳，琢磨着‘007’有问题，果不其然，让我猜准了。”

“猜准了，还去醉青山接头？”

“程序就是程序，不去不合适呀！”

“幸亏那天 76 号搅局，王千木才鸣枪示警。”

“真悬！”

“我们决定除掉他！”

苏立生一拍桌子：“必须除掉他！”

梅子青笑了笑，又接着说："安娜要我给她写本传记。"

苏立生跟着也笑了："这是个好机会，挖挖她，或许还能挖出点什么东西。"

"要适可而止，太过了容易被怀疑。"

"我就犯了这样的错误。"苏立生拿起叉子叉起一块牛排，"总之，安全第一。"

"我不会像你一样的！写传记，我有一套程序，她不会怀疑的。"梅子青瞥了苏立生一眼，又拿起一块小点心吃。

~ 081 ~

[上海，法租界，黄浦江，私人游艇]

虽然距离中秋节只有一个礼拜了，午后的阳光还是有些毒辣，属于那种秋老虎的天气。城市里无风，到处都很闷热。黄浦江的江面上，一股股的热风扑面卷来。有风，就聊胜于无，至少没那么闷了。江中央，停泊着一艘豪华私人游艇，在风中微微晃动，成了江中的一道风景。

"这是陈逯的游艇。"游艇甲板上，安娜穿着泳衣躺在躺椅上喝着红酒。

"你拿下了陈逯？"东方白穿着短衣短裤，坐在躺椅上抽烟。

安娜指了指游艇："这就是战绩。"

"将军不放心陈逯呢！"

安娜淡淡一笑："陈逯是个法国通，曾担任八年驻法全权公使，这次欣然成为维新政府外交部部长，老师怕他心里藏着法国。"

"陈逯自民国十七年定居上海，至今整整十年，与法租界总督关系不错，他身边的保镖，绝大部分来自法国军营，将军不放心是有道理的。"

安娜咯咯地笑了："所以，老师才让我接近陈逯，不负老师使命，我成了他的情人。"

东方白疑惑地问："陈逯会接受一个舞女？"

安娜挺了挺胸："我可不是普通的舞女。"

东方白摇了摇头："王千木能看穿你，陈逯也能，太自负不好。"

安娜又伸了伸白皙的长腿："我有足够的资本。"

东方白瞟了眼安娜的长腿，站起身，靠在栏杆上说："苏立生就是'青花'。"

安娜也站起身："你确定？"

"八九不离十。"

安娜走到东方白身边："猜测不行，我们需要的是证据。"

"你设个偷情的圈套，就是为了让王千木死心？"

安娜抿了抿嘴："任务终结，当断必断。"

东方白竖起大拇指："这一点，我非常佩服你。"

"我会补偿你的。"安娜转过头，在东方白的脸颊上吻了一下。

"怎么补偿？一个吻可不够。"

安娜向游艇一指："岂可辜负了这大好时光？"

东方白摇头笑了："算了，你，我可不敢染指。"

安娜冷笑一声："我是'白俄医生'，是个专门清理感情的'医生'，跟我上过床的男人，最终只能被清理掉。"

东方白凝视着安娜："青木太，也是被你清理掉的？"

安娜摇摇头："不，我是真的爱他。"

东方白嘿嘿一笑："一个清理感情的'医生'，也会真心爱人？"

"我奉苏共第五局的密令，从满洲赶到上海，接触青木君，的确是为了'黑密室'。"安娜低头望向江面，看着波光潋滟的江水，她的心也跟着荡漾起来，"可是后来，我爱上了他。他知道我是共产党，却没有揭穿我，甚至在死前还让土肥原将军收我做了学生。"

东方白若有所思地说："他是真心对你好。否则，不是将军保你，你必死无疑。"

"青木太还活着的时候，带我去过'黑密室'。我查看了所有的黑盒子，却没有找到我想要的资料。"

"满铁调查细无巨漏，你要的资料'黑密室'一定有。"东方白微微叹息，"难道青木太做了什么手脚？"

"不，我要找的'黑密室'不在满铁。"

东方白惊愕："不在满铁？"

安娜点点头："那个'黑密室'不是一个密室，而是一个黑盒子，黑盒子的名字叫'黑密室'，那个黑盒子他交给了他最心爱的女人。"

东方白皱眉反问："他心爱的女人不是你吗？"

安娜突然变得很愤怒："他心爱的女人是他的女儿！"

东方白扑哧一声笑了："他的女儿，你嫉妒什么劲儿！"

安娜瞪了东方白一眼，又接着说："我在一个黑盒子里看到一份资料，六年前你杀了梅晋元和易冷梅，是不是？"

东方白一愣："什么？"

安娜报复性地一笑："资料编号是19320220。"

"资料上还写着什么？"

"满铁怀疑易冷梅是军统'缘竹'，熟悉吧？"

东方白一惊："提到'老鸢'了吗？"

安娜嘿嘿笑了："不仅有'老鸢'，还有执行人是东方白。"

"青木太的女儿是谁？"东方白极其恼怒，伸手在栏杆上重重一拍。

"千叶葵。"

东方白惊愕："什么？"

"我也是最近才查出来的。"

东方白叹了口气："不太好办呢，千叶葵是梅晋元的秘书，调查千叶葵，等于调查梅晋元。"

安娜莞尔一笑："梅晋元，我搞定他，就好做事了。"

东方白笑着看了安娜一眼："可以试试。"

安娜耸了耸肩，扭着腰肢走到躺椅前，舒适地躺了下去。

～ 082 ～

[上海，日占区，虹口，特高课，重光堂]

源千雪忽然害怕了。

当"白俄医生"传来消息，说王千木已经知道了实情，她就害怕了。虽然王千木是她的父亲，可疾恶如仇的军统头号杀手，岂能放过一个卖国贼？

卖国贼？源千雪想到这个词时，浑身都在颤抖着。为什么选择潜伏呢？为什么选择做一个卖国贼呢？给军统八大金刚的老大下套，岂不就是卖国贼的行为？

不，她不是卖国贼！她身上也流淌着大和民族的血液，她的身体一半是属于日本的。对她而言，这不是卖国，不过是一个选择而已。

她选择了做特高课课长，选择了拥有权力，更选择了一种较为安全的方式活着。

可是，父亲在哪里？他会在哪里伏击她？

她推开办公室门的一瞬间，她就知道父亲在哪里伏击她了。她就像一头豹子一样，迅速捕捉到了危险，虽然掏出了手枪，但为时已晚，一个黑洞洞的枪口已经抵在了她的眉心。

“爸爸！”

“进来！”王千木穿着风衣，手持无声手枪，枪口抵在女儿的眉间。

源千雪没有动，她在赌父亲会不会杀她。

王千木哼了一声：“我要杀一个人，他是没有机会活的。”

源千雪走进屋内，将手枪丢到了地板上。

王千木关上门：“你怎么成了特高课课长？”

源千雪盯着王千木：“你把我妈妈一个人丢在新京，不是已经注定了我的人生轨迹吗？”

“三年前，你忽然出现，我就该想到你是日谍的。”王千木叹了口气，“你是土肥原的学生，这是土肥原设的圈套？”

源千雪点点头：“老师爱才，他希望您能为帝国服务。”

王千木冷笑：“帝国？”

“戴笠已经下了锄奸令，对您可没有手下留情，是诛杀！”

王千木咬了咬牙：“戴笠不念旧情。”

源千雪轻叹一口气，放缓声音：“爸爸，我是特高课课长，就算您没有变节，有一天戴笠知道了我们的父女关系，他也不会留您的。”

王千木放下枪说：“替我约一下土肥原。”

“老师在重光堂等您。”

王千木看着源千雪，皱着皱眉头，问：“土肥原算到了？”

“老师说，您会为了我见他的。”

“这个土肥原果真是个中国通。”王千木仰天长叹，“我中了他的圈套，戴笠下了诛杀令，我又不能杀了你，我还能有什么选择吗？”

王千木和源千雪抵达重光堂时，土肥原贤二已做好精心的安排。他把所有的窗帘都拉上了，在室内摆满了蜡烛，幽暗的空间、昏黄的烛火，更容易令人放松。

王千木看着闪烁的烛光，顿生感慨，知道土肥原贤二是个能猜透人心的间谍王。

土肥原贤二给王千木倒了一杯茶："先生是大才，我不设圈套，先生不可能为帝国所用。"

王千木自嘲地一笑："智者斗智，我入圈套，将军更胜一筹。"

土肥原贤二淡淡一笑："我成功策划了'九一八事变'，成功扶持溥仪上位，成功建立满洲国，成功肢解中国，我也可以成功地让先生成为新政府的掌权者。"

王千木叹息："一个间谍，做什么掌权者？"

"新政府成立后，要组建一个特工总部，我的理想人选正是先生。"

王千木问："特工总部？"

源千雪解释道："改组 76 号。"

王千木反问："76 号是由特高课扶持的？"

土肥原贤二无奈地说："李墨群虽然聪明，但没有智慧。"

王千木摇摇头："我还有机会翻身，一个原百泰不会成为我的死穴。"

"的确不会。"土肥原贤二向源千雪望去，"你的女儿才是你的死穴。"

王千木无奈地说道："将军蓄谋已久。"

"帝国爱才，我更惜才。"

王千木哼了一声："我可以大义灭。"

"如此，动手吧。"源千雪从身后掏出手枪，轻轻放在王千木的面前，转身面向土肥原贤二，"请老师答应我，事后绝不追究。"

土肥原贤二冷笑道："你是我的学生，谁动了你一根头发，我就摘了他的脑袋。你的父亲也不例外。"

王千木看着土肥原贤二，缓缓端起茶杯，喝了一口茶，说："将军比我这个亲爹还疼小羽。"

"千雪是我的学生，情同父女。"土肥原贤二也端起茶杯，轻轻抿了一口，"不过，我更希望你这个亲爹能照顾好她。"

"聊聊'白俄医生'吧？"

"'白俄医生'是你的。"

"陈逯……"

土肥原贤二挥手制止："你的女人，属于你，更属于帝国。"

王千木的眉头微皱："东方白呢？"

土肥原贤二笑了："东方白，他可以成为你的猎物。"

王千木微微一愣："东方白不是将军的人？"

"他就是满铁的'老鸢'。"

王千木惊愕万分。

"我只能告诉你一件事，不是'白俄医生'找的东方白，而是东方白找的'白俄医生'。"

"东方白有阴谋。"王千木恨恨地说道。

土肥原贤二淡淡一笑："我可以给你授权，查清这个阴谋。你明白的，我的授权就是尚方宝剑。"

王千木缓缓地点了点头。

"我是否可以认为，先生已经同意为帝国服务了？"

王千木望了源千雪一眼："这是我对小羽的补偿。"

"谢谢爸爸。"源千雪的眼圈一红，握住了王千木的手。

"从今以后，先生便是76号的高级顾问。"土肥原贤二示意王千木喝茶，"新政府组阁后，先生掌管特工总部。"

"一个月内，清洗北平、天津和青岛的军统站。"

土肥原贤二哈哈大笑："先生大手笔！感谢先生！"

源千雪挎住王千木的胳膊，莞尔一笑。王千木端起茶杯，仰头一饮而尽。

～ 083 ～

[上海，公共租界，外滩，上海总会]

搜集情报是一个复杂且系统的工作，没有长时间集腋成裘的积累，是不可能从量变到质变的。满铁之所以成为满铁，是因为有30多年的积累。英国军情六处的情报积累，尤其是对上海滩的资料，也是积小致巨，盈千累万。

当约翰·霍华德展示军情六处的档案室时，梅晋元忽然有了“于无声处听惊雷”之慨，才明白情报系统的建立绝非一朝一夕之功。

档案室的入口机关，就在那幅绘制着英国殖民地的地图上。

约翰·霍华德自豪地看着地图，说：“自军情六处创建，就有了远东局，我们利用英租界里的巡捕房、密探、侦探等搜集上海滩的资料，单论上海情报资料来说，一点儿也不比满铁差。”

梅晋元笑了笑：“希望青木太的资料够全。”

约翰·霍华德在地图上的“英格兰”按了一下，一面墙从中间分开，竟是一道暗门。暗门里是一个存放资料的仓库，满满的一排排书架，分门别类地放着各式各样的情报资料。

梅晋元看到后无比惊叹：“哇，真是大开眼界。”

约翰·霍华德骄傲地说：“只有军情六处特工，才有特权查看。”

梅晋元哈哈一笑：“我不是‘盲点’吗？”

约翰·霍华德微微一笑：“‘盲点’特工，请吧！”

梅晋元随着约翰·霍华德一起走进资料仓库，在中间书架上找到了青木太的资料。梅晋元仔细查看资料，约翰·霍华德站在一旁随意拿起一份资料翻看着。

青木太的资料，足足有三个文件夹，非常翔实。在第三个文件夹里，梅晋元找到一张安娜的照片。

梅晋元指着照片对约翰·霍华德说：“这个人我见过。”

约翰·霍华德将手里的资料放回原处，接过照片看了一眼，说：“安娜，百乐门的舞女。”

“对，就是她。”

约翰·霍华德哈哈笑了：“她是你的小情人的劲敌。”

梅晋元也笑了：“她可是青木太的小情人。”

第十章　诛杀与诛心

～ 084 ～

[德国，柏林，盖世太保总部，日本领事馆]

海德里希站在窗前，凝望着大院，手里夹着一根雪茄，却没有点燃。

“慕尼黑会议开始了，元首的目的会达到吗？”巴赫·米勒站在沙发前，吸着烟。

海德里希转过身：“英国领事馆电报频繁，咱们的计划一定是成功了。”

“一个风筝飞向了天空，落在哪里都会成为风景。”

海德里希点点头：“张伯伦知道元首底牌，他的牌就打得顺畅。”

巴赫·米勒嘿嘿一笑：“张伯伦——这个英国首相却不知，元首根本不愿武力征服捷克斯洛伐克。”

“国联[①]那些眼睛，还在监视我们。与整个西方为敌，元首心有忐忑。所以，元首要的还是吞并奥地利的政治局势，英法两国明哲保身，德国再吞下捷克斯洛伐克。”海德里希点着雪茄，深吸了一口，“日本领事馆周围布控了吗？”

“盖世太保以抓内鬼名义，全面监视领事馆，日本人有苦难言。”

“青木和许少醉，谁是‘盲点’好呢？”

“谁死，谁就是‘盲点’。”

海德里希哈哈一笑：“青木去日本领事馆了吗？”

---

① 国际联盟（League of Nations），简称国联，是《凡尔赛条约》签订后组成的国际组织。成立于 1920 年 1 月 10 日，解散于 1946 年 4 月。1934 年 9 月 28 日至 1935 年 2 月 23 日处于高峰时期，曾拥有 58 个成员国。

“去了。”

“真想亲眼看看这精彩的一幕。”

山田泽也期待着精彩的到来。他站在窗前，一只手拿着烟斗，一只手背在身后，一边向窗外眺望，一边听着秘书读报纸：“武汉会战今日战况：皇军攻陷长江要塞田家镇，预计下月拿下武汉三镇……”

这时，报务员将一份电文递给秘书，秘书一边读着一边扫了一眼电文，疾步走到山田泽身边，说：“上海回电。”

山田泽急忙转过身，从秘书手里夺过电文，见上面只是一个“有”字，脸上顿时荡起笑容，将电文纸揉了揉，塞进烟斗里吸着了。

领事馆的一间宿舍内，许少醉躺在客厅沙发上，面前的茶几上放着洋酒、香烟、打火机等，一面墙上挂着幅富士山手绘图。忽听吱呀一声，山田泽推门进来，许少醉急忙翻身站起。

山田泽一挥手：“坐，坐下聊。”

许少醉坐回沙发：“看来，我的身份落实了。”

山田泽关上门，走到许少醉面前坐下：“你是英国间谍，为何要加入满铁？”

“我想回国。”

“西方呆不惯？”

“我的情人在上海。”许少醉咧嘴笑了，“她就是青木君的妹妹。”

“青木太的女儿？听说她失踪了。”

“所以，我要回国去找她。”

“青木君呢？”

“我和青木君一同回国，为帝国满铁工作。”

“你能做什么？”

“搜集英国人的情报。”

山田泽举起烟斗抽了一口，说：“苏共第五局在柏林有一个情报小组……”

许少醉嘿嘿笑了：“‘黑王子’小组。”

山田泽点点头：“我想知道‘黑王子’是谁？”

许少醉摇了摇头：“海德里希都没找到‘黑王子’，我怎么能找到？”

山田泽笑了笑：“海德里希找不到，不代表你也找不到。”

许少醉伸手拿起茶几上的烟盒，抽出一根，叼在嘴里。

“因为你就是‘黑王子’小组成员。”山田泽盯着许少醉，“你其实是苏共！”

“山田总领事，我是真心投诚的。”许少醉冷冷一笑，“这里是柏林，领事馆周围早已重兵埋伏，我随时都会死的。山田总领事这么猜疑，可是凉了我的心。”

山田泽呵呵一笑，对着门外说了一句：“进来吧！”

“山田总领事，您错了。”青木未央推门进来，向许少醉微微一笑，“许先生不是‘黑王子’小组成员。”

许少醉看见青木未央，笑了：“山田总领事，青木君是您的学生，他的话您应该相信了吧？”

“你当然不是‘黑王子’小组成员。”青木未央走进屋内，身后跟着四五名日军，“因为你就是‘黑王子’。”

许少醉轻轻吐了一口烟雾：“你在说什么？”

山田泽哼了一声：“许先生不要狡辩了，实话告诉你吧，青木是我亲自安排打进苏共第五局的，他才是满铁的。”

许少醉脸色微变：“青木？”

“我的父亲是老满铁。”青木未央得意地说，“从 14 岁起，我就在满铁受训，后来潜伏到莫斯科。苏共第五局看中我的日本人身份，命我打入满铁。莫斯科看似下了一盘好棋，其实早在老师的棋局里。”

许少醉将烟蒂狠狠地掐灭在茶几上：“‘守门员’青木，我代表人民宣布，你是叛徒，我会亲手执行你的死刑。”

青木未央嘿嘿一笑：“我不是叛徒，我只是内鬼而已。”

山田泽起身：“许先生，‘黑王子’，请吧？”

许少醉站起身，整理了一下衣服，蔑视着瞟了一眼青木未央。

青木未央笑眯眯地看着许少醉：“‘老鸢’的爪子很锋利，你要好好尝尝滋味。”

“你在这里好好休息吧。”山田泽向青木未央点点头，吩咐日军押着许少醉去审讯室。

审讯室里阴森森的，而且很潮湿，许少醉被打得遍体鳞伤。

山田泽望着许少醉，叹了口气：“你有多少耐力跟我耗？”

许少醉呸了一声：“红军钢筋铁骨。”

“好！你有一个双胞胎哥哥，叫许少醒，是吧？”山田泽竖起大拇指，嘿嘿笑了，“实话告诉你吧，许少醒已经死了，他就是中共‘白沙’。”

许少醉怒目圆睁：“谁杀了他？”

山田泽摇摇头：“这是一个还没有揭开的大秘密。你不想回上海调查清楚吗？”

许少醉仰天长叹：“革命总要流血牺牲的。”

“你，冷血！”

“酒醒只在花前坐，酒醉还来花下眠；半醒半醉日复日，花落花开年复年。”许少醉仰起头来哈哈大笑，“别人笑我太疯癫，我笑他人看不穿；不见五陵豪杰墓，无花无酒锄作田。”

许少醉突然吐了一口鲜血，然后冷冷一笑：“让青木来审吧，或许我会说的。”

山田泽皱着眉头看了看许少醉，通知青木未央来审讯室。

青木未央很快就来到审讯室，走到许少醉身边，伸手摸了摸他嘴角的鲜血，在自己的舌尖上舔了舔。

“莫斯科在做什么你不是不知道吧，大清洗呀！今天你进了帝国领事馆，就无法摆脱叛徒的嫌疑。”青木未央戏谑地笑了，“柏林你是无法呆了，可是你敢回莫斯科吗？我敢保证，只要你回莫斯科，下场肯定比做叛徒还惨。”

许少醉向山田泽望去：“变节可以，但我有一个条件。”

山田泽笑了：“说。”

许少醉望向青木未央：“先让我杀了内鬼！”

山田泽愤怒道：“八嘎！”

青木未央的左手突然多了一把匕首，猛地插入许少醉的肩头，然后又迅速拔出，跟着把右手两根指头并着插入伤口，使劲地搅了搅。许少醉痛得发出撕心裂肺的叫喊声。

青木未央抽出手指，在嘴边舔了舔，说：“我给你一晚的时间考虑，如果不同意，我就把你丢到领事馆外，盖世太保会撕碎了你的。”

“你只有一晚的时间。”山田泽脸色铁青，转身离开审讯室。

青木未央拿着沾满鲜血的匕首，跟在山田泽身后，说：“老师，‘黑王子’会变节的，明天一早他就会要求见您。”

“此事做得漂亮。”

“不过，以我对他的了解，他会提出只向老师一人汇报。”青木未央目视前方，“有些事情，他不想让我知道。”

“能理解。”

“明天我会带着两个便衣在审讯室外守着。”

“青木君，辛苦你了。”

“应该的，老师。”青木未央跟着山田泽，沿着长长的走廊向前走去，越走光线越暗，越阴森。

～ 085 ～

[上海，愚园路，平公馆]

霍老四死了，死在提篮桥监狱的单间里。陆川赶到监狱时，霍老四的尸体还有温度，显然是刚死不久。监狱长陈烽丘不敢耽搁，立刻给平楚山打电话，并上报日本驻沪领事馆。不出一个小时，霍老四被杀的消息已经到了岩井公馆。

东方白看到霍老四被杀的消息时，眼皮一直跳，然后他做了一个决定：趁早不赶晚，择日不如撞日，是该让自己复活了。

东方白决定做回白老三，以方便完成“白皮书计划”，更是打梅晋元一个措手不及。他迅速赶回公共租界的家，一栋普通的平房，院子里种满了花草。他换了一身长袍，悬挂一块金丝怀表，这身才是白老三应有的行头。

在上海国际饭店买了点心，东方白驱车赶到平公馆。车子停在大门侧旁，提着点心向平老头招手。

“白三爷！”平老头看到东方白，眉头先是一皱，忽然眼睛一亮。

“平大叔，在您这儿我是侄儿们。”

“我去通禀。”

东方白连忙伸手阻止：“平大叔，我想给大哥一个惊喜。”

平老头推开门：“请进吧！”

东方白提着点心进去，走了几十步，看到平楚山正在花园里散步，于是开始了他的表演。他知道平楚山最念旧情，所以他的双腿如同灌了铅般无法移动，身子前倾着，轻轻扬起了手，中途又缓缓放下，泪水沿着脸颊流了下来，带着颤声地喊了声“大哥”。

平楚山听到喊声，立刻转过头，待看清东方白时，陡然愣住了。

“对不住！大哥，我……我没脸回来……”

“霍老四是霍老四，跟你有什么关系！”平楚山回过神，疾步走到东方白面前，伸手在他的肩上狠狠地捶了一下，“我知道你在上海滩。”

东方白热泪纵横：“上海是我的家，不敢进平公馆的门，更不敢离开上海滩。”

平楚山叹了口气：“好了，回来就好。”

“大哥让我做掉霍老四，我下不去手，一个是大哥，一个是兄弟，我只能选择逃避。事过境迁，想着大哥该释怀了，所以就回来了。大哥，还生我的气吗？”

“你顾全兄弟情谊，没杀霍老四是对的。”平楚山眼睛里闪烁着光芒，“老三，回来就好，帮我再查查六年前的悬案。”

东方白点点头：“我遇见了一个人，他说一个星期之内可以彻查清楚，找到真凶。”

平楚山的眼睛一亮：“谁？”

东方白停顿片刻，没有回答。

平楚山眉头紧蹙：“日本人？”

“一个将军。”

“土肥原？”平楚山见东方白点头，眼睛微微一闭，“你是老三吗？怎么做了日本人的说客？”

“大哥，原百泰因何而死，不需我明说了吧！”东方白掏出手帕擦了擦眼泪，“我跟大哥交个底儿，我在日本领事馆做文秘工作。”

平楚山的眉头紧锁：“日本领事馆？”

“大哥，我不是卖国贼，只是糊口而已。”

“我知道，你这个‘小探花’是有底线的。”

东方白低下头叹了口气：“‘青帮小探花’，这名号只有大哥记得了。”

“我听说，杀死原百泰的是军统。”

东方白摇摇头：“不是军统，是日本人，土肥原干的。”

平楚山哼了一声：“杀鸡儆猴？这是杀给我看的。”

“所以呀，大哥，若不是为了这事，我能回来吗？”

平楚山伸手在东方白的肩膀上一按："老三，我知道你是为了我好。"

"大哥，你无论怎么做我都支持。"

"你不是代表土肥原来的？"

"我虽跟着日本人混饭吃，但大哥总是我的大哥。"

平楚山长叹一声："老三，我怕呀！一怕得罪日本人，落得个原百泰的下场；二怕做汉奸，恐怕连原百泰的下场都不如。"

"人生就是个抉择的过程。"东方白向左右看了看，低语道，"眼下时局，鱼和熊掌不可兼得呀！"

平楚山盯着东方白，慢慢地说："我得好好想想。"

东方白见平楚山有些松口，继续说："我听说，唐邵诣可能出任新政府主席。"

"是吗？"平楚山心里一惊，"老三，你行呀！你回来了，我心里就稳妥多了。"

"我的意思是，看唐邵诣的选择。"

平楚山点点头："这就是赌色子，庄家下什么，我就跟着下什么。"

~ 086 ~

[上海，法租界，醉青山酒楼，唐公馆]

醉青山酒楼衡山厅内悬挂着衡山的画卷，室内布置与画面相得益彰，都透着一股山清水秀的味道。

露易丝·格林坐在桌前，嗑着瓜子，看一壶茶里氤氲着缱绻时光。

"露易丝小姐，不好意思，手头有些公务要处理，来晚了。"吱呀一声，房门开了，陈耕笑着走了进来。

露易丝·格林抬腕看看表："警务处处长有些官架子啊。"

陈耕坐下来："陈部长从法国军营弄走七八个士兵，晓得吧？"

露易丝·格林点点头："我牵的线。"

"怎么？陈逯做了维新政府的外交部部长，胆子小了？"

"淞沪会战后，重庆杀的人太多，陈部长怕了。"

陈耕哈哈一笑："陈部长为何只要法国人？"

"陈部长是个法国通，他用法语交代事情，更安全些。"

"不少捞钱吧？"

露易丝·格林微微一笑："江湖有江湖的规矩，不该问的不问。"

"不问。"陈耕哈哈一笑，给自己倒了杯茶，"我有单生意，接不接？"

露易丝·格林将瓜子丢在桌上："陈处长的生意，一我很好奇，二有钱赚，接！"

陈耕咧嘴笑了："除掉唐邵诣。"

露易丝·格林皱眉："你是重庆的？"

陈耕捡起桌上的瓜子嗑了一粒，嘿嘿一笑："江湖有江湖的规矩，不该问的不问。"

"我有个条件。"露易丝·格林接着嗑瓜子，"我想跟萧红如吃个饭。"

陈耕疑惑地问："你追星？"

"不可以吗？"

"你这是为难我呀！"

露易丝·格林咯咯地笑了："杀一个卖国贼，陈处长丢点面子算什么？"

陈耕哈哈一笑："也是，再说了，我这面子早就掉在地上了。"

"就这么说定了。"露易丝·格林喝了一口茶，"何时动手？"

"今晚。"

"时间太紧了，办不到。"

陈耕端起茶杯："开个价吧。"

"把这个人给我找出来。"露易丝·格林从包里掏出王千木的照片，丢给陈耕。

陈耕拿起照片看了一眼，眉头一皱："为什么找他？"

"江湖有江湖的规矩。"

陈耕笑了："好呀，露易丝小姐太会做生意了。"

"一个换一个，很划算。"

"成交！"

"不过，话说前头，唐邵诣我熟，前几天刚见过面，所以我不能动手。"

"这次真不用你动手。"陈耕摇了摇头，"你杀了唐邵诣，算怎么回事？中国的卖国贼，需要中国人亲自动手。”

“我真想不通萧红如为何不要你？”露易丝·格林盯着陈耕看，“你比那个陆文泰强多了。”

陈耕笑了：“你和她吃饭的时候，可以问问她。”

露易丝·格林的任务很简单，就是替毛玠约见唐邵诣。这个不难办到，毛玠早设计好了，她只需走个过场。道具是一尊宋青花，上面烧着宋元崖山之战的花纹。陈耕之所以找露易丝·格林，是因为她和唐邵诣是老相识。确切地说，露易丝·格林陪着梅晋黾拜访过唐邵诣。有了这层关系，露易丝·格林就可直接敲唐公馆的门了。

唐邵诣见到露易丝·格林格外高兴，询问梅晋黾的消息：“老梅回重庆了？”

露易斯·格林摇了摇头，低声说：“东京。”

唐邵诣猜测道：“老蒋想和日本人议和？”

露易斯·格林微微一笑：“我不懂这些的，老梅说你们中国打不过日本的，议和是最好的出路。”

唐邵诣笑了笑，指了指宋青花：“这是什么？”

露易斯·格林笑了：“宋青花，请唐总理长长眼。”

唐邵诣接过宋青花，看到上面的花纹，脸上有了喜色，说：“这可是宝贝呀！”

“怎么讲？”

“中国的崖山海战。”唐邵诣笑眯眯地说，“一个可歌可泣的故事，露易斯小姐愿意听吗？”

露易斯·格林莞尔一笑：“洗耳恭听。”

唐邵诣口若悬河：“崖山海战发生在南宋灭国时期，一位名叫陆秀夫的大臣背着宋少帝投海自尽，许多忠臣追随其后，十万军民跳海殉国。”

“真是一个悲壮的故事呀！”

“崖山海战，南宋败亡，山河破碎，神州陆沉。”唐邵诣喃喃自语着，接着随口问道，“这是梅司长的宋青花吗？”

“不是。”露易斯·格林摇头笑道，“是一个敬仰总理的人孝敬您的。”

“哦？谁？”

“王介。”

“王介？警务处的那个处长？”

露易斯·格林点点头 ：“他说，这宋青花是一对，他想今晚登门拜访，亲手送给您。”

唐邵诣会意地笑了 ：“他还想往上爬？”

露易斯·格林不置可否地笑笑 ：“这不需要总理的帮衬嘛！”

“好吧，让他晚上来吧。”

露易斯·格林兴奋地说 ：“好嘞！晚上我就不来了，他一个人来。”

～ 087 ～

[上海，法租界，贝当路，129 号洋房]

129 号洋房是贝当路上众多洋房中的一栋，可以消隐在鳞次栉比的繁华中，又可以是鹤立鸡群的存在。它的普通在于，是同样的两层带阁楼的西式洋房，一个绿意葱茏的小院子 ；特别之处是阁楼的窗子是圆形的，像是洋房的眼睛，外面是木条横排的栅栏，里面镶嵌着长方形的玻璃。

129 号洋房是千叶葵的“家”，也是青木太金屋藏娇的地方。青木太没死之前，这里充满了欢声笑语。有时候，他和安娜甜蜜幽会 ；有时候，他和女儿共度晚餐。

此时，129 号洋房冷清得就像是一座坟墓。华灯初上，129 号洋房处在两个路灯之间，相隔百米左右，两侧的光亮令 129 号洋房更加隐秘了。

千叶葵站在 129 号洋房前，向一侧的路灯望了一眼，眼神里分明有些哀伤，可当她的视线凝聚在洋房大门上时，眼神里突然有了笑容，但那是一抹冷笑。

有段时间没有回家了。她哪里还有家呀！父亲不在了，哥哥远在德国，她在上海是茕茕孑立、形影孤只。不幸中的万幸，父亲将她带到上海后，没有公开她的身份，给她取了个假名字，所以她才能躲过被杀的困厄，她才能苟活下去。

可是，那是怎样的生活呀！作为战争的牺牲品，她只能凭借本能地活着，只能靠出卖身体换得苟活。这样地活着如同行尸走肉。若非心中还有仇恨，这样的生活怎么忍受得了？

千叶葵的眼前浮现出东方白丑陋、贪婪、淫邪的面容，喉咙中似乎塞进了硬块，呼吸忽然变得艰难，几欲呕吐。

可是，她不得不忍着。因为，在她身后不远处，东方白就躲在暗处跟踪她。她能察觉东方白的跟踪，倒不是她的反跟踪能力比东方白的跟踪术强，而是她早就知道东方白会跟踪她，而且这本身就是一个局。

一个决定东方白生死的局。

这个局自然不是千叶葵布的，她还没有这个能量。当然，她也不知道布局者是谁，她只是奉命行事。所以，回 129 号洋房就是一场表演。她是演员之一，唯一的观众就是东方白。

东方白看着千叶葵开门进去，刚刚要走近些再仔细查看。这时，一辆轿车忽然驶来，因为轿车没有开车灯，所以他才没有察觉。但奇怪的是，就在接近 129 号洋房时，车灯突然亮了，东方白只觉刺眼，急忙伸手遮挡住眼睛。

轿车从他身旁驶过，就在擦肩而过的瞬间，他看到开车的竟是宫崎翼，不禁停下脚步，神情恍惚地看着轿车渐渐驶离。

此时，千叶葵已经走进洋房，她没有先开灯，而是走到二楼窗户前，拿起放在窗台上的望远镜，稍微拉开窗帘一角向外看。她看到东方白望着驶离的轿车，看到东方白转身向 129 号洋房走来，忽然呼吸急促，急忙松开窗帘，放下望远镜，疾步转身下楼，拉亮了一楼的电灯。

看到 129 号洋房猛然亮起的灯光，东方白却突然停下脚步，眉头微微皱起，转眼看到一辆黄包车，伸手拦住。

“去哪里？”黄包车夫问东方白。

东方白坐上去说：“南京路！”

二楼窗前，千叶葵打开窗户，灯光投射到庭院里。她看着东方白乘坐黄包车离去，便拿起放在窗台上的香烟和火柴，举止优雅地点了一根烟，靠在墙上吸着。片刻之后，她夹着烟向阁楼走去。

阁楼里堆积着杂物，空间有些逼仄。一堆杂物后面，放着一个漆黑的保险箱。千叶葵蹲在保险箱前，旋转密码锁，打开了保险箱。

保险箱里只有一个黑盒子。

千叶葵打开黑盒子，里面是一个制作考究的小本子。她取出小本子，翻开第一页，上面写着“上海满铁三羽乌资料”。翻开第二页，是一个简笔画像，正是东方白。简笔画像下面有几行日文——

东方白
八咫乌机关特工，代号“老鸢”
潜伏身份
上海平家青帮老三，“白老三”

千叶葵看着东方白的简笔画像，幽幽地叹息一声，不再接着翻看，而是合上小本子又放进黑盒子里，然后锁上了保险箱……

~ 088 ~

[上海，日占区，虹口，重光堂]

王千木觉得发生的一切绝非偶然，换句话说，他的抉择是一种必然。

譬如，只因杀了原百泰，戴笠便不问青红皂白，把他送上了“黑名单”，这绝非偶然。或许，这后面还有故事，有背景，有阴谋。实际上，把王千木送上“黑名单”的第一人并非是戴笠，而是蒋介石侍从室控制全国谍报系统的侍六组，是蒋介石最信任的侍六组主任“姜太公”安子铭。

原百泰不仅是上海滩的百货王，还是国民政府的功臣。民国二十五年，安子铭和原百泰在上海总会安排了一起凶手案，死者叫原莱，是原百泰的小女儿。凶杀案之所以叫安排，是因为原莱没有被杀，而是作为重庆特工“红雨”的妻子，一起秘密潜伏日本东京，执行救国的特殊大任。所以，原百泰是重庆的大功臣，安子铭需要血祭。血祭最好的人选，无疑就是王千木。（作者按：安子铭和“红雨”的故事详见拙作民国谍战系列小说《叱咤之城》）

为什么是必然呢？中共撤销“007号线”，无疑是怀疑他的身份，作为重庆间谍、中共叛徒，他不选择投靠日本人，迎接他的只有死亡。这给了他一个选择变节的冠冕堂皇的理由。

重光堂的茶室里，沸水正咕咕地翻滚着，一如他的内心。王千木听着土肥原贤二讲述“白皮书计划”，忍不住向坐在身侧的木村苍介望了一眼，中共

“007 号线”更换为“021 号线”的消息就是木村苍介提供的。

“暗杀，可由岩井公馆来执行。”木村苍介向沸腾的水壶指了指。坂西利八郎虽是土肥原机关的顾问，但他已经老了，不想来回折腾，就留在了东京，安排学生代他参与。

土肥原贤二提起水壶，将沸水注入大杯子里：“暗杀是计划的核心，总有不顺从的支那人，帝国计划是要支那人流血死亡的。”

王千木有些魂不守舍：“中共‘007 号线’更换为‘021 号线’，我居然没有得到一点消息，为什么？”

木村苍介说：“看来中共早已经怀疑你了。”

土肥原贤二点点头：“从莫斯科到延安再到武汉，你存在暴露的概率。”

王千木摇了摇头：“不会，我很小心的。我在莫斯科和延安时，几乎忘了自己是个军统，绝不可能留下任何蛛丝马迹的。”

土肥原贤二给王千木倒了一杯茶：“那就是在武汉。”

木村苍介说：“中共长江局有很多谍报高手的。”

王千木又轻轻地摇了摇头：“到上海组建‘007 号线’，是我在长江局的第一个任务。”

木村苍介提醒道：“别忘了你的下线可是‘白沙’，或许他看出了你的身份。”

王千木无奈地说道：“也只能是‘白沙’了。”

土肥原贤二淡淡一笑：“‘白沙’已经死了，你暴露的事情查无所查，不必再费心神了。”

“‘白沙’死了，‘黑沙’又来了。”王千木长叹一声，喝了一口热茶，“‘黑沙’极其神秘，作风更是大胆，据说因为不恪守中共纪律而被雪藏。”

木村苍介嘿嘿一笑：“中共居然启动‘黑沙’，看来中共也是‘不拘一格降人才’了。”

王千木恨恨地说道：“所以，我们必须摧毁‘021 号线’。”

木村苍介问：“如何摧毁？”

“斩腰断指。”王千木抬起手来，做了一个刀砍的手势，“‘021 号线’的‘腰’就是‘青花’！这个‘青花’是替代‘白沙’领导白沙小组的，此人必须腰斩。”

木村苍介问：“王先生对‘青花’有所了解吗？”

“所知不多。”王千木既不摇头，也没有点头，“他曾是特科保镖，专门负责中共高层人物在沪活动的保卫工作。”

木村苍介紧锁眉头：“一个保镖？”

土肥原贤二若有所思：“保镖心思缜密，防守意识强，一般不主动进攻，这样的人很能隐藏。”

王千木点点头：“的确，想找出‘青花’不太容易。但还可以采用‘断指’的方式，‘指’就是‘青花’的下线，我怀疑是梅子青。”

木村苍介疑惑地问：“梅子青？她可是梅大总管的千金呢！”

“只要证据确凿，谁的千金都不行。”土肥原贤二哼了一声，“‘老鸾’怀疑‘青花’是苏立生。”

王千木反问：“苏立生？”

木村苍介说：“岩井公馆的苏主编。”

“那就对了。”王千木舒展眉头，“延安给我的密令说，‘青花’潜伏于岩井公馆。”

木村苍介思索着：“如果苏立生是‘青花’，梅子青是他的下线，这个结论应该能够成立。”

土肥原贤二点了点头：“接下来，我们要做一个套子，把他们都装进去。”

“我想了一个套子。”王千木端起茶杯，还没有沾唇，又轻轻放下，将他的想法和盘托出。

土肥原贤二听了，展颜笑道：“这个圈套好，梅苏二人一定会掉进去的。”

王千木得意地说：“无论是中共‘007’，还是军统杀手，梅苏二人都会冒险的。”

木村苍介疑惑地反问道：“做局下套，不应该是越逼真越好吗？”

王千木哈哈一笑：“木村机关长想审我呀！”

木村苍介阴沉着脸：“审一审也无妨呀！”

王千木尴尬一笑：“越不审，越逼真！”

～ 089 ～

[上海，愚园路，百乐门]

“白虎”和“红鸽”的接头，注定是一场精彩的游戏。

它的精彩在于，木村苍介的目的不是抓捕，而是诛杀。因为他明白盟国特工是抓不得、审不得的，诱出日本特使后必须即刻杀之。

它的精彩还在于，繁花盛开之后的寂静和落寞。

先说说繁花盛开的场景吧，那注定是花团锦簇、莺歌燕语，因为接头地点就在百乐门。

萧红如来了百乐门，必然受到关注，就连平楚山都亲自陪同着。萧红如当然不是一个人来的，陆文泰是她最好的掩护，自然要一起来。他们三个坐在二楼的包间里，这时舞曲已响起，欧阳夏在唱歌领舞。

平楚山与萧红如碰了碰酒杯，向楼下一指："萧小姐，欧阳的舞如何？"

"看欧阳小姐的舞，如同听风望雨，真实的美。"萧红如巧笑嫣然，"看我的电影，如同海市蜃楼，美是很美，但不真实。"

平楚山望着陆文泰，哈哈大笑："跟随大师久了，连说话都文绉绉的了。"

陆文泰呵呵一笑："平老大，咱们在一起十多年了吧，你怎么还是这么粗鲁？"

萧红如轻轻掩嘴笑道："平先生是表面粗鲁，实则风雅。"

平楚山爽朗地说道："还是萧小姐会说话。"

大家说笑了一会儿，陆文泰叹了口气，说道："前天的事，太让人窝心。百泰兄遇刺身亡，是不是我害了他呀？"

平楚山将酒杯放在茶几上："老陆，不碍你的事，别给自己扎刀子。"

萧红如握住了陆文泰的手："平先生说得对，千万别往心里去。"

陆文泰长叹一声："十年店庆，本是喜事，结果……"

萧红如温柔地说："谁也不想这样的。"

平楚山压低声音说："警务处说，百泰兄是被军统杀的。"

陆文泰一惊："什么？"

平楚山点点头："嗯，据说是军统干的！"

"看来这仇是没法报了。"陆文泰无奈地说，接着又向舞台中的欧阳夏一指，"这个更窝心，这个舞皇后……"

平楚山摆了摆手："跟她有什么关系？"

陆文泰喝了一口红酒，突然问道："梅森伯爵是梅晋元吗？"

平楚山猛地灌了一口酒，赌气似的说道："如果是的话，就真遇到鬼了。"

陆文泰唏嘘不已："平大嫂是一个多么善良的人，至今还记得大嫂笑得像向日葵一样美。"

平楚山拿起酒瓶给陆文泰倒酒："不聊窝心的事。"

萧红如抬起手腕看了看表，见还差五分钟就到八点，便站起身说："你们聊着，我去补补妆。"

平楚山哈哈一笑："萧小姐不能太漂亮，老陆会心惊肉跳的。"

萧红如微微笑了笑，拿起小包走了出去。走到前廊，俯身向下望去，正看见楼下靠在立柱上吸烟的陈耕。二人似乎心有灵犀，陈耕这时也向二楼望去，看到了萧红如。萧红如若有若无地点了点头，径直向前走去。

陈耕上了二楼，走进一个包间。包间里只有一个人，正是《女间谍》的导演卢卡斯。他正兴致勃勃地看着舞女跳舞，听到包间门开了，也没有回头。

"卢导。"陈耕径直走到沙发前坐下，从兜里掏出一个厚厚的信封丢给卢卡斯。

"陈处长。"卢卡斯伸手接过信封，见里面全是法币，嘿嘿笑了起来。

"这是最后一笔。"

"两清了。"

"真清了？"

"放心吧，我很快就回柏林了。"

"嘴要严。"

"嘴不严的话，陈处长早就痛下杀手了，还会给我这么多钱？"卢卡斯将信封丢在沙发上，端起了酒杯，"不过，我得叮嘱你一句，你和萧小姐的事要谨慎，幸亏是被我拍到了，要是换了第二个人，就去日本人那里领赏了。"

陈耕把手伸向卢卡斯："底片呢？"

"明天我会亲手交给萧小姐。"卢卡斯嘿嘿一笑，嘴角荡起了得意的笑容，从沙发上拿起信封揣入兜里，起身离开。

卢卡斯的微笑，不是因为得到钱财，而是他马上就可以回国了，只要完成这次接头，他就有理由离开上海了。不错，卢卡斯就是盖世太保"白虎"。他不知道，等待他的不是生路，而是再也回不去的死路。

按照约定，卢卡斯走到三楼 303 室门前，伸手敲了敲门。三楼楼梯拐角处，陈耕看着卢卡斯在敲门，眉头微微一皱，立刻明白卢卡斯就是"白虎"。

这次接头忽然就演变成一场精彩的游戏了。它的精彩更在于，这是一次几乎透明的游戏。卢卡斯早就知道萧红如是中统“红燕”，陈耕和萧红如幽会时，正好被卢卡斯逮住，并拍了照片，这就是陈耕给卢卡斯钱的原因。

中统“红燕”怎么可能是意大利间谍“红鸽”？

陈耕伸手拔出枪，一侧头看到了陆文泰，急忙将枪藏在身后。

303 室的门开了，萧红如惊愕地看着卢卡斯，卢卡斯也惊讶地看着萧红如，忽然之间卢卡斯明白了一切。

“这是个圈套！”卢卡斯转身就跑。

这时，旁边的房门开了，七八个日特蜂拥而上，杉本哲和千叶葵在前，举枪瞄准了卢卡斯的后背。

卢卡斯跑到了 301 室的门前。千叶葵的手指准备叩动扳机。

突然，一只女人的手抓住了卢卡斯，一把将他扯进了 301 室内。

众人突然愣住，全都停了下来。301 室房门口，一只女人的手伸了出来，手里举着一个特高课课长的证件。

千叶葵看了一眼证件，向日特一挥手：“撤！”

源千雪缓缓收回了手，轻轻关上门，看了一眼趴在地上昏迷不醒的卢卡斯，提起茶壶，将热水倒在卢卡斯的裤裆上。

“你是谁？”卢卡斯疼得啊的一声爬起来。

“‘白虎’！”源千雪放下茶壶，“我是谁不重要，我救了你才重要。”

卢卡斯疼得哆里哆嗦地问：“抓我的人是谁？”

“岩井公馆。”

“日本外务省的？”

源千雪点点头：“意大利特使和‘红鸽’已经死了，你见的那个是冒牌货。”

卢卡斯忍着疼痛说：“萧红如不可能是‘红鸽’。”

“赶紧走吧！”

卢卡斯诧异地问道：“你放我走？”

“是‘黑鹰’让我来救你的。”

卢卡斯更加惊愕：“‘黑鹰’在上海？”

“‘黑鹰’说，赶紧离开上海，这里是日本人的地盘，再不走你就走不掉了。”源千雪向窗户一指，“走窗户！”

“替我谢谢‘黑鹰’。”卢卡斯踉踉跄跄地走到窗前，看到窗后有根绳子，便沿着绳子爬了下去。

~ 090 ~

[上海，法租界，霞飞路，唐公馆]

那一尊闪着幽光的宋青花，闪花了唐邵诣的眼睛，也要了他的命。

毛玠去唐公馆的时候，特意穿了一件笔挺的白色西服，还兴致勃勃地在上衣口袋里放了一块丝巾，并在头上喷了点发胶，将头发梳得纹丝不乱。

那把精致的小斧头就藏在宋青花里。

他提着宋青花来到唐公馆门前，两个保镖虎视眈眈地盯着他。不远处，一辆轿车前还站着两个日特便衣。保镖搜查了毛玠，没有发现武器，向站在门前的老周点了点头。

“王处长。”老周笑着扬起手，推开门，“请进。”

毛玠跟着老周走进客厅，唐邵诣正在欣赏另一尊宋青花，门口站着一个保镖。

“这对宋青花是先父一直珍藏的。”毛玠将手中的宋青花双手递给唐邵诣。

唐邵诣将手中的宋青花轻轻放在桌上，再去接毛玠递过来的，随口问道：“你父亲是？”

“王竹林。”

“天津商会会长？”

“一个月前去世了，被军统杀了。”毛玠的眼睛一红，语气凄哀，“所以，我想往上爬爬，等我有了实权，我要扫平租界军统，为我父亲报仇。”

唐邵诣伸手在毛玠的肩上拍了拍：“百事孝为先，我支持你。”

毛玠一指宋青花：“先父说，这青花里藏有大文章。”

唐邵诣兴奋地说：“哦？”

毛玠伸出手：“我来给总理说道说道。”

唐邵诣将宋青花递给毛玠：“好！好！”

毛玠接过宋青花，顺手从青花瓷瓶里掏出小斧头，一斧头砍在了唐邵诣的后脖梗子上。唐邵诣扑通一声趴在了地上，鲜血溅了毛玠一脸。接着，毛玠反手掷出小斧头，劈在了那保镖的脑门上。老周吓得浑身一哆嗦，尿了一裤裆。

“卖国必诛！汉奸必杀！”毛玠向唐邵诣吐了一口唾沫，转身走到保镖的尸体前，伸手拿起小斧头，回头看了看吓傻的老周，眉头一蹙，又一斧头劈在老周的脑门上。他见西服上有血迹，便脱下来擦了擦斧头上的血和指纹，然后丢在了地板上。

“总理赏的。”毛玠平静地走出唐公馆，手里拿着两根金条，向一个保镖腰间里的手枪瞥了一眼，将金条往前一伸，“来，爷赏给你。”

那保镖的眼睛一亮，却没有接金条。

毛玠呵呵笑了：“知道我是谁吗？”

“警务处的王处长。”

毛玠向日特一指：“日本人？”

“嗯。”

“就两个？”

“就俩。”

毛玠笑了笑，将金条丢给保镖。保镖伸手去接，腰间露出了空挡。毛玠伸手拔出他的手枪，甩手击毙那两个日特。

那保镖接住金条的同时，看到日特被击毙，登时傻了眼。另一个保镖反应过来，慌忙去掏枪，又被毛玠一枪击毙。

那个保镖颤颤巍巍地将金条递回给毛玠，颤抖地说：“王处长，您的金条。”

毛玠笑着接过金条，又一枪将其击毙，疾步走到轿车旁，开车扬长而去。

～ 091 ～

[上海，公共租界，汉口路；法租界，老北门街]

卢卡斯成了丧家之犬。他非常恐慌，“黑鹰”就在上海，为何让他去见“红鸽”？德意日三国会盟这么重要的事情，为何不交给权力更大的“黑鹰”？答案是毋庸置疑的，他被遗弃了，成了政治斗争的牺牲品。

卢卡斯没有选择，他必须尽快离开上海。只要离开上海，中国国土这么辽阔，随便找个小城市隐藏起来，谁也不可能找到他。从百乐门逃离后，他直接回到了汉口路上的家。那是座普通的四层楼房，片区内几乎都是一样的建筑。

令他意想不到的是，他早被隔壁楼房的一双眼睛盯死了。那双眼睛看起来并不吓人，而且非常漂亮，不太长也不太短的睫毛镶嵌在一个男人的脸上显得很精致，一副增一分太长、减一分则短的风雅模样。

他就是军统老六，站在一扇窗前，看到对面402房的灯亮了，便举起望远镜，看着卢卡斯拉上窗帘。他轻蔑地一笑，放下望远镜，转身离开。

对面的402房中，卢卡斯坐在单人沙发上抽烟，茶几上放着一把枪，额头上的汗还没来得及擦。他猛吸了两口烟，突然站起来，将沙发翻了个，下面竟然绑着一捆炸弹。他走到卧室内，拉亮了灯，打开藏在柜子里的保险箱，将里面的证件、美金和金条全都放进一个皮箱里。

卢卡斯拎着箱子走到客厅，拿起茶几上的手枪，将炸药引线扯到门口，掏出打火机点着，扭头疾步下了楼。炸药引线像灵动的火蛇一样，嗤嗤地向前蔓延……

卢卡斯拎着皮箱来到街上，径直走到一辆车前，掏枪砸碎玻璃，将皮箱丢进车内，扯出引线，一边打火一边向楼上望去。

不远处的一辆车中，军统老六看着卢卡斯的一举一动，手指不停地在方向盘上弹跳。

卢卡斯打着了火，启动车子，快速挂挡，向前驶去。

轰隆一声，402房内的炸弹爆炸了，四面火起，邻居尖叫的声音夹杂其中。

军统老六似乎早就料到了，波澜不惊地紧跟着启动车子，疾速穿过滚滚尘烟追踪着卢卡斯。

卢卡斯开车驶到老北门街，在一个窄街口停下，前方是贫民石库门。卢卡斯下了车，没有取皮箱，直接钻进了弄堂里。

军统老六将车停在一个隐蔽处，推开车门下车，疾步走到弄堂口，正看到卢卡斯推开了一个门洞的房门。

卢卡斯拉亮了灯，房子显得破旧、逼仄，只有床、桌、柜、老式沙发等简单生活用具，唯一不搭的是地面铺设的全是木地板，虽然有年头了，但仍显得有些考究。

卢卡斯走到老式沙发前，拉开沙发，只见沙发下的木地板有规则的错乱。卢卡斯扣住木地板，用力扯起，地板下露出一个小洞，里面放着一个铁盒子。卢卡斯拿起铁盒子，一屁股坐在沙发上，将铁盒子放在腿上，低头去扣铁盒子。

吱呀一声，军统老六推开门进来，无声手枪对准了卢卡斯。

卢卡斯噌的一声站起来：“是你！”

军统老六微微摆了摆枪口：“坐下！”

卢卡斯颓废地坐下：“这是你设的圈套？”

军统老六摇了摇头：“坟墓是你自个挖的。”

卢卡斯看了铁盒子一眼：“我的猜测是对的。”

军统老六点点头：“你的猜测是对的。”

卢卡斯无奈地说：“可惜，柏林没有看到我的报告。”

军统老六平静地说：“你的报告落到了我的手里。”

“你们真是无孔不入呀！”

“你们的荣格区长也是我杀的。”

卢卡斯惊愕地问：“为什么？”

“因为他让你调查我。”

卢卡斯摇了摇头：“你隐藏得够深，你就是军统老六，还是……”

军统老六挥了挥手枪：“盒子！”

“跟‘狸猫计划’有关吗？”卢卡斯将盒子丢到军统老六脚下。

军统老六用脚踩住盒子，点点头，没有说话。

“许少醒，程西山，‘狸猫计划’……”

“他们死了，我才能活。”

卢卡斯忽然明白过来：“你想李代桃僵？！”

军统老六微微一笑：“‘狸猫计划’，就是我的复活计划。”

卢卡斯长叹一声：“你布了一盘大棋呀！”

“是啊，天津、柏林、上海三城联动，中、德、英、苏、日五国情报机构整体化一，才能完成‘狸猫计划’。”

卢卡斯眼神里满是绝望，语气却很平静，淡淡地说：“动手吧！”

“你还有什么要交代的吗？”

卢卡斯的眼睛一亮：“蝴蝶！”

军统老六眉头一蹙：“蝴蝶？”

卢卡斯咧嘴笑了：“蝴蝶！”

军统老六手指一动，扣动扳机，扑哧一声击中了卢卡斯的眉心。卢卡斯仰倒在沙发上。

军统老六弯下腰，捡起铁盒子，轻轻打开，只见里面放着一沓照片、一份文件和一个胶卷。最上面的一张照片，是许少醒和许少醉的合照。他继续翻照片，第二张照片是陈耕和萧红如躺在床上衣不蔽体的照片。他继续翻看，最后取出那个胶卷，揣进兜里。然后，他将铁盒子放在地上，掏出打火机点燃了照片和文件，火势顿时升腾起来。

处理完毕，军统老六走出了石库门，弃了车子，徒步走到黄浦江畔，看到江边有一个曲线迷人的人影，禁不住露出笑容。

那人影忽然转过身，赫然是源千雪，她的脸上也布满了笑容，向军统老六招了招手。

军统老六走到源千雪身前，二人激动地抱在一起亲吻着。片刻之间，源千雪浑身发烫，刚刚杀人的场景烘烤着军统老六的身体，令他热血沸腾、激情难耐。在薄薄的雾气中，在幽暗的深夜里，他忽然忍受不住，立刻剥下了源千雪的衣服……有不睡的鸟雀飞来，看见黑夜里发生的一切，不做停留向忽明忽暗的黄浦江中飞去。

欢娱之后，激情退却。月光如水，寂静无声。

“找到了吗？”源千雪边整理衣服边问。

“当然。”军统老六从兜里掏出一张照片，递给源千雪。

“是他？”源千雪接过照片，趁着月光看了看。

“他就是你要的答案。”

“‘黑鸟’。”

“工部局警务处。”

第七日

1938年10月1日　星期六

民国二十七年　农历八月初八

戊寅年　辛酉月

第十一章　真相

～ 092 ～

［ 上海，公共租界，南京路，爱多亚路，汉口路 ］

被欺骗的真相总是令人愤怒的。

对陆文泰来说，萧红如伪装的“红鸽”不是欺骗，接受陈耕关切的眼神才叫欺骗。就在卢卡斯逃跑的那一刹那，躲藏在楼梯处的陈耕关切的眼神，陆文泰看得清清楚楚，然后他就看到萧红如眼睛里的甜蜜回应，那一刻他明白了一个真相。

陈耕和萧红如在演戏。演戏给谁看的？还能有谁？

为了证实这个真相，他晚上没有住在华懋饭店 901 室，而是住进了隔壁的 903 室。903 室住着一个年轻的日本女孩，叫清水和美，正是陆文泰的情人。靠近 901 室的墙边放着一张桌子，桌上有一整套的监听器材，显然是在监听 901 室。

从某一个角度来看，陆文泰从来没有信任过萧红如。真相就像裹在包装纸下的口香糖，揭开的时候有清香，刚开始嚼的时候有劲道，可慢慢地就味同嚼蜡了。

晨雾之中，萧红如果然独自一人下楼了，一辆轿车准时地停在她的身边。萧红如拉开车门的瞬间，陆文泰看清了开车的人正是陈耕，也看到萧红如侧身在陈耕的脸上吻了一下，然后将头靠在了陈耕的肩膀上。

车子驶离，陆文泰怒了，表情异常难看，在窗台上重重地捶了一下。清水和美从床上爬起来，身上只有单薄的内衣。她走到陆文泰背后，从身后抱住了陆文泰。陆文泰握住清水和美的手，突然转过身，反手扇了清水和美一个耳光。清水和美的脸上反而荡起了笑容。

“你个贱货！”陆文泰伸手抱起清水和美，将她丢在床上，把清水和美压在了身下。

萧红如和陈耕来到海德公园的家，他们拥抱着亲吻。情到浓时，陈耕抱起萧红如走进卧室。天微微亮的时候，萧红如从睡梦中醒来，觉得这片刻的温存，短暂放松的休憩，给她注入了新的活力。

“阿如，你必须离开。”陈耕给萧红如准备了牛奶和面包，端到了卧室里。

“再看看吧。”萧红如太快乐了，危险被她阻隔在大脑之外，她拿起牛奶喝了一大口。

“卢卡斯知道你我的身份。”

“我累了，阿耕。”萧红如下了床，看着陈耕，眼圈微红。

陈耕伸手揽住萧红如的腰：“现在还不是回家的时候。”

“我现在算什么？一个不要脸的戏子？”萧红如将杯子放在桌上，“阿耕，我是个军人。”

“你心里的苦，我懂。”

“我真想让鬼子给抓了！让他们登报说，萧红如就是中统‘红燕’，这样我也能昂着头死了。”萧红如的眼泪流了下来，“可是现在，这日子没法过，处处皆阴暗，见不得一点儿光明。”

“这两天，你就住在这里。”陈耕轻轻抚摸着萧红如的后背，在她的发髻间吻了一下，“我会找到卢卡斯，做掉他后，你就安全了。”

“嗯，你也要注意安全。”

“局座来电，命我们除掉李墨群这个叛徒。”

“整个中统上海站，只剩下你和我了，怎么除去叛徒？”

“李墨群策反中统沪、宁、青三站，局座的脸面算是丢尽了，所以局座才下了死命令。”

萧红如仰起脸，看着陈耕：“不除掉叛徒，你我都得死？”

陈耕重重地点点头：“都得死！”

萧红如闭上了眼睛：“连你这只‘黑鸟’都没得选，我这只燕子还选什么，跟着你一起飞就好了。”

陈耕伸手紧紧地抱住了萧红如。萧红如泪眼婆娑，眼泪滴落在陈耕的肩膀上。

安顿好萧红如，陈耕便驱车来到汉口路。卢卡斯家的窗户烧成了焦灰，墙体部分塌裂，楼下房间有些黑炭，却不伤主体。一群巡捕正在楼内外搜证。陈耕看到万墨翰站在街边，正抬头望向402房，便将车开到他身后，按响了喇叭。

万墨翰见是陈耕，拉开车门钻进去，问："你怎么来了？"

陈耕透过车窗向卢卡斯家望去："卢卡斯抓到了吗？"

万墨翰皱着眉头好奇地问道："你怎么知道这是卢卡斯的家？"

"我还知道他是德国特工。"

万墨翰惊愕地反问："他是德国特工？"

"'白虎'！"

"警务处盯上他了？"万墨翰向楼上一指，"怪不得只炸了402房，卢卡斯是个制作炸弹的高手呀！"

"我问的是，人呢？"

"屋内没有尸体。"

"下车！"

"你个赤佬！"

"杨小姐的火车，明天晚上到。"

"这么快？提速了？"

陈耕嘿嘿一笑："是你的小心脏提速了吧！"

"滚！"万墨翰笑骂了一声，推开车门下车。

陈耕看着万墨翰的背影，眉头渐渐皱起，一边点烟，一边启动车子离开。

~ 093 ~

[上海，愚园路，兆丰公园]

兆丰公园在愚园路的最西端，也是上海滩西式繁华的终点，难得的一片清净。公园很大，一大片茂密的树林，孕育了整个公园的浓荫。靠近极司菲尔路的地方还有一片池塘。池塘是天然的，周围芦苇丛生，风吹起的时候，芦苇花就如同雪花般飘荡在公园里。

清晨的时候，是公园最静谧的时刻，董竹穿过一片草地，向池塘走去。池塘畔，陆川正坐在长椅上看报。那是一份旧报，头版刊登着蒋介石庐山会议时的照片，大标题写着《地无分南北，年无分老幼，皆有抗战守土之责》。

董竹走到长椅前坐下：“这是旧报。”

陆川笑了笑：“看着提神。”

“山深未省人间世，黑白纵横几局棋。”

“颠倒朱黄思误字，纵横黑白戏拈棋。”

二人同时伸出手，握住了对方的手。

“我是白沙小组副组长董竹。”

“我是黑沙小组组员陆川。”

董竹微微一笑：“陆大少。”

陆川微微一笑：“知道我？看来，公馆还真有白沙小组的人。”

董竹笑了：“是有人经常念叨你的名字。”

陆川笑了：“小柔？！”

“老家有什么任务？”

“白沙小组全力协助‘021 号线’潜伏。”

董竹不解地问：“‘021 号线’？”

“‘007 号线’废除了，启用新的‘021 号线’。”

董竹点点头：“嗯，具体工作？”

“‘021’同志。”陆川从兜里掏出一张照片，递给董竹。

“怎么可能？”董竹接过照片，见是朱若愚，微微一愣。

陆川无奈地说：“‘021 号线’遇到危机，只有朱若愚同志成为‘021’，整条线才会安全。”

董竹急促地问：“为什么是老朱？”

陆川猛吸了一口气，说：“因为他暴露了。”

“他真的暴露了？”

“你好像不吃惊。”

董竹点点头：“‘白沙’牺牲前，跟老朱见过面，一定是敌特监视‘白沙’时，找到了老朱。”

陆川从兜里掏出一个信封：“这是方法。”

董竹接过信封，放入兜里："老朱会牺牲吗？"

"不知道。"

"放心吧，我们会配合'021号线'行动的。"

陆川摇摇头，说："不，'黑沙'同志说，这次只能是朱若愚同志一个人。"

董竹向池塘里一只觅食的野鸭望去："命运选择了老朱。"

"命运也选择了我们。"陆川从长椅上起身，伸展开双臂，"老家还有一个重要指示，要咱们汇集远东情报资料，编辑一本册子，叫《红册》。"

董竹也跟着兴奋地起身："延安的确需要一本情报手册。"

陆川边说边向池塘走去："老家做了安排，由情报科三个小组共同来完成。"

董竹跟着向前走："好，我们做什么？"

"'黑沙'同志点了一个将。"

"谁？"

"梅子青。"

董竹问道："'黑沙'同志知道她的身份？"

陆川嘿嘿一笑："'黑沙'就是'021'。"

"我明白了，'021号线'就是原来的'007号'线！"董竹疑惑不解地说，"'黑沙'同志为何点子青的将？"

陆川弯腰捡起一个小石块："因为她是梅大总管的女儿。"

董竹点了点头："编辑《红册》，确实需要岩井公馆的情报资料。"

"转告子青，我随时会找她。"陆川说着将小石块投掷到池塘里，正落在那只野鸭旁边。那只野鸭受到了惊吓，扑棱一声惊飞，只是那么一跃，又啪的一声落在更远处的水面上，疾速向前游去……

~ 094 ~

[重庆，罗家湾19号，军统总部]

桌上放着一张手谕，是蒋介石的亲笔，写着"除唐"二字。就这两个字，刺痛了戴笠的眼睛。

戴笠站在办公桌前，拿起桌上的手谕，只觉"烫手"，又丢到桌上。

“这是委员长下的命令，局座无须烦忧。”沈醒不解地看着戴笠的举动。

“体恤领袖意志，如何体恤？”戴笠摇了摇头，“想老头子未想之事，才是体恤。”

“局座担心唐邵诣没有叛国？”

戴笠又看了一眼手谕，问：“毛老二来信了吗？”

沈醒摇摇头：“还没有。”

“唐邵诣叛国还没有做实，杀了他全国舆论必起，到时老头子就难堪了。”

“要不要撤回‘黑名单’？”

“除掉唐邵诣，这是老头子亲笔所书，如何能撤销？”

“现在怎么办？”

戴笠咬了咬牙，吐出一个字：“杀！”

沈醒犹豫地问：“那舆论？”

“我顶。”戴笠又从桌上拿起手谕，向前一伸，“烧了。”

沈醒一惊：“局座？”

戴笠嘿嘿笑了：“老头子不能杀人，可我戴笠能。”

沈醒掏出打火机点着了手谕。戴笠拿着燃烧的手谕，走到垃圾筒前，看着手谕烧尽。

沈醒拿着文件说：“局座，江北日军已攻下信阳，沿汉宜路直趋汉口后门，江南日军经鄂赣边界，直指粤汉路北段，以拊武昌后背之势，与江北日军对武汉形成钳形攻势。”

“武汉虽为军事重镇，但却易攻而难守。”戴笠怔了怔，“武汉告急呀！”

“军委会定下了吗？”

戴笠点点头：“定了，焦土抗战，以空间换取时间。军委会正计划部队撤退，也给咱们下达了重要任务：反资敌大破坏。”

“汉阳铁厂、兵工厂、汉口码头、桥梁，这些不能搬走的固定设施，必须破坏，以免资敌。”

“老头子命我速去武汉。”

沈醒问道：“那‘007’一案，怎么办？”

戴笠突然变得愤怒：“为了调查‘007’是如何暴露的，我不得不做出提前搬迁军统总部的决定！”

“这个决定是对的，有了搬迁，咱们才能逐一调查。”

“‘蓝色 007’是我安插在中共长江局的刺客，目标只有一个，暗杀中共最高领导。此项计划，少有人知。知道的人也绝不可能泄密。”戴笠叹了口气，“为了保护‘蓝色 007’，我不得不牺牲王老大，这个损失太大了。”

“‘蓝色 007’传来消息，中共正在调查王老大。”

“王老大有太多痕迹，无论如何掩饰，也掩盖不了所有的痕迹。”

“牺牲王老大，是治标不治本的做法。”沈醒小心翼翼地瞥了一眼戴笠，“以王老大这个‘007’掩盖‘蓝色 007’，咱们是不是掩耳盗铃了？”

戴笠毅然决然地说：“‘蓝色 007’非常干净，两害相较取其轻。”

“骗得了中共一时，骗不了一世啊。”

戴笠嘿嘿笑了：“不需要一世的！”

“嗯，刺杀了一个中共领导，‘蓝色 007’也就失去了价值。”沈醒会意地笑了，又瞥了一眼文件，“六哥为何执意要挖出潜伏在上海的苏共‘5 号’？”

戴笠笑了：“不是老六，是日本人！”

沈醒惊愕：“栽赃日本人？”

戴笠气哼哼地说：“苏联给咱们提供军事物资打鬼子，看似他妈的慷慨，实则是让中国做枪靶子，做他们的炮灰。”

沈醒会意地笑了：“六哥的意思要让日苏打起来。”

“也是老头子的意思。”戴笠点了点头，“为了‘狸猫计划’的安全，也必须挖出苏共‘5 号’！”

“这个苏共‘5 号’，可是苏共第五局的王牌特工，挖出他可不容易。”

“那就是老六的事了。”戴笠笑了笑，“我再交代两点：第一，通知‘蓝色 007’蛰伏。第二，王千木一定要除掉。”

沈醒点头应道：“王老大已上了‘黑名单’。”

～ 095 ～

[上海，日占区，虹口，岩井公馆]

这当然是一个圈套。

王千木被木村苍介抓了，就在岩井公馆审讯。同时，卢卡斯的尸体也送到了岩井公馆，自然陈耕是“黑鸟”的消息也一并摆在岩井公馆的会议桌上。

“黑鸟”的消息是源千雪提供的，这是她作为特高课课长的见面礼。

这份见面礼很重，中统“黑鸟”竟是公共租界工部局警务处处长，自然令英美政府羞于解释、难以交代。日本军部一直都想渗透工部局警务处，坐实了陈耕是中统“黑鸟”，日本军部便可以此为借口，安排日本人做警务处处长。

无疑，陈耕是中统“黑鸟”，成为日本军部渗透工部局警务处的一把利器。

这个圈套并不高明，就像一把钝器，没有闪光点，笨拙得哑然。然而，有时候钝器有钝器的好处，它不闪亮，所以你看不出它是否凶猛，甚至你会觉得这是个圈套。

当你觉得这是个圈套时，其实已经掉进了圈套里，因为这只是王千木设计的第一层圈套。

参会的人不多，基本上都是圈套里的人。木村苍介是布局者，肯定是要参加的。苏立生和梅子青是猎物，自然是少不了。为了给猎物作陪衬，就选了“老鸢”东方白做绿叶。当然，主持人是不能少的，蒙在鼓里的梅晋元和他的秘书千叶葵，也都各揣心事一起参会。

梅晋元问木村苍介：“那个德国人就是‘白虎’？”

在这个布局中，卢卡斯的死是圈套沿儿的绳子，木村苍介是拉绳子收紧套子的猎人，要把杀死卢卡斯的大功占为己有，他向梅晋元点点头说：“嗯，是我亲手毙了他。”

梅子青冒冒失失地进了套里，说：“我认识他，是个导演，叫卢卡斯。”

梅晋元望着梅子青：“你认识他？”

梅子青冷冷一笑：“我写的传记您没看过？”

梅晋元微微一笑：“书是买了，不过还没来得及看。”

梅子青对东方白说：“副主编都看过好多遍了。”

东方白向梅晋元解释：“《红动上海滩》，萧红如的传记里提到过卢卡斯，他是《女间谍》的导演。”

苏立生拿起笔，在本子上点了点：“怎么见报？内容怎么写？”

梅晋元轻咳一声：“导演，私生活混乱，就以情杀来写吧。”

苏立生点点头：“好的。”

木村苍介说："卢卡斯还有一个身份，是中统的情报员。"

东方白问："他为中统工作？"

木村苍介接着说："他为'黑鸟'提供情报。"

梅晋元问："'黑鸟'？那可是中统的高级特工。"

木村苍介点点头："已查明，'黑鸟'就是公共租界工部局警务处的陈耕。"

苏立生禁不住握紧了双手："陈耕是中统'黑鸟'？"

木村苍介看了一眼苏立生："苏主编认识陈耕吗？"

苏立生连忙摆手："我认识他，他不认识我。所以，我们不算认识。"

梅晋元说："工部局警务处，不太好抓呀！"

木村苍介说："是呀！工部局警务处，说白了，是英国人的情报机构。"

梅晋元接着说道："天津事件还在发酵，没有内阁批文，就连三浦总领事也不能擅自做主。"

千叶葵问道："明知他是中统特工，还是无法抓捕吗？"

梅晋元点点头："外交无小事。一旦引起外交纠纷，抓捕'黑鸟'就毫无意义。"

这时，木村苍介沉声说道："我的建议是暗杀！"

梅晋元缓缓地点了点头，又问道："王千木是如何落网的？他是军统头号杀手，怎么会如此不堪呢？"

木村苍介笑了笑："说来巧了，这个王千木的女儿叫王羽，淞沪会战期间死了，她的住所是王千木买的，一直空着，幸运的是王千木并不知情。"

梅晋元微微一愣："守株待兔？"

木村苍介的手指在桌面上猛地一弹："调查王羽的工作，三个月前就进行了。王千木杀了原百泰之后，我就安排杉本哲守在那里。结果，王千木还真去找她女儿了。"

梅晋元赞许地点点头："以静制动，兵法上乘。"

木村苍介摇头叹息说："人是抓了，可王千木毕竟是军统头号杀手，想审出来什么不大容易呀！"

苏立生慢吞吞地说："他女儿不死就好了。"

木村苍介笑了笑："他女儿是个共党。"

苏立生非常吃惊："啊？！"

梅晋元轻声说道："王千木是军统，女儿是共党，一家人信仰各不相同，这是中国家庭的现状呀！"

木村苍介哈哈一笑："梅大总管和梅小姐的信仰是相同的呀。"

"我们的信仰不同。"梅子青摇了摇头，"我爸爸的信仰是大日本帝国，我的信仰是赚钱过自由的小日子。"

东方白呵呵一笑："小布尔乔亚。"

"王千木的审讯，还是木村先生来吧。"梅晋元笑了笑，然后看向苏立生，"除我和木村先生外，诸位均不得过问此事，有关新闻稿必须由我亲自签发。"

见苏立生点头，梅晋元又在桌上轻轻一扣："规矩大家都懂的。"

"规矩大家都懂的！"陆川竟然说了和梅晋元同样的话，只是这句话是对王千木说的。他从兜里掏出烟，塞到被绑在铁架上的王千木的嘴里，"你真是了不起！我接到的命令是不得审讯，这可是头一遭呀！"

王千木吸了一口烟，笑了笑，没有回答。

陆川嘿嘿笑了："军统头号杀手，怎么被抓了？"

"中了木村的圈套，我无话可说。"

"我真他妈想放了你，可是怕死。"陆川也点了一根烟，"你是个爷们，有种。"

王千木淡淡一笑："你为什么做汉奸？"

"我他妈没种呀！"陆川呸了一声，转身看到杉本哲走了进来，"能审了吗？"

杉本哲说："能审，但不能用刑。"

陆川又呸了一声："这个真新鲜，不用刑，聊天呀！"

～ 096 ～

［德国，柏林，盖世太保总部］

"和平鸽计划"成功了，英国军情六处中了海德里希布下的圈套。

那个践踏了国际关系基本准则的"慕尼黑协定"签订了，在意大利总理墨索里尼的见证下，英国首相张伯伦、法国总理达拉第，以出卖捷克斯洛伐克为代价，换来了四国所谓"再也不想彼此交战"的协议。

绥靖，就是以出卖盟友利益为代价，换取苟延残喘的暂时和平。

“成功了！”巴赫·米勒拿着一份电文，兴冲冲地走进总监室，“慕尼黑协定签署，元首发电褒奖。”

“太好啦！”海德里希放下手中文件，站起来接过电文看，“日本领事馆那边如何了？”

巴赫·米勒有些失落地说：“咱们失算了。”

“哦？”

“内线传来消息，青木真是满铁。”

“意料之中呀！”

巴赫·米勒又补充说：“许少醉就是‘黑王子’。”

海德里希一愣：“什么？”

“许少醉是苏共。”

“许少醉是‘黑王子’！”海德里希伸指在桌上一弹，“日本人保持缄默，意图在此呀！”

“日本推行‘北进’战略，需要策反苏共间谍。”

“第一，通过安全渠道，通知苏共第五局，满铁破获了‘黑王子小组’。第二，从现在开始，保护‘黑王子’离开柏林。”海德里希的嘴角勾起一抹邪魅的笑容，“日苏大乱，德国才安全。”

巴赫·米勒笑着应道：“我来办。”

这时，电话响了。海德里希伸手拿起话筒接听，突然行了个军礼，肃容说：“是，元首！驱逐犹太人！我这就部署！”

海德里希缓缓放下电话，望着巴赫·米勒：“元首命令，立刻驱逐犹太人。”

“接下来会大屠杀吗？”

“嗯！”海德里希默然地点点头。

“‘黑鹰’来电，‘白虎’死了。”

“‘白虎’一死，就无人知道是谁杀了程西山。”

巴赫·米勒点点头：“如此，‘黑鹰’就安全了。”

“日本人真是无所不用其极呀！”

“这是交易。”

“对，是交易！咱们帮日本人制造了天津事件，日本人就得帮咱们对付苏联。”

巴赫·米勒从兜里掏出一份电文：“这是日本人发来的地址。”

“日本人的电文？”海德里希接过电文，见上面写着“诺门坎”三个字，“日本人要在诺门坎袭击苏联红军吗？”

“是的。”

“你这次去上海，最重要的任务就是敦促日本关东军践行承诺。”海德里希向墙上的地图望去，“日本一旦‘北进’，我们便可吞并波兰。”

“明白。”

“元首也想看看苏联红军的实力。”

巴赫·米勒嘿嘿一笑：“关东军就是一只小白鼠。”

～ 097 ～

[德国，柏林，日本领事馆]

墙面高处，一个排风扇正缓慢地旋转着。

许少醉的脸色苍白，嘴唇干裂，努力睁开眼睛去看那个排风扇，肩膀因疼痛抖动着，忽然闭了闭眼，喊道：“我要见山田！我要见山田！”

审讯室外，传来一阵疾跑声。

过了片刻，山田泽来到了审讯室，青木未央带着两个日特在门口守卫，其中一个身材和体型很像山田泽的日特手里提着一个小箱子。

审讯室内，许少醉戴着手铐，坐在审讯桌对面，正扭头揉着肩头的伤。

“只有我一个人，你可以说了。”山田泽坐在桌后，桌上放着一支南部手枪，看着许少醉。

“有窃听器吗？”许少醉向四周望了望，“来一根烟！”

“‘黑王子’交代的，一定是机密，我不会让第二人知道的。”山田泽从兜里掏出烟，抽出一根递给许少醒，并给他点上。

“我要回上海。”许少醉爽快地吸了一口。

“我已通知宫崎翼，你回上海后去满铁报到。”山田泽从兜里掏出一份电文，放在桌上。

“谢谢。”许少醉伸手拿起电文看了看，“宫崎翼知道您是‘老鸢’吗？”

“一个小小的上海满铁负责人，还没有这个权限。”

“青木太为何知道呢？”许少醉放下电文，“青木太不但知道山田总领事是‘老鸢’，还知道您的弟弟山田寿也是‘老鸢’。”

山田泽皱着眉头问道：“苏共第五局查到的？”

许少醉摇摇头：“不！”

山田泽好奇地问：“你是怎么知道的？”

许少醉举起了手铐：“可以打开吗？肩膀疼，这个如坠千斤。”

山田泽瞥了许少醉一眼，从兜里掏出钥匙，丢给许少醉，顺手将整盒烟和打火机也推给了许少醉。

“谢谢！”许少醉捡起钥匙，打开手铐，“山田总领事知道青木太有个‘黑密室’吧？”

山田泽更好奇了：“你究竟是谁？”

许少醉笑了笑：“青木太便是因为‘黑密室’被杀的吧？”

山田泽举起手枪，对准了许少醉：“你究竟是谁？”

许少醉诡秘地笑了笑：“我是谁？我就是‘黑王子’呀！”

山田泽盯着许少醉：“‘黑王子’不可能知道这些机密的！”

许少醉哈哈一笑：“青木知道的，我就可能知道！”

山田泽更加不解：“青木？”

“‘黑密室’其实不是密室，而是一个黑盒子。”许少醉嘿嘿一笑，“现在这个黑盒子就在青木未央的手里，所以他知道你就是杀害青木太的凶手之一。”

“你知道黑盒子在哪里吗？”

许少醉不屑地扫了一眼山田泽手里的枪：“很容易走火的。”

山田泽放下手枪，追问道：“黑盒子真的在青木的手里吗？”

“曾经。”

“现在呢？”

“烧了，青木烧了。”

山田泽困惑地问：“烧了？为什么烧了？”

许少醉哂然一笑：“只有烧了，青木才能活命呀！”

山田泽冷笑一声：“算他聪明。”

“山田总领事、山田寿、东方白，都是‘老鸢’，对吧？”

山田泽缓缓地点头：“看来，你真的见过黑盒子。”

“当然。不过，我想知道谁是第四只‘老鸢’？”

山田泽嘿嘿一笑：“是你在审我？还是我在审你？”

许少醉呵呵一笑：“哦，忘了我是阶下囚。”

“说说青木的目的？”

“您不信任青木？”许少醉的嘴一咧，牵动了肩膀上的伤口，他伸出手指轻轻抚摸。

山田泽哼了一声：“信任是有限度的。”

许少醉微微一笑：“在一定程度上，您信任我吗？”

“看你的答案了。”

“青木要杀你。”

山田泽嘿嘿一笑：“他没有能耐杀我的！”

“他是没有这个能耐，但我有！”许少醉突然从肩头伤口处，拔出一个刀片，一挥手割开了山田泽的喉咙。

那个刀片，正是青木未央放进去的，他用匕首插在许少醉的肩头，拔出匕首后，趁着山田泽不注意，右手两根指头夹着刀片插入了伤口里。

那个刀片，也是情谊、勇气和信任的见证。

许少醉看着山田泽趴在桌子上，鲜血汩汩流下，伸手在他的背上擦了擦手上的血，烧了沾血的电文，然后走到审讯室门前，在门上敲了两下。

青木未央推开门，那两个日特疾步走进来，先剥了山田泽的衣服，然后将尸体丢进了水缸。一个日特从兜里掏出一瓶化学药剂，洒进了水缸里。山田泽的尸体开始融化，清水渐渐变成了血水。

“谢谢！”青木未央反手关上门，抱住了许少醉，笑容灿烂。

“杀‘老鸢’，我责无旁贷！”许少醉忍着疼痛，示意青木未央松开，“离成功只差一步了。”

那个身材与山田泽相仿的日特，换上山田泽的军衣，把自己脱下来的衣服交给许少醉换上。接着打开小箱子，拿出一些药膏、胡须等化妆用具，进行了简单易容。片刻之后，他就成了一个活脱脱的山田泽。

青木未央伸手拉开门，向“山田泽”鞠躬：“老师，请！”

“山田泽”走出审讯室，众人跟上。许少醉走到水缸前瞧了一眼，微微叹息一声，拿起盖子盖在水缸上，转身离开了审讯室。

很快，他们开着一辆轿车驶出了领事馆。外面的街道，并没有盖世太保的踪影。

青木未央向窗外望去："盖世太保撤了？"

许少醉嘿嘿一笑："咱们现在就是飘在空中的风筝，没人管了。"

青木未央兴奋地说："终于杀了'老鸢'！"

车子向前驶去，许少醉轻轻摇开窗户，向车外吐了一口血沫子，却看到米歇尔·格林站在街角处默默抽烟，不禁怔了怔。许少醉又将车窗玻璃摇上去，转身向越来越远的领事馆望了一眼，脸上绽放出笑容。

一栋居民楼里，巴赫·米勒手持望远镜看着车子向前驶去，脸上也露出了笑容。

苏联间谍"黑王子"逃离了日本领事馆，这是盖世太保乐见其成的。

一个小时前，巴赫·米勒已将"黑王子小组"被日本满铁查获的消息，通过潜伏在莫斯科的盖世太保知会了苏共第五局，日苏的关系会因这起发生在德国柏林的间谍案而变得更加剑拔弩张……

～ 098 ～

[上海，愚园路，平公馆]

恍惚间，她不知悲，也不知喜。六年的悲喜，都已过去了。这一刻，她有些木然。还是没有回过神来，这不是她平二小姐的性格啊。

当年，她跟着父亲打天下时，也曾舞动着铮亮的大刀；当年，她跟着大哥创办建筑公司时，也曾指挥着青帮的"百万雄师"。平二小姐是敢作敢为、拿得起放得下的人物，怎么会像茧一样困在一个小小的蛹里？除非，她是自愿的。她甘愿那样凄凄哀哀，她甘愿那样不寐不食，恍若只有那样才对得起六年来的悲喜。

小蝶是平二小姐的丫鬟，看起来只有 20 岁出头，可实际她的年龄跟二小姐差不多。平公馆的人都说，这个丫鬟才是小姐的命。只有她自己知道，丫鬟终归是丫鬟。她泡了热毛巾，给二小姐擦了脸，看着二小姐满脸的泪痕，觉得更亲近了些，恍若这样的二小姐才有个小姐的样子。

小蝶又泡了杯茶，放在床头柜上，悄悄走出卧室，刚拉上门，便看见平楚山走上楼。

“睡着了？”平楚山向卧室指了指。

“睡着了。”小蝶轻轻地说，“二小姐自从大戏院回来，就没出过门，一直哭，这样下去身子会垮掉的。”

“这两天吃饭了吗？”

小蝶摇摇头，眼圈一红：“怎么办啊？”

“小蝶，这几天你辛苦一下，守着二小姐，天快黑了，就让她睡吧。你弄点她爱吃的点心，她一睡醒，就劝她多吃点。”

“好的，我现在就去做点心，再煲点儿汤。”

平楚山笑了：“二小姐没白疼你。”

“大哥，进来吧！”平寒雨在卧室里说，她的声音很低，但二人都听到了，均是欢喜不已。平楚山示意小蝶去煲汤。小蝶兴奋地下楼去了。

“听说白老三回来了？”吱呀一声，门开了，平寒雨走出卧室，在二楼小客厅的沙发上坐下，“霍老四被杀了？”

平楚山也在沙发坐下：“你不吃饭，净瞎操心。”

“我没事。”平寒雨笑了笑，“白老三回来，霍老四被杀，其中必有关联。”

“白老三是日本人的信使。”

“诱惑大哥做银行行长？”平寒雨脸色变了变，“大哥怎么说？”

“不是不可以，得先给我一点甜头。”

平寒雨蹙了蹙眉：“大哥，你真有意做银行行长？”

平楚山瞥了平寒雨一眼：“小雨，你的心思活泛了。”

平寒雨笑了笑：“我是怕大哥心思活泛了。”

平楚山平静地说：“老爷子是如何走的？说是江湖比武，实则死于黑龙会之手。咱们跟日本人的梁子早就结下了。这是家仇！如今鬼子侵略中国，在南京屠杀我30万同胞，至今占我中华半壁河山，这是国恨！家仇国恨，心思只有一个，那就是死也不做亡国奴，死也不做狗汉奸！”

平寒雨一拍沙发：“家国同构，国比家大！国恨家仇，一并报了！”

“白老三、霍老四，六年前一个失踪一个坐牢，六年后一个回归一个被杀，明摆着是白老三杀的霍老四。”

“难道当年杀害大嫂的是白老三？”

“这就是我向土肥原要的甜头。”

“土肥原能查明六年前的悬案？”

平楚山呵呵一笑：“这是土肥原给我开的条件，所以我就顺水推舟喽。”

平寒雨担心地说：“大哥，日本人不好糊弄。”

“小雨，我已经做好了心理准备，万一我出事，平家就由你扛着。”平楚山叹了口气，“唐邵诣被军统杀了。”

平寒雨一愣：“什么时候的事？”

“今天上午。”

“坏了！”平寒雨脸色一变，“唐邵诣一死，大哥就不能再主动了，否则土肥原会怀疑的。”

平楚山站起身，来回踱着步：“军统下手够狠的，唐邵诣有没有叛国，还没有定论，就这么结果了他！”

平寒雨也站起身，急促地说：“唐邵诣的确跟日本人走得很近。所以，大哥，你这是在玩火呀！”

“六年前的悬案，就是我心中的一根刺。”

“大哥，我来打头阵吧，这样还有后路。”

“小雨，我不能拉你下水！”

“大哥，咱们是一家人，你在水里，我还能在岸上吗？”

平楚山思考了一下，无奈地说：“好吧！不过，一定要万事小心。”

平寒雨莞尔一笑：“‘寒雨连江夜入吴，平明送客楚山孤’，只有我‘夜入吴’，大哥才好‘送客’呀！”

“洛阳亲友如相问——”

“一片冰心在玉壶！”

～ 99 ～

[上海，法租界，福开森路，梅苑]

第一个确信王千木被抓是个圈套的人是苏立生，原因很简单，会议上流露出一个假消息。

这个假消息，除了他之外，旁人是看不出来的。

这个假消息，就是关于王千木的女儿王羽的消息。

“王羽死了一年，王千木这时候才去找女儿，这不合逻辑的。”这是苏立生和梅子青到了梅苑说的第一句话。

“战争年代，有什么不可能的？”梅子青向父亲的遗像看去，“我爸爸死了六年，不是还活着的吗？”

苏立生摇了摇头：“就算这个没问题，但有件事我敢说肯定有问题。”

“什么事？”

“王羽不是共产党。”

梅子青诧异地问道：“她不是共产党？”

“她是军统。”

梅子青愣住了：“什么？”

“她是军统，我调查过她。”

“王羽是军统，王千木是老牌军统，王羽死了一年，王千木不可能不知道。”梅子青走了几步，“这么说，王千木被抓是个圈套。”

苏立生困惑地说：“怎么可能呢？军统怎么会跟日本人合作？”

梅子青心中一惊：“变节？！”

苏立生脸色忽变：“变节？！可能吗？他是军统头号杀手，军统八大金刚，有变节的可能吗？”

“什么事都有个开始。”

“我听陆大少说，木村一直没有下令审王千木。”

梅子青疑惑地反问：“不审？”

苏立生点了点头，说：“可是木村下令，明天一早把王千木送往重光堂。”

“重光堂？”梅子青的眼睛一亮，“难道跟‘白皮书计划’有关？”

“如果跟‘白皮书计划’有关，王千木被送往重光堂就太危险了。”苏立生攥紧了拳头，“王千木手上有太多机密，他若变节，损失就太大了。”

梅子青着急地说道：“王千木掌握重庆、延安和共产国际太多机密，他如果变节，那就是万劫不复呀！”

“绝不能让他到重光堂。”苏立生扬起了头，“路上刺杀！”

梅子青同意苏立生的决定，立即给董竹打电话，让他把《霞光万丈》修订的部分送过来。董竹到梅苑时，苏立生便躲到了楼上。董竹将陆川的身份告诉了梅子青。

梅子青无比惊愕：“什么？陆川是咱们的同志？”

董竹点点头：“老家要编辑情报手册，半个月一期，这是非常有必要的。所以，子青你要协助陆川。”

梅子青嗯了一声，接着说道：“王千木被岩井公馆抓了，我们怀疑是圈套。”

“‘青花’也怀疑是圈套？”董竹神色凝重，“一个成立不到半年的岩井公馆，抓到王千木的机会不大。”

“岩井公馆没有审讯王千木，明天一早把他送往重光堂。”

“土肥原是个中国通，他若亲自审讯王千木，很有可能会拿下王千木。”

“绝不能让他到重光堂。”

“路上设伏刺杀，危险系数太大。”董竹有些犹豫，“万一路上有埋伏……”

“我生国亡，我死国存。太多生死，早已无惧。”梅子青从包里拿出一份上海地图，“从岩井公馆到重光堂，隔着数条街，如果不知道鬼子的运送路线，唯一的伏击点只能是重光堂。”

董竹摇摇头：“在重光堂伏击，太危险了。”

“所以，我们需要一个人。”

“谁？”

“陆川！”梅子青忽然兴奋起来，“他是行动课副课长，一定知道运送路线。我这就去找他。”

~ 100 ~

[上海，公共租界，海德公园，华懋饭店；法租界，梅苑]

诀别时刻的到来，总是猝不及防。

诀别时该说些什么呢？萧红如握着电话，脑海里一片空白，在记忆的空间里搜索不到适合的话。可是，她知道有些话必须要说，再不说恐怕就没机会说了。

坏消息，总是第一时间抵达。萧红如得知陈耕暴露时，心立刻乱了。第一反应就是通知陈耕逃跑。可是，陈耕自出去后一直没有回来，她都不知道该如何通知他。就在她茫然无计时，陈耕突然来电话了。

说什么好呢？

陈耕还有闲情叮嘱她不要出门，这都是什么时候了，她忽然急躁起来，制止了陈耕的啰唆，加快语速说："听我说，卢卡斯已经死了。"

陈耕兴奋地说："太好了！"

萧红如的眼圈一红："不太好！日本人知道你是'黑鸟'了，你必须马上离开上海。"

陈耕愣了愣："日本人怎么知道的？"

"卢卡斯说的吧？"

"不可能。"陈耕在电话那头的语气很肯定，"卢卡斯只知道我们是中统，不知道我的代号。"

萧红如再次催促："你先离开上海躲一躲，我会查清的。"

"走，是没法走了。留，也不可能留了。"

"没法走，也得走。想留，也不能留。"萧红如拿起一根烟叼在嘴里，咔吧、咔吧、咔吧，连按了好几下打火机才点着。

"好好活下去。"陈耕的语气里有些凄凉。

萧红如听到电话挂断的声音，猛吸了两口烟，眼泪一下涌了出来。她挂上电话，痴痴愣愣的，任凭眼泪顺着脸颊肆意流淌，然后缓缓地蹲在地上，双肩不停地抽动着。过了片刻，她站起身，眼神里露出一抹倔强之色。

她决定撕开圈套的口子。只要有一道口子，鸟儿就能飞出去。"黑鸟"和"红燕"不都是想飞出上海滩这个笼子的鸟儿吗？

她要撕的那道口子，是一个人，一个她可以对付的人。

这个人就是清水和美。

萧红如敲开了华懋饭店 903 室的门，看到清水和美欢喜地打开门，抬手就给了她一巴掌，还不忘骂她一句——

"狐狸精！"

清水和美有些懵，一时间还没弄清楚状况，忽见萧红如向屋里走去，登时清醒过来，跑到萧红如前面挡住了路，适时地还了一句："别逼我动手！"

“滚开！”萧红如瞧见靠近门的桌上有个花瓶，伸手拿了起来。

清水和美倔强地仰起头。萧红如举着花瓶，盯着清水和美的脸看，忽然叹了口气，转身离去。走了两步，见还拿着花瓶，又转身将花瓶放在原位，发出了宣战的口号——“咱们这是正式开战了。”

只要女人开战，男人就得慌乱。萧红如回到901室，刚吸了三根烟，就听到陆文泰的敲门声。她是个演员，自然能把控情绪。当陆文泰推门进来时，她已经泪流满面了。

“今天去哪里了？一去一整天。”陆文泰面无表情地说。

萧红如吐了一口烟雾：“和阿耕在一起。”

陆文泰脸色铁青：“阿如，我对你不好吗？我对不住你吗？”

萧红如仰起脸，瞪着陆文泰：“不要以为我不知道，隔壁小狐狸精的骚味，我隔着墙就能闻到。她监视我，我不吭声。她偷我的男人，我忍不了。所以，我打了她。你赶紧去安慰她吧！”

陆文泰走到萧红如面前：“你什么时候知道的？”

“一个月前。”

“所以，你才去找陈耕？”

“我还能去找谁？”

“陈耕呢？”

“他出去买早餐，一去就再也没有回来。”萧红如站起身，“我回来是收拾东西的，我想好了，我要息影，我要离开上海！”

“阿如！”

“清水和美，对吧？那个小狐狸精叫清水和美吧？”萧红如满脸泪痕，倔强地昂起头，“名字好，人长得也漂亮，你可以把她捧红的，让她成为第二个我，陪你睡觉，给你挣钱，不好吗？”

“阿如！”陆文泰伸手拉住了萧红如的手，用力将她拉进怀里，“对不起，是我错了，我会处理好的。”

“我会给你这个机会的。”萧红如推开陆文泰，“可是，我今天心里好乱，我无法面对你，我要去朋友家住两天。”

“除了陈耕，你还哪里有朋友？”

萧红如凄惨地一笑：“是啊，除了伤害我的男人，我还有什么朋友。”

“你留下，我走。”

萧红如不屑地扫了一眼房间：“这是你的家，不是我的。”

“这就是你的家。”

萧红如轻蔑地一笑，低头看到茶几下的《红动上海滩》，伸手拿起来，轻声说道：“还好，还有一个懂我的，她会收留我的。”

陆文泰抬眼望去，看到了“梅子青”三个字，点了点头说：“也好，等我处理好了就去接你。”

萧红如走进卧室，拎起早已收拾好的箱子走了出去。她走得很坚决，如同是诀别。只有诀别，才能刺痛男人的心，才能掩盖她的用心。从沙逊大厦到梅苑，这一路她都没有回头，她知道没有人看着她，可她需要给自己树起一道丰碑。

到了梅苑，梅子青刚回来不久，正在煮面条。面条的香味，令她有些恍惚。这一刻，她忽然发现，简单、朴素的事物永远不会消逝和褪色，永远不会被十里洋场的浮华所遮掩。

“给我也来一碗吧！”萧红如望着简易的煤火炉上放着的铁锅，“不在厨房里煮呀？”

“一个人，不用这么麻烦。”梅子青笑了笑，添了碗水，加了一把面条，“这样不是挺好的嘛。”

“以后我给你做饭。”萧红如放下箱子。

梅子青指着皮箱，问：“这是怎么了？”

“我也不兜圈子了。”萧红如笑了笑，“我就是中统‘红燕’，陈耕是‘黑鸟’。”

梅子青微微一惊：“你是‘红燕’？”

“我知道你是军统。”萧红如从梅子青手里取过筷子，在锅里搅动着，“你们刺杀山田寿那晚，我看到了。”

梅子青的脸色一变：“你看到什么了？”

萧红如莞尔一笑：“该看到的都看到了。”

“你想做什么？”

“加入西湖小组。”萧红如抬头看着梅子青，“碗呢，可以吃了。”

梅子青将碗筷递给萧红如：“加入西湖小组，就意味着背叛中统。”

萧红如接过碗筷：“陈耕是我的男人。”

“日本人要暗杀他！”

萧红如一边盛面一边说：“我知道，陈耕也知道，可他不想走了。”

梅子青不解地问：“不走？”

“所以，我要加入军统。”萧红如将盛好的一碗面条递给梅子青。

梅子青接过碗，平静地说：“我做不了主。”

“没关系，我可以等。”萧红如笑了笑，打量了一下整座房子，“就在这里等。”

梅子青会意地笑了：“看来，《红动上海滩》要出修订版了。”

～ 101 ～

[上海，愚园路，百乐门；公共租界，上海总会]

工部局也很快知道陈耕就是“黑鸟”，与日本人如出一辙，约翰·霍华德也不愿在上海制造另一个“天津事件”，对陈耕这颗毒瘤的做法同样是剜肉补疮，采取暗杀的方式解决后患。

这一切都在梅晋元的意料之中。

对于“黑鸟”，他无暇顾及。王千木被抓，女儿一定蠢蠢欲动。岩井公馆涌动着一股暗流，一则不该传播的消息几乎传遍了公馆，“王千木要被送往重光堂”，这分明就是一个圈套。梅子青能否看出来？就算看出来了，会撒手不管吗？江南梅家的女儿，那份傲骨是从不惧危险的，此刻梅晋元的一颗心全放在如何保护梅子青身上了。

如何防止梅子青跳入圈套呢？唯一的办法就是误导，让梅子青先掉入另一个圈套。设个圈套很容易，配合的人是关键。所以，梅晋元又想起了陆川。

“老王要被送往重光堂吗？”在百乐门的包间里，梅晋元一边看着欧阳夏唱《假正经》，一边问陆川。

“是的。”陆川喝了一口红酒。

“哦？什么时候？”

“早上八点。”

“按原计划行动。”

“好的。”陆川放下杯子，起身离开包间。

梅晋元拿起酒瓶，那是一瓶有些年份的拉菲，他看了一眼标签，往酒杯里添了酒，然后弯腰从地上拿起一大束玫瑰花，在鼻尖嗅了嗅，放在了茶几上。

“这位先生，怎么没见过？”安娜忽然推门进来。

梅晋元客气地问道：“您是？”

安娜袅袅婷婷地走到梅晋元旁边：“能坐下吗？”

“当然。”

安娜优雅地侧身坐下：“我叫安娜，是这里的舞女。”

“安娜小姐好，有什么事情吗？”

“这是给相好的吗？”安娜看了看茶几上的玫瑰花，见梅晋元没有回答，扑哧一声笑了，“先生独酌，有点寂寞呀！”

梅晋元微微一笑：“初到上海，人生地不熟，多少有点寂寞。”

“我刚到上海时，也是挺寂寞的。”安娜自顾自拿起茶几上的香烟，熟练地点了一根烟，轻轻吐了一个烟圈。

“现在呢？”

“现在更寂寞了。”

“看来十里洋场也填不满安娜小姐的空虚呀！”

“这日子呀，会掏空人心的，越过越空越寂寞。”安娜又拿起红酒，一点也不客气地给自己倒了一杯，举杯示意梅晋元。二人一起喝了两杯，楼下的歌曲和歌手都换了，安娜忽然佯装头晕的样子，身子一斜倒在了梅晋元的肩上。

梅晋元伸手扶住安娜，说：“安娜小姐，你醉了。”

“一瓶酒，她都醉不了。”欧阳夏忽然走了进来。

安娜坐直身子：“欧阳，你别来捣乱。”

欧阳夏盯着安娜不高兴地说：“是你在捣乱吧？”

梅晋元向欧阳夏耸了耸肩：“安娜小姐是不请自来的。”

安娜的脸色微变：“梅先生……”

梅晋元面露不悦：“你知道我姓梅？”

安娜的双手在头上一按：“我有点头晕。”

“别装了，安娜。”欧阳夏淡淡一笑，“这位梅先生是英国的梅森伯爵，我的未婚夫。”

“是吗？”安娜噌的一声站起身，显得无比清醒。

梅晋元也站起身：“是呀！我和欧阳订婚了。”

“哼！”安娜一扭头气哼哼地离开了包间。

欧阳夏抿嘴笑了笑：“别理她，我的东西她都要抢的。”

“你的东西？”梅晋元的眉头紧锁，“这个安娜小姐不简单。”

“是吗？”

“知道我姓梅的，只有日本人，她是怎么知道的？”

“你怀疑她是奸细？”

“留意便是。”梅晋元不置可否，然后捧起那束玫瑰花递给欧阳夏，“人比花美！”

欧阳夏妩媚地笑了笑，接过鲜花，向外一指：“说我，还是说她？”

梅晋元仰头将杯中酒干了：“当然是你。”

欧阳夏嗅了嗅花，笑得非常灿烂：“真香！”

“说花，还是说人？”

欧阳夏瞪了梅晋元一眼：“你报复得倒挺快！”

梅晋元哈哈一笑：“弹压西风擅众芳，十分秋色为伊忙。一枝淡贮书窗下，人与花心各自香。”

“谢谢！”欧阳夏捧起玫瑰花，陶醉般地嗅着花香。然后，欧阳夏到后台简单地卸了妆，就同梅晋元一起去了上海总会。

在上海总会，她冲了个澡，换了件清清爽爽的薄睡衣，忽见房门没有关上，瞥见梅晋元站在客厅里看她，脸上不禁一红。

“我不是故意的。”梅晋元手里拿着铅笔，旁边茶几上放着一幅上海地图。

“舞女本就是给别人看的。”话一说开，欧阳夏反而坦然了，拿着毛巾边擦头边走出来。

梅晋元看着刚刚沐浴完的欧阳夏：“在我眼里，你不是舞女，你是个优秀的军人。”

欧阳夏心神一荡，走到门前倚在门框上，莞尔一笑：“要不是你的年纪大，我可以考虑喜欢你。”

梅晋元笑着指了指沙发：“这么大年纪，天天睡沙发，受不了呀！”

欧阳夏咯咯一笑：“我们可以同床共枕呀！”

梅晋元嘿嘿一笑，不敢再继续接话。

欧阳夏也变得严肃起来："安全吗？"

梅晋元点点头："我计算了一下时间，开枪后下楼的时间只有一分钟。"

"枪不能要了。"

"毁掉。"梅晋元忽然向欧阳夏鞠了一躬，"谢谢你愿意冒这个险。"

欧阳夏走到沙发前坐下说："你不是说，这一枪非开不可吗？"

梅晋元再次点头："这一枪，是救命的！"

"那就开喽！"欧阳夏擦着头发，起身又向卧室走去，"你欠我个人情。"

"欠你的！"

"谁欠我的？"欧阳夏走到卧室门前停下，婀娜地转过身。

梅晋元微微一笑："我！"

"记住了。"欧阳夏笑了笑，伸手关上门，擦头发的手禁不住一停，脸上竟有了红晕。她羞涩地坐在床上，将毛巾轻轻地丢在床头。

~ 102 ~

[上海，法租界，老北门街]

中国军人是有血性的，这血性给了中华民族最悲壮的色彩。

陈耕不惧生死，可畏惧别离。别离，意味着丢弃心爱的人。

一家普通的饭店里，只有一个包间内亮着灯，毛玠和陈耕正在喝酒。

"我一斧头砍了唐邵诣的脖子，真他妈过瘾。"毛玠一边喝酒一边兴奋地说着，忽然发现陈耕在不停地倒酒、喝酒，眉头不由皱起，"怎么了？"

陈耕放下筷子，从腰后拔出一把枪，丢到毛玠面前。

"你这是干什么？"毛玠伸手按住手枪，抬头看向陈耕。

"我要告诉二哥一件事，你会用得着的。二哥先检查一下弹夹。"

毛玠拿起枪弹出弹夹，见是满夹子弹，又装上，怒道："说吧。"

陈耕端起酒杯："先敬二哥一杯。"

"再不说，我就崩了你。"毛玠端起酒杯一饮而尽。

"我是'黑鸟'！"陈耕仰头喝了杯中酒。

毛玠似乎没有听到，又给自己倒了一杯酒，缓缓地拿起喝了。

陈耕也给自己倒了一杯酒："二哥，我是中统的，代号'黑鸟'。"

"'黑鸟'，代号不错。"

"二哥，枪在你手里。"

毛玠提了提枪："不错，枪在我手里。"

"我死后，不要丢到黄浦江，给我立座坟。"

毛玠举起了枪，对准陈耕的眉心："为什么告诉我？"

陈耕平静地说："日本人，英国人，都知道了。"

毛玠的眉毛一挑："所以，我是最后一个知道的。"

陈耕摇了摇头："我不想二哥知道。"

"你还喊我二哥？"

"你永远是我的二哥。"

"记住这句话。"

"开枪吧，二哥！"陈耕又给自己和毛玠倒满了酒，自己举杯一饮而尽，豪迈地说，"与其死在鬼子手里，还不如死在二哥手里。"

"一年前，我就知道你是'黑鸟'。"毛玠也端起酒杯一饮而尽，耸了耸肩嘿嘿地笑了。

陈耕不解地问："二哥，为何还留我？"

"因为我是你哥，你是我弟。"

陈耕的眼圈一红："二哥！"

"我只问你一件事，徐恩曾知道我吗？"

"不知道。"

"没少挨骂吧？"

陈耕坦然一笑："有些事，没法做。"

"好了，往事不提！兄弟喝酒！"

"我的身份暴露了，注定要死在上海滩。"陈耕先给毛玠倒满，然后也给自己倒上。

"有我在，你死不了。"毛玠举杯一饮而尽。

"中统有中统的任务，我不得不去执行。"

"什么任务？"

“清除叛徒！”

“杀李墨群？”

“嗯！”

“你杀不了他的！”

“杀不了也得杀！”

“有种！不愧是我兄弟！”毛玠一拍桌子，“有什么放下不的事，二哥给你办。”

“帮我照顾阿如。”

“萧红如？”

陈耕点点头：“她就是‘红燕’。”

毛玠一愣：“她是‘红燕’？”

“她是我的女人。”

“好女人！”

陈耕的眼圈红红的，强忍住眼泪：“我走以后，请二哥替我照顾她，让她做你的女人。”

毛玠一时语塞，片刻之后，说道：“好！”

这时，陈耕的眼泪禁住流了下来：“她的名声不好，委屈二哥了。”

“是我毛玠配不上她。”毛玠的眼圈也红了，伸手拿起酒瓶，仰头将剩下的酒都干了。

第八日

1938年10月2日　星期日

民国二十七年　农历八月初九

戊寅年　辛酉月

第十二章　诱杀

～ 103 ～

［ 上海，公共租界，河南路，苏宅 ］

这天晚上感觉颇不自在，翻来覆去地睡不着，不知是担心暗杀行动，还是那种不好的预感，苏立生在床上折腾了大半夜，眼看着天灰蒙蒙地亮了，便起床到院子里散步。

苏立生站在花盆前，吸着烟，仰望着天空中隐现的鱼肚白，微微叹了口气。他手里握着一张照片，照片里是三个人，两男一女，男的竟是苏立生和陈耕。他看了一眼照片，默默地掏出打火机点着，待烧成灰烬后，丢进了花盆里。

这时，他听到敲门声，身子突然一抖，似乎知道谁来了。他走到门前，打开门，果然看见陈耕满脸笑容地看着他。

“大哥！”苏立生只觉胸口一阵憋闷。

“进屋说！”陈耕一步迈进院里。

苏立生关上门，从里面锁上，转身时，见陈耕已经进了屋，便疾步跟上。他忽然有些手脚忙乱，进屋后忙着给陈耕倒水。

陈耕挥手制止：“老二，别倒了，不渴。”

“大哥怎么来了？”

“立耕、立生，只有耕耘才有生息，父亲的意思，你明白吗？”陈耕坐在沙发上，示意苏立生也坐下。

苏立生坐下，点点头：“明白。”

陈耕的脸色铁青：“明白还去做汉奸？”

苏立生垂下头："大哥都知道了。"

陈耕哼了一声："我一个警务处处长，岂能不知你在《新中国报》做主编？岂能不知《新中国报》背后是日本驻沪领事馆？"

苏立生轻声说："我也是为了混口饭吃。"

"混口饭？只要你张嘴，大哥总能在工部局给你谋份差事。"陈耕顿了顿，等着苏立生回答，见他低头不语，不由加重了语气，"怎么不说话？哑巴了？"

"大哥要离开上海了吧？"苏立生从茶几上拿起烟，抬头看了陈耕一眼，将烟盒递过去。

陈耕接过烟盒，依旧气哼哼地说："没这个打算。"

苏立生一惊："不离开，就是死。"

陈耕一愣："你知道些什么？"

苏立生慢吞吞地说道："我知道大哥就是中统'黑鸟'。"

"小鬼子要抓我？"陈耕看着苏立生，从烟盒里抽出一根烟点上。

苏立生摇摇头，说："不，暗杀！"

陈耕呵呵一笑："暗杀？有意思！"

"大哥，赶紧离开上海吧。"苏立生噌的一声站起身，向楼梯走去，"这几年我存了些钱，大哥都带上吧。"

"老二，回来！"陈耕挥手制止，"我说了，我没打算离开上海。"

"不离开，就是死！"苏立生停下脚步，转身看着陈耕，"大哥，不能做无谓牺牲。"

"我是个军人，怎么能擅自离开阵地？"陈耕摇了摇头，"老二，淞沪会战百万国军血流成河，八百勇士死守四行仓库，为的是什么？为的就是保家卫国，为的就是我以我血荐轩辕！"

"大哥——"

陈耕打断苏立生："知道我为什么改名字？就是不想连累你和三妹。我今天之所以来，就是不放心你和三妹。你做了汉奸，三妹也不回家，我走也走得不安生。"

苏立生向陈耕挥着手："走，赶紧走，我和三妹会照顾好自己的。"

陈耕苦笑了一下："我说的走，不是逃，是死！"

苏立生攥紧双手，急促地说："大哥，我能做点什么？"

“把这个登在《新中国报》上，头版。”陈耕从兜里掏出一张纸，递给苏立生。

苏立生接过一看，眉头紧蹙：“大哥要刺杀李墨群？”

陈耕缓缓地点了点头：“最后一刺，血祭上海滩！”

“大哥！”苏立生的身子一抖，走到陈耕身前，扑通一声跪在地上，眼泪刷地一下流了下来。

“老二，有国才有家啊！”陈耕仰天长叹，也是泪流满面。

～ 104 ～

[上海，日占区，虹口，满铁上海调查部]

黎明之前，院内寂静，晨光熹微。一个人影穿过平房院落，走到资料室门前，向四周巡视一圈，赫然是东方白。他在门上有节律地敲着，持续时间足足有半分钟。

一棵树下，宫崎翼隐藏在树后，向资料室望去，看到东方白，脸上露出一抹邪魅的笑容。

吱呀一声，资料室的门开了，守门老者披着衣服站在门前。

“鸟羽先生。”东方白向守门老者一躬身，神态颇为尊敬。

鸟羽先生！鸟羽鹤！

宫崎翼听到“鸟羽先生”四个字时，立刻想到了鸟羽鹤，不由起了一身鸡皮疙瘩，陡然升起惧意来。

鸟羽鹤不可怕，可怕的是大阪的鸟羽家族。在满铁早有一种声音，鸟羽家族是八咫乌组织操纵者之一，现如今是满铁副总裁的鸟羽千结，正是鸟羽家族的大小姐，而鸟羽鹤不过是鸟羽家族的管家而已。

鸟羽鹤不可怕，可怕的是他是八咫乌机关的监察官，掌握着四只“老鸾”的生死。

这些流传的消息虽然真真假假，但足以令人恐怖，不承想这个老怪物却藏在满铁上海调查部。

鸟羽鹤向东方白点了点头：“进来！”

宫崎翼听到鸟羽鹤说话，看着东方白走了进去，伸手在树上捶了一下，骂道：“你个老怪物会说话！”

鸟羽鹤向门外望了一眼，关上房门，打开手电筒，看着东方白，说：“你怎么来了？”

东方白显得忧心忡忡：“这两天有人去‘黑密室’吗？”

“有。”

“谁？”

“中山功和宫崎翼。”

“中山功也去了‘黑密室’？”

“他看了你的资料，知道六年前平家惨案是你做的。”

“八嘎！”东方白愤怒地说，“我要把资料毁掉。”

鸟羽鹤摇了摇头：“满铁资料，谁也不能毁掉。”

东方白哼了一声：“鸟羽先生，如果我非要毁掉呢！”

鸟羽鹤冷笑一声：“四只‘老鸢’都归我管，我有生杀大权，可就地处决你。”

东方白急道：“鸟羽先生……”

鸟羽鹤打断东方白：“‘老鸢’，回吧！”

东方白哼了一声，转身拉开房门走了。鸟羽鹤望着东方白的背影，眉心紧紧蹙起。

这一切全都落入了宫崎翼的眼里，他见鸟羽鹤拒绝了东方白，倒是心稳了些，这个老怪物竟然六亲不认，守住了满铁准则。他若有所思地回到办公室，默然推开门。室内拉着窗帘，漆黑一片。他没有开灯，摸黑走到沙发前坐下。

“宫崎部长！”一个声音从他办公桌后面传了过来。

宫崎翼噌的一声站起身，迅速拔出南造手枪，向办公桌的方位瞄准。

“放下枪，宫崎部长，我是梅晋元。”

宫崎翼听出梅晋元的声音，缓缓放下枪，问：“大总管，你这是做什么？”

“满铁资料室的守门人叫鸟羽鹤，他是一个老满铁。”

“你知道他？”

梅晋元呵呵一笑：“鸟羽鹤是‘老鸢’监察官，有直接处决‘老鸢’的权力。”

宫崎翼疑惑地问："你怎么知道这些？"

"因为我就是'老汤'。"梅晋元走到宫崎翼身前，从兜里掏出一块怀表，递给宫崎翼。

"你是'老汤'？"宫崎翼接过怀表，并没有打开，而是翻转过来，用手摸了摸后盖的凸凹点，"老汤慢炖。"

"盲文。"

宫崎翼惊异地说："你果真是'老汤'！"

"我可以回归满铁了吗？"

"你本来就是满铁的。"

"知道谁是'青花'吗？"

"谁？"

"东方白。"

宫崎翼怀疑地问道："你有证据？"

"当然。我不仅可以证明东方白就是'青花'，还能找到青木太的'黑密室'。不过，我需要宫崎部长的帮助。"梅晋元沉声说道，"确切地说，我需要千叶葵的帮助，我知道她是你的人。"

黑暗中，宫崎翼缓缓地点了点头。

～ 105 ～

[上海，日占区，虹口；公共租界，苏宅]

哪里出了问题？

梅子青的鼻尖都涔出了汗珠，四个小时地一动不动地隐藏，令她心慌意乱，几乎快要握不住狙击步枪了。

已经过了八点半，算起时间，王千木应该已经到了重光堂，却为何没有看到押送的囚车？

这里是岩井公馆和重光堂的中间地段，也是押送王千木的途经路线，应该早就看到的，一定是哪里出了问题。

梅子青潜藏在一栋楼的楼顶。那是一栋被轰炸后废弃的楼房，大约四层高，一楼还比较完整，二楼、三楼断裂了一大半，四楼只剩下一小半。四楼角落里是一堆帆布。帆布下，梅子青手持狙击步枪，正时刻瞄准着街道。

狙击步枪目镜里瞄准的街道是一个丁字路口，路口处停着一辆轿车。董竹正坐在车里，望着路口对面的大厦——钟楼。

那座钟楼下面，苏立生手持望远镜正在观察远方。他身处的方位，可以俯瞰整条街道，却又能错过董竹的视线。大厦的左边是一栋完好无损的六层楼房，上面悬挂着一个大牌子写着“平安建筑承建”。牌子后面，露出一支枪管，平少柔正手持狙击步枪，利用大牌子做掩护，同时瞄准着街道。

这时，董竹推开车门，点着一根烟，走到大街上，向前后长街扫望了一眼。长街上传来嘈杂的叫卖声、宪兵的跑步声和汽车的鸣笛声。他忽然伸出右手，在空中画了一个圆圈，发出放弃行动的信号。

片刻之间，所有的伪装都清除了，梅子青、平少柔、董竹各自离去。苏立生在后街取了车，接上梅子青，急忙向岩井公馆驶去。

“陆大少给的是假路线。”梅子青坐在副驾驶位上，眉头紧蹙。

“为什么？”苏立生皱了皱眉，“陆大少早看出来是个圈套？”

“有这个可能。”

“闻到气味了吗？”

梅子青一愣：“气味？什么气味？”

“狐狸的气味。”

“王千木？”

“王千木早就变节了，抓捕他的也不是木村，而是土肥原。”苏立生忽然明白圈套的内在逻辑了，“王千木是‘007’，可以随意指证‘青花’，组织的程序只有自己人知道，日本人可不知道。”

梅子青一惊：“这个圈套是给咱们设的。”

苏立生接着分析：“‘青花’潜伏在岩井公馆，咱们是怀疑对象。”

“我爸爸是怎么知道‘青花’潜伏在岩井公馆的？”

“我也很好奇。”苏立生思索着对策，“不过，现在顾不上大总管了。眼下这关过不去，‘021 号线’就完了。”

梅子青的目光向窗外望去：“坐实了。”

苏立生沉思片刻：“真坐实？太委屈你了。”

梅子青轻轻地垂下头："革命工作不惧流血牺牲，这点委屈算什么？"

苏立生不再说话，他从委屈里看到了梅子青的傲骨，看到了神圣不可侵犯的信仰，察觉出自己的渺小。他调转车头，向苏宅方向驶去。

到了苏宅后，苏立生从书房里提出两个皮箱，将其中一个皮箱交给了梅子青。梅子青打开皮箱，里面是一整套的女式衣服。

"布置吧！"梅子青淡淡地说。

苏立生温温吞吞地说道："你真的想好了？"

梅子青盯着苏立生，眼神里好似藏着一把刀。苏立生只好又打开另一个皮箱，里面放着烟枪、烟膏等吸食鸦片的工具。

梅子青向楼上一指："卧室在二楼？"

"二楼。"

苏立生合上箱子，提到了二楼卧室里，布置成吸食鸦片的样子。梅子青换上睡衣，还涂了口红。

"这样好吗？"苏立生点上烟膏，屋内烟雾升腾。

"我配不上你吗？"梅子青走到苏立生身旁，突然在他的脖颈和脸颊上亲了几下，印出几个红唇印。

苏立生的脸一红："不，不，是我配不上你！"

～ 106 ～

[上海，日占区，虹口，岩井公馆]

王千木的圈套被梅晋元算计了。

梅晋元安排陆川给了梅子青假路线，确保女儿无虞；又安排欧阳夏在重光堂狙击囚车，造成"青花"暗杀王千木的假象。

这两个算计都成功了，尤其是欧阳夏的狙杀。她不是真的狙杀，只不过是制造假象，所以可以精准设计逃离路线。她躲在重光堂附近的居民楼里，看到囚车抵达重光堂门口时，立刻向囚车开了几枪，然后用手雷炸毁了狙击步枪，还没等日特反应过来，她已经驾车驶离了。

等确定欧阳夏安全后，梅晋元就去了木村办公室，他确信王千木就在那里。果不其然，他进去后的第一眼，便看到王千木坐在沙发上。

王千木笑着起身："梅大总管。"

木村苍介笑着解释："大总管，王先生答应合作了。"

梅晋元向外一指："我来的时候，看到囚车里的王先生……"

木村苍介得意地笑了笑："那是一个圈套：诱捕。"

梅晋元假装不解地问道："诱捕谁？"

王千木说："'青花'和他的同伙。"

梅晋元问："谁是'青花'？"

王千木说："苏立生。"

梅晋元严肃地质问："你有证据吗？"

王千木微微一笑："我是中共'007'，领导着'007号线'，'青花'是我的下线，我自然知道他的真实身份。"

梅晋元淡淡一笑，反问："直接抓捕不就好了？"

木村苍介说："王先生要抓的还有'青花'的下线。"

梅晋元点了点头："'青花'会在路上刺杀吗？"

王千木肯定地说："会的，我知道的东西太多了，他们不会让我活着的。"

梅晋元在沙发上坐下来："好吧，我们就耐心等着吧！"

这时，千叶葵急匆匆地走了进来，说："刺客在重光堂动手了。"

梅晋元问："几个刺客？"

千叶葵摇摇头："不清楚。"

王千木问："苏立生来了吗？"

千叶葵说："没有。"

木村苍介问："还有谁没来？"

千叶葵说："梅小姐。"

王千木问："梅小姐是谁？"

梅晋元嘿嘿一笑："我的女儿。"

王千木问："大总管的女儿也在公馆工作？"

木村苍介笑着说："梅小姐不会是共党。"

梅晋元突然问道："不对吧，东方白好像也没来。"

千叶葵说："东方白请假了。"

“请假等同于没来。”梅晋元皱了皱眉，“苏立生有没有可能生病了？”

木村苍介吩咐说：“千叶，带人去苏宅看看。”

梅晋元站起身，向木村和王千木望去：“咱们一起去！”

～ 107 ～

[上海，极司菲尔路，76 号]

“炸锅了，炸锅了。”苏成一拿着一沓报纸，疾步走进主任室。

“做什么呢？”正在修剪盆景的李墨群吓了一跳，将最好的一枝给剪了下来。

苏成一将报纸甩在办公桌上，哈哈地笑道：“军统杀了唐邵诣，竟他娘的没有真凭实据。”

“重庆向来如此，这有什么大惊小怪的。唐邵诣都七老八十了，死不死的，无所谓。”李墨群放下剪刀，走到办公桌前，拿起那沓报纸，只看头版信息，看一份丢到桌上一份，“老蒋这回头大了。”

“至少戴笠头大了。”

“戴笠立了大功。”李墨群举着一份报纸，向苏成一扬了扬，然后丢在桌上，“戴笠会替他的老头子顶雷的。”

“这个‘蒋介石的佩剑’做得出来。”

李墨群正要将一份报纸丢在桌上，忽然顿在空中，脸色微微一变。

苏成一察言观色：“怎么了？”

“‘黑鸟’现身了。”

苏成一一惊：“什么？”

李墨群看着报纸：“《新中国报》，岩井公馆，谁释放的消息？”

苏成一从李墨群手里接过报纸，正是《新中国报》，头版不是唐邵诣被杀，而是一首名为《请柬》的诗——

黑云压青山，鸟归醉缱绻。

三更乱丛林，处处皆杀仙。

群记愤慨起，死生皆是缘。

苏成一皱眉：“这是一首藏头诗？”

李墨群愤愤地说：“黑鸟、三处、群死，再加上一个‘请柬’，这是约我去醉青山，然后杀掉我的邀约呀！”

苏成一猜度着：“黑云压青山，鸟归醉缱绻。‘黑鸟’指明在‘醉青山’刺杀主任，他是不想活了吗？”

李墨群幽幽地说道：“三处？‘黑鸟’这是劝我回头呀！”

苏成一呸了一声：“哪里还有他娘的三处？！”

李墨群嘿嘿一笑：“三更，下午三点，这个时间客人都走了，‘黑鸟’还是心软呀，怕伤及无辜。”

“我会包围醉青山的。”

“没我的命令，不要杀‘黑鸟’。”李墨群的眼睛里隐现笑意，“都是中统的，能跟着咱们干，最好。”

～ 108 ～

［上海，公共租界，北京东路］

间谍的悲哀之一，就是身份一旦暴露只有死亡。

牺牲，这是朱若愚的选择。作为地下党员，朱若愚有崇高的信仰，生命不可放弃，信仰更不能辜负，所以他接受了替中共“021”发声的任务，却拒绝撤离上海滩的命令。

这种牺牲，是一抹悲壮。牺牲之前，他必须把自己变成中共“021”，必须完成最后的表演。

书房的窗帘紧闭着，朱若愚站在窗前，没有动窗帘，只是盯着窗户看。

“铃铃铃——”电话响了。

朱若愚的肩膀微微一抖，急忙转身，拿起话筒，低声说：“喂？”

一个神秘的声音说：“‘021’同志，老家来信了。”

朱若愚握紧话筒，沉声问：“我还没有联系‘青花’。”

“‘021’同志，你暴露了，必须马上撤离。”

“‘青花’同志怎么办？‘021号线’怎么办？”

“‘青花’断线，‘021号线’撤销。”

“好的。”

“接头信物——你的那枚戒指——必须毁掉。”

“我来处理。”

“好。”

“我走后，你要保护好‘青花’同志。”

“谁是‘青花’？”

“青帮小探花。”朱若愚伸手挂了电话。

这当然是他自己设计的一出戏。打电话的是一个瘾君子，只要钱不问原因。这出戏自然是演给监视他的日特看的。

戏，还没有演完。死亡，才是他的归宿。

所以，他拧开话筒，扯落了里面的窃听器。刺耳的声音陡然响起，杉本哲和陆川同时将耳麦挪开了耳旁。

杉本哲一惊：“他发现了窃听器！”

陆川一愣：“什么？”

“抓！”杉本哲拔出枪，疾步向门外走去，“还愣什么？他是中共‘021’，‘黑沙’，再不抓就跑了。”

朱若愚就这样被捕了。

“这里是公共租界，我们没有执法权，所有物品，哪怕是一针一线，都给我带回公馆。”陆川指挥着日特整理朱若愚的物品，“还有，东西搬完后，彻底检查一下墙壁，排除所有能藏戒指的可能性。”

～ 109 ～

[上海，法租界，贝当路，129号洋房]

宫崎翼为何盯上了千叶葵？难道他也在找“黑密室”？他是如何知道“黑密室”的？他会不会是第四只“老鸢”？

东方白戴着手套，站在129号洋房的客厅里，仰头向四周巡视一圈，他的目光落在楼梯处，径直向二楼走去。搜完了二楼，还是没有找到“黑密室”。最终，他走进了阁楼。

东方白先走到圆形窗前向外望了一眼，看到街上有一辆救护车飞驰而过，然后转过身开始搜查，很快他找到了一个黑色的保险箱。

“‘黑密室’！”东方白的脸色一喜，蹲下身检查保险箱。片刻之后，他打开了保险箱，里面果然有个黑盒子。他打开黑盒子，找到了那个小本子。第一页，正是他的简笔画像和简介。第二页，是山田泽的简笔画像和简介——

山田泽

帝国驻柏林领事馆总领事，满铁八咫乌机关特工

代号“老鸢”，原关东军高级参议

东方白的眉头渐渐皱起，翻到第三页，是山田寿的简笔画像和简介——

山田寿

满铁天津调查部部长，满铁八咫乌机关特工

代号“老鸢”，“雪崩计划”执行人之一

“青木太竟然查得这么深，怪不得被杀。”东方白叹了口气，继续往下翻看。第四页，竟是梅晋元的简笔画像和简介——

梅晋元

帝国驻天津领事馆副总领事，满铁上海调查部高级特工

代号“老汤”

“梅晋元竟然是‘老汤’！”东方白喃喃自语，继续往下翻看，突然脸色煞白，无比惊愕，“白……”

咔嗒一声，一支无声手枪的枪口抵在了东方白的头上。鸟羽鹤不知何时

摸了进来。

东方白浑身一僵："谁？"

"我！"

"鸟羽先生。"东方白听出是鸟羽鹤的声音，一只手不禁抖了起来。

"你不该看这些的。"鸟羽鹤轻轻扣动了扳机，噗的一声，一粒子弹穿透了东方白的后脑勺。

东方白趴在保险箱上，鲜血淌了下来，滴落在小本子上。鸟羽鹤弯腰捡起小本子，从兜里掏出打火机点着，片刻之间烧成了灰烬。

那辆飞驰而过的救护车，不知何时调转车头，正在缓缓接近129号洋房。车上，宫崎翼穿着便衣，手里提着南造手枪，向洋房的阁楼望去。

咣当一声，一具尸体撞开圆形的窗户掉落到院内。

"快！冲进去！"宫崎翼看到坠落的尸体，率先跳下车，向129号洋房跑去。一众日特跟着跑进大院，只见东方白的尸体跌落在松软的土地上，鲜血已经浸染了一片。

宫崎翼走到近前，弯腰检查东方白的呼吸，看着被打穿的后脑勺，默默不语，缓缓起身向四周察看。

这时，四个日特抬着一块木板出来，上面放着一个黑色的保险箱，旁边还有一个黑盒子。

"'黑密室'！"宫崎翼的眼睛一亮。

"部长，烧了。"一个日特捧着一个铁盆出来，微风下灰烬四散。

"有人竟然捷足先登了！把保险箱、黑盒子和尸体全都带回去。"宫崎翼哼了一声，又向铁盆一指，"这个也带回去。"

~ 110 ~

[上海，公共租界，河南路，苏宅]

画面有些香艳，也只到香艳的地步。

如果它是一幅国画，大幅度的留白才是点睛。如果它是一幅风景，恰到好处的妙露才是景致。卧室内，烟雾淡，灯已灭，地上丢着烟枪，烟膏洒了一地。苏立生抱着梅子青躺在床上，衣衫不整，嘴角处有泡沫，脸上、脖颈间有红唇印。

梅晋元登时傻了。他缓缓掏出枪，上了膛，举枪对准苏立生，手微微一抖，连开了三枪。每一枪，都打在床头上。苏立生和梅子青突然惊醒，惊愕地看着梅晋元。

这一切都是点到为止。

这一幕，梅晋元早就“听”到，所以他才敢带着人来。作为父亲，他的确是恼羞成怒的，可中共“007号线”的指认太严重了，他必须以保护女儿安全为第一要旨。

梅子青满脸通红，掩面低啜：“爸爸！”

苏立生惊愕地看着梅晋元，身子一直在抖：“……大总管！”

梅晋元将手枪抵在苏立生的眉心：“我崩了你！”

梅子青伸手阻止：“爸爸！我……我是他的人……”

梅晋元看着梅子青，伸手扇了她一巴掌。梅子青痛苦地捂着脸，低头不语。

苏立生哆哆嗦嗦地说：“大总管……”

梅晋元拿起手枪，一枪砸晕了苏立生，瞪了女儿一眼，转身离开卧室。千叶葵伸手关上了房门，众人一起下了楼，来到院子里商议。

木村苍介低声说道：“事关梅小姐的清誉，此事绝不会外传。”

“谢谢木村先生。”梅晋元看向王千木，“苏立生真是‘青花’吗？刺客在重光堂开枪，苏立生半死不活，他会是刺客吗？”

王千木摇摇头：“刺客不一定是‘青花’。”

梅晋元对木村苍介说：“木村先生，请封锁苏宅，‘青花’的事没有解决之前，绝不能放他们出来。”

木村苍介点点头，表示同意。

王千木讪笑道：“大可不必吧。”

“这是我的命令。”梅晋元又向二楼的窗子扫了一眼，瞥见女儿双臂紧抱在胸前，面无表情地看着众人，不禁哼了一声，吩咐众人，“所有人回公馆，排查‘青花’。”

梅子青站在窗前，呆呆地看着众人离去，只觉身子发烫，脸上发烧，神思恍恍惚惚的，方才惊觉有些委屈的确会令人崩溃。

“封锁了？”苏立生揉着头从床上下来，向窗边走去。

“回去！”梅子青转身喝止，“把脸上的东西擦掉，看着恶心。”

“嗯！”苏立生向门口走去。

“站住！”梅子青有些气急，“还有人守着，你能出去吗？”

苏立生往手上吐了口吐沫：“我用吐沫擦。”

梅子青幽幽地叹了一口气，无奈地说：“算了。”

“对不起！”

梅子青平静地看着苏立生：“咱们的关系坐实了，如果这一关过了，你就住在我那儿吧。”

苏立生连忙点头：“嗯嗯，我睡书房。”

梅子青恼怒地说：“不然呢？”

苏立生赶紧闭上嘴不敢再说话。

气氛有点凝滞。半晌，梅子青开口问道：“有烟吗？”

“有！有！”苏立生疾步走到床头柜前，拉开抽屉，取出一盒烟和打火机，抽出一根递给梅子青，小心翼翼地给她点上。

梅子青吸着烟，呆呆地坐在床边，不再言语。苏立生也点了一根烟，看着梅子青的侧颜，嘴角隐现一抹笑意。

～ 111 ～

[上海，日占区，虹口，满铁上海调查部，春日里]

中山功站在树下，看着救护车驶进大院，点燃了叼在嘴中的烟。救护车停稳后，宫崎翼从车上跳下来，几个日特从车厢抬出放着东方白尸体的担架，以及盛放保险箱的木板。

资料室门前，鸟羽鹤向救护车望去。

中山功走上前，指着担架问宫崎翼：“他怎么死了？”

“被谋杀了。”宫崎翼看了一眼资料室。

中山功也随着宫崎翼的目光望去，见鸟羽鹤面无表情地返身回屋，说：“部长，这个人不能留在满铁。”

宫崎翼的脸色阴沉：“为什么？”

“我查过‘密室’资料，他可能是‘老鸢’。”

宫崎翼盯着中山功：“你查过‘密室’资料？你在查什么？”

“我在查他。”中山功指着东方白，“我怀疑他是共党。”

宫崎翼摇摇头：“他不可能是共党。”

“部长知道我在总部待过吧？”

宫崎翼点点头，没有说话。

“部长知道八咫乌机关吗？”

“略有耳闻。”

“我在总部的时候，听到一个骇人听闻的消息，八咫乌机关有内鬼。”

宫崎翼指着东方白：“他？！”

中山功点点头：“他就是共党，代号‘青花’。”

“那个曾经非常活跃的中共保镖？”宫崎翼诧异地望着中山功，“可有证据？”

“证据就在春日里，东方白的家。”

“带上尸体，走！”宫崎翼向日特一挥手，和中山功上了救护车。

很快就到了春日里，一下子就找到了东方白的电台。对于“老鸢”来讲，有电台不足为奇。奇怪的是，中山功竟然捉住那只白狗，并将它提到宫崎翼的面前。那只白狗一直狂叫不停。

“有重大发现。”中山功伸手在白狗的嘴上拍了一下。

“什么发现？”宫崎翼好奇地问。

中山功一把扯落铃铛：“铃铛的声音不对，里面不是小铁丸，声音有些哑。”

“打开。”

中山功掏出弹簧刀，剖开铃铛，里面是一枚外面刻着五线谱纹饰、里面刻着“007×3=”数字的戒指。中山功将戒指递给宫崎翼，说：“这是中共‘021号线’的接头信物。”

宫崎翼看了看戒指：“看来东方白的确是共党。”

中山功对宫崎翼附耳说道：“‘老鸢’是共党，必定是炸弹，不能在满铁引爆。”

“在哪里引爆？”

“重光堂。”

“对华特别委员会，直报五相会议。好，就这么办。”宫崎翼会意地笑了，走进屋里，拨打号码，“喂，接重光堂。”

～ 112 ～

[上海，日占区，虹口，岩井公馆]

岩井公馆停车场里摆放着朱若愚家里的所有物品，沙发、椅子、书柜，摆放的顺序与格局几乎与朱家一模一样。七八个日特正在仔细检查，并对沙发、床垫等大宗物品进行拆卸检查。

“这是怎么回事？”梅晋元下了车，询问正在监工的陆川和杉本哲。

陆川丢掉烟蒂：“我们抓到了中共‘021’，这是从他家抄回来的。”

木村苍介问道：“谁是中共‘021’？”

杉本哲回答：“朱若愚。”

木村苍介质疑地问：“他？”

杉本哲点点头：“录音了，就差找到戒指了。”

陆川向4号楼一指：“朱若愚在审讯室。”

梅晋元和木村苍介对视了一眼，说：“去看看。”

四人一起来到审讯室，朱若愚被绑在审讯架上，遍体鳞伤。他微微睁开眼，看到陆川时，眼睛冒出精光，突然用力咬舌头。

梅晋元马上喝道：“他要自尽！”

杉本哲和陆川冲上前去，一个扣住朱若愚的嘴，一个去扯他的下颚。一股鲜血从朱若愚的嘴里流了下来。

朱若愚笑了，吐字不清地说：“回……家……了……”一歪头，不动了。

木村苍介问道：“死了？”

杉本哲松开朱若愚：“死了。”

木村苍介问：“能证明他是中共‘021’吗？”

杉本哲点点头，说：“有录音。”

梅晋元说道：“放来听听。”

“是！”陆川极力控制住情绪，走到桌前，播放朱若愚设计的对话录音。

播放完毕，梅晋元亲自关掉监听器材，冷笑一声：“青帮小探花，简称‘青花’，有意思。”

木村苍介不解地问：“‘青帮小探花’是什么意思？”

陆川解释说：“平家青帮老三，博学多才，人称‘青帮小探花’，六年前失踪。”

木村苍介加重了语气，质问：“白老三？”

陆川稍带遗憾地说：“我虽然常去平公馆，却从未见过白老三的照片，真是无缘对面不相识呀！”

木村苍介重复着：“白老三，白老三，不就是东方白吗？”

梅晋元点点头：“就是东方白！”

木村苍介问：“东方白会是‘青花’吗？”

“东方白至今没来上班，重光堂放了枪，至少他有嫌疑。不过，眼下最重要的是——”梅晋元指了指朱若愚的尸体，“确认他是不是中共‘021’！”

这时，一个日特进来汇报，朱若愚的物品检查完毕，没有找到戒指。

梅晋元严肃地说：“没有戒指，如何证明他是中共‘021’？”

木村苍介望着朱若愚的尸体：“戒指本来是有的，一定是被他处理了，戒指不会凭空不翼而飞……”

梅晋元的眼睛一亮：“在他肚子里。”

“对，就在他肚子里。”木村苍介嘿嘿一笑，看向杉本哲，“杉本君，开膛剖肚！”

朱若愚的肚子被剖开了，果然有一枚戒指。这就是朱若愚以生命为代价，铸就了一幅悲壮的画面。

杉本哲把那枚戒指放在装着清水的盘子里，陆川用镊子在清水里洗了洗，翻过戒指一看，见上面刻着五线谱的花纹，眉头一喜。

“是中共‘021’。”陆川举起戒指，放在梅晋元和木村苍介面前，指着里面的数字，“大总管，机关长，你们看，007×3=021，这个戒指里的刻字，正是那两枚戒指刻字的合体。”

“中共‘021’。”木村苍介无比兴奋地笑了，向梅晋元微微点头，“大总管，我们去重光堂。”

第十三章　完美目击

～ 113 ～

［上海，公共租界，河南路，苏宅］

卧室清理干净了，烟枪、烟膏等所有伪装品都丢到了院子里，虽有掩耳盗铃之嫌，但毕竟眼不见心不烦。苏立生站在窗前，抬头看着探到窗前的树叶，眼前浮现出陈耕决意赴死的表情，在心底默默地说：“大哥，你选的路，就是我选的路。大哥，路上不寂寞，有太多的人陪着你……”突然，眼睛一闭，任泪水肆意流淌下来。

梅子青坐在床上，背对着苏立生，扭头看见床头柜的一只脚断了，下面用一本书垫着。那本书只能看见一角，若不仔细看还真看不到。她弯腰把书抽出来，是一本英文版的《巴黎圣母院》。

“知道吗？我大哥要死了！”苏立生睁开眼睛，悄悄擦拭了一下眼泪。

“你大哥……怎么了？”梅子青没有听清苏立生的话，看着《巴黎圣母院》的扉页上写着“自立耕生”四个字，落款是“祝贺立生考入国立交通大学 大哥立耕”，随口问道。

“要死了！”

梅子青微微一愣：“要死了？怎么了，生病了吗？你大哥叫苏立耕吗？”

苏立生转过身，有点诧异地问道：“你怎么知道？”

梅子青扬了扬手中的书：“自立耕生。”

苏立生看见那本书，痛苦地将身体靠在墙上，眼泪又淌了下来。

梅子青发现不对劲，关切地问道：“到底怎么了？”

“我大哥就是陈耕。”

“你大哥是‘黑鸟’？”梅子青慢慢站起来，向苏立生走去，“我们可以救他。”

苏立生流着眼泪摇了摇头：“我大哥决意赴死，没法救，也救不回来。”

梅子青疑惑地问：“你们见过面了？”

苏立生点点头：“大哥写了一首藏头诗，我昨晚去印刷厂，临时换了稿子。”

“什么藏头诗？”

“黑云压青山，鸟归醉缱绻。三更乱丛林，处处皆杀仙。群记愤慨起，死生皆是缘。”

梅子青低声重复着：“黑、鸟、三、处、群、死，他要刺杀李墨群？”

“他要杀汉奸李墨群。”

梅子青走到窗前，望着窗外，感慨万千：“这是舍生求死！你大哥有血性！你……”

“我没有血性，是吗？”

“我知道，你不是怕死。”梅子青摇了摇头，“你怕死，就不会参加革命了。”

“我谨慎，是因为我要顾忌整个白沙小组。”苏立生将烟蒂丢到了窗外，“如果只有我一个，我当我以我血荐轩辕！”

“你换了稿子刊登这首诗，如何向公馆交代？”

苏立生吸了一口烟，苦笑一声：“需要交代吗？我可是主编。”

“这样吧，如果追查，就说是我写的，我有感于‘黑鸟’其人。”

“嗯，我的女人要我刊登诗文，还需要理由吗？”

梅子青瞪了苏立生一眼：“谁是你的女人？！”

苏立生向屋子里一指：“编造出来的故事，有时候比事实更具说服力。”

梅子青哼了一声，将书砸向苏立生，半张照片从书里滑落下来，掉在了梅子青的脚下。梅子青弯腰捡起，正是源千雪的照片。

梅子青微微一笑：“你女朋友？”

“她就是王羽。”苏立生的脸色一变，从梅子青手里取过照片点着烧了。

“王千木的女儿？”梅子青看着苏立生的举动，猜测道，“王羽是你的女朋友？”

“前女友。”苏立生看着照片烧成灰烬，怕日特突然进来发现，用脚将灰烬都驱到了床底下，“有件事，我一直没想明白。”

“戒指的事？”

苏立生点点头：“‘007 号线’也好，‘021 号线’也罢，目的是为了协助江苏省委重建，这是老家的绝密，大总管是怎么知道这个秘密的？”

梅子青从窗台上拿起烟盒，抽出一根点上，说：“我的接头戒指是少醒的遗物，我爸爸知道。”

“就是这个事，我一直没有想明白。‘白沙’……”这时，门外忽然传来脚步声，苏立生立刻闭嘴。

梅子青走到门前，侧耳细听，听到敲门声，没有直接开门，过了几秒钟，才猛地拉开门。

“你们俩早上没吃饭，中午饭提前吃吧。”千叶葵站在门前，手里提着一个食盒，面带微笑地看着梅子青，“我的一个朋友，几天前死了，我悲愤不已，也吸了鸦片，这不是什么大事。”

梅子青接过食盒，低声说道：“谢谢。”

“大总管生气，是因为他疼你。”

“我知道。”

“你们吃饭吧，我不打扰了。”千叶葵向楼下指了指，“我就在楼下，有什么需要就喊我。外面都是咱们的人，只要你们安安静静的，咱们就相安无事。”

苏立生从梅子青身后探出头，说道：“我们会安安静静的。”

千叶葵笑了笑，转身下楼。梅子青看着千叶葵下了楼，关上门，将食盒放在桌上，示意苏立生继续说。

苏立生又走到门前，侧耳细听，判断门外无人后，才压低声音说：“我有两种假设。第一，‘白沙’有接头戒指。也就是说，‘白沙’知道要更换‘007 号线’，这说明什么？说明‘白沙’知道王千木有问题。那么，问题来了，‘白沙’既然知道王千木有问题，为何不告诉你？”

“少醒牺牲了，没有人知道答案。”梅子青摇了摇头，“第二种假设呢？”

“那就太可怕了。”苏立生叹了口气，“第二，‘白沙’根本没有戒指。”

“我的接头戒指从哪里来的？”梅子青愣了愣神，“我爸爸……这是一个圈套？”

苏立生点点头：“或许，这也是一个圈套。”

“怎么可能？至少你的接头戒指是真的啊。”

苏立生又摇摇头：“或许，连我的接头戒指都是假的。”

“这就更不可能了。”

“假如有这种可能呢？”

梅子青又点了一根烟，捋了捋思路，声音发颤地说：“如果有这种可能，那就太可怕了。我的接头戒指是我爸爸给的，你的接头戒指是‘021’——也就是‘黑沙’——给的，如果连你的接头戒指都是假的，那么造假者只能是我爸爸！那么我爸爸就是‘黑沙’，而且我爸爸早就变节了！”

苏立生缓缓点了点头：“第二个种假设太可怕了！”

“如果这是个圈套，上海情报科危在旦夕呀！”梅子青猛吸了两口烟，走到窗前，抬头看见天空中掠过的飞鸟，“重建江苏省委的计划也会无限期延后。”

“我现在最期待的是还有第三种可能。”

梅子青转过身期待地说：“会有第三种可能吗？”

“大总管把我们关在这里，一定有他的目的，如果他不是‘黑沙’，就会有第三种可能。”

～ 114 ～

[上海，日占区，虹口，重光堂]

首次献策，圈套落空，王千木的神色非常阴郁。他抬头看着枝叶繁茂的大树，看着树叶摇曳时忽明忽暗的光影，只觉心中空落落的，恍如他就是那光影，只是阳光和树叶相互结合的产物，而光影本身并不是确切的存在。

“共党不是那么容易抓的，先生不要气馁。”土肥原贤二手里拿着两份报纸和一张照片，向王千木走来。

“将军料到了？”

“刚刚截获重庆一封密电，中共长江局正在秘密调查‘007’是否是重庆特工？”

王千木一愣：“中共已经怀疑我的身份了？”

土肥原贤二点点头：“有这个可能。或许，这就是中共更换‘007号线’的原因。”

“这也是‘青花’不与我接头的原因。”

“这个‘青花’的任务，或许就是除掉你。”

王千木摇摇头，迟疑着说：“‘青花’擅长防守，虽是个极其厉害的警卫员，但并不是高明的杀手。”

“狗急了也会跳墙，擅长防守不代表攻击能力差，先生还是要小心的。”土肥原贤二说着将报纸和照片递给王千木，“看看这个。”

王千木伸手接过来，先看了一眼照片，见是陈耕的照片，眼前立刻浮现出在英伦西餐厅与“毛玠”会面的情景，一脸不悦地说：“毛玠！”

“毛玠？”土肥原贤二微微一愣，“先生认得此人？”

“认识，军统八大金刚老二，毛玠。”王千木将照片递给土肥原贤二，“前几天，我们见过面。”

土肥原贤二略有迟疑地问：“他就是斧劈唐邵诣的军统二哥？”

王千木吃了一惊：“唐邵诣被毛玠杀了？”

土肥原贤二点点头，指着报纸说：“这是今天的报纸，两个头版，你看看。”

王千木低头看报纸，见一则头版是《首任总理叛国投敌，军统二哥斧劈枭首》，另一则头版是《请柬》诗文，嘿嘿笑道：“‘黑鸟’，老三处的神秘特工！”

土肥原贤二指着照片说：“毛玠化名陈耕，潜伏在工部局警务处，任处长一职。”

王千木扬起照片看了看：“毛老二怎么成了中统‘黑鸟’，不可能呀！”

土肥原贤二嘿嘿一笑：“特工的世界，有什么不可能的？特工的世界，只有你想不到的，没有不可能的。”

王千木叹了口气：“想不到呀，毛玠竟然是个多面人！”

土肥原贤二沉声说道：“岩井公馆要实施暗杀！”

王千木点点头说：“只能暗杀，毛玠不可能策反。”

“进屋吧，满铁的证据快到了。”土肥原贤二向摇曳的光影看了一眼，“东方白或许就是‘青花’！”

二人进屋不久，杉本哲开车驶进重光堂。大院里停着三辆轿车、一辆救护车。车子停稳后，梅晋元等人下了车，杉本哲手里提着一个公文包。

中山功从屋内走出来吸烟，烟还没点上，抬头看到了梅晋元，表情里有些喜悦，却没有说话。

梅晋元向中山功挥手 ："中山先生。"

中山功微微一笑 ："梅大总管。"

"今天有要事，改天请中山先生喝一杯如何？"

"真不巧，我明天要去满洲。"

"这样吧，今天晚上，上海总会，我给先生践行。"

中山功呵呵一笑 ："无功不受禄。"

木村苍介笑道 ："大总管的酒，喝了就是功。"

"那就恭敬不如从命。"中山功哈哈一笑，"快进去吧，别让将军等急了。"

众人走进屋内，见土肥原贤二、宫崎翼、王千木坐在会议桌前，桌子中央放着一枚刻着五线谱花纹的戒指。

"杉本君！戒指！"梅晋元坐下来，瞥了一眼桌上的戒指，回头喊杉本哲。

杉本哲赶忙从公文包里掏出一个戒指盒，从里面取出中共"021"的戒指，放在那枚戒指旁边。

宫崎翼望向梅晋元 ："两枚戒指都找到了？"

梅晋元摇摇头，加重语气说 ："不，这是第三枚。"

王千木困惑地问 ："第三枚？"

宫崎翼伸手拿起第三枚戒指，看到里面的刻字，然后递给土肥原贤二。土肥原贤二看了一眼，又递给了王千木。王千木看了看，将戒指放回原处。

土肥原贤二问 ："谁是中共'021'？"

木村苍介回答 ："朱若愚。"

土肥原贤二的眉梢一动 ："朱若愚？"

杉本哲又从公文包里取出一张照片，递给土肥原贤二。土肥原贤二接过照片，见是朱若愚和许少醒在邮政总局楼前的合影，顺手递给王千木，说 ："许少醒，中共'白沙'。"

木村苍介点了点头 ："另外一个就是朱若愚，中共'021'，'黑沙'。"

王千木看了看照片，木然地点点头 ："黑白沙！"

梅晋元对王千木说 ："王先生，讲讲这个'黑白沙'吧？"

王千木顿了片刻，慢慢说道："中共上海情报科，前身是中共特科，历经数次改组，到去年中日事变时稳定下来，建制是一科三组，黑沙小组、白沙小组和红沙小组，这三个组长就是六年前赫赫有名的'沉沙三杰'。"

梅晋元沉声问道："六年前的'沉沙三杰'，还能活到今天吗？"

土肥原贤二淡淡一笑："中共'沉沙三杰'，历经浮沉，到今天为止，已经全部死亡。"

中山功诧异道："哦，'红沙'也死了？"

土肥原贤二点点头："满铁曾怀疑平楚山的妻子易冷梅是军统'缘竹'，所以安排东方白除掉易冷梅。"

梅晋元假装吃惊："平家惨案是东方白——白老三所为？"

土肥原贤二打开一个文件夹，抽出一张纸递给梅晋元。梅晋元接过来，见抬头写着"昭和 7 年上海事变[①]关东军情报部刺杀名单"，名单上写着"蔡廷锴、蒋光鼐、张治中、上官云相、梁冠英、刘峙、易冷梅……"一连串的名字，眉头一皱，问道："易冷梅怎么也在刺杀名单上？"

土肥原贤二说："关东军情报部查明，易冷梅就是中共'红沙'。"

中山功困惑地问："她不是'缘竹'吗？"

土肥原贤二又笑了笑："中共'红沙'，也可能是军统'缘竹'呀！"

梅晋元哼了一声："平家惨案是白老三所为，还是关东军情报部所为？"

土肥原贤二说："六年前，我本安排行动课课长小林君刺杀易冷梅，结果平家惨案之后，小林君就失踪了，至今生死不明。"

梅晋元紧接着问道："这么说，平家惨案的凶手还是无法确定？"

"东方白死了，可以给平楚山一个交代了。"土肥原贤二看了看宫崎翼，"我相信，满铁有足够的证据，可以让平楚山满意。"

片刻之后，土肥原贤二又转头看着梅晋元说："我想拜托大总管，去趟平公馆，不知是否妥当？"

梅晋元平静地点点头："也好，我总要面对平家的，这倒是一个极好的契机。"

土肥原贤二笑了笑，敲了敲桌子说："没有'沉沙三杰'的中共上海情报科，就如同一盘散沙，不足为惧。"

---

① 昭和 7 年上海事变，这是日本对 1932 年"一·二八淞沪抗战"的称呼。

此时，木村苍介从杉本哲手里取过朱若愚的监控记录，放到土肥原贤二面前："潜伏在公馆的中共'青花'就是东方白。"

土肥原贤二看着材料，再次点头："岩井公馆和满铁的动作非常同步。"

木村苍介问道："满铁也在调查'青花'？"

"满铁没有调查'青花'，而是在调查东方白，结果查出了他就是'青花'。"中山功指了指那枚戒指，"这枚戒指，就是在东方白家里找到的。"

"是这枚戒指吗？"木村苍介拿起戒指看了看，见里面的刻字是"007×3="，转手递给梅晋元。

梅晋元接过戒指看了看，说："是这枚。"

木村苍介肯定地点点头："东方白就是'青花'。"

中山功也点了点头："这也是满铁的结论。"

木村苍介不解地问道："满铁是如何知道戒指的秘密的？难道满铁在公馆安插了间谍？"

中山功嘿嘿一笑："满铁在上海20余年，知道的秘密太多了。这也是满铁的价值所在。"

"我现在好奇的是，最后一枚戒指在哪里？"此时，梅晋元背靠着椅背，轻轻地说道。

中山功接道："或许在华懋饭店。"

梅晋元的眉毛一挑："哦，何意？"

"我跟踪过东方白，发现他不止一次去华懋饭店，而且去的都是同一个房间：903室。"中山功嘴角荡起一抹笑意，"903室住着一个日本女人，叫清水和美，是个中共。"

木村苍介听到"清水和美"这个名字时，右手食指忍不住在桌上一点，说："她是日籍中共？"

梅晋元好奇地问道："她是'青花'的下线？"

王千木也很好奇："戒指在华懋饭店903室？"

中山功耸了耸肩："搜查一下便知。"

梅晋元问："公共租界如何搜查？"

中山功笑了笑："偷偷潜入即可。"

土肥原贤二也笑了："就这么办。"

"人不能太多，三个人足矣。我代表满铁，杉本君代表岩井公馆，王先生代表……"中山功停顿了一下，看向土肥原贤二。

土肥原贤二思忖片刻："王先生代表对华特别委员会。"

～ 115 ～

[上海，公共租界，南京路，华懋饭店]

清水和美死了，死于陆文泰之手。

在陆文泰的眼里，清水和美只是一个宠物，一个被他玩弄的女人，不过是替他监视萧红如的帮手。为什么要监视萧红如呢？是不放心她吗？还是太在意她了？监控是潜意识行为，还是心中有提防？这几个月，他一直也没搞明白。直到他下手杀死清水和美的瞬间，心中没有一丝犹豫，甚至没有一点怜悯，他才知道那是一种渗入骨髓的在意。

怎么可能不在意这么一位令人销魂蚀骨的美人呢？

"对不起，我身不由己。"陆文泰坐在床前，抚摸着清水和美冰冷的脸颊。

咔吧一声，大门口传来轻轻的开锁声。

陆文泰立刻起身，掏出手枪走到套间门前，屏住呼吸，听到一阵轻微的脚步声传来。他反应机敏，立刻拉开房门，举枪对准来人，却见是露易丝·格林，不由眉头一皱。

"是我！"露易丝·格林同时举起了双手。

陆文泰轻轻放下手枪："你怎么来了？"

"你杀了清水？"露易斯·格林放下手，向套间瞥了一眼。

"不关你的事。"

"快走！"

"怎么了？"

"有人来调查清水和美。"

陆文泰惊讶地问："谁在调查？"

"他们已到楼下，正在上楼。"

陆文泰和露易丝·格林疾步离开，哪知刚走到楼梯口，就听到电梯门打开的声音，急忙沿着楼梯向上走去，刚刚掩身藏好，便看到中山功等三人向903 室走去。

三人走到门前，杉本哲先敲了敲门，见无人回应，便掏出工具开了房门。进了屋内，四处查看，杉本哲发现了清水和美，急忙通知王千木和中山功。

“人在。”杉本哲探了探清水和美的脉搏和呼吸，向中山功和王千木汇报，“死了。”

中山功哼了一声 ：“有人捷足先登！”

王千木对二人说 ：“赶紧找戒指。”

中山功看到桌上的花瓶，拿起来敲了敲，反转瓶口倒了倒，一枚戒指从花瓶里掉出来，滚落到王千木的脚下。

王千木弯腰捡起，只见戒指外面刻着五线谱花纹，里面刻着“021”三个数字，脸上一喜，说 ：“就是这枚戒指。”

中山功将花瓶放回原位 ：“我真他妈是副将。”

最后一枚戒指找到了，“青花”确定了，梅晋元宣布中共“021 号线”告破，木村苍介宣布岩井公馆揪出了内鬼“青花”，土肥原贤二宣布中共“沉沙三杰”折戟上海滩，宫崎翼吩咐中山功如实做好记录存档。唯有盯着那三枚散发着幽光的戒指的王千木，眼前又晃动起那忽明忽暗的光影，嘴角升起一抹令人难以觉察的冷笑……

～ 116 ～

[上海，法租界，福开森路，梅苑]

那枚戒指是萧红如放进花瓶里的。

那就是她的反击，是她撕开了整个圈套的口子。

那枚戒指是陆川交给她的。

得知陈耕暴露后，萧红如惊慌失措了，像一只受伤的孤燕，跌跌撞撞地回到了海德公园的家，在家门前看到提着一个纸袋的陆川。

“我是来帮你的。”陆川对萧红如扬了扬纸袋，说，“上好的燕窝，‘红燕’。”

萧红如更是惊愕，伸手到包里掏枪，却晚了一步。陆川拿着一把枪，示意她进屋。进屋后，二人对面坐着，陆川放下枪，将纸袋放在茶几上。

“直接说吧，陆川不是我的真名字。我是军统，‘红梅’的下属。”陆川开门见山表明身份，“四年前，我奉‘红梅’之命，以陆文泰侄子的身份来到上海，目的是监视陆文泰。”

萧红如惊魂未定：“‘红梅’？”

“梅晋元。”

“他是‘红梅’？！”萧红如虽然惊愕，却很快恢复了冷静，“我怎么相信你说的话？”

陆川微微一笑：“两年前，我就知道陈耕是‘黑鸟’，你是‘红燕’，陆文泰一直在调查你的身份，有几次几乎接近真相，是我帮你遮掩过去的。”

“你也怀疑他……”萧红如顿了顿，看着陆川欲言又止。

“我们和你们一样，都怀疑他是日本间谍。我的话，你能信了吗？”陆川嘿嘿一笑，见萧红如点头，继续说，“‘红梅’可以送‘黑鸟’离开上海。”

萧红如苦笑着摇了摇头：“‘黑鸟’是不会离开上海的。”

“‘红梅’也猜到了，他可以保证你的安全。”

“如何保证？”

“让戴笠向徐恩曾施压，把你要到军统西湖小组。”

“那个刺杀小组？”萧红如的眼里闪着亮光，“要我做什么？”

“把这枚戒指放到清水和美的房间里。”陆川从手上取下那枚刻着五线谱花纹的戒指，轻轻放在桌上。

萧红如微微一愣：“清水和美？”

陆川笑了笑：“你不会没有察觉，903 室有人监视你吧？”

萧红如点点头：“那个女人叫清水和美？”

陆川接着说：“她是陆文泰的情妇。”

萧红如拿起戒指看了看：“这个好办。”

“办完事后，你去找梅子青，就说你知道她是军统，你看到了西湖小组刺杀山田寿。”这是陆川最后的交代。

萧红如照办了，也如愿地搬到了梅苑，然后她就静静地等着那惊艳的一刺。那一刺，刺的是汉奸，疼的却是她。

那疼，是爱！

平少柔也疼着，不只是心疼，而是浑身都疼，身体仿佛像是蝉翼，不能随意触碰，一碰就疼，痛入骨髓，因为爱已经融入血液，已经与她的身体融为一体了。

平少柔坐在车里，看着陆川手捧着一束玫瑰花，兴奋地拍着梅苑的门，她的表情有些悲凄，有些愤怒。

“你是来找……”萧红如开了门，看到玫瑰花，立刻会意了。

“我是来找你的。”陆川知道平少柔在看着他，他没有点破，嘴角露出一抹笑意。他跟着萧红如走进东厢房，对萧红如说：“‘红梅’说，从此刻起，你就是西湖小组成员。”

萧红如一愣：“不是还要梅子青进行上报的吗？”

“那就是个程序。”

“你到这里找我，应该还有其他事吧？”

陆川低头看着红玫瑰：“我是来表白的。”

“你……向我表白？”萧红如扑哧一声笑了，“你是向子青表白吧？”

陆川摇头一笑：“不，我喜欢的不是她。”

萧红如莞尔一笑：“你假装追求子青，是为了保护她。”

“奉命行事而已。”陆川从兜里掏出一份折叠成豆腐块大小的报纸递给萧红如，“这是今天的报纸，向‘黑鸟’致敬！”

萧红如的脸色一变，一把夺过报纸展开，报纸头版赫然是那首《请柬》的诗文。萧红如的眼泪陡然流淌下来。突然，她将报纸团成一团，用力丢到一边，然后蹲在地上痛哭起来。

陆川摇了摇头，拿着红玫瑰，转身离开。

走出梅苑，陆川向平少柔的车子走去，见平少柔趴在方向盘上正自伤心抽泣，便伸手敲了敲车玻璃。

平少柔猛地抬起头：“滚！”

陆川笑盈盈地看着平少柔：“滚吗？”

平少柔摇下车窗：“滚！就是让你滚！”

陆川伸手将玫瑰花送到窗前：“送给你的！”

平少柔用手推开玫瑰花：“人家不要的东西，我才不要呢！”

“人家是谁？”

“哼！”

“我去找子青，是告诉她，我喜欢的是平少柔。”

“胡说！”

陆川的笑容很灿烂：“你看我像是胡说吗？”

平少柔悲喜交加：“你说的是真的？”

“这花就是买给你的。”

“真的吗？”

“愿意做我的女朋友吗？”

“上车！”平少柔看着陆川诚恳的表情，突然笑了起来，伸手接过玫瑰花，“陪我去百代！”

“买唱片！”陆川拉开车门，不经意地向梅苑扫视一眼，想到萧红如的伤心，轻轻地叹了口气。

东厢房里，伤心欲绝的萧红如突然站起身，把刚刚丢弃的报纸又捡起来，慢慢地展平，然后深吸了一口气，疾步走到沙发前，掏出一把手枪，拎着包走出去……

～ 117 ～

[上海，法租界，霞飞路，醉青山酒楼]

秋风兰蕙化为茅，南国凄凉气已消。

只有所南心不改，泪泉和墨写离骚。

这是《无土兰花》的题诗，作画的是宋朝画家郑思肖，题诗的是元代画家倪瓒，都是大家，也都有一个心思：无土无根，有情有义。

本来挂在华山厅里的那幅《无土兰花》不在了，换成了一幅庸俗的牡丹画。换掉画的人就是李墨群。

陪他一起喝酒的是陈耕，喝的是白酒。二人都是豪饮，几乎是一口一杯，一杯一口。桌子靠窗，二人对向而坐，分坐窗子两旁，从外面直视是看不见二人的。

“我要杀你，你也敢来？”陈耕一饮而尽。

“我欣赏‘黑鸟’。”李墨群又是一口饮尽。

“可惜呀，你不是一个人来的。”陈耕鄙夷地一笑，“我的枪，全被搜走了。”

李墨群哈哈笑道：“欣赏归欣赏，刺客归刺客。”

“今天，你是刺客！”

“哦？怎么讲？”

“我知道杀不了你，所以我也不是来杀你的。”

李墨群一愣：“那你要杀谁？”

陈耕嘿嘿一笑：“我杀我自己。”

“什么？！”

“血祭！”陈耕将酒杯往桌上重重一顿。

“血祭？”李墨群的手一抖，杯子里的酒洒在了桌子上。

陈耕冷笑一声：“我要让国人知道，你是杀人的刽子手，你是叛国贼，你是汉奸，我要揭穿你的真面目。”

李墨群呵呵一笑：“你太理想化了吧？”

陈耕微微一笑：“李处长，向下看。”

李墨群好奇地向楼下望去，但见几百名记者从霞飞路两侧向醉青山酒楼走来，人多得几乎堵住了整条街道。

“他妈的‘黑鸟’，你真他妈的黑呀！”李墨群看到记者蜂拥而至，漠然坐下，拿起报纸轻轻一弹，“你这个《请柬》，请的是整个上海滩，有意思。”

陈耕哈哈一笑：“望门投止思张俭，忍死须臾待杜根。我自横刀向天笑，去留肝胆两昆仑。”

李墨群冷笑道：“看来，今天我只能让你活着走了。”

陈耕微笑着摇摇头：“我没打算活着离开。”

李墨群一愣：“你……”

“我说过的，我是来自杀的。”陈耕站起身，将窗户全部拉开，回头向李墨群微微一笑，“来，露个脸儿。”

李墨群愤怒地说：“我早该拔了你的鸟毛。”

陈耕笑了笑，转脸向楼下挥手，忽然在人群中看到了萧红如，看到了萧红如手中的枪，脸色微微一变。

人群中，萧红如身边虽然都是人，但却孤独无比，她的眼里只有陈耕，只有晶莹的泪珠。她的手在颤抖，依然悄悄举起了手枪。

这时，毛玠伸手攥住了萧红如的手。

萧红如愤怒地转过头，一看是毛玠："你？！放开我！"

毛玠坚决地摇了摇头，说："陈耕把你交给我了，我得保护你的安全。"

萧红如挣脱几下，见挣脱不了，急得眼泪都流了下来，抬头望去，恰好看到陈耕温热的眼神，向她投以安静的目光。

窗外，闪光灯一直闪烁不停。

窗外，苏立生的眼睛湿润，握紧了双手。

窗外，约翰·霍华德和杉本哲悄悄放下枪，放弃暗杀陈耕，眼神里颇有敬意。

窗内，李墨群从身后掏出枪，瞄准陈耕的太阳穴，却无法扣动扳机。

陈耕回头看了一眼李墨群："开枪呀！"

李墨群嘿嘿一笑："我不会杀你。我倒要看看你怎么死？怎么向媒体交代？"

陈耕笑了笑，又向窗外挥了挥手："我叫陈耕，是一名普通的中国军人，今天我要死了。我身边这个人，他不敢露面，是因为没脸。他叫李墨群，做了汉奸，是卖国贼！"

李墨群气得双手发抖，握枪的手似乎不太稳。陈耕突然侧身向手枪抓去。李墨群本能地后仰，脚下一滑，摔在地上。陈耕没有抢走手枪，微微叹息一声。

李墨群从地上爬起来，举枪对准陈耕，嘿嘿一笑："你还是来杀我的！你根本不想死！这是你的圈套！"

"中国军人抗日，哪来什么圈套？中国军人就是用自己的身体抵挡侵略者的子弹和刺刀，中国军人就用自己的鲜血来浇灌母亲的躯体……"陈耕突然握住筷子，快速向自己的嘴里扎去……

李墨群完全惊呆了，本能地扣动了扳机。筷子离嘴唇还有半寸，一粒子弹穿透了陈耕的太阳穴。陈耕的身子一晃，他拼尽所有的意识和体力，一头栽到了窗外。

记者们向墙边涌去。陈耕的尸体跌落在记者们举起的手中。陈耕的尸体被众人向后传送着。

途中，萧红如摸到了陈耕的手，眼泪如潮水般奔涌而出。

途中，苏立生看到了陈耕的眼睛，伸手握住了梅子青的手。

途中，约翰·霍华德看到了陈耕的脸，缓缓伸出手，向陈耕敬了个军礼。而杉本哲羞愧地垂下了头。

李墨群侧身看着窗外的一切，神情凝滞。

最终，陈耕的尸体被送到了大街上，约翰·霍华德冲出人群大喊："他是公共租界工部局警务处处长，大英帝国要给英雄一个隆重的葬礼。"

四个记者抬着陈耕的尸体，走到约翰·霍华德的车前，将陈耕的尸体放在了后座上。

"大英帝国最崇拜的就是英雄，陈耕是英雄，我以是他的上司为荣。"约翰·霍华德启动了车子，记者们让开一条道，车子疾速向前驶去。

～ 118 ～

[德国－柏林，两国边境线]

日本领事馆的轿车落满了尘土，正在崎岖的道路上行驶。

车内，青木未央一手开车，一手掏出手枪，轻轻上了膛。

许少醉斜眼看着青木未央的举动，仍旧半昏半醒地打瞌睡。轿车拐了一个弯，忽然停了下来。

青木未央兴奋地说："波兰边界到了。"

车内的人全都醒了。后座的两个日特摇下了窗户。

青木未央突然回头，举枪向那两个日特射击。啪啪两枪，两个日特胸前中枪，鲜血飞溅到车内，溅了青木未央和许少醉一脸。

青木未央的脸火烫，因兴奋而泛起红潮，说："'白沙'，许少醒，对吧？"

啪的一声，又是一枪。

车门推开，青木未央拎着枪从车里下来，向远处若隐若现的村庄眺望一眼，伸手在脸上一抹，那张脸顿时变得像他被袭击了一样。青木未央回头向车内冷笑一声，将手枪丢进了车内……

～ 119 ～

[上海，愚园路，平公馆]

平寒雨坐在沙发上，看着梅晋元拿着黑盒子走进客厅，想动却动弹不得，也不知说什么好，只是呆呆地望着梅晋元。

平楚山看着梅晋元，面无表情地说："梅森伯爵。"

"平先生。"梅晋元微微一笑，然后又向平寒雨点头，"二小姐。"

平寒雨费力挤出一丝笑容："梅——梅森伯爵。"

平楚山冷笑一声："梅森伯爵怎么做了土肥原的说客？"

梅晋元笑了笑："说来巧了，土肥原买了我一大批军火，让我帮他一个忙，所以我就来了平公馆。"

平楚山哼了一声："平家悬案的真凶找到了？"

梅晋元将手中的黑盒子递给平楚山："日本满铁的资料，向来属实，而且准确。"

平楚山接过黑盒子打开，从里面取出一张纸条，看了看说："白老三干的！"

平寒雨惊愕地起身："白老三干的？"

"白老三呢？"平楚山将纸条递给平寒雨。

"是啊，白老三呢？"平寒雨接过纸条边看边问。

梅晋元耸了耸肩："死了。"

平楚山追问道："谁杀的？"

梅晋元摇了摇头："没找到凶手。"

平楚山冷笑一声："平家悬案还是一个悬案？"

梅晋元淡定地笑了笑："这就看平先生怎么看了。"

平寒雨将纸条塞回黑盒子里："我们不接受这个答案。"

平楚山冷眼漠视着梅晋元："梅森伯爵，请原话转告土肥原吧。"

梅晋元不卑不亢地说：“这么回答，二位知道意味着什么吗？”

平楚山平静地说：“我只想要个答案。”

梅晋元笑了笑：“这就是答案。”

平寒雨使劲地摇头：“这不是答案，晋元之死，不会这么简单。”

梅晋元轻叹了口气：“我会转告土肥原的，不过不是你们的原话，我是个生意人，一向以和为贵。”

“送客！”平寒雨直视梅晋元，语气里没有什么气力，却似乎隐藏着更可怕、更浑厚的力量……

～ 120 ～

[上海，公共租界，圣三一教堂]

圣三一教堂的夜晚，一如平常的寂静。偌大的教堂里，只有一个喂鸽子的管事，一个约莫 50 岁的老人。他叫方远声，一个人生活，没有妻子儿女，只有那群鸽子陪着他。他虽然只是一个管事，但教友们都很尊重他，毕竟他是圣公会陈见真副主教的助理。

没有人知道，方远声其实是中共门徒小组的“国师”，领导着一个潜伏极深的谍报小组，不久以后这个小组将令上海滩日伪汉奸闻之丧胆，成为上海滩市民的精神灯塔。（作者按：详见拙作民国谍战系列小说《叱咤之城》）

方远声看着中山功走进教堂，他就从后门出去了，一直走到对面的工部局，给值勤的巡捕散烟、聊天。他早接到通知，有上海情报科的同志在教堂碰面，按照组织原则和纪律，他不能接触，只能在外面悄悄为他们守卫着，如同他和他的门徒小组默默地守卫着上海滩一样……

中山功走进告解室里，伸手在隔板上敲了敲。

“谢谢。”“黑沙”早在隔壁等着。

中山功坐下来：“‘沉沙三杰’折戟，土肥原暂时不会针对上海情报科，我可以放心去满洲了。”

“黑沙”的声音低沉：“老朱的牺牲……”

中山功的眼圈一红：“他是自愿的。”

“共产党人革命，哪一个不是自愿的？”

“所以，你无须自责。”

“黑沙”轻叹了一口气：“‘021 号线’是个圈套。”

“老家没有更换‘007 号线’？”中山功大吃一惊，“那些接头的戒指呢？”

“全是假的。”

“为什么这么做？”

“老家截获一份电文，表明戴笠安排了一个代号为‘007’的刺客混入了长江局，这个‘007’只有一个任务：刺杀长江局高层。”“黑沙”长长地嘘了一口气，“我奉命找出这个‘007’！”

中山功伸手在隔板一拍：“‘007’，王千木，军统头号杀手，真悬呀！”

“黑沙”接着说：“为了查实‘007’，所以我炮制了‘021 号线’。”

中山功脸上闪烁着喜悦的光芒：“以你的性格，这个‘021 号线’虽是炮制的，但你会把它变成现实。”

“黑沙”也兴奋地说：“我已向‘3 号’建议，把炮制的‘021 号线’建立一个党小组，就叫‘老枪小组’，我就是‘老枪’，共有三个组员：‘老枪’、‘青花’和‘白玫瑰’。”

“老枪，青花，白玫瑰——”中山功低声重复着，“枪与玫瑰！”

～ 121 ～

[上海，日占区，闸北，上海北站]

火车到站的汽笛声响起。站内站外均有日军值岗。旅客们纷纷从火车上下来。

杨毓香提着一个皮箱下了火车，向接待站口走去。

万墨翰开车驶到车站外，从兜里掏出杨毓香的照片又看了一眼，下车向站口里张望，看见杨毓香提着皮箱出来，便上前迎接。

距离接待站口四五百米的地方，一辆轿车缓缓停下，开车的竟是平楚山。车子停稳后，平楚山从驾驶位钻到后座，拿起后座上的一支狙击步枪，摇下车窗，枪口缓缓伸出了窗外。

啪的一声枪响，一粒子弹射中了杨毓香的左肩。扑通一声，杨毓香摔倒在地。周围的人群立刻乱了起来。万墨翰警觉地向四周查看，见找不到凶手，便向杨毓香冲了过去。

平楚山看到杨毓香倒地，便钻回驾驶位，脸上露出狡黠的笑容。

谁也没有想到，在英国驻津领事馆内，枪杀程西山的刺客正是他平楚山。那天，他和程西山一同去了领事馆，他就坐在副驾驶位上，看到许少醒提枪从一侧走廊出来，他便一枪射在程西山的眉心上。

然而，不巧的是，他从车里滚落地上的那一刻，却看到了杨毓香一边急匆匆地穿过走廊，一边向车子张望。

他不确定杨毓香是否看到了自己，从天津返回上海后，就一直琢磨着再去天津除掉杨毓香，然而好运来了，戴笠竟然让他负责顽石小组。

不错，他正是从鸡鹅巷53号走出来的复兴社“岁寒三友”之一的“青松”。

他借着组建顽石小组的契机，点了杨毓香的将，将她从天津调到上海，目的只有一个：灭口。

他绝不能因为一个小纰漏，而整日活在担心之中。他之所以能活到今日，是因为做事小心谨慎又心狠手辣。

日本宪兵察觉到他的车子，立刻举枪射击，子弹啪啪地打在车尾和车玻璃上。平楚山启动车子，迅速驶离现场。

万墨翰趁着人群躁乱，急忙抱起杨毓香，提着皮箱向车子奔去，来到车前，他拉开后车门，将杨毓香连同皮箱一起塞到后座上。

两个日军持枪向万墨翰追来。万墨翰掏出手枪，连开两枪击毙两个日军，飞速拉开车门，启动轿车绝尘而去。

～ 122 ～

[上海，法租界，福开森路，梅苑]

苏立生的悲痛，确切地说是悲怆。他的悲怆很短暂，如同水中的游鱼，哭泣的时候泪水是看不见的，他也不想被别人看见。

可是，梅子青就站在他的身旁看着他，伸手拍着他的肩膀，像母亲宽慰受伤的孩子一样。那一刻，他的心暖暖的。那一刻，他忽觉自己就是一个失去至亲的孩子，只有爱才能给他温暖，只有温暖才能治愈悲怆。

“我要让汉奸小鬼子们血债血偿。”苏立生停止了哭泣。

“中国人是有血性的。”梅子青温柔地说，“共赴国难，血性抗战。”

“共赴国难，血性抗战。”苏立生仰起脸，看到梅晋元的遗像，忽然像发现了宝藏似的，“子青，你还记得我说的第三种可能吗？”

“我爸爸不是‘黑沙’！”梅子青迷惘地说，“可是，他是如何知道戒指信息的？你说的第三种可能又在哪里？”

“那里！”苏立生指着梅晋元的遗像。

梅子青的眉头一皱，疾步走到遗像前，伸手摘下了遗像，果然发现后面藏有窃听器。她突然变得异常愤怒，伸手去摘窃听器。

“慢！”苏立生挥手制止，示意她不要说话。他环顾左右，发现茶几上有张稿纸，从上衣口袋掏出笔，在纸上写了一行字：“挂回去，我们要学会反击。”

梅子青将遗像放回原位，从苏立生手里接过笔和纸，也写了一行字：“后面平房。”

苏立生和梅子青对望一眼，急忙出屋，翻墙进了平房，摸进了屋里。屋里静悄悄的，没有一个人，他们很快便找到了监听器材。

梅子青怔怔地望着监听器，气得浑身都在发抖。

“发现，总比没发现强。”苏立生站在她身后，轻轻揽住她的双肩。

梅子青走到桌前，拉开抽屉，看见一个木制弥勒佛，伸手拿了出来，说：“这是我爸爸的物件。”

“看来，大总管的情报来源是我们。”

“是我们泄露了‘021 号线’的情报。”

苏立生依然困惑：“既然大总管知道我们的身份，知道我们假同居、假吸毒，为何不揭穿我们？”

梅子青的眼圈一红：“虎毒不食子，他……”

苏立生摇了摇头：“或许，还有更大的阴谋。”

“我们一定要查出来。”梅子青冷笑一声，“他以为是假同居，我们就真同居，必须让他知道，他听到的不一定是真的。从今晚起，你就住在梅苑。”

~ 123 ~

[上海，郊外，乱坟岗]

一处乱坟岗，四周树木摇曳。乱坟岗中间，军统老六像鹰隼一样杵在那里。千叶葵从一辆轿车里下来，看到军统老六的暗影，走进了乱坟岗。

军统老六问：“东方白死了？”

千叶葵点头：“死了。”

军统老六嘿嘿一笑：“那个‘黑密室’，对他来说是个诱惑，他知道了一定会一探究竟。”

“‘老鸢’探知‘老枭’的秘密，下场只有一个：死。”

军统老六说：“这也是你父亲被杀的原因。”

千叶葵向他鞠了一躬：“谢谢你为我父亲报仇。”

“我是不会亏待我的女人的。”军统老六笑了笑，“山田泽、山田寿、东方白，咱们一举杀死连满铁都不敢调查的三只‘老鸢’。”

千叶葵戏谑地笑了笑：“东方白看到‘白沙’的简化像时，一定是大吃一惊的。”

军统老六的眸子里射出一道犀利的光芒：“你哥知道‘白沙’的真正身份时，也是大吃一惊。”

“我哥杀了你哥！”

“我哥该死！”军统老六冷笑一声，“信仰不同，便无兄弟。”

“‘白沙’死在天津，这是一个骗局。”千叶葵仰视着军统老六，“除了我哥咱们仨外，谁也不知他客死他乡！”

“骗局？”军统老六喃喃地说，“骗局也是杀局。我担心，梅晋元会看破骗局！”

“我会盯紧梅晋元的。”

“这是我们的交易。”

“我们会相爱吗？”

“这种状态不好吗？或许，这才是最美好的状态。”军统老六静静地说，“你帮我做一件事，源千雪曾是苏立生的女朋友，她会以这个身份见他的。”

“是吗？”千叶葵竟然笑了起来，开心地笑道，“苏立生不应该忘了她吧？”

“漂亮的女人，哪个男人能忘掉？”军统老六冷冷一笑，“接下来是一场暗火，希望苏立生有足够的智慧。”

“梅子青呢？”

“对她来说，暗火就是一场明火。一招不慎，她就会被烧死的。”军统老六的声音没那么平静了，仿佛梅子青的生死能牵动他的神经似的，他的身后忽然飘出一点磷火，像鬼火似的在乱坟岗里打转儿……

［第一季　完］

人物小传

一、核心人物

1. 梅子青

女，二十四五岁，中国人，上海滩大才女，诗人，传记作家。真实身份是中共上海情报科白沙小组成员，后成为中共“老枪小组”成员，代号“白玫瑰”。

梅子青是双面间谍，另一身份是军统西湖小组成员，代号“白蛇”，参与军统在上海的锄奸暗杀行动。知性、冷静、笃定、有主见，擅长狙击，患有幽闭恐惧症。

江南梅家，书香门第，名闻江南。梅子青的父亲梅晋元，1932 年（六年前）“死亡”。梅子青的二叔梅晋黾，是国民政府外交部亚洲司司长。

梅子青的前任男友许少醒，是中共白沙小组组长、军统西湖小组负责人，真实身份是军统老六。许少醒假死后，梅子青遇到曾是中共特科保镖的“青花”苏立生，二人一起经历生死谍局，从陌生、相知到相爱。

梅子青的母亲江秋水，上海江家二小姐，1928 年（十年前）“死亡”，十年后以秋白萍的身份“复活”。

2. 苏立生

男，二十七八岁，中国人，岩井公馆《新中国报》主编，真实身份是中共白沙小组新任组长，代号“青花”，曾是中共特科的红色保镖。多疑、沉稳、谨小慎微、坚忍、隐忍，喜欢并爱慕梅子青，二人经历多重困厄，感情渐渐深厚。

苏立生前女友王羽，是一名军统特工，军统八大金刚老大王千木的女儿。

苏立生的哥哥化名陈耕，重庆侍六组“影子小组”成员、中统“黑鸟”，潜伏身份是公共租界警务处处长。

苏立生的妹妹苏紫，中共白沙小组成员。

3. 梅晋元

男，50 岁，中国人，中共上海情报科黑沙小组组长“黑沙”，四重潜伏身份：满铁特工“老汤”、英国间谍“盲点”、军统间谍“红梅”。大格局者，工于布局，长袖善舞。

白沙小组和黑沙小组曝光之后，合并为“老枪小组”，其代号更改为“老枪”。

梅晋元是江南梅家大家长，六年前被“炸死”，逃出囚禁后，成为满铁总裁松岗洋右的心腹，任职日本驻天津领事馆副总领事，后因日英天津事件，调任岩井公馆大总管。

梅晋元的前妻是江秋水（假死后更名为秋白萍），现任妻子是平寒雨（上海平家二小姐，日本满铁八咫乌机关机关长、日本上海海军陆战队特务处处长），喜欢的女孩是欧阳夏（百乐门舞皇后，军统“紫雀”）。

梅晋元的兄弟是梅晋黾，一手促成了汪伪叛国事件。

4. 许少醒（许少醉）

男，30 岁，中国人。许少醒是军统八大金刚老六，潜伏在中共上海情报科，白沙小组组长，代号“白沙”。许少醒性格坚毅、冷峻，目标感强，志向远大，以收复租界为最高目标，深受蒋介石信赖，是戴笠的心腹。

为了完成“狸猫计划”，许少醒设计假死，以致女朋友梅子青“移情别恋”。

许少醒有一个双胞胎弟弟许少醉，是满洲八咫乌机关特工“老枭”，潜伏在苏共第五局。许少醒大义灭亲，除掉许少醉，以“老枭”身份潜伏满铁。

许少醒有两个女人，一个是冒充王羽的军统特工源千雪，一个是上海满铁调查部前任部长青木太的女儿千叶葵。许少醒利用千叶葵，并亲手杀了她。

5. 王千木

男，四十七八岁，中国人。军统八大金刚老大，军统天津站站长。王千木在天津时，潜伏在共产国际，去了莫斯科，然后经延安到武汉，成为长江局“007 号”。性格阴郁、冷稳，心狠手辣。

王千木的女儿王羽被许少醒控制，源千雪冒充王羽潜伏日本特高课。王千木误中土肥原贤二设计的圈套，投靠土肥原贤二，并出卖北平、天津、青岛三地军统站，成为重庆“黑名单”头号暗杀目标。

王千木的情人是安娜，日本间谍，潜伏在苏共第五局，代号“白俄医生”，是百乐门的舞女。

6. 陆文泰

男，40 岁，日本人。陆文泰以中国人身份潜伏上海，是上海电影大亨，潜伏身份是日本关东军情报部参谋、满铁八咫乌机关特工“老鸢”，真实身份是德国盖世太保“黑鹰”。性格乐观、豁达、沉稳、冷静。

陆文泰是满铁秘密结社八咫乌组织上海站负责人，与八咫乌机关机关长平寒雨有暧昧关系，一直认为平少柔是他的女儿。

陆文泰和梅晋黾一手策划汪伪叛国事件，并制造了日英天津事件。

二、主要人物

1. 萧红如

女，25 岁，中国人。性感、妩媚、明艳动人，上海滩著名的女明星，也是中国电影史上第一位裸体演员。真实身份是重庆侍六组“影子小组”成员、中统特工“红燕”。

萧红如的男朋友是中统“黑鸟”陈耕，为了调查陆文泰，萧红如成为陆文泰的情人。陈耕死后，萧红如爱上军统八大金刚老二毛玠，最终为救毛玠而死。

2. 欧阳夏（欧阳慧）

女，二十三四岁，中国人。性感、明艳、可爱，百乐门舞皇后。真实身份是军统“紫雀”。

欧阳夏奉命与梅晋元成为假夫妻，渐渐看穿军统真相，在窥视梅晋元中共身份之后，为了爱情，依然选择加入中共。萧红如死后，欧阳夏成为新晋电影明星。

欧阳夏有一个双胞胎姐姐欧阳慧，以军统身份潜伏在哈尔滨，真实身份是满铁八咫乌组织特工，许少醉的情人，代号“紫石”。

3. 毛玠

男，30岁，中国人。军统八大金刚老二，军统上海站站长，“顽石”小组组员，擅长用斧。性格坚韧、大胆，颇有豪气。潜伏身份是法租界警务处处长。

毛玠与陈耕是生死兄弟，受陈耕临终所托，以丈夫名义照顾萧红如，对其肝胆相照，宁可负军统，绝不负爱情。

4. 源千雪

女，二十四五岁，中国人。真名原莱，军统潜伏特工，上海滩百货王原百泰的小女儿，“狸猫计划”的关键人物。性格缜密、坚忍，许少醒的情人。

源千雪冒充土肥原贤二的学生王羽，任职日本特高课课长，协助许少醒完成潜伏计划。后被中共策反，代号“红玫瑰”。

5. 平少柔

女，20岁，中国人。上海滩青帮平家大小姐，真实身份是中共白沙小组成员，军统西湖小组成员“青蛇”，擅长使用弓弩。

性格任性、可爱，喜欢听唱片。喜欢陆文泰的侄子陆川。

平少柔的母亲死于六年前的平家惨案，与姑姑平寒雨情同母女，最终发现生父是陆文泰。

6. 平寒雨

女，33岁，日本人。上海滩平二小姐，从小被平楚山之父平千嶂抱养（平家人除了平千嶂之外均不知情），真实身份是日本驻上海海军陆战队特务处处长，满铁八咫乌机关机关长，官本正仁的私生女，代号“蝴蝶”。

平寒雨先嫁给上海滩新闻界老虎严渭渔，后离婚嫁给梅晋元。自梅晋元“死”后，一直住在平公馆。性格冷静、果敢、泼辣。

7. 楚笠君

女，40岁，中国人。中共上海情报科“沉沙三杰”之一，代号“红沙”，性格干练、大气、隐忍。延安为确保楚笠君安全，启用新“红沙”中山功，掩盖其谍迹。

楚笠君，本姓许，杭州人，丈夫是楚品弦。上海滩楚家家族生意是印刷，楚品弦“死”后，楚笠君接掌楚家生意，创立楚门饭店，成为法租界公董局华董。

楚笠君的二弟是许少醒，三弟是许少醉，有一个12岁的女儿楚楚。

楚笠君是苏共5号拉乌尔神父的联络人。

8. 平楚山

男，42岁，中国人。上海滩“江、平、楚”三大世家的平家当家，青帮大亨，平安建筑公司董事长，公共租界工部局华董，后创建平安电影集团。

真实身份是军统“岁寒三友”的“青松”，“顽石”小组组长。性格沉稳、豪气、果敢，思维周密，擅长使用弓弩，坚守“家国同构”的平家精神，一心要洗白平家，终成上海滩新贵。

平楚山遇到法国女刺客露易斯·格林，对其一见钟情，相爱有加。

9. 董竹

男，40岁，中国人。中共白沙小组副组长，军统西湖小组成员“法海”，性格沉稳、干练。真实身份是军统“蓝色007”，奉军统“缘竹”之命，接近楚笠君，情人是苏紫。

10. 东方白

男，40岁，日本人，伪装成中国人，岩井公馆新闻课《新中国报》副主编，曾是青帮平家老三，人称“青帮小探花”。

真实身份是满铁八咫乌特工“老鸢”。微秃，性格多疑、隐忍、善伪装，情人是千叶葵。

11. 秋白萍

女，四十六七岁，中国人。梅子青的母亲，上海滩江家二小姐江秋水，梅晋元第一任妻子。

十年前，江秋水加入共产国际，奉命以“武田先生”之名打入东三省，便诈死改名秋白萍潜伏哈尔滨，很快成为哈尔滨女首富，并成为伪满洲国财政大臣，后被侍六组策反，创建“影子小组”，代号为“白影子”。

十年后复活，人生传奇跌宕起伏。性格豪爽、富有贵族气质。

12. 陆川

男，二十七八岁，中国人。中共黑沙小组成员，潜伏在岩井公馆，任行动课副课长。奉梅晋元之命，以陆文泰侄子身份潜伏，并以追求梅子青的名义进行掩护。

绰号“陆大少”。喜欢的女人是平少柔。性格果敢、乐观、稳重。

13. 露易斯·格林

女，二十三四岁，苏联人。以法国人身份潜伏上海滩，有名的雇佣杀手（刺客），真实身份是苏共第五局特工，代号“朱雀”，集性感、冷酷、野性于一身。

曾刺杀青木太，与梅子青结识。刺杀梅晋黾时，仰慕梅晋黾，成为其情人，后遇到真爱平楚山。

父亲是米歇尔·格林，苏共第五局潜伏在德国柏林的“黑王子”。

14. 安娜

女，24岁，白俄人。身材性感，性格冷酷，善于伪装。奉土肥原贤二之命，以共产国际身份成为王千木（化名顾向焘）的女人。

曾是苏联满洲情报网特工，奉命潜入上海调查青木太，被青木太识破身份，二人相爱，安娜变节。青木太被杀后，安娜成为双面间谍，在百乐门做舞女，代号“白俄医生”。

15. 陈耕

男，30岁，中国人。侍六组“影子小组”成员，中统“黑鸟”，军统上海站“顽石小组”成员，潜伏身份是公共租界工部局警务处长。性格沉稳、冷静，富有牺牲精神。

陈耕与萧红如是恋人关系，为了调查陆文泰，萧红如成为陆文泰的情人，陈耕以渣男形象保护萧红如。真名苏立耕，是苏立生和苏紫的大哥。

16. 中山功

男，28岁，日本人。日籍中共，上海情报科红沙小组新任组长，代号“红沙”。潜伏身份是上海满铁特别调查室主任，曾是满铁总裁松岗洋右的助理。性格稳重、谨慎。

未婚妻是风沢千竹，日本共产党，拉姆扎小组的线人。中山功的老师是王子文，东亚同文书院教授，上海情报科科长中共“3号”，一直配合“黑沙”梅晋元行动。

17. 宫本正仁

男，52岁，中国人。日本天皇外戚，满铁总部副总裁，八咫乌组织负责人之一，曾是大清王朝王爷，流落日本，娶天皇堂妹为妻。

皇族之气逼人，高冷、霸气，举手投足之间，透出王侯将相的威仪感。性情多变，无视生命，老牌特工范十足。

（严重剧透，不喜勿入）